조선의 혼은
죽지
않으리

조선의 혼은 죽지 않으리

초판 1쇄 발행 · 2022년 2월 22일

지은이 · 정찬주
발행인 · 정태욱
발행처 · 여백출판사
편 집 · 김은희
디자인 · 이종헌

주 소 · 서울 성동구 한림말길53 4층(옥수동)
전 화 · 02-798-2368
팩 스 · 02-6442-2296

등록번호 · 제2019-000265호
이메일 · ybbook1812@naver.com

ISBN 979-11-90946-07-0 (03810)
책값은 책표지 뒤에 있습니다.
잘못되거나 파본된 책은 구입하신 서점에서 교환해 드립니다.

ⓒ 정찬주, 2022

이 책은 저작권자의 계약에 따라 발행한 것이므로 저작권법에 따라 무단 전재와 복제를 금합니다. 이 책 내용의 전부 또는 일부를 이용하려면 반드시 저작권자와 여백출판사의 서면동의를 얻어야 합니다.

전라우의병군 최경회, 구희, 문홍헌 이야기

죠선의 혼은 죽지 않으리

정찬주 장편소설

여백

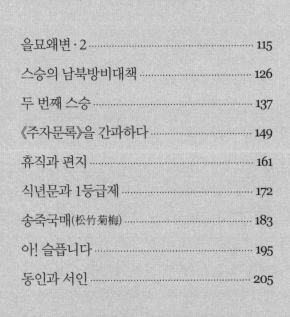

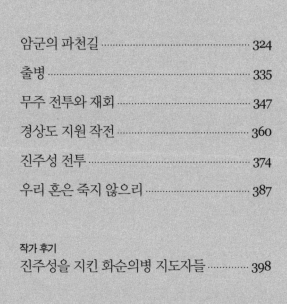

아
버
지
와 아
들

북풍이 슬금슬금 불어왔다. 꼭두새벽에 일어난 최천부는 능주 향교로 갈 생각을 했다. 최천부는 영광향교 훈도를 지낸 선비였다. 능주향교 명륜당에서 초겨울부터 다시 강학을 여는 하루 전날이었 다. 먼동이 터오자마자 최천부는 주역점을 쳤다. 사서삼경을 달통 한 선비들이 하늘에 운세를 알아보는 점이었다. 방 안은 아직 어두 웠지만 창호로는 새벽의 푸른빛이 스며들고 있었다.

최천부는 붓통에 든 50개의 대나무 조각들 중에서 먼저 한 개를 빼어 앉은뱅이 책상 위에 놓았다. 젓가락 같은 대나무 조각들을 산 가지라고 불렀다. 먼저 뽑혀서 새벽빛에 드러난 한 개를 태극으로 삼았다. 이어서 최천부는 49개의 대나무 조각들을 무심코 오른손 과 왼손에 나누어 쥐었다.

오른손의 대나무 조각들은 음으로 땅을, 왼손의 대나무 조각들 은 양으로 하늘을, 오른손의 대나무 조각들 중에 빼어낸 한 개는 사람을 상징했다. 최천부는 천지인(天地人)을 먼저 설정했다. 이어서 최천부는 오른손과 왼손의 대나무 조각들을 4개씩 덜어냈다. 마지막 남은 대나무 조각을 변(變)이라고 하는데, 3번의 변을 1효(爻)라고 했다. 6효, 즉 18번의 변이 나오면 그것이 바로 운세를 알려주는 괘(卦)였다.

어느새 반질반질한 앉은뱅이 책상이 환해졌다. 책상 위에 놓인 《논어》와《중용》책이 선명하게 드러났다. 두 권 모두 최천부가 아들 형제를 위해 필사한 책이었다. 창호는 이제 온통 새벽빛으로 물들어 있었다.

최천부는 기지개를 켜면서 미소를 지었다. '사냥을 나가서 여우 세 마리를 잡고 황금 화살을 얻는다.'는 괘가 나왔기 때문이었다. 여우 세 마리는 아들 경운, 경장, 경회라고 생각했다. 세 마리 여우를 잡았다는 것은 세 명의 자식들이 자신의 뜻대로 순종할 것이라는 암시였다. 또한 황금 화살을 얻었다는 것은 귀한 물건, 혹은 귀인이 나타나리라는 하늘의 뜻이었다.

'경운은 첫째잉께 집을 떠나서는 안돼야 불고, 둘째는 송천에게 배우고 있응께 걱정헐 거 읎지만 시째는 인자 내 품을 떠나 나보담 훌륭헌 선생에게 보내야 헐 턴디.'

송천은 기묘명현 양팽손의 삼남 양응정의 호였다. 양응정은 기묘사화가 일어났던 해(1519)에 도곡 월곡마을에서 태어나 외갓집이 있는 광산 어등산 자락의 박산마을로 가서 살고 있었다. 최천부는 장남 최경운만은 타지의 선생에게 보내고 싶지 않았다. 장남은 선산을 지키고 집안의 대소사를 몸으로 익히면서 알아야 했다. 장남 최경운은 능주향교에서 사서삼경과 예경(禮經)을 배워오고 있었으므로 학문이 뒤처질 일도 없었다. 다만, 막내 최경회는 고봉 기대승이나 송천 양응정 문하로 보내 타고난 그릇대로 선비가 되기를 바랐다. 방 밖에서 자박자박 발자국 소리가 났다. 이른 아침마다 들어왔던 세 아들의 익숙한 발자국 소리였다. 장남 최경운의 목소리가 났다.

"아부지, 기침허셨는게라우?"

"오냐, 니덜도 잘 잤냐? 오늘은 그냥 돌아가지 말고 내 방으로 들어오그라잉."

"예, 알겄습니다."

세 아들은 최천부가 글을 읽고 손님을 맞이하는 사랑방으로 들어가 반배하고 두 손을 공손하게 모았다. 막내 최경회가 말했다.

"무신 허실 말씸이 있으신게라우?"

"오늘은 어른이 된 니에게 헐 말이 쪼깜 있다."

"예, 아부지."

"작년에 대사를 치렀는디 요즘 심정은 으쩌냐?"

최천부가 말하고 있는 대사(大事)란 교수 김원의 딸인 나주 김씨를 배필로 받아들인 혼사를 뜻했다. 최경회는 대답하지 못하고 얼굴을 붉혔다.

"부끄러워헐 것은 읎다. 음양이 만나는 것은 조화로운 일인께."

"경운이는 으쩌냐?"

"오늘 새복에도 동상허고 꼭두새복에 일어나 시암물로 얼굴을 씻고 글을 읽었그만요."

"무신 글을 읽어부렀냐?"

"아까침에 《대학》을 읽었는디 한 구절이 가심에 꽂혀불드그만요."

"그래? 동상덜 앞에서 한번 외와불그라."

최천부는 장남 최경운이 대견스러워 더 말을 시켰다. 그러자 최경운은 가슴에 와닿았다는 한 구절을 막힘없이 술술 외웠다. 최경운이 동생들 옆에서 외운 구절은 다음과 같았다.

사물의 본질을 꿰뚫은 후에 알게 된다. 알게 된 후에 뜻이 성실해진다. 성실해진 후에 마음이 바르게 된다. 마음이 바르게 된 후에 몸이 닦인다. 몸이 닦인 후에 집안이 바르게 된다. 집안이 바르게 된 후에 나라가 다스려진다. 나라가 다스려진 후에 천하가 태평해진다. 그러므로 천자로부터 일개 서민에 이르기까지 모두 몸을 닦는 것을 근본으로 삼는 것이다.

한마디로 몸과 마음을 닦고 가정을 안정시킨 뒤에 벼슬길에 나아가 나라를 다스리며 천하를 바르게 한다는 구절이었다.

"방금 니가 외운 구절을 한마디로 줄여서 수신제가 치국평천하(修身齊家 治國平天下)라고 헌다. 수신은 스승을 만나 혼자서 닦는 것잉께 어처케 보믄 쉽다. 참말로 에러운 것이 제가(齊家)여야. 아내와 자식이 있으니 에러와부러. 특히 아내는 남의 집서 온 사람이 아니냐? 긍께 서로 맞추기가 더 심든 것이여. 경운아, 경장아. 애비 말이 틀렸냐?"

"지당허신 말씸이그만요."

"경회 생각도 그러냐?"

"지는 아직 모르겄어라우."

"결혼헌 지 일 년밖에 안됐는디 뭣을 알겄냐. 지금은 깨가 쏟아질 땐디."

최경회가 머리를 긁적이며 물었다.

"동네 사람덜이 어른 대접을 헌께 좋기는 헌디 눈치 보는 일도 많그만요."

"니가 눈치를 보는 것은 아적 중용(中庸)의 경지에 들어서지 못했기 때문이다. 사람이 중용의 경지에 들어서믄 걸림이 읎어지고 편안해지는 벱이여. 병든 사람이 으디가 아픈 거멩키로 중용의 경지에 들어가 있지 않으믄 맴이 불편헌 것이다. 긍께 도학자 선현덜이 수신허라고 귀에 못이 백히게 말씸허신 것이제."

"아부지, 수신헐라믄 뭣을 해야 할게라우?"

"스승을 만나는 것이 지름길이여. 니가 무딘 칼이라믄 스승은 숫돌인께."

"알겄십니다."

"니도 오늘이나 낼부텀 니 성처럼 송천 선생헌테 가보그라. 내가 이미 송천 선생헌테 편지는 보냈다. 아마도 인근에서 송천 선생보담 뛰어난 문사도 읎을 것이다."

"지는 두째 성이 댕기는 송천댁보담 고봉댁으로 가고 잪은디요잉."

고봉은 기대승의 호였다. 최경회는 양응정이나 기대승의 가풍이 무엇인지 몰랐다. 둘째 형 최경장이 양응정에게 배우고 있었으므로 자신은 최경장과 달리 기대승의 제자가 되고 싶을 뿐이었다.

"니는 글 쓰는 재주가 쪼깜 있응께 송천 선생이 더 맞을 것이다. 고봉 선생은 도학자라 돌아댕기기 좋아허는 니 성품에는 맞지 않을 수도 있어야. 그라고 성이랑 한 스승 밑에서 함께 배우는 것이 서로 탁마허는 데 좋지 않겄냐?"

최천부의 말은 사실이었다. 문장은 양응정이고 도학은 기대승이란 명성이 서석산과 영산강 일대에 사는 유생들 사이에 돌고 있음이었다. 최경회는 아버지의 당부를 따르기로 했다. 둘째 형 최경장과 양응정 댁을 다니는 것도 심심하지 않을 것 같아서였다.

날이 어김없이 밝았다. 오성산 너머에서 아침 해가 게으르게 떴다. 오성산은 만연산에서 남쪽으로 뻗은 산기슭이 슬쩍 솟았다가 점잖게 멈춘 산이었다. 산세로 치자면 화순 사람들을 감싸주는 좌청룡에 해당하는 명산이었다. 꼭두새벽에 불던 바람은 잦아졌다. 가을걷이가 끝난 들판은 밤새 된서리가 내려 첫눈이 온 듯 하얗게 반짝였다.

최경운은 말구종 노비를 불렀다.

"순돌아, 능주향교 쪼깐 댕겨와야겄다."

"예, 도련님."

말을 기르는 말구종은 순천에서 왔다고 순돌이가 되었다. 말구종이 말먹이를 잘 먹여서인지 말은 당나귀처럼 작았지만 목과 엉덩이가 번지르르했다. 최천부가 타고 갈 말이었다. 순돌이는 말의 긴 말갈기를 가지런히 쓰다듬곤 했다. 최경장과 최경회 형제도 밖으로 나와서 아버지 최천부를 기다렸다. 최천부가 출타할 때면 늘 먼저 나와서 살피는 것도 가풍이었다. 하늘은 해가 떴지만 여전히 멀건 시래기 국물처럼 우중충했다. 진눈깨비라도 곧 흩날릴 것만 같았다.

잠시 후. 최천부가 깔깔한 무명 두루마기 차림으로 사랑방에서 나왔다. 어제 여종이 밥풀을 먹이고 난 뒤 손다리미로 다린 무명 두루마기였다. 풀을 먹인 두루마기에서는 마른 갈대가 서로 부딪치는 것처럼 서걱거리는 소리가 났다.

"아부지, 가시지라우."

장남 최경운이 순돌이에게 출발하라고 눈치를 주었다. 그러자 최경장이 동생 최경회에게 말했다.

"동상, 차수해부러."

차수(又手)란 두 손을 아랫배에 모으라는 말이었다. 최경장과 최경회는 두 손을 모으고 인사를 했다.

"아부지, 잘 댕겨오시쇼잉."

"오냐, 이 말을 오늘은 내가 탄다만, 낼은 니덜이 송천 선생 댁으로 타고갈 것잉께 준비허고 있그라."

"예, 준비 잘 허고 있을랑께 걱정 마시지라우."

아버지 최천부와 형 최경운이 시야에서 사라지자 두 형제는 심호흡을 하며 어깨를 폈다. 들판에서 흙을 쪼던 까마귀들이 날아와 회화나무 가지에 무리 지어 앉아 까악까악 그악스럽게 울었다. 최경회가 말했다.

"성, 난 저놈덜만 보믄 불길허당께."

"니 말을 듣고봉께 저놈덜이 우리헌테 달라들 것만 같다잉."

"날갯죽지가 시커면 음흉헌 놈덜이 우리헌테 해코지헐 것만 같은 예감이 든당께."

"아따, 니도 아부지멩키로 주역점을 친갑다잉. 앞일을 예견허고 말이여."

"주역점을 친 것이 아니라 맴이 그런당께."

"맴을 놓고 당허는 것보담 준비허고 있다가 당허지 않는 것도 지혜로운 일이제."

최경회는 얼음덩이처럼 차가운 돌멩이를 들어 돌팔매질을 했다. 그러자 까마귀들이 일제히 달아났다.

"아따, 동상도 성질이 엥간허그만잉."

"성, 담부터는 화살을 쏴불라네."

"동상이 참지 못헌 것을 봉께 먼 일이 있어날지도 모르겄그만잉."

마음이 섬세하고 부드러운 최경장이 고개를 절레절레 저었다. 최경회에게는 자신이 갖지 못한 대담한 무엇이 있는 것 같았기 때문이었다. 실제로 최경회는 두 형보다 재기발랄했고 도드라진 면이 많았다. 어찌 보면 거칠기도 했다. 눈보라가 치는 날에 말 타기를 좋아했다. 마구간의 말을 끌고 나가 눈보라 치는 들판을 회오리바람처럼 질주하곤 했다. 눈보라 때문에 두 형들이 방 안에 갇혀 있을 때 최경회는 오히려 들판으로 나가 지석강까지 달리곤 했던 것이다.

능주향교로 가던 최천부와 최경운은 잠시 멈추었다. 순하게 경중거리며 움직이던 말이 뒷걸음쳤다. 순돌이가 허벅지까지 잠방이를 걷어올렸다. 눈앞에는 징검다리가 놓인 지석강이 흐르고 있었다. 최천부와 최경운이 말에서 내렸다.

"순돌아, 말이 심든께 여그서는 걸어갈란다."

"이놈이 말을 못해도 속이 놀놀해라우."

순돌이가 강을 건널 때가 되면 사람을 태우지 않으려는 말을 보고 '속이 놀놀하다'고 손가락질했다. 그러나 최천부는 웃으면서 징검다리를 건넜다. 강물은 얕지만 강바닥에 깔린 강돌은 미끄러울 터였다. 말이 강을 건널 때 진저리를 치는 것은 동글동글한 강돌 때문이었다.

저만큼 영벽정이 보였다. 그때였다. 징검다리를 건너던 최경운이 발을 헛디뎌 강물 속으로 빠졌다. 다행히 넘어지지 않고 발목만 적셨다. 그래도 최경운은 얼음물처럼 차가운 강물에 오들오들 떨었다.

"경운아, 긍께 조고각하(照顧脚下) 허라고 만연사 주지가 말허지 않더냐. 발밑을 바로 보라는 말이여."

"아이고 아부지, 추와 죽겄어라우. 누가 미끄러지고 잦어서 물에 빠졌다요."

"떨 것 읎다. 내 시킨 대로만 허믄 춥진 않을 것인께."

"여그서 향교까진 을마 안 된께 나는 걸어서 갈란다. 니는 이 말을 타고 영벽정으로 가서 활터를 열 바꾸만 돌고 와라. 그라믄 등에 땀이 날 거다."

최경운은 아버지 최천부가 시킨 대로 말을 타고 달렸다. 순돌이가 놀랐다. 말은 삼남 최경회가 잘 타는 줄 알았는데 최경운도 만만찮았다. 말고삐를 쥔 최경운은 비호처럼 내달렸다. 지석강에 점점이 내려앉았던 백로들이 화들짝 놀라 날았다. 순돌이는 길라잡이가 되어 최천부보다 앞장서 걸었다.

최경운은 단숨에 영벽정에 다다랐다. 영벽정은 능주 관원들이나 유생들이 활을 쏘는 활터와 붙어 있었다. 영벽정 맞은편은 연주산으로 항상 산그림자가 지석강에 어리어 풍치를 자아내고 있었다. 영벽정 처마는 곧 허물어질 듯했지만 오히려 해묵은 정자가 연주산과 지석강을 배경으로 자연스럽게 스며들어 잘 어울렸다.

"이랴, 이럇!"

마침 활터는 텅 비어 있었다. 대신 선득한 공기가 팽팽했다. 이윽고 활터에 먼지가 일었다. 말은 뿌연 먼지 속에서 나타났다가 사라지곤 했다.

최경운은 과녁 너머까지 활터를 몇 바퀴 돌았다. 과연 아버지 최천부 말대로 이마에 땀이 송알송알 맺혔다. 강물에 빠져 떨었던 몸이 후끈후끈 달아올랐다. 한참 만에야 최경운은 말고삐를 잡아당기며 말타기를 멈추었다. 놀랍게도 향교로 간다던 아버지 최천부가 영벽정에 올라서 내려다보고 있었다.

"아부지, 으째서 거그 겨신게라우?"

"그라고 봉께 나도 승마를 허지 못헌 지가 꽤 돼부렀어야. 초겨울 우중충헌 날에는 승마가 최고여. 봄여름에는 잔을 들고 시를 읊조리는 것이 그만이고."

최경운은 순돌이에게 말을 맡기고 영벽정에 올랐다. 서까래 밑에는 시판(詩板)이 두 개나 붙어 있었다. 하나는 전라감사 김종직이 능주를 순시하면서 영벽정에 올라 지은 시였다.

연주산 위에 뜬 쟁반 같은 달이여

바람 잠든 수풀 이슬만 차갑구나

천 겹의 뭉게구름 다 걷히려 하거니

태평세월에 병영을 찾아 무엇하리

일 년에 중추가 가장 좋은 줄 이제야 알겠네

나그네 이 밤 이리 즐거운 줄 그 누가 알리

우리는 이제부터 서쪽 바다로 갈 것인데

손끝으로 게꼬막 까먹을 일만 남았구나.

連珠山上月如盤 草樹無風露氣寒

千陣絮雲渾欲盡 一堆鈴牒不須看

年華更覺中秋勝 客況誰知此夜寬

征施又遵西海轉 指尖將擘蟹蠐團

점필재 김종직이 능주에서 일박을 한 것은 춘양에 정여해라는 제자가 살고 있기 때문이었다. 정여해가 열다섯 살 때부터 경상도로 자신을 찾아와 글을 배웠던 것이다. 특히 정여해는 함양의 정여창과는 친족 동생인 데다 조광조의 스승 김굉필과는 도학으로 맺은 도우(道友)였다. 물론 김굉필도 김종직의 제자였다.

"점필재 선생의 시를 봉께 춘양의 돈재 정여해 선생이 생각난다야. 돈재 선생은 점필재 선생의 애제자였거든. 그래서 점필재 선생이 여그 영벽정까정 찾아와 하루 묵었는갑다."

화순에 살았던 최고의 도학자를 꼽자면 최천부는 정여해를 먼저 꼽았다. 김종직의 제자 중에서 상례제일(喪禮第一)이라고 불렸던 정여해였다. 부모의 줄초상을 당해서 6년을 무염식하면서 시묘살이를 하다가 중풍을 얻어 별세했던 것이다. 더구나 매월당 김시습이 정여해 집을 찾아와 머물면서 서로 시문(詩文)을 주고받은 바 그 이야기는 화순 유생들에게 전설처럼 떠돌았다.

"아부지, 요 시판은 학포 선생 것이어라우."

"송천이 학포 선생 삼남이제. 이 시를 보믄 학포 선생 재주도 만만찮아야. 으디 니가 한번 읽어보그라."

최경운은 양팽손의 시를 단숨에 읽어 내렸다. 영벽정에 와서 몇 번을 보았으므로 시판을 보지 않고도 외울 정도였다.

예부터 태평하였으니 어찌 모습이 없을소냐
백리길 삼마가 무성하니 자식들 편안하도다
눈을 들어보니 푸른 봉우리들이 성곽을 이었으니
그대로 하여금 진실로 이 강정(江亭)을 두었어라.
太平從古豈無形 百里桑麻子弟寧
撞眼碧峰當縣郭 令君眞有此江亭

최천부는 최경운이 양팽손의 시를 다 외우기도 전에 영벽정을 내려가 말을 탔다. 또다시 활터에 먼지가 일었다. 최천부도 장남 최경운 못지않게 바람처럼 말을 몰았다. 하얀 두루마기 자락이 찢어질 듯 펄럭였다.

동짓날 진눈깨비가 모래를 뿌리듯 흩날렸다. 어느새 마당이 백사장처럼 변해갔다. 최경장은 스승인 양응정 댁으로 갈 준비를 했다. 아버지에게 날씨가 좋은 날을 간택해서 가겠다고 전하려다가 그만두었다. 진눈깨비는 따가울 만큼 얼굴을 때려댔다. 말구종 순돌이는 벌써 말을 처마 밑까지 끌고 와서 진눈깨비를 피하고 있었다. 그러나 최경장은 말을 타지 않고 걸어가려고 마음먹었다. 말은 아버지가 능주까지 타고 다녀야 했다. 최천부의 아내 순창 임씨가 최경장의 마음을 눈치채고 말했다.

"내가 아부지헌테 말해 줄끄나? 요런 날 어처께 간다냐."

"엄니, 아부지께서 진작 송천 선상님께 편지를 보냈어라우. 오늘 안 가믄 아부지 체면이 스지 않겄지라우."

"공부도 좋지만 사람이 얼어 죽을지도 모릉께 허는 말이여."

순창 임씨 얼굴은 울상이 다 되어 있었다. 반면에 동생 최경회는 진눈깨비와 상관없이 활발하게 움직였다. 팔을 휘휘 젓기도 하고 손가락을 오도독 꺾기도 했다. 어머니 순창 임씨가 타박을 할 정도였다.

"막둥아, 니는 뭣이 고로코름 좋냐? 요런 날 나갔다가 동상이라도 걸리믄 으쩔라고 나선다냐?"

"엄니, 송천 선상님께 첨으로 인사드리러 가는 날이라서 그란지 가심이 설레부요."

"또랑물은 꽝꽝 얼었드라. 겁나게 추운 날 간다고 형께 걱정이 돼야분다."

"엄니, 공부허는 놈이 눈비 가려서 헌다요. 요번에 송천 선상님헌테 지대로 한번 배와불랑께 너무 걱정 마시쑈."

"가믄 은제 오냐?"

"책거리는 헐 정도가 돼야지라우."

책거리란 스승 앞에서 《논어》나 《대학》 등 한 권을 다 외워 바친 뒤, 스승과 함께 배우던 동학(同學)에게 음식을 차려 대접하는 일을 뜻했다. '책씻이' 혹은 좀 더 유식하고 점잖은 말로 '책례(冊禮)'라고도 불렀다. 초급 과정으로는 《천자문》, 《동몽선습(童蒙先習)》, 《십팔사략(十八史略)》, 《통감(通鑑)》, 《소학(小學)》을, 중고급 과정은 사서삼경에 《예기(禮記)》, 《춘추(春秋)》를 더한 사서오경을 익혔다.

한마디로 책 한 권을 다 외웠을 때 스승에게 감사하고 동학들과 함께 자축하는 것이 책거리였다. 이때 준비하는 음식은 국수장국, 송편, 경단 등이었고 특히 송편에는 깨나 팥, 콩으로 만든 소를 꽉 채웠다. 학문도 그렇게 빈틈없이 배우고 익히라는 바람을 담았다. 그리고 오색 송편은 우주 만물을 형성하는 원기와 오행에 근거하여 오미자로 붉은색을 내고 치자로 노란색, 쑥으로 푸른색, 송기로 갈색을 들여 빚어 만물의 조화를 나타냈다.

"아부지께는 어저께 아칙에 인사드렸응께 인자 떠날라요."

"니 아부지는 하필 이런 날 으째서 니 성허고 향교에 겨신지 모르겄다. 교생덜을 가르치는지 약주 잡수고 누워겨신지 말이여."

"수업을 시작헐 때는 늘 그랬지라우. 교생덜 책을 필사허시느라고 밤을 새우곤 했당께요. 긍께 엄니가 이해허셔야 허시지라우."

"교생덜 갈치데끼 니덜헌테도 그랬으믄 좋겄다."

최경장이 말했다.

"엄니, 아부지가 지허고 동상헌테 을매나 기대가 큰지 아요? 송천 선상님헌테 보내는 것을 봄서도 모르시겄소?"

"책 외우는 것이사 으디든 같겄제. 사서삼경이 이짝 다르고 저짝 다르냐?"

순창 임씨는 두 아들을 능주향교에서 공부시키지 않고 굳이 박산으로 보내는 남편 최천부의 처사가 못마땅한 듯했다. 최경장이 어머니를 위로했다.

"엄니, 송천 선상님 같은 분은 이짝 고을에는 읎어라우. 몇 년 전에 생원시에 장원급제헌 분인디 원근각처 학동덜이 서로 배울라고 헌다요. 아부지가 아니라믄 우리 심만으로는 송천 선상님헌테 배우지 못해라우. 긍께 동상허고 나는 행운아그만요. 인자 우리가 멀리 가는 것을 섭섭허게 생각허시지 마쑈."

"날도 요로크롬 추와분께 맴이 심란해서 그란다. 훌륭헌 선상님헌테 배우는 것이 좋겄제만 말이여."

"그라믄 가서 잘 배우고 올라요."

최경회도 어머니 순창 임씨에게 인사했다.

"아부지헌테 누가 되지 않도록 잘 배와불라요. 긍께 엄니, 걱정허시지 마쑈."

"알았다. 늘 매사에 조심해야 써."

그때 부엌데기 여종이 보따리를 들고 나왔다. 순창 임씨가 말했다.

"선상님헌테 갖다드려라. 모후산 산양삼 몇 뿌리허고 고사리 쪼깐 쌌다."

"산양삼은 아부지 약으로 쓸라고 구헌 것이 아닌게라우?"

"니 아부지헌테 허락받았응께 걱정 말그라. 고사리는 통통헌 것만 만연산 골짝에서 꺾어 몰렸제. 국수가닥멩키로 대가 질고 보들보들 허드라."

고사리는 순창 임씨 마음대로 처분할 수 있는 마른 나물이었지만 산양삼은 달랐다. 산양삼은 모후산 산자락에 은밀하게 자생했다. 누군가가 산삼 씨앗을 뿌린 덕분이었다. 동복 심마니들은 모후산을 깊숙이 산행하다가 산양삼을 발견하게 되면 유마사 산신각에 먼저 공양을 올리는 모양이었다. 그리고 산신각에 올려진 산양삼은 유마사 주지가 자신의 은사인 만연사 주지에게 바치는 듯했다. 최천부 집에 오는 20여 년 된 산양삼은 모두 만연사 주지가 가져온 것들이었다. 그러니 최천부가 일부러 구한 산양삼은 아니었다. 최천부가 법당 지붕의 기와불사를 작심하고 시주한 적이 있는데, 그에 대한 보답으로 만연사 주지가 가져온 산양삼이었다. 이처럼 귀한 산양삼을 양응정에게 보내는 까닭은 두 아들을 잘 가르쳐달라는 무언의 부탁이기도 했다.

"니덜 가는 것을 보고 나는 만연사로 올라가 부처님헌테 기도헐란다."

"날이나 개믄 올라가시지라우. 이런 날 산길에 미끄러지믄 큰일 난께라우."

"부처님이 우리 가족을 돌봐주신께 그런 일은 읎을 것이다."

순창 임씨는 불심이 깊었다. 초하루와 보름날은 반드시 만연사로 올라가 불전에 공양을 올렸다. 그러던 어느 날부터 순창 임씨는 비가 오려고 할 때마다 "우리 부처님 우실랑갑다." 하면서 중얼거리고 다녔다. 법당 지붕 한쪽이 허물어진 탓에 빗물이 서까래를 타고 흘러와 부처님 얼굴에 떨어져 눈물처럼 보이기 때문이었다. 공자와 맹자를 신봉하는 향교 훈도 최천부라 하더라도 아내의 말을 듣고는 모른 체할 수 없었다. 측은지심이랄까 짠한 마음이 들었다.

더구나 측은지심(惻隱之心)은 최천부가 늘 입버릇처럼 자식들에게 들려주었던 맹자의 가르침 중에 하나였다. 맹자는 네 가지 마음(측은한 마음, 부끄러운 마음, 사양하는 마음, 시비를 가리는 마음)을 가져야만 진정한 사람이라고 했고, 그것이 바로 인의예지(仁義禮智)의 바탕이 된다고 했던 것이다.

불쌍히 여기는 마음이 없는 것은 사람이 아니고,
부끄러운 마음이 없으면 사람이 아니며,
사양하는 마음이 없으면 사람이 아니며,

옳고 그름을 아는 마음이 없으면 사람이 아니다.

'불쌍히 여기는 마음'은 어짊의 극치이고,

부끄러움을 아는 마음은 옳음의 극치이고,

사양하는 마음은 예절의 극치이고,

옳고 그름을 아는 마음은 지혜의 극치이다

無惻隱之心 非人也 無羞惡之心 非人也 無辭讓之心 非人也 無是非

之心 非人也.

惻隱之心 仁之端也 羞惡之心 義之端也 辭讓之心 禮之端也 是非之

心 智之端也

진눈깨비가 다시 북풍에 섞여 벌 떼처럼 윙윙거렸다. 최경장과
최경회는 집을 나섰다. 양응정이 살고 있는 박산마을로 가려면 두
가지 길 중에서 하나를 선택해야 했다. 너릿재를 넘어 광주로 나갔
다가 나주목 쪽으로 가는 방법이 하나 있고, 또 다른 하나는 지석
강을 따라가다가 영산강을 건너가는 길이었다. 최경장은 두 개의
길을 다 다녀봤기 때문에 어느 쪽이든 방향을 잃고 헤맬 일은 없었
다. 순창 임씨는 두 아들의 모습이 보이지 않을 때까지 사립문 밖
에 서 있다가 마당으로 들어섰다. 진눈깨비가 얹힌 머리카락이 온
통 하얘져 갑자기 극노인으로 변해버린 듯했다.

두 형제는 보자기를 하나씩 등에 메고 걸었다. 진눈깨비가 눈을
찔러댔다. 진눈깨비 회오리바람이 모래를 흩뿌리듯 지석강을 오갔
다. 최경회가 눈을 찡그리며 말했다.

"성! 으디로 갈랑가?"

"지름길로 가야 허지 않겄냐. 날도 춥고 헌께."

"날씨만 좋다믄 광주로 나가서 해찰도 부릴라고 했는디."

"그래, 광주에는 화순에 읎는 것이 많제. 중국서 들어온 붓이나 요상허게 생긴 베루, 서책덜도 구경꺼리고."

"담에는 광주 쪽으로 가세."

"성이 약속허마. 담에 꼭 그짝으로 돌아서 가자."

두 형제는 지석강이 끼고 흐르는 산모퉁이를 두 개나 지났다. 진눈깨비가 쏟아지는 강물은 예리한 칼날처럼 시퍼랬다. 강물에 발을 적신 갈대들은 소름이 끼친 듯 머리채를 흔들며 세차게 서걱거렸다.

"날씨가 얄궂은께 송천 선상님 댁으로 싸게 가야쓰겄다."

"영산강은 아직 멀었능가?"

"여그가 남평인께 쪼끔만 더 가믄 나올 거다."

두 형제는 고개를 잔뜩 숙인 채 강변길을 걸어갔다. 최경장은 아는 길이어서 느긋했고, 동생 최경회는 초행길에다 진눈깨비가 휘몰아치고 있었으므로 초조해했다. 최경장은 눈에 익은 강변길을 잰걸음으로 걸었다. 갑자기 최경회가 소리쳤다.

"아이고메!"

"먼 일이냐?"

최경회가 얼어서 미끄러워진 돌부리에 걸려 넘어졌다. 최경장이 쫓아갔지만 최경회는 이미 넘어져 갈대밭에 처박혔다.

"성, 나 죽겄소!"

"얼릉 일어나부러. 눈길에는 발밑을 잘 봐야 써."

"아이고메, 엄살이 아니랑께."

최경회가 절룩거리며 일어났다. 붉은 피가 바지를 적셨다. 돌부리에 정강이를 찧은 모양이었다. 최경회가 '아이고메, 아이고메' 하면서 다시 주저앉자, 최경장이 으깨진 정강이 부분의 피를 닦아낸 뒤 손수건으로 싸맸다.

"내가 업을까?"

"성이 어쩌께 나를 업고 간당가. 그라믄 이짝 팔만 띠메주소."

최경장은 최경회를 부축했다. 설상가상, 생각지도 못한 사고였다. 갈 길이 더 멀게 느껴졌다. 그러나 작은 애기고개를 넘어서자 멀리 영산강이 보였다. 노안의 넓은 뜰도 나타났다. 최경장은 곧장 영산강 나루터가 있는 길로 들어섰다. 양응정이 사는 박산마을로 가려면 영산강을 지나 수심이 얕은 황룡강 쪽으로 가야 했다. 박산마을은 개울 같은 황룡강 건너편 어등산 산자락에 있었다. 한참을 가다가 최경회가 둘째 형 최경장의 손을 뿌리쳤다.

"성, 인자 혼자 걸어도 되겠네."

"참말로?"

최경회는 절룩거리더니 느린 걸음으로 혼자 걷기 시작했다. 최경장이 한마디 했다.

"스승을 만나는 것이 어쩌께 숩겄냐."

"날씨까정 요로코름 험상궂은디 다리가 요러니 참말로 심드네. 성도 요랬는가?"

"그때는 여름이었는디 폭우에 강물이 범람해 아부지허고 나허고 영산강 벌건 물에 떠내려갈 뻔했제. 송천 선상님이 반갑게 맞아주

28

기는커녕 아부지헌테 죽을라고 환장했소, 허고 화를 내시드라고."

"그나저나 스승 만나는 것이 참말로 에러와부네."

"뭣이든 순탄헌 길은 읎어야. 에러와야 맴에 사무치는 벱이고."

"아따, 성. 멋진 말 써부네잉. 하하하."

"웃기는, 내 말이 틀렸냐?"

"성이 훈장 선상님 같은 말을 헌께 그라네."

삼 형제 중에서 최경회는 둘째 형인 최경장과 더 친근하게 지냈
다. 첫째 형은 아버지 최천부를 많이 닮아서 왠지 어려운데, 둘째
형은 그렇지 않았다. 형으로 느껴지다가도 어느 순간에는 친구처
럼 거리감이 없어졌다. 가끔 아픈 데를 콕 찌르는 농담도 주고받았
다. 박산마을을 가면서도 끊임없이 잡담을 하는 것은 그만큼 우애
가 두텁기 때문이었다.

마침내 영산강을 건너가는 길목인 나루터까지 왔다. 두 형제가
나루터 움막에 도착하기 전에 사공이 뛰어나와 맞이했다. 사공은
머리를 산발하고 있었다. 세수도 하지 않았는지 얼굴에는 숯검댕
이가 묻은 데다 때가 끼어 꾀죄죄했다.

"아이고, 오늘 공칠 뻔했는디 첫 양반이시그만요."

"어서 말뚝에 밧줄을 풀게나."

최경장이 다소 위엄을 갖춘 목소리로 말했다. 뱃사공은 하루살
이 인생이었다. 특히 겨울에 강물이 꽁꽁 얼게 되면 알량한 뱃삯마
저 사라져버렸다. 사람들이 언 강을 그냥 건너다니기 때문이었다.
사공이 삿대를 찌르며 물었다.

"나리, 으디로 가십니까요?"

"박산마을 송천 선상님 댁으로 가네."

"그래라우? 생원 나리께서는 어저께 화순을 댕겨오신다고 했습죠."

"학포 선상님 댁에 가신 모냥이구만."

양응정의 아버지인 학포 양팽손은 기묘사화 이후 쌍봉마을로 이거했으니 그곳으로 갔을 것 같았다.

"성, 그라믄 으쩔랑가?"

"뭘 으째야. 가서 선상님을 우리가 지달리고 있어야제."

두 형제는 나룻배를 타고 강물을 응시했다. 진눈깨비는 멈추어 강물이 강바닥까지 드러날 만큼 투명했다. 사공이 삿대를 거두어들이고 노를 젓기 시작했다. 노에 강물 부딪치는 소리가 간단없이 철퍼덕 철퍼덕 소리를 냈다. 최경회는 잠시 상념에 잠겼다. 아버지가 기대승에게 보내지 않고 양응정에게 보낸 이유는 무엇일까? 기대승은 도학자였고 양응정은 문장가였다. 도학자는 과거에 급제하더라도 출사하지 않고 수신제가하며 제자 기르는 것을 삶의 목적으로 삼지만 문장가는 달랐다. 과거 급제하여 입신양명하는 것이 공부의 목적이었다. 그렇다면 아버지는 과거 급제하여 높은 벼슬아치가 되기를 바라는 것일까? 그리하여 가문을 빛내라는 것일까?

나룻배가 건너편 나루터에 다다르자 최경장이 최경회의 등을 탁 치며 말했다.

"먼 생각을 허고 있냐? 다 왔다."

"아이고메, 성. 잠시 아부지 생각을 허고 있어부렀네."

"인자 자나깨나 선상님이 갈쳐준 공부만 생각해야 헌다잉."

"알았네."

두 형제는 나루터에서 내려 곧장 노안들판을 가로질러 황룡강 쪽으로 걸어 올라갔다. 황룡강은 지석강처럼 영산강 지류로서 수심이 깊지 않았다. 마을 앞쪽으로는 징검다리가 놓여 있었다. 두 형제는 징검다리를 겅중겅중 건너갔다. 징검다리도 얼어서 미끄러웠지만 두 형제는 몸의 중심을 잡고 곡예 하듯 무사히 건넜다.

"경회야, 저끄 마실이 박산마실이다."

"집을 나설 때는 가차운 줄 알았는디 솔찬히 머네잉."

"아칙 늦게 집에서 출발했지만 그래도 우리가 싸게 왔어야. 안 그라믄 저녁 냉갈이 날 때쯤 도착했을 것이다."

"성허고 얘기험시롱 와서 심심허지는 않았네."

"이상허게 니허고 나허고는 잘 통해부러야. 다리는 으쩌냐?"

"짚이 찢어진 거 같지는 않네. 피가 얼릉 멈춘 것을 본께."

"다행이다. 다리라도 부러졌으믄 으쨌겄냐. 공부는 고사하고 집으로 돌아가 다리가 나을 때까정 빈둥거려야제."

박산마을은 어등산 산자락을 뒤로하고 황룡강을 바라보고 있었다. 풍수들이 말하는 배산임수 형국이었다. 남향받이로 따뜻한 마을인지 어느 초가지붕을 보아도 진눈깨비가 쌓인 곳은 없었다. 돌담 고샅길 음지에 희끗희끗 잔설이 남아 있을 뿐이었다. 최경장은 손을 들어 가리키며 말했다.

"저 집이 송천 선상님 댁이다."

최경회는 양응정 집의 사립문을 보자마자 가슴이 쿵쿵 뛰었다. 마치 사립문이 양응정인 듯 가슴이 쿵쾅거렸다. 반듯하고 정갈한

사립문도 무언가 범접하기 어려운 기운이 서려 있었다. 최경회가
조심스럽게 사립문을 열었다. 그때 지게로 장작을 나르던 사내종
점백이가 쫓아와 말했다.

"웬일입니까요?"

"공부헐라고 왔다."

"시방 나리님은 안 겨시는디요잉."

"알고 있다. 마님은 으디 겨시느냐?"

"마실 나가셨그만요. 사랑방에 들어가 겨시지라우."

사랑방 굴뚝에서는 연기가 폴폴 나고 있었다. 점백이가 군불을
지핀 듯했다. 양응정의 첫째 부인인 죽산 박씨가 점백이에게 사랑
방과 안방에 군불을 지피라고 당부하고 나갔던 것이다.

양응정댁 별채 골방에 머문 지 하루 만이었다. 양응정의 첫째 부인 죽산 박씨가 안방에서 최경장 형제를 불렀다. 세수를 하고 별채 큰방에 앉아 있는데 점백이가 들어와 알렸다.

　"마님이 부르시그만요."

　"알았네."

　방문이 열리는 순간 찬바람이 들이쳤다. 진눈깨비가 몰고 온 삭풍이었다. 마당가 배롱나무 나뭇가지들이 거풋거렸다. 박산마을은 황룡강을 발밑에 두고 있어 다른 곳보다 바람이 거셌다. 어등산 산자락을 넘어온 바람이 툭 터진 황룡강으로 내달리기 때문이었다. 최경장 형제는 목덜미를 움츠리며 안방으로 갔다. 기다리고 있던 죽산 박씨 부인에게 두 형제는 큰절을 했다. 죽산 박씨 부인이 최경회를 보더니 말했다.

　"선상님헌테서 경장이 동상도 온다고 들었다네. 근디 동상은 성 허고 닮은 디가 읎그만잉."

"지가 경회입니다요."

최경장이 한마디 했다.

"동상은 지허고 성격이 쪼깐 달라라우. 말도 잘 타고 글도 잘허 그만요."

"아따, 벌써부텀 동상 자랑해부네잉. 선상님은 빠르면 오늘 저녁, 늦으면 낼 아칙에는 올 것인께 기다리소."

"쌍봉마실에 가셨지라우?"

"아니, 거그는 설에 가실 거고, 해남 석천 선상님 댁에 가셨네. 오늘이 동짓날 아닌가? 미리 세배허로 출타허신 것이제."

"어저께 사공은 쌍봉마실에 가셨다고 허드랑께요."

"사공이 뭣을 알겄는가. 지레짐작허고 헌 말이었겄제."

양응정은 동짓날에는 스승인 임억령에게, 설에는 아버지 양팽손에게 가서 세배를 하는 모양이었다. 석천(石川) 임억령은 양응정의 스승이었다. 양응정은 임억령보다 23살 아래였다. 그러니 임억령은 양응정에게 나이로 쳐도 아버지뻘이었다. 50세의 임억령이 해남 마포(해남군 마산면 장촌리) 명봉산 산자락에 있는 서당골 문암재(文庵齋)로 낙향한 것은 재작년(1545) 겨울이었다. 호조판서였던 동생 임백령이 문정왕후의 동생인 윤원형 편에 서서 인종의 외삼촌인 윤임 일파를 제거하려 할 때 극구 만류하다가 여의치 않자 금산군수를 사직하고 낙향해버렸던 것이다.

임백령이 한강 나루터까지 따라오자 임억령은 자신의 심사를 시로 읊조린 적이 있는데, 최경장은 스승 양응정에게서 귀에 못이 박힐 만큼 들어서 외우고 있었다.

잘 있거라 한강수야
물결 일으키지 말고 고요히 흐르거라
好在漢江水
安流不起波

　여기서의 '한강수'는 두말할 것 없이 을사사화 주동자 중 한 사람인 임백령이었다. 임백령이 윤원형 같은 권신들과 함께 모의를 해서 윤임을 추종했던 신하들을 죽이고, 귀양 보내는 일을 하지 말라는 형으로서 마지막 충고였다. 그러나 야심이 많은 임백령은 임억령의 말을 듣지 않았다. 선뜻 동조해준 막냇동생 임구령과 달리 형임억령은 불의를 보고 간절하게 꾸짖었다. 그러나 임백령은 자신의 마음을 돌리기에는 너무 깊숙이 발을 들여놓고 있었다. 을사년(1545) 7월 1일 인종이 죽고, 7월 6일 명종이 11세 나이로 즉위하자 문정왕후는 수렴청정을 시작했다. 그때부터 불행하게도 사화의 불은 야금야금 번지고 있었다. 문정왕후의 동생 윤원형은 인종 때 득세한 신하들을 제거하고자 음모를 꾸며가고 있었던 것이다.
　결국 임백령은 을사사화 때 세운 공으로 정난위사공신(定難衛社功臣) 1등에 기록되고, 숭선군(崇善君)에 봉해졌으며, 호조판서에서 우찬성으로 승진하였다. 임백령의 아우 임구령도 을사사화에 동조한 공으로 위사공신이 되었다. 임구령은 제용감 첨정(濟用監僉正), 남원부사, 나주목사를 거쳐 광주목사로 영전하는 등 출세가도를 달렸다. 임억령은 벼슬에서 물러났지만 동생 두 명은 벼락출세를 했다. 당시 임백령의 권세는 하늘을 찌를 정도였다. 한양 저잣거리에 다음과 같은 말이 떠돌았다.

노회한 이기, 치밀한 임백령, 잔혹한 정순붕, 독살스러운 윤원
형……
사화를 머리로 꾸민 인물은 임백령이고, 몸으로 행동한 이는 그
의 동생 임구령이라고 그려. 임구령은 이기와 윤원형을 자기 아
버지같이 섬겼는디, 임구령은 정순붕의 아들 정현, 윤원형의 종
숙 윤돈인의 무리들과 함께 밤이 되면 제거할 재상들의 집을 몰
래 엿보았디야. 그자들의 종적이 흉칙하고 비밀스러운 것이 여
시같았디야.

작년(1546) 명종 1년 5월이었다. 51세의 임억령은 동생 임백령
의 추천으로 내려진 원종공신(原從功臣)의 녹권(錄券)을 사양하고 받
지 않았다. 오히려 임억령은 해남의 깊은 산속으로 들어가 제문을
지은 뒤, 녹권을 불사르면서 시로써 자신의 마음을 드러냈다. 녹권
을 불사른 것은 세상의 부귀영화를 하찮게 여기고, 벼슬살이의 진
퇴와 공사(公私)의 구분을 분명히 하겠다는 결연한 의지였다.

대나무가 늙었으니 베이는 것 피하였고
소나무는 고상하여 벼슬 받지 않는다네
누가 송죽처럼 지조를 함께 지키려는가
깊은 골짜기에 머리 흰 백두옹뿐이로다.
竹老元逃削

松高不受封

何人與同調

窮谷白頭翁

　송죽 같은 지조를 위해 동생의 호의를 물리친다는 시였다. 임억령이 조정에서 내린 녹권을 불살랐다는 소문이 돌자, 호남 각지에서 제자가 되겠다는 유생들이 문암재로 몰려들었다. 모두가 먼저 수학한 양응정의 후배들인데, 박백응, 고경명, 박순종 형제, 그리고 십여 년 뒤에 입실한 정운(1543~1592) 같은 이들이었다. 양응정이 선배가 된 것은 을사년(1545)에 바로 임억령의 문하에 들었기 때문이었다.

　죽산 박씨의 말대로 양응정은 날이 어둑어둑해지고 있을 때 사립문을 들어섰다. 해남 마포에서 이른 새벽에 출발했지만 눈길에 발걸음이 더디었던 것이다. 망아지를 타고 갔으면 날이 훤한 낮에 돌아왔을 것이었다. 그런데 양응정은 스승에게 세배하러 가면서 망아지를 타고 갈 수 없다며 고집을 부렸던 것이다. 양응정의 고집에는 아내인 죽산 박씨도 어찌할 도리가 없었다. 양응정의 수염은 고드름이 방울방울 붙어 유리알처럼 빛이 났다.

　"아이고메, 박산 다 와서 만난 눈보라 땜시 애 쪼깐 묵었소."

　"그랑께 지가 망아지를 타고 가시라고 안 헙디여. 지 말을 들었으믄 진작에 오셨겄지라우."

　양응정은 수염에 붙은 얼음 방울들을 손으로 뜯어내며 말했다.

"아따, 급헌 일이라믄 몰라도 스승님헌테 세배 가는 제자가 어처께 망아지를 타겄소? 세배허는 것만이 아니라 찾아가는 길도 예를 갖추어야제."

"경장이 와서 지다리고 있그만이라우. 동상도 같이 왔습디다."

"알고 있소. 편지를 받은 일이 있소."

최경장 형제의 아버지 최천부가 양응정에게 편지를 보낸 것은 사실이었다. 그러나 양응정은 한겨울에 아들 형제를 보내리라고는 생각지 못했던 터라 다소 놀랐다.

"날씨라도 풀어지믄 보내제 그 양반 성질도 급허요."

"급헌 성미로 따지믄 영감님이 더했으믄 더했지 덜할랍디여."

죽산 박씨의 한마디에 양응정은 화제를 돌렸다.

"경장이는 으디 갔소?"

"영감님 모시러 간다고 나갔는디 길이 서로 어긋나분 모냥이요."

"허허. 헛걸음질허고 있그만."

그러나 그때 최경장 형제가 점백이를 앞세우고 사립문을 들어서고 있었다. 점백이가 소리쳤다.

"영감마님! 경장이 아재가 왔어라우."

"사랑방으로 들어오라고 해라."

양응정은 두툼한 솜옷으로 갈아입은 뒤 사랑방에 들었다. 먼저 들어와 있던 최경장 형제는 서 있다가 양응정이 아랫목에 정좌하자, 넙죽 큰절을 올렸다. 최경회는 절을 하면서 양응정을 곁눈으로 보았다. 비록 나이는 자신보다 13살 위이지만 범접할 수 없는 위의

가 느껴졌다. 도학으로 자신을 갈고닦은 모습이 넓은 이마와 형형한 눈빛에 드러나 있었다. 중종 35년(1540)에 치러진 생원시에서 장원한 관록이 향교의 큰 향로처럼 무겁게 느껴졌다. 최경회는 양응정이 입을 열자 자신도 모르게 움찔했다.

"날씨가 사납구나. 허나 배움의 길에 날씨가 무신 장애가 되겠느냐. 추우믄 추운 대로 더우믄 더운 대로 받아들임시롱 오직 배움의 길에 전념해야 헐 것이니라."

"지는 천자 부자 막내아들이그만요. 아부지헌테 《천자문》, 《동몽선습》, 《소학》은 배웠는디 선상님께 더 고상헌 공부를 배울려고 왔어라우. 제자로 받아주시기만 허믄 혼신의 심을 다해서 수학헐랍니다요."

양응정은 최경회의 청을 받아주겠다는 표시로 부드럽게 웃으며 말했다.

"최훈도 양반 자제분인디 무신 허물이 있을까? 내가 잘 갈치지 못헐까 걱정이제."

"선상님, 고맙그만요. 제자 된 도리를 다 헐랑께 허물이 있으믄 크게 꾸짖어주시믄 더욱 고맙겠습니다요."

최경장이 고개를 주억거리며 말했다.

"선상님, 동상을 제자로 받아주시니 저도 기쁘그만요."

"동상헌테 지지 않을라믄 경장이는 밤잠을 자지 말아야겠는디? 하하하."

잠꾸러기 최경장을 타박하듯 양응정이 농담 반 진담 반으로 말하고는 크게 소리 내어 웃었다. 실제로 최경장은 제자들끼리 둘러

앉아 경서를 외우는 동안 꾸벅꾸벅 졸 때가 많았던 것이다. 양응정의 당부를 동생 앞에서 들은 최경장은 부끄러워하며 머리를 긁적였다.

"동상이 있는 디서 약속헐랍니다. 초저녁에 잠이 오믄 동상허고 황룡강으로 나가 얼음을 깨서 입에 물고서라도 공부헐랍니다요."

"암은, 그래야 써. 나도 한때는 밤에 잠이 오믄 황룡강으로 나가 이마에 강물을 뿌리고 나서 공부했제. 그라믄 잠이 천리만리 달아나불드라고."

최경장 형제는 별채로 가지 않고 사랑채 윗방을 사용해도 좋다는 허락을 받았다.

"경장이 성제는 별채로 가지 말고 웃방에서 머물거라."

"아이고, 지덜은 괴안찮그만요."

"내 옆에 있는 것이 부담스러워서 그런가?"

"지덜로서는 영광이지라우. 근디 제자덜이 하나둘 모이믄 눈치가 보이지 않을께라우?"

"올 겨울에는 제자를 안 받을 틴께 눈치 볼 것도 읎다."

글을 배우기 위해 먼 곳에서 찾아오는 제자들은 별채에서 생활했다. 그러니 스승 곁인 사랑채 윗방을 쓴다는 것은 아주 이례적이고 특별한 배려였다.

"선상님을 가까이서 모신다는 것은 큰 혜택이지라우."

"니덜 공부만 허그라. 내 글 읽는 소리가 니덜 공부허는디 방해가 될지 모르겄다만 의문 나는 대목이 있으믄 수시로 물을 수 있으니 나쁘지만은 않을 것이다."

최경장이 감격한 얼굴로 말했다.

"저희 아부지께서 말씸허셨는디 이 시상에서 가장 듣기 좋은 소리가 니 가지 있다고 했그만요. 첫째는 가뭄에 비 오는 소리이고, 두째는 가을에 말이 풀 뜯는 소리이고, 시 번째는 선비가 글 읽는 소리라고 했습니다요. 긍께 선상님 글을 읽는 소리가 지털 공부를 방해헌다는 말씸은 천부당만부당헙니다요."

"허허. 경장이 생각도 많이 짚어졌고나. 듣기 좋은 소리가 하나 더 있다만 내가 할 말은 아닌 것 같다."

이번에는 가만히 양응정과 형이 주고받는 말을 듣고만 있던 최경회가 한마디 했다.

"성은 니 가지 듣기 좋은 소리 중에 시 가지만 말했습니다요. 또 뭣이 있다는지 궁금하그만요."

"하하하. 한 가지가 더 있제. 경회가 들어도 괴안찮은 말이여. 경회도 작년에 결혼했응께 인자 어른이 아닌가."

"선상님께서 허락해주신다믄 마저 말씸 드리겠습니다."

"아니, 시방 말허지 말고 둘이 있을 때 동상에게 알려주게."

"예, 알겠습니다요."

양응정은 중요한 말을 하려고 그 이야기는 중단시켰다. 양응정은 선비의 마음가짐에 대해서 최경장 형제에게 말하려고 했다. 선비의 마음가짐을 닦는 것이 공부의 목적이 돼야 하기 때문이었다. 양응정은 재작년 피를 불렀던 사화를 지루할 정도로 길게 이야기했다. 을사년에 벌어졌던 선비들의 참극이었다. 최경장 형제도 어느 정도 알고는 있었지만 양응정의 이야기를 듣고는 몸서리쳤다.

"내 스승의 동상 임백령은 으떤 과보를 받았는가?"

"사신으로 명나라에 갔다가 병을 얻어 별세허신 것으로 알고 있습니다만."

"맞네."

명종 1년(1546) 임백령은 우의정이란 직함만 임시로 얻어 사은사로 명나라에 갔다. 실제로는 은혜에 대한 보답으로 가는 사은사 성격보다 명종 즉위를 명나라 황제에게 보고하는 주청사였다. 그런데 임백령은 연경에서 병을 얻어 이듬해인 작년 6월 19일 명나라에서 돌아오던 도중 영평부에서 죽어 고양 땅에 장사지냈다. 시호는 높은 관직에 올랐으나 큰 공로가 없다고 해서 소이(昭夷)라 정했으나, 문정왕후가 다시 짓게 하여 문충(文忠)으로 고쳤다.

"나는 임백령의 죽음을 과보라고 생각했네."

"병을 얻어 별세허셨으니 단명허신 것이 아닌게라우?"

최경장이 스승의 스승 형제간 일이므로 조심스럽게 말했다. 그러나 양응정은 단호하게 최경장의 말을 잘랐다.

"선인선과, 악인악과란 말이 있네. 좋은 씨앗을 숭구믄 좋은 열매를 맺고, 나쁜 씨앗을 숭구믄 나쁜 열매를 맺는다는 말인디 이말이야말로 만고의 진리가 아닌가."

그럼에도 불구하고 임억령 형제간의 우애는 남달랐다. 양응정이 보기에도 스승이 겉으로는 임백령과 의절한 것처럼 행동했지만 스승의 속마음은 동생에 대한 연민이 가득했던 것이다.

양응정은 임백령이 죽었다는 소식을 듣고 스승인 임억령이 얼마나 비통해했는지 잘 알고 있었다. 삼일간 식음을 전폐한 채 제자들이 모인 문암재에 입실하지 않았던 것이다. 그때 문암재에서 공부하던 양응정은 형제애란 바로 저런 것이구나 하고 절감했다.

어느 날은 임억령이 종이에 써내려간 시를 우연히 보고 동생을 잃은 안타깝고 슬픈 스승의 심정을 헤아리기도 했다.

바닷길 건너 멀고도 먼 타국
아침 하늘에 북극성도 아득하여라
먼지 뒤범벅 옷은 너덜해지고
수륙 천리라 귀밑 살쩍도 여위어
끼니 때 요기를 더하려 해도
가을 찬바람이 먼저 와 재갈 물리고
모래투성이 머리 둔 곳만 알려줄 뿐
짝 잃고 홀로 부르며 헤매네.

동생 임백령을 먼저 떠나보낸 형의 비통한 심정이 절절하게 드러난 애도시였다. 스승 임억령의 심정이 양응정에게도 그대로 전해졌다. 특히 죽은 다음에라도 동생과 더불어 서로 의지하면서 살겠다는 구절에서는 양응정도 눈물이 나오고 콧등이 시큰해졌다.

아우는 돌아와서 지하에 터를 닦고
형은 병들어 인간세상에 기대 있네
저승에서 만나면 슬프고 애달파도
꿈속에서나 의지하고 즐겁게 사세.

금생에서는 가는 길이 달라 서로 헤어졌지만 저승에서는 함께 살자는 형제간의 우애가 느껴져 양응정의 가슴을 뜨겁게 했던 것이다. 최경장이 양응정의 심정을 헤아리며 말했다.

"선상님, 성제간의 우애는 인륜이자 천륜이 아닌게라우? 그런디 어처께 끊을 수 있겠습니까요."

"경장이 말은 틀린 것은 아니지만 그래도 경장이 성제는 내가 임백령이라믄 으떤 길을 가겠는가?"

양응정은 몹시 피곤한지 쉰 소리를 냈다. 최경장 형제는 대답하지 못했다. 임백령의 길이 아닌 임억령의 길을 가겠다는 말이 입안에서 뱅뱅 돌았지만 차마 꺼내지 못했다. 양응정은 해남에서 하루 종일 걸어온 피로에다 스승의 동생 임백령 생각으로 심사가 착잡했다. 또다시 쉰 소리로 말했다.

"오늘은 윗방에서 자게. 낼 아칙에 대답해도 되네."

"예, 낼 아칙에 문안드리겠습니다요."

양응정이 안방으로 간 뒤에야 최경장 형제는 윗방 미닫이문을 열어젖혔다. 윗방도 작은 방은 아니었다. 변소로 나가는 여닫이문과 맞은편 벽에는 들창문이 나 있었다. 들창문을 밀어 올리면 어등산 산자락이 보였다. 최경장 형제는 한동안 잠을 이루지 못했다. 최경회는 낯선 방에 적응하느라고 자꾸 뒤척거렸다. 자정 무렵이었다. 최경회가 말했다.

"성, 자고 있어?"

"아까침에 선상님께서 물었던 말씸이 자꼬 생각나서."

최경장은 마음이 무거워서 잠을 못 자고 있었다. 최경회가 그런 최경장에게 뜬금없는 말을 했다.

"근디, 니 가지 소리 중에 한 가지는 뭣이당가?"

"니는 그 생각 땜시 잠을 못 자고 있는갑다잉."

"아니, 궁금해져서 그래."

"니 가지 소리 중에 또 한 가지는 좋은 밤중에 이쁜 여자가 옷 벗는 소리여. 니도 작년에 결혼했응께 알 것이여."

"이이고메, 성. 나는 또 무신 엄청난 소리라도 된 줄 알았네."

"자, 인자 참말로 자불자."

최경장이 벽 쪽으로 돌아누웠다. 벽 선반에서는 메주 띄우는 퀴퀴한 냄새가 났다. 이윽고 최경회도 형이 코 고는 소리를 들으며 깊은 잠에 들었다.

이름 석 자 속이지 말라

양응정은 오전에 가르치고, 오후에는 가르친 내용을 외우게 했다. 뿐만 아니라 심신단련을 위해 여름에는 황룡강으로 나가 수영을 시켰고, 겨울에는 어등산을 오르게 했다. 때로는 궁술이나 검술 등 병법을 익히게 했다. 체력이 허약하면 아무리 학문이 높아진다고 해도 그것은 사상누각이라고 강조했다. 또한 양응정은 제자의 학습능력에 따라서 교재를 달리했다. 최경장은 《대학》을, 최경회는 《논어》를 가르치려고 했다.

어등산 산바람이 박산마을까지 불어와 별채 방문을 흔들었다. 문풍지가 풀피리처럼 울었다. 양응정이 《논어》 필사본을 펴기 전에 최경회더러 벼루에 먹을 갈게 했다. 최경회는 진한 먹물에서 풍기는 묵향을 좋아했다. 이윽고 양응정이 가는 붓으로 글을 써 내려갔다. '공부하는 마음자세'를 당부하는 내용이었다. 작년 가을부터 제자가 된 최경장은 이미 외우고 있었다. 양응정의 제자가 되려면 과목을 들어가기 전에 누구든 외워야 했던 것이다.

여자는 여자의 도리를 다하고

남자는 남자의 도리를 하는

이것을 고귀하게 말해서 삼강오상이라 하니라.

구체적으로 말한 것이 일사일물(一事一物)이고.

모두가 내 안에 갖추어져 있느니라.

이게 수행의 도(道)가 되는 것이고

남녀의 구별이 있을 수 없느니라.

女有女之行

男有男之行

然大而三綱五常

細而一事一物

皆備於吾

而修行之道

無男女一也

양응정은 최경장을 보면서 말했다.

"경장이는 외우고 있제?"

"네, 선상님."

"외우고만 있으믄 뭣헌다냐. 삼강오상이 뭣이고, 일사일물이 뭣인지 말해 보그라."

"사람이 크게 지켜야 할 것이 삼강오상이고, 작게 지켜야 할 것이 일사일물이그만요."

양응정은 눈을 지그시 감은 채 최경장에게 또 물었다. 최경장에게 묻고 있었지만 실제로는 최경회를 가르치는 화법이었다.

"삼강오상을 말해보그라."

"임금은 신하의 벼리가 되며[君爲臣綱], 아버지는 아들의 벼리가 되고[父爲子綱], 남편은 아내의 벼리가 된다[夫爲婦綱]는 것이 삼강의 기본이그만요."

"벼리가 먼 뜻이여?"

"네, 선상님. 황룡강 어부덜헌티 물어봤는디 그물코를 잡어땡기는 굵은 줄을 말허드그만요."

"경장이가 공부가 늦된 줄 알었는디 기본은 튼튼허구나. 그라믄 인자 오상 즉 오륜을 말해보그라."

최경장은 칭찬을 받아서인지 조금 더 큰 소리로 줄줄 외웠다.

"맹자님 말씸인디, 부자간에 친밀함이 있어야 허고[父子有親], 임금과 신하 간에 의리가 있어야 허고[君臣有義], 부부 사이에는 예절이 있어야 허고[夫婦有別], 어른과 아이 사이에는 질서가 있어야 허고[長幼有序], 친구간에 신뢰가 있어야 헌다는[朋友有信] 것이 오륜이그만요."

"허허. 사서오경을 줄줄 외와분다고 된 사람은 아니제잉. 공부가 늦되야도 성현 말씸을 단 한마디라도 실천허고 사는 사람이 '된 사람'이여. 나는 '난사람'보다도 '된 사람'을 더 좋아허느니라."

"아이고메, 선상님. 아둔헌 저를 칭찬해주신께 몸 둘 바를 모르겠그만요."

"칭찬이 아니다. 공부 쪼깐 했다고 이짝저짝 쪼르르 나서는 '난 사람'덜이 을매나 많으냐? 경장이는 내 기대를 저버리지 않응께 헌 말이다. 그라고, 작게 지켜야 헐 일사일물이란 뭣이냐?"

"삼강오륜 밖에 있넌 눈앞에서 벌어지는 소소헌 것덜을 지키는 도리를 말허그만요."

"딱 들어맞는 말은 아니지만 그래도 대충은 맞혔다."

양응정은 그제야 눈을 뜨고 최경회를 바라보면서 말했다.

"경회야, 무신 말인지 알겄제? 삼강오륜, 일사일언의 도리가 모다 니 맴속에 있응께 꺼내 쓸 줄만 알믄 되야분다, 이 말이여."

"영념허겄습니다, 선상님."

"그라고, 또 잊어부러서는 안될 것이 있느니라."

양응정은 앞에 쓴 글씨 뒤에 또 써내려갔다. 세필의 글씨는 조금도 흘리지 않은 반듯한 행서체였다.

학문의 성취는
마음을 참되게 가지고[誠] 몸가짐과 언행을 삼가는 것[敬]이니라.
나는 나답게, 너는 너답게 되면
도리(道理)가 완성이 되고 칭호(稱號)와 평판이 정해지는 것이니라.
스스로 임금에게 우러나온 따뜻하고 올바른 마음으로
혼자 있을 때에도 말과 행동을 삼가면 위를 향해 실천해 가게 되고
자기 이름 석 자를 속이는 일이 없게 되는 것이니라.
학문의 가르침도, 배움에도 그런 실천이 요구되는 것이니라.
늘 외우도록 하거라.

주자(朱子)의 핵심은 무슨 일이든 충(忠)과 효(孝) 외의 것에서 구하려 하지 말라는 구절에 있느니라.

이것이 삶의 경책이니라.

學之成

在於誠敬

爲己爲人

行成名立

莫非自忠信

愼獨上做去

無自欺三字

爲爲學之要的也

每誦

朱夫子 萬事不求忠孝外 之句

以警之

이번에는 최경장에게 외우도록 하지 않고 최경회에게 바로 읽도록 했다. 최경회는 머뭇거리지 않고 한 자 한 자 낙숫물 떨어지듯 또록또록 소리 내어 읽었다. 최경회가 읽기를 마치자 양응정이 질문을 했다

"뭣을 학문의 성취라고 허느냐?"

"방금 선상님께서 정성스러운 맴으로 조심스럽게 언행허는 것이라고 말씀했습니다요."

"옳구나. 그렇지 못허믄 학문했다고 볼 수 읎느니라."

양응정은 자신의 문하에 늦게 들어온 최경회가 일찍이 제자가
된 그의 첫째 형 최경운뿐만 아니라 둘째 형 최경장보다 학문의 성
취가 클 것 같다는 생각을 했다. 방금 자신에게서 들은 말을 자기
방식대로 답변하기 때문이었다. 양응정은 흐뭇했지만 겉으로 드러
내지 않은 채 또다시 말했다.

"이름 석 자를 어처께 해야 속이지 않는 것이 되겠느냐?"

"도리를 지킴시로 살 때 평판이 생기고라우, 혼자 있을 때라도
임금님을 생각허고 스스로 언행을 조심허믄 남덜에게 이름을 속이
지 않는 것이 되겠지라우."

최경장은 동생이 조금도 떨지 않고 말하자 속으로 놀랐다. 작년
초겨울에 자신이 스승인 양응정 앞에서 처음 배울 때는 야단을 맞
았던 것이다. 양응정이 가르쳐준 대로 달달 외웠는데도 공부란 자
기 방식으로 소화시키지 않으면 안 된다고 여러 번 지적을 받았던
것이다. 양응정은 끝으로 한마디 더 물었다.

"주자가 강조헌 구절을 니는 어처께 생각허느냐?"

"오직 충과 효만 생각허라는 말씸이 가심에 사무치그만요."

"됐다. 니는 오늘 내가 쓴 이 글을 달달 외워서 바치그라."

양응정이 방금 쓴 글씨를 최경회에게 주었다. 그런 뒤 별채를 나
갔다. 찬바람이 방 안으로 달려들었다. 양응정이 방바닥에 놓고 간
종이가 뒹굴었다. 최경회는 바로 종이를 잡은 뒤 품속에 넣었다.
최경장이 부러운 듯 말했다.

"아따, 니는 선상님 맴속으로 단번에 들어가분 것 같다야."

"성은 으쨌는디?"

"말도 마라. 틀린 자 읎이 외웠는디 눈만 껌벅껌벅 허고 겨시드라. 칭찬허시는 것도 아니고 실망허시는 것도 아니고 말여."

"으째서 그라셨을까?"

"어처께 알겠냐만 아부지 명성을 아신 분이라 나에게 잔뜩 기대허셨다가 못 미쳤응께 그라지 않았을까 싶다야."

최경장은 씁쓸한 미소를 지었다.

"그래도 성은 나보다 앞서나간디 머. 성은 《대학》을 배울 것이고 나는 인자 《논어》가 아닌가."

"아이고, 앞서나간다고 잘허는 것은 아니란 말여, 니멩키로 자기 것으로 소화시키고 나가야 헌당께. 긍께 작년에 《논어》를 띠었지만 이번에도 니 공부헐 때 다시 《논어》를 배울란다."

최경회는 양응정 앞에서 기를 펴지 못하는 둘째 형 최경장을 보고는 내심 신경이 쓰였다. 화순 집에서는 전혀 발견하지 못했던 것이다. 아버지 최천부 앞에서 공부할 때는 큰형 최경운이 으뜸이었고, 그 다음은 둘째 형 최경장이었고, 자신은 언제나 꼴찌였던 것이다. 그런데 박산마을에 와보니 최경장은 왠지 양응정 앞에서 주눅이 들어 있는 듯했다. 다만, 별채 공부방을 나와 어등산을 오를 때는 기가 되살아났다. 최경장은 기력이 뛰어났다. 최경회도 기력이 남달랐지만 최경장보다 못했다. 가파른 산길을 오를 때도 최경장은 달리듯 걸었다. 최경회보다 몇 십 걸음 앞서서 걷곤 했다. 최경회가 헉헉대는데도 최경장은 여유롭게 팔을 휘휘 저으며 기다려주었다. 말을 타면서 기력을 단련했다고 믿었던 최경회는 최경장 앞에서 낭패를 보기 일쑤였다.

"성, 어등산이나 올라갈까?"

"그래, 찬바람이나 쐬고 와불자."

두 형제는 별채 공부방을 나와 박산마을 뒷산 잔등을 타고 어등산 봉우리로 올라갔다. 동짓달 삭풍이 두 형제의 뺨을 갈겼다. 최경회의 뺨은 금세 붉어졌다.

"경회야, 고맙다."

"성, 뭣이 고맙다고 그란가?"

"시방 니가 내 맴을 알고 등산허자고 안 했냐?"

"성 기죽지 말어. 성같이 저울멩키로 정확헌 사람은 읎을 것이여."

"그랑께 하나만 알고 둘은 모르는 사람이라고 허제."

"원칙을 지키고 사는 것이 을매나 에러운디. 나야 떡장사멩키로 이랬다저랬다 허지만 말여."

"떡장사가 아니라 도량이 넓은 것이제. 난 아무래도 문장공부에 소질이 읎는지도 몰라."

최경장이 속마음을 동생 최경회에게 털어놓았다. 문장공부란 사장학(詞章學)을 말했다. 실제로 양응정은 성리학보다는 사장학에 밝은 문장가였다.

두 형제는 이야기를 하면서 앞서거니 뒤서거니 했다. 일부러 최경장이 쉬엄쉬엄 걸었다. 이윽고 두 형제는 어등산 정상에 올라 털썩 주저앉았다. 그런데 땀이 식자마자 목덜미가 서늘해졌다. 찬바람이 뼛속을 파고드는 듯 진저리가 쳐졌다. 최경장이 말했다.

"경회야, 이러다가 고뿔 걸리겄다. 목검 쪼깐 휘둘러보자."

"성도 응큼형마이. 맴이 심란허믄 써묵을라고 어등산 꼭대기에 목검을 숭켜놓았는갑네."

"쩌그 바우 뒤에 숭켜났제? 누가 손댔을라디야? 갖고 와바라."

목검은 바위 뒤 덤불 속에 그대로 있었다. 이윽고 두 형제는 목검을 들고 그 자리에서 기마자세를 취했다. 그런 뒤 목검을 머리 위로 쳐들고 나서 정면내려베기를 수십 번 반복했다.

이마에 땀이 나자, 최경장의 구령에 따라 목검을 휘둘렀다. 두 발을 옮겨가며 좌우베기와 횡단베기, 연속베기도 했다. 산봉우리가 좁았으므로 연속베기는 방향을 바꾸어가면서 계속했다. 땀이 이마뿐만 아니라 속옷을 축축하게 적셨다. 그제야 최경장이 목검을 내려놓고 말했다.

"니도 많이 늘어부렀다."

"성이 갈쳐준 대로 따라했을 뿐이제."

"니는 뭣이든 잘해야. 아부지가 그란디 니가 우리 집에서 제일 크게 될 것이라고 허드라."

"아따, 성. 싱거운 소리 허지 마소. 우에 성덜이 잘 나가야제 막내가 앞서믄 쓴당가?"

두 형제는 목검을 그 자리에 숨겨놓고 어등산을 내려갔다. 들판 사이로 구렁이가 기어가듯 흐르는 황룡강이 가깝게 보였다. 최경장은 기분이 바뀐 듯 활발하게 움직였다. 최경회는 구김살 없는 최경장의 성격을 좋아했다. 최경장의 성품은 무겁지도 가볍지도 않았다. 삼 형제 가운데 늘 중심을 잡아주는 역할을 했다.

《논어》 강학(講學)은 섣달 초하룻날부터 시작했다. 동짓달을 넘긴 까닭은 강학에 한 사람을 더 합류시키기 위해서였다. 그는 보성에서 온 22세의 유생이었다. 작년에 능주 쌍봉마을에서 부친 삼년상을 치르고 있던 양응정을 찾아가 제자가 된 박광전이었다. 양응정은 부친 양팽손이 별세하자, 박산마을에서 쌍봉마을로 가서 학포당에 움막 사당을 지은 뒤 조석으로 곡하며 살고 있었던 것이다. 박광전은 그때 제자가 되었으므로 두 형제보다 선배가 되는 셈이었다. 나이도 최경장보다 세 살 많았다. 양응정이 세 사람을 앉혀놓고 말했다.

"죽천은 두 성제보다 나이도 많고 학문도 더 익었은께 선배로 알고 의심나는 거 있으믄 물어보그라."

죽천(竹川)은 박광전의 호였다. 양응정은 박광전을 두 형제와 달리 제자 이상으로 대했다. 아마도 그것은 그의 학문이 나이와 달리 깊어져 있기 때문이었다. 박광전이 여덟 살 위인 양응정을 스승으로 삼은 까닭은 문장공부를 하기 위해서였다. 사서오경을 이미 마친 그는 자신의 문장이 미흡하다고 스스로 여겼던 것이다. 그러나 그는 이미 8세 때 아버지 박이의 진사를 놀라게 한 적이 있는데, 능주 일대에서 모르는 유생이 없을 정도로 소문이 퍼져 있었다.

하루는 아버지 진사공이 도(道)자로 시작해서 위(爲)자로 끝나는 시를 지으라고 하니 다음과 같은 칠언절구를 바쳤던 것이다.

도는 천명에서 나오는 것이지
어찌 사람에 의한 것이랴.

道自天命 豈人爲

그러자 진사공은 아들 박광전에게 다시 위(爲)자로 시작해서 도(道)자로 끝나는 시를 지으라고 했다. 그러자 박광전은 머뭇거리지 않고 다음과 같이 지었다.

한번 크게 공자의 도를 이루리라.
爲一大成 孔子道

10세 때는 흥양(현 고흥)으로 유배 온 홍섬에게 수학했다. 홍섬은 정암 조광조의 문인으로 중종 30년(1535) 이조좌랑으로 있을 때 김안로의 전횡을 탄핵하다가 오히려 유배형에 처해진 강직한 인물이었다. 박광전은 집에서 홍섬의 적거(謫居)까지는 10리쯤 되는데 하루도 빠짐없이 오가며 공부했다. 홍섬은 어린 박광전이 기특해서 머리를 빗기고 세수를 시켜주기도 했던 바 신동이라는 소문은 흥양, 보성은 물론이고 능주까지 퍼지기에 이르렀다. 11세 때는 전라감사가 순시를 도는 중에 보성에 이르러 박광전을 불러서 옆에 앉혀놓고는 '소수(瀟水)와 상수(湘水)에 밤비 내리는 그림[瀟湘夜雨圖]'이라는 시제를 주고는 시를 짓게 하였다. 그러자 어린 박광전은 칠언절구 2수를 지어 바쳤다.

만리 원상의 물은 푸른 옥빛으로 흐르는데
성긴 대숲에는 밤새도록 가을비 소리 처량하네.

연기가 유자나무 물가 달빛을 잠재우고
바람은 퉁소소리에 실린 시름을 희롱하네.

돌아가는 배 가물가물 파도에 적시고
고기잡이 불도 깜박깜박 시야를 벗어나네.
붉고 푸른 그림 속엔 잔나비 그려져 있는데
온 세상 시인들은 모두 머리가 세어지네.

어린 박광전이 지었다는 시가 이러하고, 스승인 홍섬이 삼 년 만에 귀양에서 풀려 한양으로 돌아가자 독학으로 13세 때 《중용》을 마쳤다고 하니 양응정으로서는 대견하게 대하지 않을 수 없었다. 어쨌든 최경장과 최경회가 명석한 박광전을 만난 것은 행운이었다. 양응정과 박광전이 주고받는 대화만 듣고 있어도 공부가 되었기 때문이었다.

난
사
람
과
된
사
람

황룡강에서 강바람이 불어왔다. 눈이 나붓나붓 내렸다. 황룡강에서 불어오는 남풍은 어등산 산바람에 비해 따뜻했다. 눈보라가 위세를 부리지만 어디선가 봄이 오고 있다는 신호였다. 그래서인지 눈은 쌓이지 않고 마당에 내리는 족족 녹아 사라졌다.

별채 공부방은 아침인데도 어둑했다. 최경회 형제와 박광전이 《논어》 필사본을 무릎께에 놓은 채 어깨를 웅크리고 있었다. 《논어》 강학을 시작하는 날이었다. 박광전과 최경장은 느긋했다. 작년에 이미 양응정 앞에서 《논어》를 외워 바쳤기 때문이었다. 반면에 최경회는 《논어》를 처음 배우는 날이었다.

이윽고 짚신 끄는 소리가 났다. 양응정이 별채 공부방으로 오는 발걸음 소리였다. 박광전이 방문을 열고 스승 양응정을 맞이했다. 최경회 형제도 일어나 허리를 구부렸다. 양응정이 말했다.

"서설인갑다. 《논어》 시작허는 날 내리는 눈이 말이여."

"선상님, 추운께 얼른 들어오시지라우."

양응정이 방으로 들어오지 않고 말했다.

"《논어》는 선비다운 선비가 되는 정신을 배우는 책이여. 요런 날 방 안에서 웅크리고 앉아 있어서야 되겠냐? 강으로 나가 선비다운 기개가 뭣인지 알고 오자."

복습 과정인 박광전과 최경장은 은근히 좋아했고, 《논어》 첫 강의를 기다렸던 최경회는 아쉬워했다. 그러나 최경회는 아무런 내색을 않고 따라나섰다. 아버지 최천부가 '배움 앞에서는 사사로운 인연은 없다. 스승은 하늘이니 스승의 언행을 하나도 놓치지 말고 익히라'는 당부의 말이 떠올라서였다.

'강으로 나가자고 허시는 말씸도 뭣인가 뜻이 있을 것이여.'

눈은 흰나비 떼가 군무하듯 강바람을 타고 흩날렸다. 세 명의 제자는 양응정을 뒤따라갔다. 길쭉한 들판을 지나면 바로 황룡강이었다. 양응정은 거뭇거뭇한 들판을 가로질러 갔다. 눈발이 강바람에 이러저리 몰려다녔다. 강변에는 벌써부터 솜털처럼 하얀 버들강아지들이 눈을 뜨고 있었다. 그러나 양응정 제자들은 눈을 감곤 했다. 눈송이들이 눈을 찔러댔다. 강둑에 선 양응정이 말했다.

"우리는 다 저 눈송이맹키로 가뭇없이 사라져부러. 강물은 죽지 않고 흐르는디 말이여. 긍께 어처께 살어야 허겄냐? 죽어도 산 사람이 있고 살아도 죽은 사람이 있어야."

제자들은 아무도 대답을 못했다. 《논어》 속에 정답이 있지만 강물에 낙화하듯 떨어지는 눈송이를 바라보는 순간 마음이 격동했기 때문이었다. 눈송이처럼 살 것인가, 강물처럼 살 것인가를 대비하는 순간 마음속에 뜨거운 것이 끓어올랐던 것이다.

"정자에 올라가 강을 더 보고 들어가자."

어등산 산자락 끝에는 편액도 없는 허름한 초가 정자 하나가 있었다. 농사철에 농사꾼들이 일하다가 소나기가 내리면 비를 피하는 우산각(雨傘閣)이었다. 황룡강이 한눈에 들어오는 정자로 양응정이 가끔 제자들을 데리고 와 시회(詩會)를 갖는 정자이기도 했다. 네 사람 모두 정자 추녀 밑으로 들어가 마루 끝에 엉덩이를 붙였다.

양응정이 물었다.

"죽천은 왜 《논어》를 다시 배운다고 허는가?"

"선상님 말씸대로 선비정신이 담겨 있기 때문에 복습헐라고 헙니다."

"경장은?"

"껍데기만 외운 것 같어서 《논어》의 골수까지 배와불라고 헙니다."

"경장이 태도가 기특허구나. 뭣을 배와도 껍데기만 얻은 사람이 있고 골수까지 깨달은 사람이 있느니라. 논어는 나이와 인생에 따라서 받아들이는 그 깊이가 달라지느니라."

"경회도 성덜이 허는 얘기를 듣고 느끼는 바가 있느냐?"

"강물에 떨어지는 눈송이를 보고 가심이 뛰었는디 선상님 말씸을 듣고 나니 더 그라그만요."

"니도 공부헐 준비가 된 것 같구나."

제자가 된 지 며칠 안 된 최경회가 물었다.

"선상님께서는 《논어》 중에 어느 구절을 맴에 두고 겨신가요? 알고잡습니다요."

"내 가심에 말뚝처럼 박고 사는 구절이 있느니라."

최경창과 박광전은 스승 양응정이 또 그 구절을 말씀하시겠구나 하고 생각했다. 《논어》를 처음 배우는 제자들, 즉 정철이나 백광훈 등에게도 논어수업 첫 시간에 말했던 것이다. 자로(子路)가 스승 공자에게 '된 사람(成人)'을 묻는 내용이었다. 자로는 무사 출신으로 저잣거리에서 거친 건달로 살다가 공자를 만나 제자가 된 사람이었다. 학문이나 인격수양이 다른 제자들보다는 부족했지만 의리 있고 우직한 제자로 공자를 받들었던 제자였다.

하루는 자로가 공자에게 "어떤 사람이 '된 사람'입니까?" 하고 물었다. 출중한 사람, 즉 '난사람'이 되기보다는 자신의 부족한 곳을 다듬은 '된 사람'을 목표로 해서 공부하고 싶었기 때문이었다. 그러니까 자로의 꿈은 크지 않았다. 남들이 알아주는 선비나 유명인이 되기보다는 스스로 만족하는 '된 사람'을 원했던 것이다.

이에 공자가 "장무중의 지혜와 맹공작의 욕심 없음과 변장자의 용기와 염구의 재능을 가지고, 예절과 음악을 보태어 다듬는다면 '된 사람'이라고 할 수 있다."라고 대답했다. 공자가 보기에 당시 사람들 가운데 장무중은 지혜가 남달랐고, 맹공작은 욕심이 없었고, 변장자는 용기가 있었고, 염구는 재기가 충만했던 사람들이었으므로 거기에다 예절과 음악을 더한다면 더 보탤 조건이 없는 사람이라고 말했던 것이다.

그러나 자로가 듣기에 공자는 특출한 '난사람'을 이야기하고 있는 것 같았다. 지혜, 무욕, 용기, 재능, 예절, 음악 등등 한 가지도 도달하기 어려운 덕목들이어서 자로는 기가 죽었다. 건달 출신인 내가 어떻게 온갖 예절을 배워서 갖추고, 음치인 내가 어떻게 음악을 즐긴단 말인가! 자로는 자신을 잃고 침묵해버렸다.

양응정이 허공을 가득 채운 눈발을 응시하며 말했다.

"공자께서 자로를 위해 낸중에 말씸헌 구절이 있느니라. 고것이 내 가심에 박힌 말뚝이제. 죽천이나 경장이는 나헌테서 들었을 것이다."

"예, 선상님."

"공자께서 기죽은 자로를 위해 단 세 마디로 말씸허셨느니라. 경장이 경회를 위해 한번 외워보그라."

최경장이 막히지 않고 술술 외웠다. 공자가 자로를 위해 '된 사람'의 기준을 알기 쉽게 말한 내용이었다.

"이익 될 일을 보면 의로운가를 생각하고[見利思義], 위태로운 것을 보면 목숨을 바치며[見危授命], 오래된 약속이라도 잊지 않고 실천한다면[久要不忘平生之言], '된 사람'이라고 할 수 있다."

"공자의 그 말씸을 니 방식대로 세세허게 풀어보그라."

"아직 거그까지 짚이 생각해보지 못했그만요."

"죽천이 얘기해보그라."

"선상님, 저도 마찬가지그만요."

박광전이 두 손을 앞으로 모으며 멋쩍게 말했다. 그러자 양응정이 여전히 눈발이 흩날리는 허공에 시선을 고정한 채 말했다.

"견리사의(見利思義)에서 이(利)는 돈, 권세, 명예 등 사람이라믄 누구나 다 좋아허는 것이제. 공자께서도 이(利)를 무조건 포기허고 살라는 것은 아니었겠제잉. 단지 고것을 취허되 군자가 지켜야 할 도리인 의(義)에 어긋나지 않는지 반다시 생각해보라고 말씀허신 것이여. 만약 의(義)에 어긋난다믄 비록 자신에게 이익을 주는 일이라고 해도 망설이지 말고 포기헐 수 있어야제 '된 사람'이다, 이 말이여."

양응정이 허공에 두었던 시선을 최경장에게 돌리며 '이제 알겠느냐?'라는 표정을 지었다. 최경장은 그 순간 참으로 자애로운 스승이시구나 하고 감격했다. 최경회가 참지 못하고 물었다.

"견위수명(見危授命)까정 말씀해 주시믄 고맙겠습니다요."

"니 말이 아니라도 견위수명까지 얘기헐라고 헌다. 견위수명이란 위태로운 순간이 눈앞에 다가와 있을 때도 반다시 의로운 길을 따라야 헌다는 뜻이여. 설령 목심이 왔다갔다 허는 일이라도 의를 따라야 허제. 더구나 나라가 누란의 위기에 처해불믄 목심을 아끼지 않고 던져불 수 있는 사람이어야 '된 사람'이란 말이여."

최경회가 주먹을 불끈 쥐었다. 나라가 위기에 처했을 때 목숨을 던질 수 있는 사람이 '된 사람'이구나 하고 속으로 중얼거렸다.

"또 한 가지는 반다시 신의를 지키는 사람이 돼야 써. 뭣인가 특별한 경우뿐만 아니라 평소 일상생활에서도 남덜허고 헌 약속을 잘 지켜부러야 허고, 설령 그 약속이 오래전에 했던 것이라도 마찬가지여."

박광전도 최경회 못지않게 견리사의와 견위수명의 뜻에 감동하여 얼굴이 붉게 변해 있었다. 이미 《맹자》를 달달 외우고 있는 박광전이 한마디 했다.

"견위수명이란 맹자님의 사생취의(捨生取義)이그만요."

"옳제. 공자님 뒤를 잇는 맹자님의 말씸이제. 목심이 왔다갔다 허는 순간에 말이여, 생을 버리고 취해야 헐 절대가치가 있다믄 고 것은 의(義)라는 것이다, 이 말이제."

눈발이 잦아들고 있었다. 황룡강 시퍼런 강물이 선명해졌다. 양 응정의 제자들은 의(義)라는 글자를 가슴에 말뚝처럼 박았다. 양응 정이 제자들의 얼굴을 살펴보더니 입맛을 쩝쩝 다셨다. 《논어》 수 업을 들어가기 전에 뜻한 바대로 목적을 달성했다는 얼굴 표정이었 다. 양응정은 만족감을 나타날 때마다 입맛을 다시곤 했던 것이다.

양응정은 품속에서 무언가를 꺼냈다. 큰 붓처럼 생긴 퉁소였다. 양응정은 기분이 좋아지면 퉁소를 꺼내 부는 습관이 있었다. 사랑 방에서 거문고를 뜯을 때도 있었지만, 거문고 연주는 아주 드물었 다. 사랑방 선반에 올려놓은 거문고에 일년 내내 먼지가 부옇게 쌓 여 있을 정도였다. 아버지 양팽손이 남긴 그림에 등장하는 거문고 인데, 곡조를 뜯을 때마다 아버지 양팽손의 고독한 삶이 생각나 눈 물이 흐르곤 했기 때문이었다.

반면에 퉁소는 평소에 자주 부는 편이었다. 시가 잘 써지는 날 에도 불고, 제자들이 자신을 흡족하게 한 날에도 불었다. 박산마을 뒷산에 자생하는 대나무 뿌리 부분을 잘라 손수 만든 퉁소였다. 해 묵은 황죽(黃竹)만을 골라 2, 삼 년마다 서너 개씩 만들어 제자나 지 인들에게 선물하곤 했다. 퉁소 소리는 어등산을 넘어오는 바람에 뒹구는 낙엽 소리 같기도 하고, 황룡강 여울목에서 돌아나가는 잔

물결 소리 같기도 했다. 퉁소 소리는 크게 뭉쳤다가 잘게 흩어지곤
했다. 반대로 잘게 흩어졌다가 크게 뭉치기도 했다. 양응정이 퉁소
를 불다 말고 말했다.

"퉁소 소리를 듣는 것이냐, 넋을 잃어분 것이냐?"

"지덜도 갈쳐주시믄 배워불것습니다요."

"공부허로 온 것인께 《논어》나 끝내고 생각해보자. 공부는 안 허
고 퉁소만 배웠다고 허믄 내 체통이 뭣이 되겠냐?"

"갈쳐만 주시믄 공부든 퉁소든 심껏 허겠습니다요."

"자, 인자 집으로 가서 《논어》 첫 구절이라도 서로 논해보자."

눈발에 가려졌던 하늘이 강물처럼 파랗게 열렸다. 섣달의 귀한
햇살이 소리 없이 쏟아졌다. 집으로 돌아오는 길에 박광전은 웅얼
웅얼 콧노래를 부르기도 했다. 햇살이 투과한 별채 공부방은 아침
보다 훤했다. 필사본 《논어》 글자들이 또렷하게 드러났다. 세 사람
은 양응정이 들어오기 전에 이미 《논어》의 첫 문장을 소리 내어 외
우면서 음미했다.

공자가 말했다. 배우고[學] 늘 익히면[習] 기쁘지 않은가? 벗이 먼
곳에서 찾아오면 즐겁지 않은가? 남이 나를 알아주지 않더라도
노여워하지 않으면 또한 군자가 아닌가?

子曰 學而時習之, 不亦說乎 有朋自遠方來, 不亦樂乎 人不知而不
慍, 不亦君子乎

이윽고 양응정이 별채 공부방으로 왔다. 양응정은 빈손이었다. 머릿속에 《논어》를 다 외우고 있기 때문에 책을 들고 다닐 필요가 없었다. 양응정은 자리에 앉자마자 거두절미하고 말했다.

"《논어》 20편 가운데 첫 번째인 '학이(學而)' 편을 펴보거라."

"예, 선상님."

세 명의 제자들이 큰 소리로 복창했다. 복창 소리는 각자 달랐다. 긴장하고 있던 최경회 목소리가 가장 컸고, 그 다음이 최경장이었다. 박광전이 작은 소리를 낸 것은 《논어》에 대한 자신감 때문이었다. 양응정은 제자들의 반응과 상관없이 말했다.

"'학이' 편을 으째서 맨 처음에 두었을까? 내 생각에는 말이여, 공자님께서 배우는 학습을 젤로 중요허게 생각허시어 그러셨을 거 같은디잉. 잘 봐부러. 공자님 말씸이 어쳐께 이어지는가 말이여."

양응정은 손가락으로 방바닥을 탁탁 치면서 주의를 집중시켰다. 세 명의 제자들이 양응정의 입을 주시했다. 양응정이 다시 말했다.

"혼자서도 배우는 것이 기쁜 일인디, 먼 데서 함께 배우자고 벗이 찾아오니 즐거움이 배가 되는 것이여. 근디 배우는 것은 누가 알아주건 말건 하늘이 알고 땅이 안다고 생각험시로 배우면 되는 것이여. 그래야 군자란 말을 들을 수 있어. 공자님도 참 대단허신 분이여. 배움[學習] 하나로 벗을 말씸허시고, 군자를 말씸해부리셨응께 말이여. 알겄는가?"

"예, 선상님. 벗이란 함께 배우자고 허는 사람이고, 군자란 남의 눈치 안 보고 배움을 완성헌 사람이그만요."

박광전의 대답에 양응정은 오른쪽 손바닥으로 무릎을 치며 말했다.

"죽천 말이 정확허다. 배움에는 세 가지 이익이 있어야. 배워서 기쁘고, 벗이 생겨서 즐겁고, 군자가 되는 길이 있으니 어찌 이익이 크지 않겠느냐. 경회는 맴이 으쩌냐?"

"군자가 되는 길을 갈쳐주셨은께 배움에 최선을 다허겠습니다요."

"경장은 으쩌냐?"

"이 시상에서 최고의 책이 있다믄 《논어》 같습니다요."

"니 말도 옳다. 내가 니덜에게 《논어》를 반복해서 갈치는 이유도 《논어》야말로 선비덜이 늘 품속에 놓고 댕겨야 헐 책이란 생각이 들어서 그런 것이다."

《논어》의 첫 문장만 가지고 두어 식경이 흘렀다. 양응정은 서당 훈장처럼 하루 종일 제자들을 붙들고 있지는 않았다. 짧게는 두어 식경, 길게는 한나절 정도의 시간만 제자들을 가르치고 사랑방으로 들어가 자신의 공부를 했다. 그런데 양응정은 세 명의 제자들을 놓아주지 않고 강의를 더 했다.

"이 첫 구절이 금생에만 해당되는 것이 아니다. 금생에만 해당헌다믄 만고의 진리가 아니겠제. 나는 이 첫 구절이 내생에도 해당헌다고 생각허는디 니덜 생각은 으쩌냐?"

갑자기 양응정의 입에서 '내생'이란 단어가 나오자 아무도 대답을 못했다. 제자들이 모두 입을 다물고만 있자 양응정이 말했다.

"나도 첨엔 금생에만 해당되는 공자님 말씸인 줄 알았제. 허나 어느 날 곰곰이 생각해본께 고것이 아니더란께. 우리 모두가 죽은 뒤에 말이여, 혼령이라도 배우고 익히는 것은 여전히 기쁘고, 벗이 함께 배우자고 찾아오믄 여전히 즐겁고, 배움을 놓지 않고 살믄 여전히 군자이겄드랑께."

최경장이 탄복을 하며 말했다.

"선상님! 미처 내생의 일까정은 생각을 못했습니다요. 이제 첫발을 디딘 것이나 마찬가지인 지덜이 어찌 거그까정 생각허겄습니까요."

"공자님 눈은 보이지 않는 시상까정 보셨을 것이여. 배움을 요달허지 못헌 우리덜은 보이는 것만 보는 사람덜이고."

양응정이 말을 마치고는 일어났다. 《논어》 다음 문장은 내일 하겠다는 뜻이었다. 그런데 세 명의 제자들은 방에 앉은 채 무거운 바위처럼 일어나지 못했다. 양응정이 마지막으로 던진 말에서 빠져나오지 못했다. 양응정의 말에 벼락을 맞은 듯한 충격을 받았기 때문이었다.

매화는 향기를 팔지 않는다

　송천 양응정이 중종 35년(1540)에 생원시 장원을 한 이후 십 년 만의 일이었다. 그해는 최경장은 양응정 문하에서 잠시 쉬고, 동생 최경회만 박산마을로 와서 《대학》을 배울 때였다. 최경회는 전년처럼 농한기인 초겨울이 되자 양응정에게 와서 공부를 했다. 물론 봄여름 농번기라고 해서 강학을 열지 않는 것은 아니었다. 10대 후반인 백광훈이나 최경창, 보성의 박광전 등은 농번기임에도 불구하고 박산마을로 와서 수학했다.

　최경회는 원칙을 중시하는 양응정이 늘 어려웠다. 나이 차이가 많이 나기도 했고, 아버지 최천부가 조심하라고 신신당부를 했기 때문이었다. 최경회는 고지식한 양응정이 고모할머니 손자였으므로 육촌간이었지만 한번도 입 밖으로 '성님'이란 소리를 못했다. 박산마을 강학에서는 다른 교생들과 함께 '선상님'이라고 불렀다. 최경장도 마찬가지로 그랬다.

　찬바람이 슬슬 불어왔다. 어등산 잔등의 낙엽들이 마당까지 날아와 뒹굴었다. 첫눈이 엊그제 왔으니 겨울이 서둘러 다가오는 듯했다. 별채 공부방도 하루에 한 번은 군불을 지펴야 했다. 양응정이 《대학》 필사본을 펴기 전에 한마디 했다.

"니도 들었을 것이다. 《대학》은 공자님 말씸 1장과 제자덜이 부연해서 설명헌 6개 구절로 되어 있느니라. 공자님께서 직접 허신 말씸을 경(經)이라 허고 제자덜 설명을 전(傳)이라고 허느니라. 경(經) 자는 성인의 말씀에만 붙는 성스러운 말이니라."

"《대학》을 아버지께서 저희 성제덜을 불러놓고 말씸허신 적이 있습니다요. 선상님 말씸도 귀에 쏙쏙 들어올 것 같그만요."

"《대학》의 핵심은 뭣일까?"

"평천하(平天下)이그만요."

"옳제. 근디 으째서 공자님께서 평천하를 말씸허셨을까?"

"고것까지는 잘 모르겄그만요."

"가르침이란 시대가 요구허는 것이여. 공자님 시대가 으쨌는지를 알믄 아, 그래서 평천하란 말씸을 허셨구나, 허고 이해가 빠르제. 공자님 당시는 여러 나라가 다투는 전국시대였어. 무력으로 세상을 제패허는 시대였단 말이여. 근디 무력은 무력을 낳을 뿐이제. 공자님은 무력으로 세상을 제패허는 것은 불가능허다고 보신 것이여. 덕(德)으로 세상 사람들의 마음을 얻어야 평천하헐 수 있다고 본 것이여. 그라믄 어처께 해야만 헐까?"

"전쟁이 읎는 평화, 평천하까지 갈라믄 왕은 나라를 잘 다스리고[治國], 부부는 가정을 잘 다스리고[齊家] 개인은 자신을 잘 닦아야지라우[修身]."

"덕망이 높은 임금님이 있다믄 세상 사람들이 다 그쪽으로 마음을 주겄제? 바로 이 원리를 공자님께서 말씸허신 것이여. 근디 수신에는 우아래가 읎어. 임금이건 신하건 양민이건 천민이건 모다 수신허고 제가해야 써. 여러 사람덜의 정성이 합해지고 세상으로 퍼지믄 고것이 바로 평천하여."

"한 사람의 일이 세상의 일이 되는 이치가 《대학》 속에 있그만요."

"경회야, 오늘 니가 얘기허는 것을 보니 《대학》의 반은 마쳐분 것 같다야. 한마디로 《대학》은 사람의 도[人道]를 갈치고 있고, 《중용》은 하늘의 도[天道]를 논허고 있제. 공자님께서 참말로 허고 잪은 말씸은 인도[人道]와 천도[天道]가 하나가 되는 평천하를 이루는 것이여."

최경회는 아버지 최천부에게 들었던 평천하 이야기와 양응정이 말하는 그것과는 깊이가 다르다는 것을 느꼈다. 아버지가 왜 양응정의 제자가 되라고 종용했는지 비로소 이해가 되었다. 양응정은 《대학》을 한쪽으로 밀쳐놓고 편지 한 장을 최경회에게 내밀었다.

"해남 서당골 문암재(文庵齋)에서 온 편진디 한번 읽어보그라."

"예, 선상님."

문암재라 하면 임억령이 제자들을 가르치고 있는 조그만 집이었다. 편지에는 임억령의 시 한 수가 쓰여 있었다. 그러니까 시는 임억령이 양응정에게 하고 싶은 말이었다. 제목은 〈공섭을 부르다(招公燮)〉였다. 공섭(公燮)은 양응정의 자였다.

내가 바다와 산을 보고 나서부터
가슴은 그와 더불어 장쾌해졌다네

이 몸 이제야 굴레를 벗어났으니
천마는 더욱더 자유분방해졌다네
사람들은 벼슬 잃은 걸 위로하고
뜬구름 같이 오간다고 비웃는다네
뜨락의 나무에는 가을바람 머물고
강호로 돌아갈 마음만 가득하다네
영원히 이로부터 떠날지 모르는데
그대는 어찌 나를 찾아오지 않는가.

自吾觀海山 胸中與之壯
身今脫羈羈 天馬益奔放
人皆弔失官 笑指雲來往
庭樹入秋風 江湖歸意王
長當從此辭 君胡不我訪

시를 통해서 제자 양응정에게 솔직하게 토로한 임억령의 마음은
대충 이러했다.

'비루한 벼슬의 덫에서 벗어나 바다와 산이 있는 해남에 살면서
하늘을 오가는 천마처럼 자유롭건만 사람들은 비웃는다. 벼슬을
잃었다고 위로하는 이도 있지만 대부분 사람들은 뜬구름처럼 떠돈
다고 손가락질을 한다. 가을바람 불어 뜨락의 나무를 흔들지만 나
는 강호를 떠날 생각이 추호도 없다. 병이 들어 머잖아 세상을 영
원히 떠날지도 모르는데 그대 양응정은 어찌 나를 찾아오지 않는

다는 말인가!'

병중에는 사람이 더욱 그리워지는 법이었다. 양응정을 향한 그리움이 솟구치자마자 단숨에 쓴 시였다. 최경회가 말했다.

"선상님도 무심허십니다요. 요로코름 절절한 스승의 시를 받고도 떠나지 않으시다니요."

"그라고 봉께 편지를 받은 지 한 달이 돼가는 모냥이다."

"지가 길잽이 노릇을 헐랑께 낼이라도 가시지라우."

"경회는 여그 공부허로 왔제, 내 길잽이 헐라고 왔간디."

"아닙니다요. 스승을 모시고 가는 것도 공부지라우."

"점백이가 나설 것인께 신경 쓰지 말그라."

최경회는 완강하게 말했다.

"점백이는 땔나무 허기도 바빠라우. 시안에 쓸 나무는 누가 허겄습니까요. 아짐도 점백이 손이 필요헐 것입니다요."

최경회는 죽산 박씨를 '아짐'이라고 불렀다. 호남에서는 아주머니를 '아짐'이라고 했다. 실제로는 '형수님'이라고 불러야 하지만 편하게 '아짐'이라고 호칭했다. 육촌 형님인 양응정을 제자 된 도리로서 선생님이라고 부르고 있으니 '사모님'이라고 불러야 하지만 왠지 그러기에는 쑥스러웠던 것이다.

함박눈이 내리는 날이었다. 최경회는 양응정이 길을 나서는데 점백이 대신에 길잡이로 나섰다. 양응정은 작년부터 겨우 길들여진 어린 말을 탔다. 말이 진저리를 치자 갈기에 떨어졌던 함박눈이 양응정의 얼굴에 달라붙었다. 양응정은 말고삐를 점백이에게 건네받았다. 최경회가 말고삐를 잡으려 하자 만류했던 것이다.

"말고삐는 내가 잡을랑께 넌 그냥 따라오거라."

"선상님, 지도 말을 다룰 줄 알그만요."

"경회야, 니는 향교에 적을 둔 교생이다. 교생이 어찌 말먹이꾼 노릇을 할 수 있겠냐. 고삐는 내가 쥐고 갈 텐께 걱정허지 말그라."

함박눈은 황룡강을 건넌 뒤부터 더 세차게 내렸다. 영산강 나루터에 이르렀을 때는 강이 보이지 않을 만큼 함박눈이 흩날렸다. 나루터에서 배를 탈 때는 망아지가 말썽을 부렸다. 배를 처음 타는지 자꾸만 뒷걸음질을 하는 바람에 양응정과 최경회가 말고삐를 함께 잡아당겼던 것이다. 영산강 나루터를 지나자 너른 들판이 나왔다. 망아지가 가끔 갈기를 뒤흔들 뿐 경중경중 지치지 않고 나아갔다. 함박눈에 수염이 허옇게 변한 양응정이 시 한 수를 읊조렸다.

함박눈 무릅쓰고 망아지에 올라서
저 멀리 장엄한 산천을 바라보노라
생각건데 선생은 금화백의를 입고
향로에는 한 가닥 연기 피어오르리.

최경회가 뚜벅뚜벅 걷고 있다가 한마디 했다.

"선상님, 장엄헌 산천이란 석천 선상님이 아니신게라우?"

"우리 선상님 묵묵한 산천 같은 분이제. 바쁘게 오가는 뜬구름 같은 분이 아니여."

"선상님, 금화백의란 뭣인게라우?"

"베슬을 버리셨응께 흰옷을 입으셨을 것인디 그래도 명예가 날로 높아지신께 금화란 말을 얹은 것이여."

"참말로 인품이 느껴지는그만요. 석천 선상님이 겨신 디는 향로가 읎더라도 향냄새가 날 것 같그만이라우."

"그래, 문암재에 향로는 읎지만 선상님의 인품을 생각해서 고로코름 표현했제. 경회도 시를 감상허는 수준이 제법인디 인자 습작을 해보그라."

"아이고메, 지는 아직 멀었그만요. 선상님께서는 진작부터 호남에서 알아주는 문장가가 아닌게라우."

"내가 생원시에 장원해서 그런 평이 도는 모냥인디 내가 우리 선상님멩키로 될라믄 아직 멀었서야. 우리 스승 석천 선상님은 시가 호방하고 탈속해서 감히 견줄 자가 읎어."

오후 늦게 두 사람은 문암재에 도착했다. 문암재는 눈 속에 파묻혀 있었다. 대나무들이 눈의 무게를 이기지 못한 채 누워서 문암재를 감싸고 있었다. 임억령은 생각보다 병환이 깊어 누운 채로 양응정을 맞이했다. 양응정을 보고 나서야 가까스로 일어나 큰절을 받았다.

"눈이라도 그치믄 오제 그랬는가?"

"도리가 아니란 생각이 들어 집을 나섰그만요."

"내가 공연히 어만 시를 보냈그만."

"지 육촌 동상이기도 하고, 지헌테 글을 배우는 제자그만요. 경회야, 나의 스승이시다. 인사드리거라."

"최경회라 합니다요. 절 받으시지라우."

최경회가 큰절을 했다. 임억령이 벽에 등을 기댄 채 절하는 최경회를 응시했다.

"부친이 누구신고?"

"영광훈도를 지내신 천자 부자이그만요."

임억령은 최천부를 모르는 듯 별 반응을 보이지 않았다. 그러자 양응정이 말했다.

"지금은 능주향교에서 교생을 지도허고 있그만요."

"잘 다듬으믄 쓸 만헌 대들보가 되겠그만. 맴이 협량헌 사람 같지는 않구나."

대들보란 말에 최경회는 마음이 격동되었다. 다시 한번 더 큰절을 하며 말했다.

"선상님, 여그서 메칠을 보낼지는 모르겠습니다만 오늘부터 지가 선상님 시중을 들겠습니다요."

양응정이 웃으며 말했다.

"하하하. 우리 선상님헌테 격려를 받을 만하그만. 그래, 오늘부터 약탕기에 약을 끓이고 물도 긷고 하거라."

최경회는 망설이지 않고 당장 밖으로 나가 약탕기를 씻고 샘물을 길어왔다. 할 일이 생기면 뒤로 미루지 않는 성격 때문이었다. 최경회는 시중을 들면서도 두 분 스승이 무슨 이야기를 주고받는지 귀를 기울였다. 양응정은 새벽에 일어나 세수를 한 뒤, 꼭 임억령이 자는 방에 들었다. 문안 인사를 하기 위해서였다.

"선상님, 기침허셨는게라우?"

"들어오시게."

그때마다 최경회는 귀를 기울였지만 특별하게 주고받는 이야기는 들리지 않았다. 그런데도 방을 나서는 양응정의 표정은 밝았다. 무슨 보물이라도 들고 나오는 사람 같았다. 최경회는 참지 못하고 물었다.

"무신 말씸을 나누셨길래 환허게 웃고 겨십니까?"

"《대학》을 들어가기 전에 나헌테 수신제가를 배웠지야?"

"예, 선상님."

"수신제가가 되신 분을 보믄 몸에서 밝은 빛이 나는 것 같아야. 빛을 보는 것만으로 어찌 기쁘지 않겠느냐? 선상님헌테서 나는 빛뿐만 아니라 다른 사람덜 빛까지 하나둘 모이믄 세상이 밝아지고 마는디 고것이 평천하란 것이제."

최경회는 양응정의 말을 듣고는 찬물을 끼얹은 듯 이마가 시원해짐을 느꼈다. 평천하는 공부인 각자로부터 생겨나는 법이지 하늘에서 뚝 떨어지는 것이 아님을 깨달았다. 최경회는 문암재를 잘 왔다고 생각했다. 양응정의 별채 공부방이 강학을 여는 곳이라면 문암재는 실제로 보고 느끼는 현장이라는 생각이 들었던 것이다.

양응정은 임억령의 시를 보면서 자신의 시를 갈고 닦았다. 임억령의 시를 차운해서 쓴 〈석천의 시에서 차운하다(次石川韻)〉도 마찬가지였다. 임억령과 주고받은 〈당성수창시(棠城酬唱詩)〉 중에 칠언절구였다. 당성(棠城)이란 해남의 옛 지명 이름이었다. 임억령과 양응정이 주고받은 시를 두고, 당시 선비들은 서로가 실력을 겨룬 시전(詩戰)이라 했는데, 양응정은 듣기가 아주 거북했다. 스승은 스승,

제자는 제자이기 때문이었다.

작은 누각 앞에 보이는 온산들이 낮은데
바다와 하늘의 구름 경치 모두를 감쌌네
선생님의 시 짓는 법은 신과 통한 듯한데
과감히 금닭 풀어놓아 나무닭 저지하네.
小閣前臨萬嶽低
海天雲景盡籠携
先生詩法通神用
敢放金鷄抗木鷄

최경회는 양응정의 시를 보고는 놀랐다. 마치 문암재 주변 풍광
을 그림 그리듯 생생하게 묘사하고 있었다. 문암재 앞에 작은 누각
이 있고, 그 너머로 펼쳐진 산들이 높지 않아서 바다와 하늘, 구름
등을 모두 감싸고 있는 것처럼 최경회 눈에도 보였던 것이다. 그런
풍광 때문일까. 양응정은 스승 임억령의 시작법(詩作法)이 이제는
신과 통하는 경지에 이르렀다고 존경의 염을 표하면서 자신을 초
라한 나무닭, 스승을 눈부신 금닭으로 비유하고 있음이었다.

"선상님, 금닭이 나무닭을 누르려고 헌다는 표현은 마치 스승을
희롱하는 듯헙니다요."

"시상 사람덜은 고로코름 보겄제. 허나 나는 스승의 재주에 미치
지 못허니 나무닭일 뿐이여."

양응정은 문암재를 떠나기 전날, 〈석천 선생님께 드리다[呈石

川〉'라는 시를 지어 병환 중인 임억령을 기쁘게 했다.

십 년 동안 시달려 웃을 날 없었는데
이 좋은 일이 있을 줄 누가 알았을까
등잔 밑 옥 술잔에는 술 흘러넘치는데
시 얘기 듣다보니 새벽닭이 우는구나.
十年憔悴未揚眉
獎激誰期得若斯
燈下玉觴春盎盎
聽詩直到唱鷄時

생원시에서 장원을 했지만 십 년이 지나도록 벼슬길에 나아가지 못한 자신의 쓸쓸한 심정을 토로하면서 스승 임억령에게서 사람의 도[人道]와 하늘의 도[天道]를 보고 비로소 웃음을 되찾는다는 시였다. 뿐만 아니라 스승과 시를 얘기하면서 술잔을 주고받는 동안 새벽닭이 운다는 사제지간의 정과 신의가 담긴 시이기도 했다.

양응정과 최경회가 문암재를 떠난 날은 포근했다. 겨울이 끝나가는 해동머리였다. 산길을 돌아가는데 어디선가 매화 향기가 났다. 향기는 한동안 두 사람을 따라오는 듯했다. 망아지를 세우고 둘러보니 산골짜기 깊숙한 곳에 매화나무 꽃이 만개해 있었다. 해남은 박산마을보다 매화의 개화가 일렀다. 매화나무 꽃향기는 골바람을 타고 골짜기 아래로 퍼지고 있었다. 양응정이 한마디 했다.

"매화는 무심코 골바람에 향기를 세상으로 보내고, 사람들의 눈은 매화 찾아 산골짜기를 오르는구나."

최경회는 '이래서 매화를 군자라고 하는구나!' 하고 무릎을 쳤
다. 군자는 향기를 팔지 않고, 숨기지도 않고 세상 밖으로 부는 바
람에 흘려보낼 뿐이었다.

아버지의 죽음

빛이 있으면 반드시 그림자가 생기는 법이었다. 송천 양응정은 명종 7년(1552) 식년문과에 을과로 급제하여 홍문관 정9품의 정자(正字) 벼슬로 출사하는 경사를 맞이했다. 그런데 그의 제자 최경회 형제들은 부친상을 당해 슬픔에 잠겼다. 최경회 형제들은 장례의 예법에 따라 곧바로 삼년상에 들어갔다. 큰형은 아버지의 유택 옆에서 시묘살이를 시작했고, 둘째 형 최경장은 최경회와 함께 집 안 마당 임시 사당에서 아침저녁으로 곡을 했다. 시묘살이에 가담하지 않고 집에서 삼년상을 치르는 까닭은 조문객을 받아야 하기 때문이었다. 손님이 오면 임시 사당에 들어가 곡을 했다.

박광전이 보성 예재를 넘어 조문을 왔다. 부친상 때 직접 오지 못한 것은 보성으로 갔던 노비가 부고장을 잃어버렸기 때문이었다. 박광전은 삼우제가 끝난 뒤 찾아와서 최경회에게 몇 번이나 사과를 했다.

"미안허네. 크게 결례를 했네."

"죽천 성님, 몰라서 오지 못했는디 뭣이 으쨌다요."

"저곳이 영우인가? 몬자 부친께 인사를 올려야겄네."

임시 사당을 보성, 화순 지방에서는 영위(靈位)라고 불렀다. 최경회가 임시 사당 안으로 먼저 들어가 박광전이 절을 하는 동안 곡을 했다. 박광전은 최천부 신위(神位) 앞에 2배를 하고 일어나 최경회와 맞절을 했다.

사랑방에서 손님을 보내고 나온 최경장이 박광전을 맞이했다.

"죽천 성님, 얼마 만인게라우?"

"진사시 합격헌 거 다시 축하허네."

"아이고메, 실력으로 치자믄 죽천 성님이 몬자 합격해야 허는디 지가 쪼깐 운이 좋아분 모냥이요."

"죽계 동상이 송천 선상님 문하에서 전념헌 것은 사실이여. 긍께 붙었제 운만 좋은 것은 아니여."

세 사람은 사랑방으로 들어가 오랜만에 회포를 풀었다. 사랑방은 바람이 통해 여름인데도 제법 시원했다. 대나무 이파리들이 산바람에 서걱대며 싸락눈 내리는 소리를 냈다. 박광전이 최경회에게 물었다.

"송천 선상님께서는 댕겨가셨는가?"

"홍문관에 드신 지 얼마 안 된께 눈치가 보이시겄지라우."

식년문과에 급제한 후 바로 홍문관 정자가 되었으니 직무를 익히느라 바쁠 뿐더러 상관의 눈치를 볼 수밖에 없을 터였다. 진사가 된 최경장이 한마디 했다.

"송천 선상님 가르침이 읎었으믄 허둥댈 뻔했는디 무사히 잘 넘기고 있그만요."

"학문이란 머릿속에 담아놓기 위해 배우는 것이 아니라 실제로 실천헐 때 빛이 나겄제잉."

박광전의 말에 최경회가 맞장구를 쳤다.

"우리 모다 《논어》 '위정(爲政)' 편을 달달 외와부렀지라우잉."

《논어》 '위정' 편은 정치와 효도에 관한 공자와 제자 간의 문답이 주요한 내용이었다. 특히 '위정' 편 5, 6, 7, 8장은 효도가 무엇인지를 제자들이 묻고 공자가 대답하는 내용인 바, 그 내용은 다음과 같았다.

맹의자가 효도에 대해 묻자 공자께서 말씀하셨다.

"어긋남이 없는 것이다."

번지가 수레를 몰고 있을 때 공자께서 그에게 그 일을 말씀하셨다.

"맹손씨가 나에게 효도에 대해 묻기에 '어긋남이 없는 것이다' 라고 대답하였다."

번지가 여쭈었다.

"무슨 뜻으로 말씀하신 것입니까?"

공자께서 말씀하셨다.

"살아계실 때는 예의를 갖추어 섬기고 돌아가신 후에는 예법에 따라 장례를 치르고 제사를 지내라는 것이다."

孟懿子問孝. 子曰, 無違. 樊遲御, 子告之曰, 孟孫問孝於我, 我對曰, 無違. 樊遲曰, 何謂也 子曰, 生事之以禮, 死葬之以禮, 祭之以禮.

제자 자유가 물었다. "어떻게 하면 효도라고 할 수 있습니까?"
공자가 대답했다. "요즘의 효도라는 것은 부모를 물질적으로
봉양할 수 있는 것을 말한다. 그러나 개나 말조차도 모두 먹여
살리기는 하는 것이니, 공경하지 않는다면 짐승과 무엇으로 구
별하겠는가?"

子游問孝. 子曰, "今之孝者, 是謂能養. 至於犬馬, 皆能有養, 不敬,
何以別乎

맹무백이 효도에 대해 묻자 공자께서 말씀하셨다.
"부모는 오직 그 자식이 병날까 그것만 근심하신다."

孟武伯問孝. 子曰, 父母唯其疾之憂.

자하가 효에 대해 묻자 공자께서 말씀하셨다.
"항상 밝은 얼굴로 부모를 대하는 일이 어렵다. 일이 있을 때
는 아랫사람이 그 수고로움을 대신하고, 술이나 음식이 있을
때는 윗사람이 먼저 드시게 하는 것을 가지고 효도라고 할 수
있겠느냐?"

子夏問孝. 子曰, "色難. 有事, 弟子服其勞, 有酒食, 先生饌, 曾是以
爲孝乎

세 사람 모두 글자 한 자 빠트리지 않고 단숨에 외우는 《논어》
'위정' 편의 구절들이었다. 그러나 공자의 가르침대로 실천했는지
자문해볼 때 모두 자신이 없었다. 최경장이 먼저 말했다.
"공자님께서 효도란 '부모님 살아계실 때는 예의를 갖추어 섬기

고 돌아가신 후에는 예법에 따라 장례를 치르고 제사를 지내는 것이다.'라고 말씀허셨지만 나는 고로코롬 살고 있지 못해 부끄럽그만이라."

"아따, 이만허믄 됐제 또 뭣을 더 보탠당가?"

박광전이 최경장을 위로했다. 그래도 최경장은 자신을 자책했다.

"아버님 살아겨실 적에 진실로 예를 갖추어 섬겨부렀는가, 생각허믄 가심이 아프요."

박광전은 최경장 형제가 부친상을 당한 지 얼마 되지 않기 때문에 아직도 충격에서 벗어나지 못했을 것이라고 생각했다.

"부모님을 잘 섬기고 산 사람이 으디 있겠는가? 나도 생각허믄 불효막심허당께."

"지도 가만히 생각해본께 항상 밝은 얼굴로 아버님을 대했는지 자신이 읎그만요."

"경회 동상 말이 맞그만. 항상 기쁜 얼굴로 부모님을 대허는 것이 젤로 에러운 일이여. 돌이켜보믄 찡찡헌 얼굴로 부모님을 속상허게 헌 일이 많았당께."

박광전이 《예기》 '제의(祭儀)' 편에 나오는 구절을 예로 들며 다시 말했다.

"맛있는 음식과 좋은 옷으로 부모님을 모셔불라믄 을매나 쉽겄능가. 부모뿐만이 아니라 어른덜을 모시는 디는 안색이 젤로 중허제잉.《예기》 '제의' 편에서도 '짚은 맴이 있는 효자는 반다시 화기가 있고, 화기가 있는 사람은 반다시 기쁜 기색이 있고, 기쁜 기색을 지닌 사람은 반다시 부드러운 얼굴이 있다.'고 하였당께."

최경회가 우울하게 흘러가는 방 안의 분위기를 바꾸었다.

"근디 지는 아버님이 돌아가셨다고 해서 효도헐 기회가 읎어졌다고 생각지는 않그만이라우."

"동상이 생각허는 효도란 뭣인디?"

"지가 아버님이 살아겨신 듯 효도험시로 살믄 저승에 겨신 아버님이 좋아허실 거 같그만이라우."

"경회 말이 옳다. 아버님이 살아겨신 거멩키로 예법에 '어긋남 읎이' 살믄 고것이야말로 진짜 효도일 거 같그만. 그라고 부모님 걱정 중에 자식 아픈 것이 젤로 큰 걱정이었은께 자기 몸을 평소에 잘 관리허는 것도 효도이겄제잉."

"죽계 말이 맞네. 부모님이 살아겨시건 돌아가셨건 간에 자기 몸 잘 관리허는 것도 효도여. 병들어 눕는 것도 불효란 말이여. 부모님 맴을 아프게 헌께."

어느새, 세 사람은 우울한 분위기를 떨쳐버리고 돌아가신 분을 생각해서라도 예법에 어긋남 없이 부모님에게 받은 몸을 소중하게 잘 다스리며 살아보자고 다짐했다. 박광전은 한나절을 최경회 사랑방에서 머물다가 보성으로 돌아갔다.

박광전 말고도 사람들이 하루 종일 찾아와 문상했다. 최경장이 진사시에 합격하여 집안이 널리 알려진 것도 사람들이 몰려드는 이유 중에 하나였다. 최근 화순에서는 나주와 달리 생진사시 합격자가 드물었던 것이다.

중종 23년(1528)에 진사시에 합격한 뒤 공릉참봉과 경릉참봉을 지낸 데 이어 종8품의 광흥창 봉사(奉事)를 역임한 구두남도 임시 사당에 들어 조문했다. 구두남은 능주, 화순에서 모르는 유생이 없을 만큼 유명했다. 김종직의 문하에서 수학했던 화순의 도학자 돈재 정여해의 제자이기 때문이었다. 구두남은 조문이 늦은 이유를 최경회 형제에게 말했다.

"늦게 조문 와서 미안허네."

"봉사 어르신, 손자를 보셨다는 소문을 들었는디 오시지 말아야지라우."

"미신이여. 공자님 예법에 읎는 말이네."

구두남이 손자를 본 것은 사실이었다. 조문을 간다고 나섰더니 집안 식구들이 만류했다. 손자에게 나쁜 기운이 뻗칠지 모른다는 것이었다. 그러나 구두남은 최천부와의 인연을 생각해서 조문하지 않을 수 없었다. 최천부와 성리학에 대해서 편지를 주고받은 인연이 있었던 것이다. 구두남의 손자는 올해 태어난 구희였다.

"지덜도 늦게나마 손자 보신 것을 축하드립니다요."

"고맙네. 내 스승이 도학자 돈재 선상님이 아닌가? 내 손자도 낸중에 도학자로 키우고 잪네."

최경회가 말했다.

"도학이라믄 고봉 기대승 선상님이 유명헌께 그리로 보내야지라우."

"하믄, 에렸을 때는 내가 갈치다가 쪼깐 더 크믄 고봉헌테 부탁해야겄네."

구두남이 조문을 하고 간 뒤에는 문검(文儉)이 왔다. 문검은 능주의 큰 부자였다. 지석강 일대의 논밭이 대부분 그의 토지일 정도였다. 그러나 그는 자신의 재산만 불리는 부호는 아니었다. 흉년이 들면 창고를 열어 가난한 사람들에게 곡식을 나누어주고, 소작농들에게 소작료를 일체 받지 않았다. 또한 문검은 정암 조광조를 흠모하여 그가 유배 와서 살았던 능주 적거지와 임시로 가매장했던 쌍봉사 부근의 땅에 자신의 노비를 보내 틈틈이 관리했다.

최경회 형제는 문검을 보고는 사랑방에서 달려 나왔다. 최경장 형제가 임시 사당으로 그를 안내했다.

"아버님 위패를 모신 영우는 저그 있습니다요."

"상을 당했을 때 급헌 일이 생겨서 오지 못해 인자 왔네."

최경회 형제는 임시 사당에 들어 큰 소리로 곡을 했다. 문검은 두 번 절하고 난 뒤 무릎을 꿇은 채 위패를 쳐다보며 중얼거렸다.

"홍헌이는 한양의 율곡 선생 문하에 들었소. 다 훈도공 덕분이요."

최천부가 문검의 아들 문홍헌이 열 살 되었을 때 율곡 이이에게 보내라고 강력하게 권유했던 것이다. 능주에서 한양으로 자식을 유학 보낼 만큼 살림살이가 넉넉한 사람은 문검 말고는 없었다. 잠시 후에는 문검의 노비가 지게에 쌀가마니를 지고 나타났다.

"나리, 어따가 부릴께라우?"

"이짝 영우 앞으로 가져오그라. 훈도공께서 보고 겨시느니라."

문검의 노비가 땀을 뻘뻘 흘리며 쌀가마니를 임시 사당 앞에 내려놓았다. 한여름에 능주에서부터 지게에 지고 왔으니 땀을 비 오듯 쏟아낼 만도 했다.

"아이고메, 부의를 많이도 가져오셨그만요."

"훈도공 부친을 생각허믄 더 많이 가져오고 잖었지만 저 녀석이 두 가마니를 지고 올라믄 심이 들 거 같어서."

노비가 힘들 것 같아서 한 가마니만 가져왔다는 말이었다. 문검의 솔직한 마음이었다. 최천부가 어린 자식인 문홍헌을 위해 조언을 자주 해준 고마움을 문검은 늘 잊지 않았던 것이다. 문검은 조문을 한 뒤 사랑방에 들지 않고 바로 능주로 떠났다. 능주향교 지붕이 새고 담이 허물어져 사비를 들여 보수하기로 한 날이기 때문이었다.

초저녁에는 만연사 주지스님이 왔다. 장례를 치른 날은 유생들이 출입을 막았으므로 조문하지 못하고 돌아갔던 것이다. 사람들의 눈을 피해 초저녁에 온 듯했다. 만연사 주지스님 입장에서는 조문하는 것이 최천부에 대한 도리였다. 법당에 비가 샐 때 기와불사를 물심양면으로 도와준 은인이 바로 최천부였던 것이다. 부인 순창 임씨가 만연사로 올라가 가끔 불공을 드린 인연이 있었지만 최천부가 마음을 내어 도와주었던 것이다. 만연사 주지스님은 최경회 혼자서 맞이했다. 진사가 된 최경장은 사랑방에서 아예 나오지 않았다.

"스님, 영우는 저짝입니다요."

"시자야, 목탁을 꺼내그라."

주지를 따라온 시자가 바랑에서 목탁을 꺼냈다. 염불을 해줄 모양이었다. 주지는 임시 사당에 들어 신위 앞에서 공손하게 절한 뒤 무릎을 꿇었다. 극락왕생을 기원하는 아미타부처님을 몇 번 부르더니 《부모은중경》을 놓고 큰 소리로 염불하기 시작했다. 시자는 옆에 앉아서 중얼중얼 합송했다.

주지스님의 염불은 애절했다. 최경회는 난생 처음 듣는 주지스님의 염불 소리였지만 구슬픈 마음이 들었다. 최경회 형제의 어머니 순창 임씨가 임시 사당 밖에 눈물을 흘렸다. 주지스님의 목청에 얹은 《부모은중경》이 가슴을 후벼 팠다.

이와 같이 내가 들었다. 그때 부처님께서 사위국의 왕사성 기수급고독원에서 대비구 3만 8천인과 보살마하살의 무리와 함께 계시었다.

그때 세존께서 대중을 거느리시고 남방으로 나아가시다가 한 무더기의 마른 뼈를 보셨다. 그때 여래에서는 오체를 땅에 대고 그 마른 뼈에 절을 하셨다. 아난과 대중이 부처님께 여쭈었다.

"세존이시여, 여래는 삼계의 큰 스승이요 사생의 자애로운 아버지이시기에 뭇사람들이 귀의하여 존경하옵거늘 어찌하여 마른 뼈에 절을 하시옵니까?"

부처님께서 아난에게 말씀하시었다.

"네가 비록 나의 상족 제자로서 출가한 지 오래이지만 아는 것이 아직 넓지 못하구나. 이 한 무더기의 마른 뼈가 내 전생의 조상이거나 누대(累代)의 부모님 뼈일 수도 있기에 내가 지금 절을 하는 것이다. 아난아, 네가 이 한 무더기의 마른 뼈를 가지고서 둘로 나누어 보아라. 만일 그것이 남자의 뼈라면 빛이 희고 또 무거울 것이요, 만일 여자의 뼈라면 빛이 검고 또 가벼울 것이다."

"세존이시여, 남자는 세상에 있을 때 장삼에 띠를 띠고 신을 신고 갓을 썼으면 바로 남자인 줄 아는 것이요, 여자는 세상에 있

을 때 곤지와 연지를 진하게 바르고 향수를 풍기어 화장을 하면
바로 여자인 줄을 알거니와 죽은 뒤에는 백골이 마찬가지옵거
늘 제자로 하여금 어떻게 그것을 분간하라 하시옵니까?"

"아난아, 만일 남자라면 세상에 있을 때에 절에 가서 강의를 듣
고 경도 외우며 삼보께 예배도 하고 염불도 하였기에 그 뼈는 희
고 또 무거울 것이요, 여자는 세상에 있을 때에 헛된 욕심에 생
각대로 하여 아들딸을 낳고 기르는 데 있어 한 번 아이를 낳으려
면 서 말 서 되의 엉킨 피를 쏟고 어머니는 여덟 섬 네 말이나 되
는 흰 젖을 먹여야 하기에 그 뼈는 검고 또 가벼운 것이다."

아난이 이 말씀을 듣고 가슴을 오려내는 듯 아파 눈물을 흘리며
슬피 울면서 부처님께 여쭈었다.

"세존이시여, 어머니의 은덕을 어떻게 보답해야 하옵니까?"

(중략)

"부모의 은혜를 갚고자 하거든 부모를 위하여 거듭 경전을 펴
내도록 하라. 이것이 참으로 부모의 은혜에 보답하는 것이다.
능히 경전 한 권을 펴낸다면 한 부처님을 뵐 수 있을 것이요, 능
히 열 권을 펴낸다면 열 부처님을 뵐 수 있을 것이요, 백 권을
펴낸다면 백 부처님을 뵐 수 있을 것이요, 천 권을 펴낸다면 천
부처님을 뵐 수 있을 것이요. 만 권을 펴낸다면 만 부처님을 뵐
수 있을 것이다.

이들이 경전을 펴낸 공력으로 말미암아 모든 부처님이 언제
나 오셔서 옹호하시기에 그 사람의 부모로 하여금 천상에 태
어나 모든 쾌락을 누리게 하고 영원히 지옥의 괴로움을 벗어

나게 하는 것이다."

《부모은중경》 염불이 다 끝나자 이번에는 《아미타경》을 염불했
다. 망자를 천상의 극락세계로 인도하는 경전이 《아미타경》이었
다. 주지스님은 천상의 새들이 노래하고 천녀들이 날아다니며 연
꽃 향기가 진동하는 극락세계가 눈앞에 펼쳐지듯 《아미타경》을 외
웠다. 그제야 순창 임씨가 눈물을 멈추고 염불하는 주지스님을 향
해 합장한 채 몇 번이나 고개를 숙였다.

마상습사(馬上習射)

　최경회는 부친 삼년상을 치르는 동안 스승 양응정으로부터 세 통의 편지를 받았다. 첫 번째는 한양에서 열 다섯 살의 정철이 제 자가 되었다가 을사사화에 연루되어 귀양 갔던 그의 아버지가 해 배되자, 그의 가족이 모두 조부 산소가 있는 담양으로 내려갔다는 소식과 두 번째는 명종 8년(1553) 승진하면서 관직이 자주 바뀐다 는 희소식이었다. 즉, 세자시강원 설서(設書)를 거쳐 임금에게 특별 휴가를 받아 독서당인 호당(湖堂)에 들었고, 이어서 예문관 검열, 홍 문관 부수찬, 예문관 봉교와 특교, 홍문관 수찬으로 자리를 옮겨 다녔다는 내용이었다. 세 번째는 윤원형의 미움을 받아 외직인 함 경도 북평사로 나가서 두만강 일대의 여진족들을 보고 겪은 소회 를 적은 편지였다.

　특히 세 번째 편지는 최경회에게 함경도 국경 지방에 사는 백성 들이 처한 현실을 실감케 했다. 남으로는 왜구가, 북으로는 여진족 이 백성들을 괴롭혀왔다는 사실을 잊지 않게 했다. 특히 호적(胡狄)

인 여진족을 경계하라는 글은 양응정이 문관보다는 변방을 지키는 무관 같은 느낌이 들었다. 비록 외직으로 나갔지만 양응정은 그에 대한 불평은 조금도 하지 않았다. 자신에게 주어진 북평사 임무를 다하고 있을 뿐이었다. 세 번째 편지 말미의 글은 최경회 형제를 감동시켰다.

선비란 내직이든 외직이든 자리를 가리지 않고 오직 임금이 보내는 곳에서 나라의 은혜를 갚고자 최선을 다할 뿐이다.

최경회가 둘째 형 최경장에게 말했다.

"성, 함경도는 무자게 춥겄제잉. 눈이 오월에나 녹는 곳이라는디 추위를 잘 타는 선상님께서 겁나게 고상허시겄네잉."

"고상도 고상이지만 오랑캐덜이 국경을 지 집 마당 드나들데끼 헌다고 그러더라. 목심이 위험헌 곳이여."

"선상님이 권력을 휘두르는 윤원형헌테 줄을 섰으믄 지금도 내 직에 겨시겄제잉. 근디 절대로 그럴 분은 아니랑께."

"그나저나 북평사라는 외직이 선상님 체질에 잘 맞을지 몰라."

"편지를 보믄 모르겄는가? 외직이든 내직이든 상관없이 최선을 다허신다고 말씸허고 겨시그만."

"나도 그 말씸이 가심에 꽂혀분다야. 선상님이 학문허는 선비가 아니라 오랑캐를 토벌허는 장수 같은 느낌도 들그만잉."

"성, 왜구나 오랑캐를 이길려믄 평소에 무술을 연마해야 헌다는 말씸, 인자부터라도 영념허세."

"말도 타고 활터에 더 자꼬 나가불자."

북평사.

외관직으로 함경도와 평안도에 한 명씩 파견하였고 병마절도사 밑의 우후와 같은 직급이었다. 본래 이름은 병마평사(兵馬評事)였는데 약칭으로 북평사 혹은 평사라고 불렸다. 북평사는 병마절도사 밑에서 서류를 관장하고 군수물자와 인사고과 및 고을에 장을 열고 닫는 개시(開市) 사무를 담당하였다. 또 병마절도사를 도와 도내 순시와 군사훈련, 무기제작과 정비, 군사들의 군장 점검, 군사시설 관리 등의 임무를 대신하기도 했으며, 병마절도사 유고(有故) 때는 그 임무를 대행하였고 임기는 2년이었다.

조정에서 북평사 제도를 둔 데는 분명한 이유가 있었다. 무신들의 횡포와 독주를 막는 것이 북평사 설치 목적이었다. 문사를 파견하여 무신 수령과 절제사, 만호 등 군사지휘관이 많은 국경 지역에서 무신을 견제하고 무신 수령과 각급 군사지휘관을 감찰하는 등 중요한 목적이 있었던 것이다.

그런데 조정은 적의 침입이 잦은 위험한 국경 지방으로 유배 보내듯 북평사를 임명하곤 했다. 양응정이 그에 해당했다. 문정왕후의 동생이자 소윤의 우두머리인 윤원형에게 협조하지 않자, 북평사로 임명해 외직으로 쫓아버린 것이었다. 그래도 양응정은 원한을 품지 않고 충(忠)의 바탕에서 나라를 걱정하는 마음으로 최경회 형제에게 편지를 보냈고, 형제는 스승의 당부를 실천했다.

지석강 안팎의 가을걷이가 끝나자, 두 형제는 말을 끌고 들판으로 나가려고 했다. 최경회가 탄 말은 부친이 물려준 것이고, 최경장의 말은 화순역참에서 빌려온 군마였다. 생진사시에 합격하면 역참의 우두머리인 찰방의 허락을 받아 군마를 빌릴 수 있었다. 최경장은 진사시에 합격했으므로 훈련용 역참의 말을 빌려 탈 자격이 있는 데다 화순찰방은 고인이 된 부친과 각별한 사이였던 것이다.

두 형제는 찬바람이 슬슬 불어오는 들판으로 나가 경주하자고 했다. 아버지 최천부 산소가 있는 산자락까지 달리는 경주였다. 지는 사람은 우물물을 길어다가 사랑방 솥에 군불을 지펴 목욕물을 데우기로 했다.

그러나 두 형제를 바라보는 어머니 순창 임씨는 걱정스럽기만 했다. 작년에 말을 타고 달리다가 낙마하여 일어나지 못하고 숨을 거둔, 무과를 준비하던 청년이 능주에서 나왔기 때문이었다. 말이 청년을 내팽개친 탓에 자드락길에 떨어져 머리를 크게 다쳐 시름시름 앓다가 죽고 말았던 것이다. 명종 7년(1552), 그러니까 삼 년 전 무과에 급제하여 지금은 영암 달량포 권관으로 있는 능주 출신 조현은 죽은 청년의 먼 친척 형이었다.

"느그 성제는 소문도 듣지 못했냐? 말이 위험헌 모냥이드라. 경장은 진사까지 됐음시롱 뭣을 더 헐라고 그러냐?"

"알지라우. 아부지 상 당했을 때 무과에 급제헌 조현의 친척 동상인 줄 알지라우. 현재 조현은 달량포 권관으로 있다고 헙디다. 조현이 나보다 여섯 살 아래쯤 되겠지라우."

최경장의 말에 최경회가 어머니 순창 임씨를 안심시켰다.

"엄니, 걱정 마시지라우. 말등에 앵이멩키로 붙어 있데끼 허믄 떨어지지 않는당께요."

"원숭이도 낭구에서 떨어진다고 허지 않더냐. 내 말은 한사코 조심허란 말이여."

최경회가 말했다.

"엄니, 혼자 타는 것도 아닝께 걱정허지 마씨요. 죽은 청년은 말에서 떨어졌다가 하루 뒤에 발견했다고 헙디다. 빨리 봤으믄 의원을 불러와 살았겄제라우."

"성제가 말을 탕께 안심은 된다만 그래도 조심조심해야 써."

"말을 배우는 사람이라믄 모를까 우리덜은 쪼깐 탈 줄 앙께 괴안찮을 것이요."

"늦지 말고 집에 들어와야 써. 그래야 지달리지 않제."

"아이고메, 엄니. 댕겨올께라우."

최경장이 먼저 역참 말을 타고 집을 나갔다. 그러자 최경회도 뒤따라서 방향을 잡았다. 최경회가 탄 말이 갑자기 동글동글한 똥을 쌌다. 땅바닥에 떨어진 똥에서 김이 모락모락 났다. 순창 임씨가 마당을 쓸고 있던 말구종 순돌이에게 말했다.

"뭣을 보고 있다냐? 니 눈에는 말똥이 안 보인갑다잉."

"마님, 말똥 구린내가 폴폴 나그만요. 얼릉 치울께라우."

순돌이가 말똥을 치우러 잰걸음으로 달려갔다. 순창 임씨가 사립문 밖을 보았을 때는 벌써 두 형제는 보이지 않았다. 두 형제가 탄 말은 비호처럼 부친의 산소 쪽을 향해 달렸다. 들판에는 삿갓 모양의 볏단이 듬성듬성 쌓아져 있었다. 말은 흙먼지를 일으키며

들길을 빠져나갔다. 산으로 오르는 길 초입에서 최경회는 숨을 몰아쉬었다. 말도 가쁜 숨을 고르며 진저리를 쳤다.

"으째서 거그 있냐? 나헌테 양보헐라고?"

"성이 탄 말이 무자게 늙은 놈 같소. 긍께 공평허지 못허네. 내가 탄 말은 순돌이가 질을 잘 들여놨당께."

"내 말은 늙어빠진 훈련용이라 잘 달리지 못헌갑다."

"여그서부터는 말을 바꽈서 타야 공평허겄네."

최경회가 말에서 내려 최경장이 탄 역참 말로 옮겨 탔다. 최경장이 탄 말은 목덜미와 엉덩이에 진땀이 흘러 축축했다. 힘겨운 듯 앞발로 땅을 툭툭 치며 최경회에게 저항하는 모습을 보였다.

"요놈이 인자 달리지 않을라고 떼를 쓰는갑네."

"오늘은 시합이고 뭐고 끝내불래?"

"아따, 성. 내가 살살 달래서 탈랑께 시합은 끝을 봐야제잉."

최경회는 말갈기를 쓰다듬으면서 늙은 역참 말을 달랬다. 그러자 코를 벌름거리던 늙은 역참 말이 눈을 끔벅거렸다. 또다시 처진 배를 토닥토닥 두드려주자 앞발을 들었다 놓았다 하면서 껑충거렸다. 앞으로 나아가도 된다는 몸짓이었다. 두 마리의 말은 다시 오르막 산길을 달렸다. 순돌이가 길들인 말이 잔등부터는 앞섰다. 최경회가 탄 늙은 역참 말은 달리지 못했다. 겨우 산길을 올라가는 것만도 다행이었다.

이번에는 최경장이 참나무 그늘에서 최경회를 기다렸다. 한참 만에 올라온 최경회가 말했다.

"성, 쪼깐만 더 올라가믄 아부지 산손디 으째서 거그 고로코름 있능가?"

"말을 바꽈 탄 것이 미안해서 그런다. 오늘 시합은 읎었던 것으로 허자."

"그라믄 목욕물은 누가 데우고?"

"뭣을 고민허냐? 순돌이헌테 오늘만 시키믄 되제."

"그러믄 쓴당가. 우리가 약속헌 소리를 순돌이도 들었는디. 긍께 오늘은 내가 데울라네. 성은 낼 군불을 지피소."

"고것 참 묘수다."

두 형제는 참나무 그늘에 말을 묶어놓고 아버지 산소 앞에서 절을 했다.

"아부지, 경장이 왔그만요. 잘 겨시지라우."

"아부지, 절 받으시쑈."

절을 1배 하는 사이에 선득한 산바람이 목덜미를 스쳤다. 마치 엄한 아버지의 손길 같았다. 큰형 최경운이 다녀간 듯 소나무 생가지가 산소 앞에 놓여 있었다. 2배를 하자 소나무 생가지의 송진 냄새가 콧속을 기분 좋게 자극했다. 두 형제도 산자락의 소나무 생가지를 꺾어 산소 앞에 놓았다.

"성, 낼도 시합헐랑가?"

"역참 말을 날마다 빌리기 미안헌께 메칠 쉬었다가 하자. 대신 영벽정으로 나가 활이나 쏘믄 으쩌겄냐?"

"집에서 목검으로 검술을 연습헐 수도 있는디 성이 알아서 정하소."

"바람이 심허게 불믄 몰라도 낼은 활터로 나가자."

"성 허고 잪은 대로 나는 따를라네."

다음 날. 햇살이 들판을 부챗살처럼 비출 무렵이었다. 까마귀 떼가 추수가 끝나버린 들판에 점점이 앉아서 먹이를 찾고 있었다. 논바닥에 떨어진 알곡을 찾아 날카로운 부리로 헤집었다. 두 형제는 말구종 순돌이를 앞세우고 영벽정 활터로 갔다. 말은 최경장과 최경회가 서로 번갈아가며 탔다. 어제 산길을 달렸던 말이었지만 조금도 힘들어 하지 않고 경중경중 나아갔다.

"아부지가 요로코롬 존 말을 으디서 구했당가?"

"으디서 구허신지는 몰라도 논을 폴아서 사셨다는 얘기는 들었제."

"그라고 순돌이가 워낙 잘 돌봤어잉."

"순돌이는 말을 사람 대허데끼 다루드라. 으떤 때는 말을 봄서 웃고 무신 얘기를 허는 것 같드라고."

이윽고 두 형제는 영벽정 활터에 도착했다. 생진사시에 합격한 사람은 벼슬을 받아 출사하기 전이라도 언제든지 마음대로 습사(習射)를 할 수 있었다. 활터를 청소하고 있던 관노 연전꾼이 달려와 최경장에게 허리를 굽혔다.

"진사 나리, 오셨습니까요."

"으째서 활터가 요로코롬 어지럽더냐?"

"어저께 교생 분덜이 활을 쏘고 갔습니다요."

"활과 화살은 있느냐?"

"사대에 놓여 있습니다요."

사대(射臺)에는 활과 함께 화살이 오십 개가 다섯 개씩 묶여 있었다. 화살 다섯 개를 1순(巡)이라고 하니까 10순이 준비돼 있는 셈이었다. 과녁을 지키면서 화살을 줍는 사람을 연전꾼이라고 하는데, 영벽정 활터 연전꾼은 능주 관아에서 보낸 늙은 관노였다.

두 형제가 몸을 푸는 동안 관노 연전꾼은 과녁 쪽으로 갔다. 그런 뒤 과녁 뒤로 가서 몸을 숨겼다. 사대에서 과녁까지는 어른 걸음으로 백 이십 보쯤 되었다. 최경회가 말했다.

"성이 몬자 쏠랑가?"

"내가 몬자 1순을 쐈불란다."

최경장이 사대에 놓인 활을 들었다. 화살은 화살촉이 뭉툭한 훈련용 유엽전이었다. 화살촉이 버들잎처럼 생겼다고 해서 유엽전이라고 불렀다. 훈련용 유엽전이지만 가까운 거리에서 연전꾼이 맞으면 기절하기도 했다. 최경장은 연전꾼이 과녁 뒤에 숨은 것을 확인하고는 활시위를 힘껏 잡아당겼다가 놓았다. 화살이 쉭 소리를 내면서 날아가 과녁을 맞추었다. 최경장은 쉬지 않고 1순을 쏘았다. 잠시 후 과녁 뒤에 있던 연전꾼이 밖으로 나와 노란 기를 흔들며 소리쳤다.

"시 발 멩중입니다요!"

과녁에 세 발이 맞았다는 외침이었다. 다섯 발 중에서 세 발을 명중했으니 형으로서 체면은 세운 셈이었다. 최경장은 근육의 힘을 풀듯 어깨를 좌우로 흔들며 사대에서 내려왔다. 이번에는 최경회가 쏠 차례였다. 그런데 최경회가 활을 드는 순간 거친 바람이 불었다. 활터에 흙먼지가 자욱하게 일었다. 최경회는 들었던 활을 놓았다. 바람이 훼방을 놓은 것 같았다. 최경회가 말했다.

"성, 바람이 그칠 때까지 쪼깜 쉬어야겠네."

"목수가 구부러진 나무를 탓허냐? 그러데끼 명궁수는 바람을 탓허지 않을 것인디잉."

"아따, 성도 너무 허네. 쪼깜 봐주소."

"바람이 불 때 명중해야 진짜 명궁수 소리를 듣는당께, 내 말이 아니여."

"성, 알겄네. 성 말대로 시방 쏴불라네."

최경회는 아랫배에 힘을 주었다. 단전의 힘으로 시위를 잡아당겨야 날아가는 활에 힘이 붙어 바람에 휩쓸리지 않을 것 같았다. 그러나 첫발은 과녁을 훨씬 벗어난 채 날아갔다. 화살이 지석강 쪽으로 부는 바람을 이기지 못했다. 할 수 없이 최경회는 화살에 바람에 밀린 만큼 계산하여 또다시 힘껏 시위를 당겼다. 그러자 화살이 과녁을 명중했다. 과녁을 맞히는 퍽 소리가 났다.

연전꾼은 흙바람이 멈추고 나서야 과녁 뒤에서 나왔다. 연전꾼이 소리쳤다.

"시 발 멩중입니다요!"

연전꾼의 소리에 최경장이 손뼉을 쳤다.

"경회야, 니 솜씨가 나보다 낫다."

"성, 무신 소리당가? 성이나 나나 시 발씩 맞혀부렀는디."

"나는 바람 읎을 때 쐈고 니는 흙바람이 불 때 쏴부렀어야. 긍께 나보다 실력이 낫다는 것이제."

"그런 소리 마소. 대장부가 스스로 불어온 바람 탓허믄 쓰겄는가? 하하하."

최경회가 크게 소리 내어 웃음을 터트리자, 최경장도 머쓱한 표정을 지우고 웃었다. 두 형제는 더 이상 활을 쏘지는 못했다. 바람이 세차게 불 뿐만 아니라 회오리바람으로 바뀌는 순간 과녁이 넘어져버렸기 때문이었다.

순돌이가 달려가 늙은 연전꾼과 함께 넘어진 과녁을 바로 세웠다. 그러나 과녁의 널빤지 하나가 떨어져나가 수리하기 전까지는 습사할 수 없게 돼버렸다. 두 형제는 할 수 없이 말을 타고 달리는 상태에서 활을 쏘는 자세만 몇 번씩 되풀이하는 훈련을 했다. 무과에 응시할 사람들이 반드시 연습하는 마상습사(馬上習射) 자세였다. 두 형제는 흙바람 속에서 말을 번갈아 타면서 마상습사 자세 훈련을 등에 땀이 밸 때까지 계속했다. 그러자 오전 나절이 번개처럼 지나갔다.

명종 10년(1555).

한양의 양응정은 또다시 편지를 보냈다. 함경도 북평사 양응정은 해가 바뀌면서 정5품의 공조좌랑을 제수 받아 한양으로 돌아와 있었던 것이다. 편지 겉봉투에는 '공조좌랑 양응정 서(工曹佐郞 梁應鼎 書)'라고 쓰여 있었다. 양응정의 편지를 가장 먼저 받은 사람은 순돌이였다. 화순의 가림역(嘉林驛) 역졸이 순돌이에게 편지를 주고 갔던 것이다. 편지를 받아든 순돌이는 글자를 몰랐으므로 즉시 순창 임씨에게 전했던 바, 최경회 형제에게 준 양응정의 당부는 거기서 사라져버렸다.

편지는 역참에서 검열을 받았는지 봉투가 뜯겨져 있었다. 순창 임씨는 편지를 꺼내 보고는 순돌이를 불러 단속했다.

"순돌아, 역졸이 왔다갔다는 얘기를 입 밖에 꺼내지 말그라."

"마님, 먼 일이간디요?"

"니는 알 것 읎다. 입 밖에 꺼냈다가는 화가 미칠 것인께 그리 알아라."

"예, 알겠습니다요."

순창 임씨는 부엌으로 들어가 편지를 아궁이에 넣고 불을 붙여 태워버렸다. 그런 뒤 가슴을 쓸어내리며 혼잣말로 중얼거렸다.

'오메, 성제덜이 모다 남해안으로 나가 싸우라고? 모다 죽으믄 으 쩔라고. 절손이 되믄 누가 제사를 지내불고, 선산은 누가 지킨당가.'

순창 임씨는 남해안으로 내려가 왜구와 싸우라는 양응정의 편지 를 불사른 뒤에도 안절부절못했다. 가슴이 쿵쿵 뛰어 마음을 진정 할 수 없었다. 순돌이 입을 단단히 단속했으니 집안에 알려질 일은 없겠지만 그래도 입술이 바싹 말랐다. 어머니 순창 임씨를 보고 큰 아들 최경운이 말했다.

"엄니, 먼 일이 있소? 부삭에서 으째서 허둥대부요."

"나가 시방 으째서 그런지 모르겄다야."

"멋을 보고 놀라신 모냥인디 찬물 드시고 방에 가만히 눠겨시 씨요."

"그럴까? 난리가 난 것멩키로 정신이 읎다야."

"난리는 남해안에서 났그만이라우. 향교에 방이 붙었는디 왜구 덜이 또 나타나서 노략질을 허고 있는갑습디다."

"여그 화순은 안전허겄제?"

"지금까지 왜구덜이 화순까지 온 적은 읎지라우."

최경운은 남해안에 나타나 노략질과 방화를 저지르고 다니는 왜 구들 때문에 또 유랑민이 생겨나겠구나 하고 생각했다. 바닷가에 사는 농부나 어부들이 왜구들을 피해 보성, 능주, 화순, 나주까지

피난 온 적이 여러 번 있었던 것이다. 그들 중 일부는 고향으로 돌아가지 않고 이리저리 떠도는 유랑민이 되었다.

최경장과 최경회도 무슨 일인가 싶어 방 안으로 들어왔다. 어머니 순창 임씨가 머리에 수건을 동여매고 누워 있었다.

"엄니, 으디 아프요?"

"아니."

"아픈께 뉘겨시겠제. 말허씨요. 약 지어 올랑께."

"아니란 마다. 요로코롬 가만히 있으믄 나서불 거다."

"주물러 드릴께라우?"

최경회가 바짝 다가서자 순창 임씨가 손을 저으며 말했다.

"아니랑께. 느그덜이 있응께 더 머리가 어지런 거 같다. 긍께 나가불래?"

"엄니, 그럴게라우."

최경회 형제는 고개를 갸웃거리며 일어섰다. 순창 임씨는 두 형제가 나간 뒤에야 머리에 맨 수건을 풀고 앉았다. 순창 임씨가 양응정을 원망했다.

"내 자석을 모다 왜구덜이 날뛰는 남해안으로 내려가란 말을 으쩌믄 고로코롬 쉽게 헌당가. 육촌 성이란 사람이 어쩌께 동상덜을 내몰 수 있단 말이당가. 자기 할무니가 경회 할아부지허고 친남매간인디 말이여. 오메, 친척이고 뭐고 인정머리읎그만잉."

그런데 양응정은 최경회 형제에게만 편지를 쓴 것이 아니었다. 여러 제자들에게 바로 전장터로 나가 왜구를 물리쳐야 한다는 독전(督戰)의 편지를 썼다. 제자인 백광훈, 최경창 등과 10촌 형인 양달수, 양달사 형제에게 편지를 보냈던 바, 양달수와 양달사는 아버지 양팽손의 제자이기도 했다. 다만 박광전에게는 아예 편지를 보내지 않았다. 박광전이 식년과 생진사 초시에 1등으로 합격하여 복시를 보기 위해 한양으로 올라와 있었기 때문이었다.

을묘왜변. 조정에서는 을묘년(1555)에 남해안의 장흥, 강진, 해남, 영암 땅에 왜구들이 침입하여 살육과 노략질한 사변을 '을묘왜변'이라고 불렀다. 왜구들은 을묘년 5월 11일에 선박 70여 척을 타고 전라도 남해안으로 침입해 달량포 바다에 출현했다. 그런 뒤 이진포와 달량포(현 해남 남창)로 상륙해 성 밖의 민가를 불태우고 노략질을 시작했다. 그때 달량진 권관 조현은 목숨을 아끼지 않고 수성 작전을 폈다. 왜구들은 달량진을 바로 함락시키지 못하고 동쪽과 서쪽으로 달려가 마을이 나타나면 무조건 분탕질을 했다. 2천여 명의 왜구들이 경상도 해안으로 가지 않고 먼 바다를 돌아서 전라도 땅으로 침입한 것은 우연한 일이 아니었다. 경상도와 달리 별다른 방비대책 없이 세월을 보내던 전라도 남해안 쪽의 고을들은 속수무책으로 당했다.

경상도 해안 쪽 수령들은 중종 5년(1510) 삼포왜란과 중종 7년(1512) 제주왜란, 중종 39년(1544) 사량진(현 통영)왜란을 겪은 결과 방비를 나름대로 하고 있었던 것이다. 물론 전라도 해안 쪽의 고을들이 모두 무방비였던 것은 아니었다. 달량진만 해도 능주 출신 권관 조현이 5월 12일에도 사력을 다해 왜구들을 격퇴시켰다. 수성장인 조현은 진무 이윤경을 불러 평소에도 수졸들을 점고하고 훈련시키도록 지시했는데, 조선 관군의 전력을 깔보는 왜구들의 공격을 격퇴시켰다.

조현은 성 안의 안전한 누각에서 나와 성가퀴를 돌면서 수졸을 독려하며 지휘했다. 왜구들의 화살이 얼굴을 비켜 날았다. 그러나 조현은 전혀 두려워하지 않고 수졸들에게 소리쳤다.

"화살을 쏴라! 적덜이 한 놈도 성에 달라붙지 못허게 쏴라!"

성민들은 성가퀴 뒤에 숨어 있다가 왜구들에게 뜨거운 물과 모래를 성 밖으로 뿌렸다. 사다리를 타고 올라오던 왜구들이 비명을 지르며 나가떨어졌다. 첫날과 둘째 날 전투는 달량진 관군의 승리였다. 왜구들이 동료들의 시신을 모아 불태운 뒤 물러갔다. 조현은 미처 불태우지 못한 왜구시신을 성 안으로 끌고 오도록 명했다.

"귀때기만 자르고 몸땡이는 바다에 던져부러라!"

"예, 알겠습니다. 권관님."

"귀때기는 한양으로 보낼 것인께 소금물에 잘 절여놓그라."

"열 개는 되겠그만요."

"오늘 밤에 놈덜이 쳐들어올지 모른께 방비를 더 잘해야 헌다. 나는 잠시도 쉬지 않고 성카퀴를 돌 것이니라."

조현은 밤새 순시를 했다. 누각에서 잠깐 토막잠을 잤을 뿐이었다. 조현을 참좌하는 늙은 진무 이윤경이 말했다.

"권관님, 왜구덜이 오늘 밤에는 오지 않을 것 같은께 내아에서 편히 주무시지라."

"내 걱정허지 말고 이 진무가 쪼깐 쉬시쑈."

"지 같은 늙은 놈은 잠이 읎어라. 권관님이 쉬시지라."

"우리 군사덜이 교대로 경계를 잘허고 있은께 안심이 되그만 요."

"평소에 훈련을 잘 시킨 권관님 덕분이지라."

진무 이윤경은 달량진에서만 세월을 보낸 고참 수졸이었다. 그가 조현을 보좌하지 않았더라면 성이 단번에 함락됐을지도 몰랐다. 그는 달량포 바다 물길과 수졸들의 인적 사항 및 달량진성 안팎의 마을 사람 동향을 훤히 꿰고 있을 정도로 박식했다. 이윤경은 한눈에 조현의 무부다움을 알아보고 따랐다. 조현이 대단하다고 혀를 내둘렀다. 비록 스물 한 살밖에 안된 나이였지만 수졸들에게 명을 내릴 때는 산전수전 다 겪은 장수처럼 추상 같았다. 이윤경은 자신의 직속상관인 조현의 인적 사항도 훤하게 알고 있었다.

조현(曺顯).

본관은 창녕. 자는 희경(希慶), 호는 월헌(月軒)으로 그의 아버지는 조억년이었다. 조현은 명종 7년에 무과 급제하여 명종의 선전관이 되었고, 이후 선사진(宣沙鎭)으로 나갔다가 달량진 권관으로 제수받은 무장이었다. 비록 종9품의 낮은 벼슬이지만 권관은 변경의 작은 진보를 쥐락펴락 다스리는 수장이었다.

다음 날 새벽에도 이윤경의 예상대로 왜구들이 달량진으로 쳐들어왔다. 어제보다 적은 수였지만 성문을 집중 공격했다. 조현이 이윤경에게 말했다.

"유인작전 같으요. 성문을 열고 나가지 마씨요!"

"그렇습니다요. 적덜이 산속에 매복해 있을 겁니다요."

수졸들이 일제히 성가퀴 뒤에서 화살을 쏘았다. 그러자 왜구들이 주춤주춤 물러났다. 왜구들이 괴성을 지르며 소리쳤다. 약을 올려 수졸들이 성문 밖으로 나오도록 유인하는 유치한 몸짓이었다. 수졸들이 화살을 쏘지만 이리저리 움직이는 왜구들을 잘 맞히지는 못했다. 조현이 명했다.

"화살을 아끼그라!"

"권관님, 저놈덜이 우리가 화살을 쏘도록 유인허는 것입니다요."

"헐 수 읎소. 총통을 써야 쓰겄소. 한 번에 박살을 내부러야 다시는 얼씬대지 않을 것이요."

조현은 화포장에게 총통을 조준하라고 지시했다. 달량진에 단한 대뿐인 대포였다. 총통을 사용하려면 상부에 보고해야 할 만큼 아끼는 무기였다.

"화포장! 자신 있는가?"

"예, 저놈덜을 가루로 멩글어불겠습니다요."

화포장의 말대로 총통이 불을 뿜자, 괴성을 지르던 왜구들이 단한 발에 사지가 찢겨진 채 나뒹굴었다. 지켜보던 달량진 수졸들이 두 손을 번쩍 들고 환호했다. 어떤 수졸들은 웃옷을 벗고 흔들면서 성가퀴를 달렸다. 그러나 조현은 냉정했다.

"저 왜구덜은 반다시 복수하러 바로 나타날 것인께 경계를 잘해야 써!"

"권관님, 걱정 마씨요. 우리 군사는 천하무적입니다요."

11일과 12일에 왜구를 격퇴한 달량진 수군들의 사기는 하늘을 찌를 듯했다. 그러나 조현은 긴장을 풀지 않았다.

"저놈덜은 2천 명이여. 성민이 있지만 우리 군사는 고작 1백 명뿐이여. 긍께 정신 바짝 차리지 않으믄 안돼야. 강진 병영성은 물론이고 이웃 고을에서 지원군이 와야만 헌디."

무장한 왜구와 달량진 군사 숫자는 20대 1이었다. 왜구들이 지구전을 편다면 조선군의 승산은 점점 줄어들 터였다. 화살이 떨어지면 전력이 급격히 약해질 것이 뻔했다. 아무리 훈련받은 관군이라고 하지만 맨손으로 싸울 수는 없었다. 그러니 당장에 기대할 전력이라고는 지원군뿐이었다.

"지원군이 올께라우?"

"올랑가 몰라. 거그도 왜구덜이 노리고 있을 것이여. 긍께 일단 우리 심으로 막아내야지 벨수가 읎어."

실제로 칼을 찬 왜구들이 남해안 여러 고을을 분탕질하고 있는 중이었다. 조현이 수성하고 있는 달량진을 잠시 포기한 채 사방으로 올라가고 내려가서 노략질을 해대고 있었다. 시간이 흐를수록 달량진은 점점 고립무원의 상태가 되었다. 지원군을 기다리는 조현은 한낱 허망한 꿈을 꾸고 있는지도 몰랐.

달량진 건너편에 있는 진도에서조차 지원군은 오지 않았다. 진도군수 최인은 왜구들이 쳐들어온다는 급보를 받고는 진도읍성을 도망쳐버렸고, 진도 관군을 지휘하는 군관들은 달량진으로 가 구원하기는커녕 겁을 먹고는 싸움을 피하려고 부하들에게 화살을 쏘지 못하게 지시했다. 왜구들이 군창에서 군량미를, 무기고에서 무기를 가져가도 진도 관군들은 숨어서 지켜보기만 했다.

달량진 아래에 있는 가리포(현 완도) 이세린 첨사와 휘하의 군관들도 마찬가지였다. 왜구들이 오자 성을 버리고 산으로 도망쳤다. 왜구들이 관아를 불태우고 군량미와 무기를 가져가는데도 바라보기만 했다. 전라우수사 김빈은 달량진이 포위되었다는 급보를 받고도 군사를 보내지 않았다. 전라병사 조안국은 왜구들이 영암까지 올라와 있다는 보고를 들었지만 나주에서 군사를 이끌고 오다가 돌아가버렸다. 그는 철군하면서 비겁하게 변명했다.

"적과 싸울 우리 군사가 부족하다."

뿐만 아니라 전라우도 방어사 김경석은 영암성에 있으면서 왜구들에게 포위당한 달량진으로 내려가 구원할 생각을 아예 하지 않았다. 이처럼 관군이 달량진을 외면 내지는 방관하고 있을 때 그나마 힘이 되어준 것은 의병들이었다.

양응정이 보낸 독전의 편지를 받은 백광훈과 최경창은 즉시 달량진으로 달려갔고, 양달수 형제는 장흥과 강진, 영암, 해남에서 의병들을 모집해 산발적으로 기습 작전을 펼쳤다. 왜구들이 나주, 화순 쪽으로 진출하지 못하게 하는 데 그나마 역할을 했다.

이제 조현이 믿을 수 있는 전력은 오직 달량진 관군과 성민뿐이었다. 삼사일 동안 달량진 군사들의 사기를 엿보던 왜구들이 달량진성을 대여섯 겹으로 포위했다. 조현은 진무 이윤경을 불러 초라하게 망궐례를 지냈다. 관아에서 임금의 궐패 앞에 엎드렸다. 이윤경과 함께 4배를 올렸다. 마룻바닥에 눈물이 떨어졌다. 이윤경이 말했다.

"권관님, 산으로 피신하시지라. 적이 무서워 그러는 것이 아니라

후일을 기약허자는 것입니다요."

"나는 적을 한 놈이라도 더 죽이고 죽을 것인께 이 진무는 군사를 델꼬 피신허씨요."

"늙은 지가 산다믄 을매나 더 살겄는게라. 지도 여그서 싸우다가 죽겄소."

두 사람은 손을 맞잡고 눈물을 흘렸다. 이윽고 조현이 물었다.

"화살은 을매나 남았소?"

"한나절 싸울 만큼 남았그만요."

"좋소."

조현은 성가퀴로 나갔다. 왜구들이 조선군의 사기를 떨어뜨리기 위해 나발을 시끄럽게 불고 괴성을 질러댔다. 달량진 수군들도 지지 않고 욕설을 퍼부었다.

"할딱바구들아! 오늘이 니덜 제삿날이다!"

정오쯤에야 전라병사 원적이 몇 백 명의 지원군을 거느리고 달량진으로 왔다. 장흥부사 한온과 장흥의병장 백세례, 영암군수 이덕견도 뒤따라 입성했다. 지원군들은 모두 왜구들이 포위한 바다쪽을 피해서 동북쪽 절변산을 넘어왔다. 왜구들의 숫자에 압도되어 가라앉았던 수군들의 사기가 되살아났다. 조현은 원적에게 달려가 무릎을 꿇고 말했다.

"병사 나리, 이제 한번 싸와볼만 허그만요!"

"이 적은 군사로 수성했다니 자네는 대단한 무장이네."

"과찬이시그만요. 우리 군사덜이 목숨을 아끼지 않고 싸왔습니다요."

"강장 밑에 약졸이 있겠는가? 군사는 장수를 따르고 닮는 법이네."

전라병사가 데리고 온 군사들이 성 안에 다 모였다. 달량진 관군과 성민들이 박수를 치며 환호했다. 그런데 조현이 지원군 군사들을 점고해보더니 낯빛을 바꾸었다. 한마디로 오합지졸이었다. 훈련받은 관군이라기보다는 무명 잠방이 차림으로 보아 얼마 전에 차출한 농사꾼 장정들이 분명했다. 그들이 들고 있는 무기는 활이 아니라 몽둥이와 죽창이었다.

조현은 눈앞이 아찔했다. 하늘이 무심했다. 그래도 조현은 군사들을 독려하며 일전을 준비했다. 전라병사 휘하의 장정들은 크고 작은 돌멩이를 성가퀴에 쌓도록 하고, 백세례 휘하의 의병들은 죽창을 들게 하고, 성민들은 솥단지에 또다시 물을 끓이게 하고, 달량진 관군들은 활과 칼을 들게 했다. 최경창과 백광훈은 백세례 휘하에서 지시를 받았다.

비가 오는 둥 마는 둥했다. 며칠 전부터 오락가락하는 장맛비였다. 새벽에 전투를 한 번 치른 달량진 수군들은 비를 맞으며 공격 명령을 기다렸다. 왜구들도 11일, 12일의 공격과 달리 해적 출신 무리인 선봉대를 앞세웠다. 새벽에 화포 공격으로 당한 보복전이었다. 해적 출신 왜구들은 백병전에 능했다. 전라병사 원적이 임시 지휘소인 누각으로 조현을 불렀다. 임시 지휘소 누각에는 장흥부사 한온, 영암군수 이덕견, 백광훈의 작은아버지이자 장흥의병장인 백세례 등이 작전회의를 하고 있었다. 성가퀴를 돌면서 군사를 독려하던 조현이 누각으로 내려갔다. 조현의 투구와 갑옷은 비에 젖어 번들거렸다. 원적이 조현을 보자마자 불같이 화를 냈다.

"권관은 왜 병사를 보좌하지 않는가!"

"지는 군사덜 사기를 위해 성가퀴에 있어야 헙니다요."

장흥부사 한온과 영암군수 이덕견, 장흥의병장 백세례가 동시에 조현을 쳐다보았다. 조현이 예를 갖추어 고개를 약간 숙였다. 그러자 원적이 정색을 하며 다시 문초하듯 말했다.

"이곳의 지휘관이 병사 원적이라는 것을 모른단 말인가?"

"알고 있그만요."

"내 명을 전달할 전령이 없으니 어떻게 군사를 통솔하겠는가."

"미처 생각허지 못했그만요. 여그 지세에 밝은 진무가 병사 나리를 보좌허도록 허겄습니다요."

"급박한 상황이니 더는 책임을 묻지 않겠네. 진무를 어서 보내게."

성가퀴로 돌아온 조현은 이윤경을 불러 원적의 전령으로 임명했다.

"지금부터는 병사 나리를 보좌허씨요."

"시방 한 사람이라도 성가퀴에 남아 적과 싸와야 허는디."

진무 이윤경은 투덜거리면서도 조현의 명을 거역하지 않았다. 조현은 총통을 책임지고 있는 화포장에게 지시했다.

"명을 내리기 전에는 절대로 발포허지 말라!"

"예, 권관님."

"20대 1의 싸움에서 이길라믄 화살과 포를 아껴야 써. 알겄는가?"

"포는 아직도 하루 싸울 여력이 있그만요. 근디 화살이 바닥난 것 같그만요. 화살을 쏘는 사부(射夫)덜 안색이 노래라우."

수군의 무기는 활과 화살이 전부라고 해도 틀린 말이 아니었다. 그런데 무기고의 장전(長箭)과 편전(片箭)이 바닥나고 있다니 사부들이 초조해할 만도 했다. 긴 화살을 장전, 짧은 화살을 편전이라고 불렀다. 화포장의 보고를 들은 조현은 전라병사가 거느리고 온 장정들에게 성 안의 돌멩이를 더 많이 있는 대로 주워오도록 명했다.

"요것은 돌멩이가 아니라 적을 죽이는 석탄(石彈)이여."

"요 석탄으로 할딱바구덜 머리통을 깨버리겠습니다요."

"좋아, 석탄이 을매나 훌륭한 무기인지 보여주게."

조현은 성민들에게도 다가가 독려했다.

"뜨건 물을 확 부서 문어대가리 같은 할딱바구덜을 삶아부씨요."

"권관님, 지헌테 걸리기만 허믄 살껍데기를 벗겨불라요."

이윽고 축축한 바람이 불어오는 신시(申時)가 되었다. 왜구들이 성문에서 십여 보 가까이 접근해오자, 전라병사 원적이 달량진 수군에게 공격 명령을 내렸다. 이윤경에게 명을 전해받은 조현은 소리가 나는 효시(嚆矢)를 허공에 쏘았다. 효시가 호루라기 소리를 내며 공격 개시를 알렸다.

"화포장은 발포해부러라!"

지자총통이 천둥소리를 내며 바다 쪽에서 접근해오는 왜군 선봉대의 대오를 흩트렸다. 몇몇 왜구들이 나뒹굴었다. 그러자 왜구 선봉대의 대오가 잠깐 뒤죽박죽이 되었다. 그러나 왜구 선봉대의 대오는 곧바로 복구되었다. 바로 뒤쪽 2선의 전력을 보충했기 때문이었다. 화포장은 포신이 식을 때까지 발포하지 못하고 화살을 쏘았다. 조현은 선봉대 우두머리를 향해 활을 겨냥했다. 그러나 선봉대 우두머리는 왜구 무리 속에 숨어버렸다. 그러는 사이 왜구들이 사다리 몇 개를 성벽에 세웠다. 왜구들에게 화살을 일제히 쏘았지만 널빤지를 방패 삼아 거머리처럼 접근했다.

성민들이 펄펄 끓는 물을 붓고 재를 뿌렸다. 지원군 장정들이 왜구를 겨냥해 돌멩이를 던졌다. 사다리를 타고 성벽을 오르는 왜구와 막아내는 조선군 사이에 한두 식경 동안이나 공방이 계속됐다. 달량진 관군은 차츰 전력에서 밀렸다. 화살도 떨어져가고 있었다. 돌멩이를 던지던 지원군 장정들의 기세도 꺾였다. 그러자 왜구들이 성가퀴까지 올라와 날뛰었다. 해적 출신 왜구들은 백병전에 능했다. 성문을 지키던 수졸들이 왜구와 맞섰지만 뒤로 밀렸다.

"서문을 지켜야 헌다!"

"서문을 지원하라!"

그러나 전라병사 원적과 달량진 권관 조현의 외침은 공허했다. 서문이 활짝 열리고 왜구들이 밀물처럼 밀려들어왔다. 서문 안에서 군사를 지휘하던 장흥부사 한온이 왜구의 칼에 맞아 맥없이 쓰러졌다. 당황한 성민들이 죽창을 들고 이리저리 몰려다녔다. 원적이 미친 듯이 소리치고 다녔지만 전혀 영이 서지 않았다. 왜구들이 임시 지휘소 누각에 있던 원적을 에워쌌다. 원적은 자신을 생포하려는 왜구에게 칼을 휘둘렀다.

"감히 내 몸에 손을 대려고 하다니!"

왜구가 피를 뿌리며 쓰러졌다. 두 명의 왜구가 연달아 이윤경의 칼에 목이 달아났다. 그러나 뒤쪽에서 달려온 왜구의 칼에 원적이 거꾸러졌다. 이윤경도 힘없이 손에 쥔 칼을 놓았다. 원적의 입에서 붉은 피가 주르르 흘러나왔다. 중얼거리던 이윤경은 왜구들에게 짓밟혔다. 왜구들이 소리쳤다.

"대장을 죽였다!"

원적이 죽었다는 소문이 성 안에 돌았다. 그러자 영암군수 이덕견이 먼저 항복했고, 원적을 따라온 지원군 장정들이 두 손을 들고 항복하기 시작했다. 조현은 성 안의 백병전은 무리라고 판단했다. 이제 왜구를 상대하려면 가파른 절변산으로 올라가야 했다. 마지막 배수의 진이었다.

"산으로 올라가그라! 적을 한 놈이라도 더 죽일려믄 산으로 올라가그라!"

"우리덜이 엄호헐텐께 권관님이 몬자 올라가부씨요."

엄호를 자청한 사람은 장흥의병장 백세례였다. 백세례는 조카 백광훈을 살리고 싶었는지도 몰랐다. 백세례를 따라온 의병들이 절변산 길목에서 왜구들을 대적했다. 의병들의 함성이 들렸다. 그러나 곧 사그라들고 말았다. 조현을 뒤따르던 백광훈이 비명을 질렀다. 뒤돌아보니 백세례가 왜구의 창에 찔려 넘어지고 있었다.

조현은 산을 오르다가 미끄러졌다. 장맛비에 산길이 젖어 있었다. 백광훈은 무심코 달량포를 돌아보았다. 달량포 바다 파도가 목이 메도록 소리치고 있는 것 같았다. 비구름이 낮게 깔린 하늘은 비를 곧 뿌릴 듯했다. 조현을 따라온 수졸들은 고작 십여 명에 불과했다. 그 속에는 양응정의 편지를 받고 달량진으로 달려온 열 일곱 살의 최경창과 열 아홉 살의 백광훈, 능주에서 온 먼 친척뻘 동생도 있었다. 조현이 말했다.

"니덜이야말로 장허다! 여그는 한 명이 수십 명을 상대헐 수 있는 목구녁 같은 곳이다."

"지도 여그서 목심을 아끼지 않고 싸우겠습니다요."

왜구들이 투구를 쓰고 갑옷을 입은 조현을 생포하려고 쫓아 올라오고 있었다. 조현은 칼을 들고 왜구들과 맞섰다. 화살이 떨어진 수졸들이 돌멩이를 주워 던졌다. 그러나 왜구들이 방패 뒤에 숨어서 점점 가까이 다가왔다. 지형상으로는 위에 있는 조현이 유리했다. 화살이 없으니 불리할 뿐이었다. 좁은 산길에서 일진일퇴를 거듭했다. 그러는 사이 수졸들이 한 명 두 명 풀숲에 쓰러졌다. 조현도 화살을 맞고 가슴을 움켜쥐었다. 왜구 한 명이 조현에게 달려들었다.

그때 조현이 일어나 칼을 휘둘렀다. 왜구의 목이 달아났다. 그 순간 조현도 힘이 다해 넘어지면서 산 아래로 굴렀다. 최경창과 백광훈은 조현의 시신이 떨어진 곳으로 자신도 모르게 뛰어내렸다. 깎아지른 듯한 바위 절벽 밑이었다. 왜구들은 끝내 조현의 시신에 손을 대지 못했다. 마지막까지 싸우던 수졸의 외침이 절변산 골짜기로 메아리쳤다.

"나는 조선의 군사다!"

"나는 달량진 군사다!"

최경창과 백광훈은 수졸들의 외침 소리에 눈을 떴다. 조현이 도토리나무 옆에 숨을 거둔 채 반듯이 누워 있었다. 벗겨진 그의 투구가 백광훈의 발밑에서 뒹굴었다. 하늘에서 빗방울이 한두 방울씩 떨어졌다. 달량진은 조금 전과 달리 어둑어둑해지면서 적막강산처럼 변했다. 최경창과 백광훈은 어흑어흑 소리 내어 울었다.

결국 관군과 성민들은 인해전술로 달려드는 왜구를 막지 못한 채 달량진을 내어주고 말았다. 전라병사 원적, 장흥부사 한온, 의병장 백세례는 성 안에서 싸우다가 전사했고, 달량진 권관 조현은 절변산에서 배수의 진을 치고 끝까지 맞서다가 순절했다.

달량진성에 깃발을 꽂은 왜구들은 7일 만에 강진 병영성으로 달려갔다. 그런데 새로 부임한 전라병사 유사(柳泗)는 지레 겁을 먹고 도망쳐버렸다. 장졸들도 병사를 따라 산속으로 숨어 왜구들의 만행을 내려다보기만 했다. 5월 21일의 사변이었다. 왜구들은 무혈 입성해 군창에 들어 있는 군량미를 약탈해갔다. 병영성이 왜구들에게 약탈당했다는 급보가 지근거리에 있는 장흥성에도 전해졌다. 그러자 달량진에서 전사한 한온에 이어 임시 장흥부사가 된 이수남은 5월 22일 슬그머니 피신해버렸다.

그래도 강진읍성 군사들은 왜구들과 싸우다가 화살이 떨어지자, 5월 26일 읍성에서 후퇴하고 말았다. 왜구들은 기세를 몰아 해남, 영암으로 올라갔다. 해남과 영암의 관군도 사기가 꺾여 있기는 마찬가지였다. 해남현감 변협은 3백여 명의 군사를 이끌고 일전을 벌였으나 싱겁게 지고 말았다. 진도군수 최린과 전라우수사 김빈은 왜구들에게 수령의 깃발까지 빼앗기는 수모를 당했다.

전라도 남해안의 비보를 받은 한양조정은 왜구들의 노략질을 막고자 급히 인사를 했다. 호조판서 이준경을 전라도 도순찰사로, 김경석을 전라우도 방어사로, 남치근을 전라좌도 방어사로, 조광원을 경상도 도순찰사로, 조안국을 전라병사로, 윤선지를 경상우도 방어사로, 장세호를 청홍도 방어사로 삼았다.

한편, 양달수 형제는 어머니 상중이었지만 양응정의 편지를 받고 나서는 의병을 모집해 나름대로 활약을 했다. 양달사는 자신보다 한 살 위인 양응정의 편지를 늘 가슴에 품고 다녔다. 양응정의 편지는 '당장 의병을 일으켜 왜구들을 무찔러달라'는 내용이었다.

왜구의 변이 여기까지 이르다니요. 영암 앞바다면 적을 막기에 가장 좋은 요충지일 텐데, 오랜 태평 속에서만 살아 백성들이 전쟁을 몰라 창졸간에 어찌할 바를 모른 것입니다.

만약에 백씨(白氏, 양달수), 중씨(仲氏, 양달사), 계씨(季氏, 양달해) 같은 어진 이들이 한번 죽기를 각오하고 앞장서신다면 모든 혈기 있는 다른 사람들 역시 따라나설 것입니다. 그러면 그 얼마나 감탄할 일입니까.

조정에서 장수를 파견하여 평정한다고 하여도 시일을 끌어 지체되면 왜구의 만행을 막기는 어려울 것입니다. 이 급한 상황에서 어찌 상복을 입은 몸임을 따지겠습니까. 평소에 상중에 출장할 수 있는 뜻에 대하여 익히 아시고 있으리라 생각합니다. 그리고 충효가 일치한데 누가 옳지 않다고 하겠습니까. 어리석은 제 소견은 그러합니다.

바라건대, 일각도 지체하지 마시고, 의로운 군대를 일으키시어 사람이 원하는 바에 부응해주십시오.

양달수, 달사, 달해 삼 형제는 양응정과 능주 쌍봉마을 학포당에 모여 양팽손에게 서로 공부했던 인연이 있었다. 특히 삼 형제 중에 양달사는 중종 32년(1537)에 무과에 급제하였고 명종 1년(1546)에 중시에 합격하여 전라좌도와 우도의 우후와 진도현감, 진해현감을 역임했는데, 해남현감으로 부임해 가던 중에 모친상을 당해 사직한 무장이었다. 그래서인지 양달사는 양응정의 편지를 받은 즉시 형과 동생보다 더욱 적극적으로 의병을 창의해 내륙으로 들어가려는 왜구들의 이동을 막았다.

달량진에서 구사일생으로 살아남은 백광훈은 그곳에서 겪은 비통한 심정을 〈달량행(達梁行)〉이란 시로 남겼다. 참혹한 참상과 치밀어 오르는 슬픔, 적을 향한 분노와 조정에 대한 원망을 토해내지 않으면 미쳐버릴 것 같아서였다.

달량진 첫 들머리에 이르러 해는 지려하고 있다

달량진 너머에서 파도가 목이 메도록 소리친다

넓은 모래밭에 사람 모습 보이지 않고

묵은 길에서 만난 것은 오직 병사들의 얽힌 시체

몸은 난리를 겪고 심장이 떨어졌으니 죽어진 지 오래다

처참한 지금 모습을 어떻게 다시 설명한단 말인가

왜구의 포로가 되었다면 얼마나 불경스러운 일인가

순시조차 끊겨버린 외딴 성은 방위력이 머리털 한 올이라

장수의 작전 아래 스스로 방위하려 했는데

병사들은 싸우지도 않고 혼이 나간 상태이니

달량진 앞 섬들이 오히려 구름처럼 진세를 펼쳤구나

(중략)

까마귀 솔개는 살을 물고 날고 여우와 살쾡이는 시체를 훔친다
각 집안에서 찾아와 팔다리 나간 시체는 수습하고
산천은 황폐하여 스산하고 초목은 슬픔에 젖었다
마을이 쑥대밭이 되고 온통 잿더미가 되었다
(중략)
왜적의 아침 북소리에 달렸진 남쪽 구름이 깜짝 놀라고
왜적의 밤먼지에 초가와 산을 비추던 달이 어두워진다
처와 자식들 서로를 잃고 노인과 어린애는 내버려졌다.
(중략)
한양에선 이제야 장수를 파견한다는 말이 들리니
병마사께선 이리저리 궁궐 옮겨 다니며 전별 인사하겠구나
하늘도 애통의 말을 내뱉는데 귀 있는 자 모두 들어라
신하된 자들이여, 어찌 너희 몸만 생각하고 목숨만 걱정하느냐
나주 땅 천 명의 목숨이 꼼짝없이 끝장났었다
영암의 한 번 전투로 잃은 목숨과 식량을 어찌 보충할까나
월출산은 높고 구호는 깊다
물을 말리고 산을 깎아 이 치욕을 씻어내야 하리니
지금의 바다엔 바람과 비가 때맞추어 내리고 있다
귀신도 곡하며 이런 초전박살에 오히려 의심스러워한다
이 시를 읊는 것은 번뇌와 원통함을 제사 지내려 함이다
부디 왜를 정벌해 이 전쟁의 장수들 얼굴이 붉어지게 하시오.

한 달 뒤, 백광훈의 시는 최경회 형제에게도 전해졌다. 더욱이

조현의 시신이 능주로 왔다. 능주 화순의 유생들이 비분강개하며 치를 떨었다. 어머니 순창 임씨가 양응정의 편지를 태워버림으로 해서 왜구들의 만행을 몰랐던 최경회 형제들은 순절한 조현의 집으로 달려가 문상했다.

조현의 아버지 조억년에게 최경장이 말했다.

"송구허그만요. 알았더라믄 지덜도 가서 싸왔을 거그만요."

"최 진사가 직접 조문해주니 저승에 있는 아들이 좋아헐 거 같으네."

최경회도 한마디 했다.

"나라에서 반다시 보답이 있을 것인께 너무 상심허지 마시지라우."

"지 의지대로 충(忠)을 다했응께 나라에서 명예를 준다믄 고것이 바로 참다운 효(孝)가 아니겠는가?"

조억년과 최경회 형제의 바람대로 조현은 2년 뒤 명종 12년(1557) 형조정랑 이감륜의 계청으로 병조참의에 추증되었다. 종9품의 권관에서 13계단이나 수직상승하여 정3품의 병조참의에 오른 특진이었다. 이는 창녕 조씨 가문의 드문 영광이었다.

스승의 남북방비대책

　최경회는 혼자서 공부하는 데 한계를 느꼈다. 집안 형편상 한양으로 올라가 양응정에게 배울 처지는 아니었다. 아버지가 돌아가신 뒤 가세가 기운 것은 아니었지만 형제들의 눈치를 봐야 했다. 더구나 어머니 순창 임씨도 형제간에 돌아가며 모셔야 했다. 그렇다면 가까운 곳에서 스승을 구하는 수밖에 없었다. 최경회가 둘째 형에게 말했다.

　"한양으로 가서 송천 선상님 지도를 받는 것이 젤 좋은디 그라기도 거시기허고 으쨌으믄 좋겄는가?"

　"엄니도 있고 헌께 한양으로 가는 것은 쪼깜 그래잉."

　"성덜이 있는디 나만 올라가는 것도 거시기허당께."

　"그라믄 가차운 디서 찾아보믄 으쩌겄냐?"

　"나도 그랄라고 헌디 장성에 고봉 선상님은 으쩔까?"

　고봉(高峰)은 기대승의 호였다. 기대승은 양응정보다 나이는 훨씬 어렸지만 호남의 유생들에게는 이름을 떨치고 있는 도학자였

126

다. 양응정이 문장을 중시하는 사장학(詞章學)의 대가라면 30세의 기대승은 성리학 즉 도학의 대가였다.

"니허고 다섯 살 차이밖에 안 나지만 대가라고 헌께 한번 배와볼래?"

"성 말대로 한번 찾아가볼라네."

"글고 요것 봐라. 송천 성님이, 아니 선상님 글 쪼깜 봐라. 선상님이 필사해서 보낸 것인디 참말로 대단해."

"고것이 장원급제헌 선상님 답안지여?"

"우리덜에게 참고허라고 보내신 것 같다야."

양응정이 필사해서 보낸 것은 자신이 작년 중시(重試)에서 장원급제한 답안지였다. 중시란 과거 급제한 사람들만 보는 과거이므로 발군의 실력자를 뽑는 데 의미가 있었다. 다시 말하자면 과거에 급제한 문관과 무관, 즉 당하관들을 계속 격려하기 위해 10년에 한 번씩 시행하는 과거 중의 과거였다. 따라서 중시에 급제하면 특진을 했다. 갑과 1등 장원에게는 4품계, 갑과 2, 3등에게는 3품계, 을과는 2품계, 병과는 1품계를 올려주었다.

작년 중시에서는 양응정이 장원을 했고, 강극상, 심전, 안공신, 옹몽신, 이준민, 유전, 유순선, 목첨 등 9명이 합격했다. 스승의 장원에 최경회 형제는 존경심과 함께 자신들의 마음도 뿌듯했다.

"성, 나도 필사헐라네. 긍께 선상님 답안지를 잠깐 빌려주소."

"먹물 떨어뜨리지 말고 깨깟허게 봐야 써. 큰성도 봐야 헌께."

큰형인 최경운은 아직 보지 않았는데, 멀리 출타 중이었다. 최경회는 답안지를 들고 아버지가 생전에 손님들을 맞았던 사랑방으로 들어갔다. 사랑방은 조금 어두침침했지만 동창을 열자 밝은 빛이 쏟아져들었다. 최경회는 동창 밑에 벼루를 놓고 먹을 갈았다. 묵향이 방 안에 번졌다.

이윽고 최경회는 답안지를 읽기 시작했다. 명종이 낸 시제(試題)는 '남쪽 오랑캐와 북쪽 오랑캐를 억눌러서 이길 수 있는 대책'을 묻는 남북제승대책(南北制勝對策)이었다.

최경회는 붓을 들고 명종의 시제를 다시 한번 더 정독했다. 양응정으로서는 을묘왜변에 참전한 제자 최경창과 백광훈에게 현지의 참혹한 실상을 자세히 들었고, 함경도 북경지방은 자신이 북평사로 재임하면서 오랑캐의 난동을 직접 보았으므로 누구보다도 상세한 대책을 생각하지 않을 수 없었다. 문장을 정확하게 구사하는 문장가인 데다가 명종의 요구와 양응정의 생각이 맞아떨어졌으니 장원은 당연한 일이었다. 시제의 첫 문장은 자주국방에 대해 명종이 걱정하는 말로 시작했다.

요즘 걱정거리들이 많다.

우선 남북문제와 관련해서 나라에서 북쪽에 육진을 설치하고, 강을 경계로 국경을 정했다. 복종해 온 여진족들을 울타리로 삼아 지금까지 1백 년 동안이나 탈 없이 지내왔다.

그런데 최근에 변방을 지키는 신하가 함부로 '국경을 넓히자'는 잘못된 계책으로 여진족들의 분노를 샀고, 이로 인해 우리 백성들이 누차에 걸쳐 그들로부터 노략질을 당했다. 게다가 국경 깊숙이 들어와 사는 여진족들도 겉으로는 귀순한 척하면서 자기

나라 사람들을 이끌고 변경에 있는 성 가까이까지 접근해옴으로써 장차 얽히고설켜 처리하기 어려운 걱정거리가 되고 말았다.

그들을 만약 군대를 투입하여 몰아낸다면 제 발로 오는 자를 막는 격이 되어 품겠다는 뜻에 어긋날 것이고, 그렇다고 저들 바라는 대로 들어주자니 암암리에 잘못을 키울까 골머리를 앓고 있다.

이에 대한 조정 논의마저 양립되고 있어, 좋은 결론을 얻지 못하고 있는 실정이다. 이 문제는 어찌하면 좋겠는가?

명종은 지금까지 여진족을 포용하는 계책을 펴왔는데, 그런 유화책에도 불구하고 여진족이 조선을 이용하는 피해가 있으니 대책을 내놓으라는 것이었다. 명종은 계속해서 남쪽의 왜구에 대한 방비책도 묻고 있었다.

또 남쪽으로는 왜에 대비하여 연해에 진을 설치하고, 늘 엄한 방비를 하고 있으나 우호관계를 맺자고 해온 왜인들에 대하여는 유화책으로 돈독히 하고, 타국에서 온 저들 입장을 배려해 위로까지 해온 지 이미 오래되었다. 지난번 왜적들이 야심을 품고 허가하지 않은 곳으로 나라나 '바다에 표류되었다'는 핑계로 호남에 정박한 다음 은밀히 육지로 올라 침입하고 도륙해 장수를 죽였다. 또 마을에 불 지르고 약탈하고 노략질했다. 나라 한편을 싹쓸이하는 참혹함으로 만들었다.

만약 그들을 수군을 써서 막자니 배 타는 일은 왜놈들의 장기여서 혹시 우리 쪽이 오히려 패배할까 염려되고, 그렇다고 성문을 굳게 닫고 지키자니 병기들에 포위되어 앉아서 함락될까 염려가 된다. 이에 대한 계략들이 들쑥날쑥 제멋대로이고, 좋은 계책이 나오지 않고 있는데, 어떻게 하는 것이 좋겠는가?

최경회는 왜에 대한 명종의 인식이 잘못되었다고 생각했다. 왜에 대한 대비책으로 진을 설치하고 엄한 방비를 해왔다는 것은 사실이 아니었다. 을묘왜변 때 왜구들의 1차 공격 목표였던 달량진만 해도 관군 병력이 겨우 20명에 불과했고, 명색이 전라병마절도사였던 원적 휘하의 관군도 20명밖에 안됐던 것이다. 병사나 현감이 급히 징발한 수백 명의 장정들은 훈련을 받지 못한 농사꾼이나 어부 출신들이었으므로 전투할 때는 큰 전력이 되지 못했다. 반면에 백병전에 능한 해적 출신의 왜구들은 2천 명이나 되었던 것이다.

또한 왜수군이 강하다는 것은 명종의 선입견이었다. 수군도 바다를 아는 어부 출신들을 징발하여 육군 못지않게 훈련을 시키면 왜를 막아내지 못할 이유가 없었다. 을묘왜변 때 왜구들에게 당한 것은 조선수군 배양과 방비대책이 부족하였다고 보는 것이 옳았다. 끝으로 명종은 남녘 오랑캐와 북녘 오랑캐 중에 어느 쪽이 다루기 쉬운지를 묻고, 비상시 국방대책은 병조와 비변사의 의견들을 어떻게 절충해야 하는지를 물었다.

양응정은 경험을 살려 시원하게 자주국방의 해법을 제시했다. 최경회는 양응정의 의견에 전적으로 공감했다. 그래서인지 필사하는 붓끝이 춤을 추는 듯했다.

양응정이 대답하겠사옵니다.

당당했던 우리나라가 오랑캐들로부터 심한 업신여김을 당하고 있는 이때 보잘것없고, 어리석은 신의 용솟음치는 울분은 산과 같은데 대나무 가지 한 개 꺾을 힘도 없어, 생각을 갖고도 펴 보이지 못한 지 오래되었사옵니다. 주상전하께서도 걱정거리들이 많아 하루도 편히 지내실 날이 없을 것이옵니다. 특히 오랑캐 방어와 제압하는 어려움, 그리고 결단을 내리기 어려운 국론의 옳고 그름에 관하여 신에게까지 묻고 이어서 절충책을 제시하라 하셨사옵니다.

양응정은 명종이 남북 오랑캐 중에 어느 쪽이 다루기 쉬우냐고 묻는 것에 대해서 양쪽을 다 잘 다스려야 한다는 입장을 취했다. 왜구나 여진족이나 모두 방어와 제압을 잘해야지 어느 한쪽이 쉽고 어렵고의 문제가 아니라고 보았던 것이다.

우선 남북문제와 관련 어느 쪽이 쉽고, 어느 쪽이 어려운가를 물으셨사옵니다. 신의 생각으로는 우리나라 영토가 북으로는 압록강과 두만강 이북 연안에 살던 여진족들과 맞닿아 있고, 남으로는 섬나라의 오랑캐와 인접하고 있어 예고되지 않는 변란에 대한 경계를 게을리 할 수 없는 처지이옵니다.

따라서 이전 임금들은 세상을 멀리 보는 안목으로 긴 강둑을 이용하여 육진을 설치해 우리 국경을 튼튼히 하고, 항복해 온 여진족들을 울타리로 삼아 탈이 없도록 조치를 취하였사옵니다. 그로부터 지금까지 1백 년 세월이 흘렀으니 북방 변경은 안정을 유지하였다고 할 수 있고, 연해에는 진을 설치하여 한 치도 방비에 게을리 함이 없었사옵니다.

그리고 오는 자에겐 은혜를 베풀고 가는 자는 뒤쫓지 아니하여 여진족들에 대한 사랑과 와서 사는 자에게 살 조건을 만들어주는 등 용의주도하게 하였고, 또 그런 지가 오래되기도 했사옵니다.

그런데 공적을 좋아하는 신하들이 경솔하게 큰일을 내 여진족들의 원한을 샀고, 우리 변방 백성들을 누차에 걸쳐 약탈하게 만들었고, 또 깊숙하게 들어와 사는 여진족도 음흉하고 교활한 수법으로 겉으로는 귀순한다는 이름을 내세워 내심 아주 터 잡고 살 계책을 꾸미게 내버려두었사옵니다.

그리하여 여진족들의 연기와 불꽃이 경원 북쪽에서 온성의 서쪽까지 가득 차 있고, 두만강 밖 몇 백리 이내에도 그들 세력이 널려 있어, 훗날에는 반드시 손을 쓰기가 어려울 것이옵니다. 그렇다고 지금 당장 몰아내어 멀리하자니 품겠다는 뜻에 어긋나는 일이 되고, 저들 소원대로 용인하자니 골치 아픈 일이 되고 말 것이어서 조정에서의 논의가 갈팡질팡한 것은 나름 이유가 있는 일이옵니다.

최경회는 양응정의 지적에 고개를 끄덕였다. 북방방비대책의 일관성이 사라진 것이 문제였다. 변방의 무장들이 전공을 세워 승진하려고 두만강 건너편에서 평화롭게 사는 여진족 마을을 토벌하곤 했던 것이 화근이라면 화근이었다. 한두 명이 강을 넘어와 도둑질을 했다고 여진족 마을 전체를 가혹하게 불살라버리는 것은 원한 살 일이 분명했다. 지렁이도 밟으면 꿈틀거리고, 원한은 원한을 낳는 법이었다. 어쨌든 신뢰가 깨진 지금에 와서 포용책도 마땅찮고 토벌책도 원한을 부르는 무리수이니 조정의 논의는 분분할 수밖에 없었다.

한편, 남녘 왜구의 문제는 여진족과는 다소 결이 달랐다. 북쪽과 달리 무방비와 허술한 대처에서 원인을 찾았다. 최경회는 남녘은 화순에서 지척이므로 남녘 왜구 대책을 다룬 양응정의 문장을 좀 더 집중해서 보았다.

> 왜적들이 우리가 베푼 큰 덕을 잊고서 호남지방에 와 정박하고는 '바다에 표류하다가 그리되었다.'고 거짓말을 하였사옵니다. 그들의 간사하고도 은밀한 계략이 비록 예전에 교류 때도 이미 드러난 바 있사옵니다.
> 그러나 우리나라 국경 경비의 허술함을 저들이 이미 염탐해 간 뒤였기 때문에 지난 변란에 세 개의 성과 네 개의 진이 잇달아 함락당하고, 심지어 장수가 살해당하는 참혹한 일까지 벌어졌사옵니다. 비록 영암에서 조그마한 승리를 거두기는 하였으나, 그것으로 국가의 큰 치욕을 씻기에는 너무도 부족한 승리였사옵니다.

양응정은 북쪽 변경 지방의 현황과 사람들의 전투력을 이야기하면서 남쪽 지방의 문제점 즉 탐관오리의 횡포로 인한 비어가는 성들과 오합지졸 같은 백성들을 통렬하게 지적했다. 그런 뒤 국방 문제에 있어서 남쪽 지방도 북쪽 지방처럼 훈련시키어 대비하자며 다음과 같이 대안을 제시했다.

신이 보기에 육진 사람들은 북방에 있는 변경의 여진족들과 섞여 살고 있는데, 여진족들과 깊숙이 살고 있는 만주족들과 성격은 같다고 보면 됩니다. 조선 사람들이 그들과 서로 가까이 지내면서 자기의 힘이 어느 정도라는 것을 알고, 또 저들 궁마 솜씨가 어느 정도라는 것도 알아 거듭거듭 활솜씨를 익힘으로써 적이 오면 자력으로 막아낼 수 있게 되었사옵니다.

군사기지 돈대(墩臺)에서 경계경보가 있어도 육진의 변경 사람들은 좀처럼 흔들리지 않사옵니다. 이것은 북녘 여진족들을 손대기 어렵다고 하지만, 사실은 어렵지 않다는 말도 되는 것이옵니다.

그러나 남쪽 지방 사람들은 북쪽 지방 사람들과 다르옵니다. 오랫동안 나라가 태평해 무예를 배우는 일마저 심각하옵니다. 백성들은 방패와 창 쓸 줄을 모르고, 군대도 징과 북소리에 따라 나가고 물러가는 절도를 알지 못하옵니다. 또한 중요한 일을 맡은 관리들이 탐관오리가 되어 백성의 재물을 약탈하는 것을 일삼기 때문에 조세를 내지 않고 도망가는 일이 빈번하옵니다. 남쪽의 강과 도로를 끼고 있는 국경의 대부분 진들이 모두 텅텅 비어 있는 실태이옵니다.(중략)

신이 보기에 전하께서 북쪽 지방을 염려하시던 생각으로 오늘의 남쪽 왜침을 걱정하고 계십니다. 그렇다면 좋은 장수를 고르고, 병졸을 훈련시키며, 기력 없는 사람을 쉬게 하고 세금 거두는 일을 늦추는 등 모든 것을 미리 준비하여 막는 계책이 있사옵니다. 매사를 육진에 대하여 하던 것처럼 호남의 변경에 있는 마을에다 적용하여 북쪽에서 쓰던 그대로를 시행해야 하옵니다. 조금도 쉬지 않고 더욱 힘써 나가도록 한다면 남쪽이나 북쪽이나 오랑캐를 막아내는 방법에 있어 쉽고 어려울 것이 결코 없다고 신은 생각하고 있사옵니다.(하략)

그리고 양응정은 병권(兵權)을 일원하자는 입장에서 병조가 있으니 비변사를 폐지하자고 주장하였다.

육사(六師)를 맡아 나라의 평화를 유지했던 것은 주나라에서는 사마(司馬) 이외에 다른 자가 맡았다고 들은 바가 없고, 남북 군을 진무했던 일을 한제(漢帝)서 태위 말고 누가 했다고 들은 바가 없사옵니다. 그럴 수밖에 없는 것은 대체로 나라의 중대한 권병(權柄)을 아무에게나 맡길 수 없기 때문이옵니다. 반드시 그의 능력이 천하 사직을 맡을 만해야지만 그에게 그 자리를 주었던 것이옵니다. 그러므로 평상시에는 군율이나 군기를 바르게 할 수 있었고, 난리를 당하여서는 스스로 승리를 이끌 수 있었던 것이옵니다. 그렇다면 오로지 병조에 맡기자는 쪽이 참으로 주역에서 말한 뜻에 어긋남이 없는 주장이며, 동시에 송나라의 중서, 추밀 두 기관이 서로 이견을 주장하여 마치 길가에 집을 짓는 것과 같은 난잡함을 범하지 않는 길이 되는 것입니다. 비변사는

중종대왕 때 일시적 편의상 임시로 설치했던 기관이었던 것이옵니다.(중략)

엎드려 바라건대 전하께서는 지체하지도 또 급하게도 하지 마시고, 마음을 더욱 격려하심으로써 저해되거나 좌절됨이 없이 기운을 더욱 분발하셔야 하옵니다. 그렇게 하신다면 자주국방과 내부를 다지는 방도에 있어 1만에 1이라도 부족할 일이 있겠사옵니까?

그리하여 앞으로의 국가정신이 더욱 떨쳐질 것이며, 원기 또한 더욱 왕성하여 북쪽과 남쪽의 오랑캐들을 제압하는 데 있어 우리가 조정하기에 따라 마음대로 요리할 수 있을 것이옵니다. 그러니 굳이 기관 하나를 꼭 더 설치하여 대비해야 할 필요가 뭐 있겠사옵니까?

신은 전하께서 저의 분에 넘치는 주장을 이해해주시고, 유의하여주시기를 엎드려 바라옵나이다.

최경회는 필사를 마친 뒤 붓을 놓았다. 마음이 격동되어 주먹을 꽉 쥐었다. 자신에게 임무가 주어진다면 남이든 북이든 우리 백성에게 고통을 주는 오랑캐들과 목숨을 아끼지 않고 싸우겠다는 의기(義氣)가 불끈 솟아올랐다. 최경회는 남쪽 왜구 대책을 처음으로 강하게 주장한 양응정의 안목에 놀랐다. 실제로 남쪽 읍성들은 무방비 상태나 다름없었고, 남쪽 해안은 최경회가 살고 있는 화순에서 가까운 곳이기 때문이었다.

두 번째 스승

　재두루미 세 마리가 황룡강 수초 무더기 이쪽저쪽에서 먹이를 찾고 있었다. 붕어를 노리듯 고개를 숙인 채 물속을 한참 동안 주시했다. 그러더니 최경회를 보자마자 후다닥 황룡강 상류 쪽으로 날아갔다. 먹잇감을 찾던 재두루미들은 가볍고 부드럽게 솟구쳤다. 재두루미 날개는 까마귀 날개보다 컸다. 어쩌면 물고기 한 마리를 낚아채려고 수초에 몸을 숨긴 채 하루 종일 웅크리고 있었는지도 몰랐다.

　'두루미도 고양이가 쥐 잡데끼 저러는구나.'

　최경회는 혼잣말로 중얼거리며 징검다리를 건너갔다. 8년 전에 생진사시를 모두 합격했던 고봉 기대승을 찾아가는 길이었다. 황룡강 너머 들판은 이미 추수가 끝나 농부들이 보이지 않았다. 최경회는 때마침 강둑길을 걸어오는 늙은이를 만났다. 늙은이는 낡은 그물을 어깨에 메고 있었다. 최경회가 말했다.

　"어르신, 너브실이 으디쯤일게라우?"

"쩌그 젤로 넓은 골짝이요."

"마실이 거그 있다고라우?"

"이짝에서는 보이지 않는디 쪼깜 더 올라가믄 보일 것이요."

"감사허그만이라우."

노인이 그냥 지나려다가 돌아서서 물었다.

"근디 누구를 찾아가요?"

"고봉 선상님을 뵐라고 허그만요."

"고봉 양반 집은 너브실 대숲 끄트머리에 있소."

늙은이는 손으로 너브실, 즉 넓은 골짜기를 한 번 더 가리키고는 휘적휘적 가버렸다. 물고기가 많이 모여드는 수초 부근에 그물을 치려고 서둘러 가는 것이 분명했다. 최경회는 다 왔다는 안도감이 들어 심호흡을 했다. 멀리 흰 소가 누워 있는 것 같은 백우산이 보였다. 이미 편지를 보내 허락받고 가는 길이니 기대승은 최경회에게 두 번째 스승이 되는 셈이었다.

들판을 지나 마을 초입에 들어섰다. 대숲이 마을을 감싸고 있었다. 뒷산은 제법 높았지만 가파르지는 않았다. 최경회는 대숲의 청랑한 기운을 느끼면서 직감했다. 마을 뒷산 잔등 어딘가에 기대승이 독서를 하며 기거하는 귀전암(歸全庵)이 있을 것 같았다.

최경회는 마을에서 백우산으로 가는 자드락길을 걸었다. 자드락길은 울울한 대숲과 잡목 때문에 다소 어두웠고 자잘한 돌멩이들이 불쑥불쑥 드러나 있었다. 자드락길을 한참 오르자 갑자기 훤해졌다. 돌아보니 황룡강과 들판이 한눈에 들었다. 최경회는 반반한 바위에 앉아 호흡을 골랐다. 최경회는 자신도 모르게 기대승의 시

한 수를 읊조렸다.

> 호숫가에 홀로 와서 좋은 기약 기다리니
> 의자 쓸고 소요하며 날마다 일이 있었네
> 바람은 버들가지 비벼 막 늘어지고
> 눈은 매화에 소복하여 흩날리지 않네
> 차 연기 한 올 한 올 처마에 닿아 흩어지고
> 달그림자 으슬으슬 창문에 들어오네
> 높은 베개에 물시계 소리 들으며
> 아침 해 발에 오르도록 꿈을 꾸었네.
> 獨來湖上佇佳期 掃楊逍遙日有爲
> 風撚柳條纔欲嚲 雪封梅莟不會披
> 茶煙縷縷當簷山 月影微微入戶隨
> 高枕細聽寒漏永 夢回晴旭上簾詩

최경회는 차가 나오는 구절을 '차 연기 한 올 한 올 처마에 닿아 흩어지고'라며 한 번 더 외웠다. 눈앞의 대숲에는 키 작은 차나무들이 빼곡하게 자라고 있었다. 화순에서 차나무를 보았기 때문에 눈에 빨리 띄었다. 개천사 부근 산자락이나, 쌍봉사 주변에 자생하는 차나무들이 한겨울에도 파랗게 살아 있었던 것이다. 차를 좋아하기는 양응정의 부친이었던 양팽손이 으뜸이었다. 화순의 선비들은 귀한 손님이 오면 차를 달여 내오곤 했는데, 그런 이유로 최경회는 양응정 사랑방에서 차를 가끔 마시곤 했던 것이다.

귀전암은 소나무 숲 너머에 있었다. 귀전암이란 당호는 증자의 '부모가 온전히 낳아주시고 자식은 온전한 마음으로 돌아간다'는 구절에서 빌렸음이 분명했다. 그런데 귀전암에는 최경회보다 10살 안팎의 어린 학동 네댓 명이 마당에 나와 늦가을 햇볕을 쬐며 놀고 있었다. 최경회가 물었다.

"고봉 선상님 겨시냐?"

"등산 가셨그만이라우."

학동이 가리키는 곳은 백우산 정상중 하나인 청량봉이었다. 솔바람이 쏴아쏴아 계곡물 소리를 내며 선득하게 불어왔다. 최경회는 마당 밖으로 나왔다. 주인의 허락 없이 마당에서 기다리는 것은 무례한 일이기 때문이었다. 소나무 가지 밑은 누런 솔잎이 수북하게 떨어져 마치 방석 같았다. 최경회는 양반자세로 앉아서 기대승을 기다렸다.

기대승(奇大升). 본관은 행주(幸州), 자는 명언(明彦), 호는 고봉(高峰) 혹은 존재(存齋).

22살인 명종 4년(1549)에 사마시 즉 생원시와 진사시를 다 합격한 수재였다. 최경회의 둘째 형 최경장이 진사시에 합격한 때였다. 기대승이 수재라는 소문은 유생들 사이에 전설처럼 돌았다.《천자문》에 얽힌 그의 일화는 듣지 못한 유생이 없을 정도였다. 최경회 역시 귀에 못이 박힐 만큼 들었던 일화였다.

기대승이 서당 훈장에게《천자문》을 배우기 시작한 것은 5세 때였다. 나이가 엇비슷한 학동들이 훈장 사랑방에 모여《천자문》을 외웠던 것이다. 그런데 기대승은 《천자문》 첫 문장인 '천지현황(天地玄黃)'만 가지고 시도 때도 없이 중얼거렸다. 다른 학동들이 책거리를 한 뒤 《명심보감》으로 나아갈 때도 《천자문》을 놓지 않았다.

훈장은 기대승이 늦된 아이겠거니 하고 기다렸다. 그러나 기대승이 7세가 되자, 슬그머니 화가 났다. 아무리 공부에 소질이 없는 학동이라도 삼 년 동안 《천자문》만 붙들고 있는 경우는 너브실마을에 없었던 것이다. 화가 난 훈장은 집에서 키우는 소를 끌고 나와 어린 기대승 앞에 세웠다.

"이놈아, 이 소를 잘 봐라잉!"

소가 큰 눈을 힐끔거리며 훈장의 눈치를 보았다. 훈장이 소고삐를 잡아 세게 위로 치켜올리며 소리쳤다.

"하늘 천!"

이번에는 반대로 아래쪽으로 소고삐를 잡아당기며 소리쳤다.

"따 지!"

이와 같이 몇 번을 반복한 뒤 소고삐를 놓은 채 '하늘 천!', '따지!'하고 소리치기만 했다. 그러자 소가 머리를 위로 쳐들었다가 아래로 숙였다. 훈장이 기대승을 꾸짖었다.

"보았제잉, 소 같은 짐승도 몇 번을 하늘 천, 따지 헌께 알아묵지 않느냐. 근디 너는 삼 년을 갈쳤는디도 소만도 못허구나! 천지현황(天地玄黃)에서 단 한 글자도 못 나가고 있응께 말이다."

그제야 기대승이 소리 내어 《천자문》을 단숨에 줄줄 외었다. 그러고 나서 훈장에게 말했다.

"천지현황을 삼 년 읽었는디 어느 때나 언재호야를 읽어불지 모르겄습니다요[天地玄黃 三年讀 焉哉乎也, 何時讀].”

천지현황은 《천자문》의 첫 문장이고 언재호아(焉哉乎也)는 마지막 문장이었다. 그러니까 기대승은 이미 《천자문》을 다 외우고 있었다는 증거였다.

“다 외와불고 있음시로 으째서 천지현황만 중얼거린 것이냐?”

“하늘이 으째서 검고, 땅이 으째서 누른지 이치를 궁구허고 있었그만요.”

“긍께 니는 앵무새멩키로 무조건 《천자문》을 외우지 않았구나!”

“진작에 외와부렀지만 그 뜻을 짚이 알고 잪었그만요.”

“그래, 답을 얻었느냐?”

“선상님, 땅이 누른지는 알겄는디 으째서 파란 하늘을 《천자문》에서는 검다고 헙니까요?”

“하늘은 끝이 읎느니라. 끝이 읎는 미묘헌 것을 그윽허다고 허느니라. 그윽헌 것이 극에 달허믄 검어지느니라. 알겄느냐?”

“짚은 우물을 쳐다보믄 검더그만요. 그런 뜻이그만요.”

“니는 우물에서 검은 색을 찾는구나. 참으로 영특허고나! 오늘부터 나는 니를 더 갈칠 수 읎응께 다른 고명헌 선상님을 찾아보그라.”

“선상님 인연을 무우잘르데끼 헐 수 읎지라우.”

“《천자문》을 다 외우고 나서 이치를 파고 있는 니를 잘못 알고 소만도 못허다고 했으니 참말로 미안허구나.”

“저를 쫓아내지 않고 삼 년이나 지달려 준 선상님이 고맙지라우.”

“어른도 잘 모르는 《천자문》의 이치를 알려고 했던 니는 조선 최고의 선비가 될랑갑다."

갑자기 훈장이 우울한 표정을 지었다. 그러더니 훈장의 눈에 물기가 어렸다.

"선상님, 지가 잘못이라도 했습니까요?"

"아니다. 니가 최고의 선비가 됐을 때 늙은 나는 죽어서 저승에 가 있을 것이니 슬퍼서 그런다."

"선상님을 기쁘게 해드릴랑께 오래오래 사시지라우."

그러나 기대승이 명종 4년(1549)에 사마시 즉 생원시, 진사시에 다 합격했을 때는 훈장은 죽고 없었다. 노환으로 미질을 앓다가 사마시 전에 별세했던 것이다.

최경회가 목덜미를 움츠렸다. 늦가을의 선득한 바람이 청량봉 쪽에서 간간이 불어왔다. 그때 한 학동이 다가와 말했다.

"말레에 앉아서 기다리시지라우."

"주인이 읎는디 어쩌께 들어가 있는단 말이냐."

"지가 있응께 괴안찮아라우."

최경회는 유난히 총명하게 생긴 학동에게 호기심이 일었다.

"이름이 뭣이냐?"

"기효증이어라우."

"몇 살이냐?"

"야달 살이라우."

"고봉 어른과는 으떤 사이냐?"

"지 아버지입니다요."

"아버님은 으디 가셨느냐?"

"쩌그 청량봉으로 산책 나가셨습니다요."

"니는 귀전암이 무신 뜻인지 알겄구나."

"아버지께서 공부허는 집 이름이어라우."

"이름이 있으믄 반다시 뜻이 있을 것이다. 나는 뜻을 물었다."

학동이 고개를 갸웃거리자 최경회가 말했다.

"신체발부 수지부모 불감훼상 효지시야(身體髮膚 受之父母 不敢毀傷 孝之始也)라는 말을 들어보았느냐?"

"아버지헌테 배왔지라우. 《효경》 첫 장에 나오그만요."

최경회는 어린 학동 기효증에게 넌지시 또 물었다.

"무신 뜻인지 말해보그라."

"지 몸땡이에 난 터럭과 살갖까정 모다 부모님이 주셨응께 함부로 훼손허지 않는 것이 효도의 시작이란 말이지라우."

"참으로 영특허구나. 귀전암이란 말도 같은 뜻이란다. 증자께서 부모전이생지 자전이귀지(父母全而生之 子全而歸之)라고 말씀허셨는디, 부모가 온전허게 낳아주셨응께 자식은 온전하게 보전허다가 돌아가야 헌다는 말이다."

학동은 최경회를 똘망똘망한 눈빛으로 바라보며 고개를 끄덕였다. 확실하게 이해하지는 못하지만 무슨 뜻인지 알겠다는 표정이었다. 학동으로 인해서 최경회는 지루하지 않게 기대승을 기다릴 수 있었다. 학동이 무슨 말인가를 더 하려다가 귀전암 마당에서 놀던 학동들이 부르자 그곳으로 가버렸다.

최경회는 엉덩이를 털고 일어났다. 그때 청량봉 솔숲 오솔길에서 지팡이를 든 사내가 나타났다. 최경회는 그가 기대승임을 바로 직감했다. 최경회는 그에게 다가가 엎드려 절했다. 그도 역시 절하는 이가 최경회임을 알고 말했다.

"자네가 경회인가?"

"예, 고봉 선상님."

"자네가 보낸 편지를 보니 이미 공부가 익어 있드구만."

"지는 더 배울라고 선상님을 찾았그만요."

"독학으로도 충분허겄든디."

"으째서 그런 말씸을 허십니까요?"

"내년에 대과 응시도 있지만 한양 서소문 안에 사신다는 퇴계 어른을 찾아가 여쭤볼 일이 쪼깜 있네."

최경회는 내년에 한양으로 간다는 기대승의 말을 듣고는 마음이 급해졌다. 적어도 2, 삼 년 공부할 요량으로 왔는데 뜻밖이었다. 기대승이 대과에 급제하면 한양에 눌러앉을 것이 뻔했다. 최경회가 말했다.

"귀전암에서 단 몇 개월이라도 가르침을 주시믄 좋겠습니다만."

"요즘은 제자를 받지 않고 있네. 퇴계 선상님께 드릴 글을 다듬고 있거든."

"귀전암 마당에 학동들이 있드그만요."

"음, 너브실마실 학동덜에게 예절 교육을 쪼깜 시켜주었지. 마실 어른덜 청으로 말이네. 그라니 제자랄 것이 읎네."

내년이면 기대승은 32세이고 성균관 대사성인 퇴계 이황은 58세였다. 젊은 기대승이 아버지뻘인 이황에게 보낼 글을 다듬고 있다니 최경회는 호기심이 들었다.

"선상님, 무신 글인지 갈쳐줄 수 읎습니까요?"

"에렵지 않는 일이네. 근디 여그서 요로크롬 있을 일이 아니네. 얼릉 방으로 들어가세."

"고맙습니다요."

방으로 들어가자는 말은 제자로 허락한다는 뜻이나 다름없었다. 그제야 최경회는 무릎에 묻은 흙먼지를 털어냈다. 귀전암 마당은 조용했다. 학동들이 벌써 너브실마실로 돌아가고 없었다.

기대승의 선대는 한양에서 거주하였는데, 숙부 기준이 기묘사화에 연루되어 화를 당하자 부친이 세속의 일을 단념하고 전라도로 내려와 터를 잡은 바람에 기대승은 중종 22년(1527)에 너브실마을 즉 광곡(廣谷)마을에서 태어났다.

기준은 기묘명현 중에서 가장 개혁적이고 진보적이었다. 시문보다는 절의를 중시하는 도학자의 길을 걷고자 했던 기대승은 가문에 대한 자긍심이 대단했다. 귀전암은 산중의 암자 같은 세 칸 집이었다. 독서실 한 칸, 침실 한 칸, 부엌 한 칸의 작은 집이었다. 독서하는 방 안은 단정했다. 앉은뱅이 책상 하나에 선반에는 서책이 가지런히 쌓여 있었다. 모두 기준의 서실에서 가져온 성리학 서책들이었다. 독서실 옆방은 침실이고 또 조그만 부엌이 달려 있었다. 들창이 있어 방 안은 어둡지 않았다. 방 안에 든 최경회는 앉지 않고 정식으로 큰절을 했다.

"절 받으시지라우."

"쪼깜 전에 했는디 또 헐라고?"

"제자로 받아주시어 감개무량허그만요."

기대승은 최경회보다 다섯 살 많았다. 그러나 범접할 수 없는 위의(威儀)는 나이 차이보다 배는 더 있었다. 최경회의 절을 받는 자세가 마치 묵묵한 큰 바위 같았다. 목소리도 위엄이 실려 있었다.

"인자, 제자가 되었응께 질문을 하나 허겄네."

"말씀허시지라우."

양응정은 적응하는 시간을 가진 뒤에 공부를 시작했는데, 기대승은 달랐다. 많은 것을 가르쳐주고 싶지만 시간이 별로 없기 때문에 그런지도 몰랐다.

"산책을 나갔다가 오늘은 쪼깜 늦게 돌아왔네. 으째서 그랬냐믄 오다가 죽은 산새 한 마리를 보고 그냥 지나칠 수 읎었네."

"묻어주셨습니까요?"

"자네는 으쨌을 것 같은가?"

"측은지심이 생겨서 묻어주었겄그만요."

"맞네. 근디 인(仁)은 으디서 나오고 측은지심인 애(哀)는 으디서 나오는가?"

"인은 하늘이 내린 것이고 애는 사람의 마음에서 우러나오는 것이라고 배왔습니다요."

"선대의 선비덜이 다 고로코름 생각했제. 허나 나는 생각이 다르네. 인이나 애나 모다 사람 마음에서 나온다고 생각허네. 마음이 있응께 인이나 애가 있는 것이제, 마음이 읎으믄 모다 읎는 것이여."

"인의예지(仁義禮智), 사단(四端)은 이(理, 이성)에서, 희로애락애오

욕(喜怒哀樂愛惡欲) 칠정(七情)은 기(氣, 감정)에서 나온다고 배왔습니다만 선상님 말씀은."

"나는 사단칠정이 모다 기(氣), 마음에서 나온다고 보고 있네."

최경회는 얼떨떨했다. 뜻밖의 질문을 받은 탓에 생각해볼 겨를도 없었다. 최경회가 당황해하자, 기대승이 다관을 가져와 앉은뱅이 책상 위에 놓았다. 다관 속에는 아침에 달여둔 차가 있었다.

"대나무 이슬을 묵고 자란 차라서 맑기가 그지없다네. 차맛을 아는가?"

"가끔 마셔보았습니다요. 워낙 귀헌 것이라서."

최경회는 차를 서너 잔 마시면서 잠시 흔들렸던 마음을 가라앉혔다. 어쩌면 기대승은 방금 이야기한 내용을 이황에게 보여주기 위해 다듬고 보태어 정밀하게 하고 있는지도 몰랐다.

《주자문록》을 간파하다

최경회는 귀전암에 온 다음 날부터 밥 심부름을 했다. 기대승은 제자들이 밥하는 것을 좋아하지 않았다. 그 시간이 아까워서였다. 그런 탓에 제자들은 돌아가면서 밥 심부름을 하지 않을 수 없었다. 귀전암에서 너브실마을 기대승의 집까지는 오리가 조금 넘었다.

기대승의 집에는 늘 낯선 손님들이 한두 명씩 찾아와 있었다. 기대승이 부친 삼년상을 마치고 임시 사당을 철수했음에도 불구하고 문상객들의 발길이 끊이지 않았다. 그런데 기대승은 집에 있기보다는 그들을 피해 귀전암에 올라와 있곤 했다.

"선상님, 영우를 치웠는디도 문상객이 오그만요잉."

"오는 분을 어쩌께 막겠는가. 그래도 나는 귀전암에 틀어박혀 있을라네."

"선상님 사촌 동상이 그라든디 삼년상 중에 뭔 책을 쓰고 겨신다고 허든디 사실인게라우?"

"맞는 말이네."

기대승이 부친상을 당했을 때부터 조석으로 임시 사당에 들어 곡하고는 바로 귀전암으로 올라와 책을 집필한 것은 사실이었다. 부친 삼년상 동안 집필하고 지금은 마지막 정리를 하고 있으니 삼 년이 조금 넘은 셈이었다.

"무신 책인게라우?"

"숙부님에게 물려받은 책 중에 120권이나 되는 《주자대전(朱子大全)》이라는 책이 있네. 방대헐 뿐만 아니라 희귀해서 소장허고 있는 사람이 아조 드믈제. 그래서 내가 핵심만 뽑아서 세 권으로 편찬허고 있는디 아직도 성에 차지 않아서 다듬고 있네. 가찹게 겨시는 하서 선상님헌테 상의해서 인자 마무리해야겄네"

"세 권이라믄 보급판이 되겄그만요."

"유생덜에게 널리 읽히는 것이 내가 바라는 바네. 주자 성리학의 요체를 널리 알리고자 작업헌 것인디 《주자문록(朱子文錄)》이라고 이름 붙였네."

기대승은 붓글씨로 정리한 《주자문록》 원고 일부를 가져와 앉은 뱅이 책상 위에 놓았다. 최경회가 바짝 다가앉자 가만히 천정을 바라보며 말했다.

"귀전암에 올라와 열 여섯 살부터 120권 《주자대전》을 읽기 시작하여 스물 아홉 살 때까지 읽었응께 엥간히 파고든 셈이제."

"다 외우셨그만요."

"십 년 넘게 보았음시로도 외우지 못했으믄 바보제. 다만 주자의 말씸을 내 나름대로 아름답게 소화했느냐, 못 했느냐는 내 능력일 뿐이겄제잉."

최경회는 문득 기대승이 굶주린 맹수 같다고 생각했다. 한번 이빨로 문 짐승을 끝내 놓아주지 않는 맹수 같다는 느낌을 받았다. 자신에게 120권의 《주자대전》이 있었다면 100권은커녕 10권도 다 외우지 못했을 것 같았다. 최경회는 "징허요, 선상님."이라는 말이 입 밖으로 튀어나올 것 같아서 침을 꿀꺽 삼켰다.

"지는 숭내도 내지 못헐 거 같그만요."

"《주역》으로 내공을 다진 뒤라믄 고로코름 에러운 것도 아니여."

"《주자대전》을 세 권으로 편찬헌 분은 조선 땅에서 선상님이 첨이 아닐게라우?"

"우리 숙부님이나 정암 선생도 못 이룬 일이기는 허제."

숙부란 기준이고, 정암이란 조광조였다. 모두 주자의 성리학을 조선 땅에 펼치려고 했던 도학자들이었지만 성전이나 다름없는 《주자대전》을 핵심만 간추려 편찬하려고 한 시도는 감히 시작조차 못했던 것이다. 《주자대전》 120권을 완벽하게 이해하지 않으면 불가능한 작업이기 때문이었다. 주자의 성리학이 조선 땅에 들어온 이래 어느 누구도 시도해본 적이 없는 지난하고 심오한 작업을 31세의 젊은 기대승이 해냈다는 것은 유학에 눈을 떠가고 있는 최경회가 볼 때 소름이 끼칠 만큼 경이로웠다. 최경회는 기대승을 경외의 눈으로 바라보면서 물었다.

"선상님, 《주자대전》을 16세부터 가찹게 허셨다는디 그 전에는 무신 책을 보셨는게라우?"

"나는 열 여섯 살이 막 됐을 때 《주역》을 읽었는디 으찌나 흥미가 나든지 침식을 잊어부렀네. 그리고 《주자대전》을 보기 시작했는디 마치 서석산, 월출산을 등산허는 거맹키로 재미있었다네. 자네는 무신 책을 보았는가?"

"돌아가신 아버님헌테 성제덜이 모여 새복 때마다 《대학》을 배왔그만요. 《논어》는 송천 선상님헌테 배왔고라우."

"《대학》은 열 다섯 살에 시작허는 것이 상식이제."

기대승은 강보다는 산을 좋아했다. 그래서인지 귀전암을 황룡강 가에 짓지 않고 백우산 청량봉 가는 길에 터를 잡았던 것이다. 부친삼년상을 마치고 호연지기를 기르기 위해 처음으로 나선 곳도 서석산과 월출산이었다. 최경회는 기대승의 말 중에 양응정에게 배웠던 《논어》 '옹야(翁也)' 편이 생각났다.

공자가 말하였다. 지혜로운 자는 물을 좋아하고[智者樂水], 어진 자는 산을 좋아한다[仁者樂山]. 지혜로운 자는 움직이고[智者動], 어진 자는 고요하다[仁者靜]. 지혜로운 자는 즐기고[智者樂], 어진 자는 오래 산다[仁者壽].

"선상님은 인자요수(仁者樂山)그만요."

"공자님 말씀이 맞는 말씀이겠네만 '어진 자가 오래 산다[仁者壽]'는 말은 인명재천인께 하늘이 부르믄 은제라도 가야제잉."

기대승은 최경회에게 끝내 《주자문록》을 보여주지 않았다. 최경회는 《주자문록》을 처음으로 읽는 영광을 누리고 싶었지만 차마 청하지 못했다. 부친상임에도 불구하고 삼 년 동안 오직 집필에만 매달렸던 스승의 《주자문록》을 그냥 보자는 것이 염치가 없어서였다. 기대승 역시 완벽하게 완성되기 전에는 아무에게도 보여주지 않을 셈인지 변죽만 울렸다.

며칠 후.

기대승은 급하게 출타를 서둘렀다. 최경회는 드디어 《주자문록》을 볼 수 있는 기회가 왔다고 생각했다. 귀전암 독서실 한쪽에 《주자문록》의 원고가 차곡차곡 쌓여 있기 때문이었다. 그런데 기대승이 갑자기 최경회도 함께 외출하자고 말했다.

"하서 선상님헌테 물어볼 것이 있어서 가는디 함께 갈까?"

하서(河西)는 장성에 사는 선비 김인후의 호였다. 한번도 인사드린 적은 없지만 이름을 자주 들었던 선비였다. 하서 김인후는 을사사화(1545)가 일어나자 사직하고 낙향했는데, 4년 전까지 임금이 계속 벼슬을 제수했지만 한양으로 올라가기를 단념하고 도학자로서 은둔하고 있었다. 기대승은 공부하다가 막히면 곧잘 스승격인 김인후를 찾아가곤 했다. 기대승이 말했다.

"나로서는 선상님 같은 분이제. 공부허다가 의문이 생기믄 달려가서 묻곤 하는 스승이여. 우리 숙부님께서 하서 선상님 아홉 살 때 붓을 선물헌 적이 있어. 나라의 신하가 될 만허다고 격려험시로 붓을 줬다고 허시드그만."

"지도 들었그만요."

"붓이 보통이 아니여. 나를 따라가서 볼랑가?"

최경회가 머뭇거리자 기대승은 더 이상 권유하지 않았다.

"《주역》을 짚이 모르고는 공부허는 선비라 헐 수 읎제. 핑 댕겨 올텐께 《주역》이나 한번 읽어보고 있게."

최경회는 손을 앞으로 모으고 인사를 했다. 기대승이 대숲 길로 사라지자, 최경회는 망설이지 않고 독서실로 들어갔다. 그런데 그때부터 최경회의 가슴은 쿵쾅쿵쾅 뛰었다. 독서실 한쪽에 있는 《주자문록》 때문이었다. 《주자문록》이 기대승이라도 된 듯 위엄있게 보였다. 최경회는 잠시 호흡을 멈추고는 마음을 진정시켰다.

'선상님, 죄송허그만요. 쬐끔만 볼랍니다. 참을 수 읎그만요.'

최경회는 반듯하게 세필로 쓴 유제생(諭諸生)을 먼저 보았다. 생각보다 쉬운 문장으로 공부하는 유생들에게 당부하는 주자의 말씀이었다. 문득 싱겁다는 생각도 들었지만 유제생의 글은 한 부분의 장일뿐이었다. 그래도 가슴은 여전히 뛰었다.

옛날의 학자는 8세가 되면 《소학》에 들어가서
육십갑자와 방위, 글 짓고 계산하는 법 등을 배웠다.
15세 때는 《대학》에 들어가서 옛 성인의 예악을 배웠다.
가르침뿐만 아니라 실제로 그것으로써 기르려 하였다.
의리가 마음을 기르고, 좋은 소리가 귀를 기르고,
화려한 색이 눈을 기르고, 춤추고, 오르내리고,
빠르고 느리게 하고, 굽히고 펴는 것이 몸을 길렀는데,
이런 내용을 생활하는 곳 주위에도 경계한 글로 새겨두었기에
그 기르는 지침이 완비되어 지극하다고 할 수 있었다.
무릇 이와 같았기에 학자는 두루 통하는 능력을 갖고 있었고,

학교에서 실제로 쓰일 바를 가르치니

이는 선왕의 가르침이 성했던 까닭이다.

학문이 끊어지고 도를 잃고 나서 지금까지 천여 년 동안

학교제도에 가르치고 기른다는 말은 있지만

가르치고 기르는 내용이 없으니 학자는 책을 끼고 서로 놀았고

그중 뛰어난 사람이라 해도 오로지 벼슬을 구하고

이익 쫓기만 일삼을 줄 알았을 뿐이었다.

성현의 남은 뜻을 말하고 학문의 본원을 구하는 데

이르러서는 그저 멍하니 그 마음 쓸 바를 모른다.

그 규범을 따르는 행위가 보통사람과 다를 바 없고 더 심하다.

아, 이는 가르치는 사람의 잘못이다.

어찌 배우는 자의 죄이겠는가.

그러나 군자는 배우는 자에게도 잘못이 있다고 여긴다. 왜 그
런가?

(중략)

여러분들은 군자가 되기를 바라지 않는가?

진실로 뜻이 있다면 성인의 가르침을 버려두고

다른 것을 구해서는 안 될 것이다.

유의하여 소홀함이 없기를 바라노라.

최경회는 스스로 눈을 감아버렸다. 쿵쾅거리던 가슴이 이제는

부끄러운 감정으로 변해 떨렸다. 얼마나 부끄럽던지 얼굴이 화끈거렸다. 최경회는 주자가 자신을 향해 꾸짖는 것 같아 안절부절못했다.

학자는 책을 끼고 서로 놀았고 그중 뛰어난 사람이라 해도 오로지 벼슬을 구하고 이익 쫓기만 일삼을 줄 알았을 뿐이었다. 성현의 남은 뜻을 말하고 학문의 본원을 구하는 데 이르러서는 그저 멍하니 그 마음 쓸 바를 모른다. 그 규범을 따르는 행위가 보통사람과 다를 바 없고 더 심하다. 아, 이는 가르치는 사람의 잘못이다. 어찌 배우는 자의 죄이겠는가. 그러나 군자는 배우는 자에게도 잘못이 있다고 여긴다. 왜 그런가?

마치 자신이 책을 옆구리에 낀 채 놀았던 것 같았고, 벼슬이나 이익을 구하기 위해 공부하고 있는 듯했던 것이다. 그렇다면 조금도 평범한 백성과 다를 바 없었고 오히려 알면서 지키지 못하기 때문에 더 심각하다고 할 수 있었다.

최경회는 독서실을 나와 툇마루에 앉았다. 마당에 떨어지는 정오의 햇살이 자신의 발끝에 머뭇거렸다. 자신도 모르게 마당으로 내려서자, 주자가 자신의 정수리를 향해 죽비를 내리치는 것 같았다. 최경회는 마음을 진정시키고자 청량봉 산길로 나서려다가 다시 무언가에 이끌려 독서실로 들어갔다. 그런 뒤 《주자문록》 원고를 성큼 넘겼다. 이번에는 원고 중에 '인설(因說)'이 보였다.

천지는 만물을 낳는 것을 마음으로 삼는다.

사람과 사물이 생길 때에 천지의 마음을 얻어 각각 마음으로 삼는다.

그래서 마음의 덕을 말하면 그것이 비록 포섭하고

관통하지 않음이 없지만 한마디로 말하여 인일 따름이라 한다.

한번 살펴보기로 하자.

천지의 마음은 그 덕이 네 가지 곧 원형이정(元亨利貞)인데

원은 이 중에서 으뜸이다.

그것이 운행하면 춘하추동의 차례로 되는데,

봄의 낳는 기운이 네 계절에 항상 통하여 있다.

그래서 사람의 마음에도 네 가지 덕,

곧 인의예지(仁義禮智)가 있지만

인이 다른 덕을 모두 포함하고 있다.

네 가지 덕이 발용하면 '사랑' '공손' '마땅함' '분별'의 정(情)으로 드러나는데

측은한 마음 즉 '사랑'의 정이 다른 정에 다 관통한다.

그래서 천지의 마음을 논하는 '건원' '곤원'을 말하니

사단(四端)의 체용은 다 들지 않아도 족하다.

인심(人心)의 오묘함을 논하는 사람은 곧 인(仁)은 인심이니

사덕(四德)의 체용은 또한 모두 들지 않아도 갖춰진다.

무릇 인의 도됨은 천지가 사물을 낳는 마음이 사물에 내재돼 있음이다.

그리하여 정이 아직 발하지 않았을 때

이 인의 본체가 이미 갖추어져 있고,

정이 발한 뒤에는 그 인의 작용이 한정이 없다.

참으로 인을 체험하여 보존할 수 있다면,

모든 선(善)의 원천과 온갖 행위의 근본이 다 여기에 있다

(하략)

《주역》의 '건괘'에 "건은 원형이정이다(乾, 元亨利貞)"라는 문장이 보이는데,《문언전(文言傳)》의 풀이는 다음과 같았다.

원(元)은 착함이 자라는 것이요, 형(亨)은 아름다움이 모인 것이요, 이(利)는 의로움이 조화를 이룬 것이요, 정(貞)은 사물의 근간이다. 군자는 인(仁)을 체득하여 사람을 자라게 할 수 있고, 아름다움을 모아 예(禮)에 합치시킬 수 있고, 사물을 이롭게 하여 의로움과 조화를 이루게 할 수 있고, 곧음을 굳건히 하여 사물의 근간이 되게 할 수 있다. 군자는 이 네 가지 덕을 행하는 고로 건(乾)은 원형이정이라고 하는 것이다.

원형이정은 보통 만물이 처음 생겨나서 자라고 삶을 이루고 완성되는, 사물의 근본 원리를 뜻했다. 여기서 원은 만물이 시작되는 봄[春]에, 형은 만물이 성장하는 여름[夏]에, 이는 만물이 이루어지는 가을[秋]에, 정은 만물이 완성되는 겨울[冬]에 해당하며, 주자는 원형이정을 각각 인의예지를 뜻한다고 보았다.

'유제생'의 글과 달리 '인설'은 최경회의 눈을 환하게 했다. 고행하는 수도자가 개안하듯 눈에 끼었던 비늘이 떨어지는 것 같았다. 어둑한 독서실에 갑자기 햇살이 비추는 것 같은 경험을 했다. 최경회는 환희심이 솟구쳐 툇마루에 앉아 있지 못할 정도로 가슴이 마구 뛰었다. 최경회는 마음을 진정시키기 위해 기대승을 따라다니던 청량봉 산길을 나섰다.

　산책을 마치고 돌아온 최경회는 다시 스승의 《주자문록》 '원형이정설'이란 원고를 보았다. 비로소 주자의 가르침이 명명백백하게 드러나 있었다.

　　원형이정에서 성(性)이 생겨나고, 자라고 열매 맺고 거두어들임은 정(情)이다. 원(元)으로서 생기게 하고 형(亨)으로서 자라게 하며 이(利)로서 열매 맺고 정(貞)으로서 거두어들이는 것이 마음이다. 인의예지는 성(性)이고 '측은' '수오(羞惡)' '사양' '시비'는 정(情)이다. 인(仁)을 사랑으로 드러내고 의로써 미워하고 예로써 사양하고 지로써 아는 것이 마음이다. 성은 마음의 이치요 정은 마음의 작용이다. 마음은 성과 정의 주재자이다. 정자가 말하기를 '그 체(體)는 역(易)이라고 하고 그 이치는 도라고 하며 그 작용(用)은 신(神)이라고 한다는 것이 바로 이를 말함이다.'고 하였고 또 말하기는 '천의 본래 그러한 것을 천도(天道)라 하고 천이 만물에 부여한 것을 천명(天命)이라고 한다.' 또 말하기를 '천지 물을 생하는 것으로 마음을 삼음이 이를 말함이다'고 하였다.

최경회는 《주자문록》 원고를 더 이상 보지 않았다. 스승 기대승이 주자의 무엇을 알려주고 싶은지 간파했기 때문이었다. 최경회는 원형이정이라는 천도(天道)와 인의예지라는 인도(人道)를 한 점의 의심 없이 이해했다. 최경회는 스승 기대승이 빨리 돌아오기를 기다렸다. 자신이 깨달은 것을 숨김없이 꺼내 보이고 싶어서였다.

기대승은 명종 13년(1558) 10월에 실시한 문과에 급제해 승문원 부정자를 제수 받고 한양 생활을 시작했다. 최경회의 첫 스승 양응정은 사간원 관원으로 있다가 다시 변방외직인 함경도 온성부사로 나간 시기였다. 그런데 기대승은 말단 벼슬아치 생활을 적응하지 못한 채 의욕을 잃고 그해 12월 독서당 귀전암으로 내려와 버렸다. 정식으로 사직한 것은 아니고 병을 핑계로 휴직한 뒤 낙향했던 것이다. 대사성 이황이 공조참판으로 자리를 옮겨갔던 무렵이었다.

최경회로서는 스승 기대승을 다시 만나 공부를 계속할 수 있었으므로 기쁠 수밖에 없었다. 당장 말을 타고 화순에서 백우산 너브실마을로 달려갔다. 귀전암은 별로 달라진 것이 없었다. 전라도 유생들이 기대승을 만나기 위해 몰려올 것 같은데도 귀전암은 예전처럼 고즈넉했다. 외교문서를 다루는 승문원 부정자 벼슬이 권세와는 거리가 먼 자리여서 그런지도 몰랐다. 그러나 최경회는 두 번째 스승인 기대승과 더 많은 시간을 보낼 수 있었으므로 더없이 만족했다. 한양에서 분주하게 지냈던 기대승 역시 한가함을 되찾고 날마다 독서하고 산을 타는 등 심신의 여유를 되찾았다.

최경회가 생각할 때 기대승은 퇴계 이황의 제자가 된 것이 분명했다. 이황은 기대승보다 26살이 많은 할아버지뻘이었다. 직위도 차이가 컸다. 기대승은 종9품의 말단 벼슬아치였고 이황은 성균관 대사성으로 정3품이었다.

그런데 이황은 나이를 잊은 벗인 듯 망년지우(忘年之友)처럼 기대승을 대해주었다. 기대승이 최경회에게 들려준 말에 따르면 직위와 나이 차이를 초월하여 평등한 위치에서 서로의 의견을 주고받았던 것이다.

"내가 퇴계 선상님을 뵌 것은 10월이 지나서였네. 문과에 급제헌 뒤였응께. 내가 퇴계 선상님이 살고 겨시는 서소문 집으로 찾아갔제. 사단과 칠정에 대해서 제법 짚게 논해부렀어. 근디 하서 선상님은 내 견해에 동조허셨는디 퇴계 선상님은 쪼깜 다르시더라고. 그래도 선상님은 참 자애롭더라고. 내 얘기를 진심으로 끝까지 다 들어주시더랑께. 가끔 고개를 끄덕끄덕 허심시로 말이여."

"근디 으째서 내려오신게라우? 더 겨셨으믄 퇴계 선상님헌테 좋은 얘기를 많이 들으셨을 틴디요."

"명색이 문과급제잔디 선배덜이 면신례람서 시정잡배 다루데끼 허드라고. 몸이 아프기도 허고, 한양에 하루도 있기가 싫어서 내려와부렀제."

승문원뿐만 아니라 어느 기관이든 신참이 들어오면 고참들 앞에서 면신례를 거쳐야 했다. 과거에 급제한 신참들의 기를 꺾어놓기 위한 일종의 신고식이었다. 이를테면 선배들이 시키는 대로 우스 꽝스러운 흉내를 내거나 주는 대로 술을 마시는 등 선배들이 신참을 길들이는 통과의례였다. 어떤 면신례에서는 개구리 울음소리를 내거나 원숭이 흉내를 내게 하여 신참의 자존심을 무참히 망가뜨렸다. 기대승도 예외는 아니었다. 기대승은 칭병을 하며 1차 면신례에는 불참했으나 며칠 뒤 도리 없이 승문원 선배들 앞에서 가까스로 치렀다. 기대승은 그 면신례만 생각하면 어디로 숨고 싶을 만큼 창피하고 치가 떨렸다.

"과거급제헌 선비를 시정잡배 다루데끼 허는디 읊던 병도 생길 거 같드랑께."

"고것 땜시 병이 생겼그만이라우."

"과거급제 후에 몸이 쪼깜 안 좋았는디 고약헌 고것을 치루고 난 께 병이 더 짚어져불드라고."

기대승은 도리질을 했다. 한양에서 고추보다 더 매운맛을 보았던 것 같아서였다.

"사람덜은 몰라서 그라는디 여그가 극락이여."

벼슬에 대한 미련은 차츰 머릿속에서 지워지는 것 같았다. 귀전암 생활이 심신을 닦는 데 더 없이 편안했다.

"그래도 병이 나스시믄 한양으로 올라가셔야지라우?"

"휴직헌 상탠께 불르믄 올라가야 허는디 가고 짚은 맴이 영 읎어. 귀전암에서 자네와 함께 글을 읽는 것이 최고로 행복하단 마시. 사람덜은 고것을 모르고 과거니 뭐니 목을 매달고 있어. 딱헌 노릇이제."

최경회는 귀전암에서 기대승에게 《주자문록》을 조금씩 배웠다. 《주자문록》 공부는 12월이 지나고 해가 바뀌어 기미년(1559) 2월까지 이어졌다. 최경회의 공부 기간은 2월 말까지였다. 농번기로 들어서면 최경회도 화순으로 돌아가 집안의 농사일을 도와야 했기 때문이었다. 형제들 모두 농사 준비가 한창일 때는 읽던 책을 덮고 거름 지게를 지거나 괭이를 들고 논밭을 손봐야 했던 것이다.

그런데 최경회는 운이 좋았다. 2월 16일에 대군자라 불리는 퇴계 이황이 기대승에게 보낸 편지를 볼 수 있었다. 기대승이 먼저 읽고 감격한 나머지 한참 동안 천장을 쳐다본 뒤였다. 기대승의 눈에는 눈물이 그렁그렁했다. 이황이 보낸 뜻밖의 절절한 편지였다. 편지에 적힌 날짜를 보니 이황이 1월 5일에 편지를 보낸 지 40일 만이었다. 한양에서 너브실마을까지 40일이 걸린 셈이었다.

최경회는 이황의 편지를 조심스럽게 받아든 뒤 읽기 시작했다. 눈에 먼저 띈 것은 기대승이 종9품의 '부정자'에서 '정자'로 승진했다는 사실이었다. 휴직기간에도 승진은 이루어지는 모양이었다. 이황은 편지에서 기대승을 '기정자'라고 부르고 있었다.

기정자(기대승)의 안부를 묻습니다.

헤어진 뒤로 한동안 소식을 듣지 못했는데 어느덧 해가 바뀌었습니다. 어제 박화숙을 만나 다행히 그대가 부탁한 편지를 받았습니다. 애타게 기다리던 마음에 매우 위안이 되었습니다. 영예롭게 돌아온 뒤로 몸가짐과 마음가짐이 나날이 더욱 귀하고 풍성해졌을 것으로 생각합니다. 겉으로 처지가 바뀔수록 안으로 더욱 반성하고 보존함은 모두가 덕에 다가가고 어짊[仁]을 익히는 경지이니, 그 즐거움에 끝이 있겠습니까? 저는 언제나 갈 곳을 몰라서 부딪치는 일마다 잘못되었고, 병은 깊어져 고질이 되었습니다. 그런데도 임금의 은혜는 거듭 더해졌습니다. 정성을 다해 벼슬에서 벗어나기를 빌었습니다만 모두 쓸데없었습니다. 공조(工曹)가 비록 일이 없다고는 하지만 어찌 제가 병을 다스리는 곳이겠습니까? 그래서 물러날 것을 꾀하지 않을 수 없으나 이처럼 소득이 없었습니다. 게다가 주변에서는 오히려 물러나지 않는 것이 옳다고 여깁니다. 처세의 어려움이 이에 이르렀으니 어찌하겠습니까? 지난번에 비록 만나고 싶었던 바람을 이루기는 했어도, 한 순간의 꿈과 같이 짧아서 의견을 깊이 물을 겨를이 없었습니다. 그런데도 오히려 기쁘게 들어맞는 곳이 있었습니다. 또 선비들 사이에서 그대가 논한 사단칠정(四端七情)의 설을 전해 들었습니다. 저는 이에 대해 스스로 전에 말한 것이 온당하지 못함을 근심했습니다만, 그대의 논박을 듣고 나서 더욱 잘못되었음을 알았습니다. 그래서 그것을 다음과 같이 고쳐 보았습니다. "사단의 발현은 순수한 이(理)인 까닭에 선하지 않음이 없고, 칠정의 발현은 기(氣)와 겸하기 때문에 선악이 있다." 이처럼 하면 괜찮을지 모르겠습니다. 그리고 '왕구령에게 보내는 편지[與王龜齡書]' 가운데 '고인(古人)'이 잘못 합해져 '극(克)' 자가 되었다는 말씀을 그대에게서 듣고, 지난날의 의심이 곧 풀렸습니다. 처음 만나면서부터 견문이 좁은 제가 박식한 그대에게서 도움 받은 것이 많았습니다. 하물며 서로 친하게 지낸다면 도움

됨이 어찌 이루 말할 수 있겠습니까? 헤아리기 어려운 것은 한 사람은 남쪽에 있고 한 사람은 북쪽에 있어, 이것이 더러는 제비와 기러기가 오고가는 것처럼 어긋날 수도 있다는 것입니다. 달력 한 부를 보내드립니다. 이웃들의 요구에 따를 수 있을 것입니다. 드리고 싶은 말씀이 참 많습니다만 멀리 보낼 글이니 줄이겠습니다. 오직 이 시대를 위해 더욱 자신을 소중히 여기십시오. 삼가 안부를 묻습니다. 기미(己未)년(1559) 정월 5일, 황(이황)은 머리를 숙입니다.

최경회는 길지 않은 편지를 단숨에 읽은 뒤 이황의 인품에 감동했다. 기대승이 편지를 다 읽고 나서 왜 눈물을 흘렸는지 이해했다. 할아버지뻘인 나이로 보나, 종2품의 공조참판이라는 직위로 보나 '고관의 선배'임에도 이황은 품격과 예의를 갖추어 말하고 있었다. 후배를 가르친다거나 훈계조의 말투는 조금도 사용하지 않고 있었다. 말 그대로 망년지우처럼 그립고 애틋한 마음까지 드러나 있어 최경회는 부럽지 않을 수 없었다. 더구나 이황은 선비의 몸가짐, 벼슬아치의 도리에 대해 소견을 피력하고는 기대승의 '사단칠정론'에 대한 입장을 진솔하게 인정하고 일정 부분 받아들이기까지 하였다. 편지의 마지막 문장에 이르러서는 입장이 바뀌어 기대승이 선생이 되고 이황이 제가가 된 것 같은 느낌을 주었으므로 최경회는 잠시 어리둥절했다. 그러나 곧 이황의 그릇이 얼마나 크고 마음이 어머니처럼 자애로운가를 느끼지 않을 수 없었다. 편지를 다 읽은 최경회는 혼자서 중얼거렸다.

'학자란 퇴계 선상님처럼 누구에게나 마음을 열고, 한없이 겸손헌 태도를 가져야 대군자란 소리를 듣는갑다.'

기대승이 말했다.

"산책이나 헐까?"

청량봉까지 다녀오는 산책이었다. 정오가 지나서 미시(未時)쯤 되면 산책하곤 했던 것이다. 눈이 쌓이거나 눈보라가 치는 날이 아니면 반드시 산길을 산책하는 시간이었다. 최경회는 지팡이를 들어 기대승에게 건네주었다. 귀전암 사립문을 나서자마자 최경회가 물었다.

"퇴계 선상님 글 중에서 '사단의 발현은 순수한 이(理)인 까닭에 선하지 않음이 없고, 칠정의 발현은 기(氣)와 겸하기 때문에 선악이 있다.'는 무신 뜻인게라우?"

"퇴계 선상님은 사단은 이(理) 즉 도심(道心)이고, 칠정은 기(氣) 즉 인심(人心)인께 사단과 칠정을 둘로 나누어야 헌다고 주장허셨거든. 근디 나는 사단도 칠정에 들어가니 분리혈 수 읎다고 말씸드렸제."

"선상님 말씸을 이해는 허지만 구름이 걷히데끼 확 다가오지 않습니다요."

"이가 됐든 기가 됐든 다 내 마음에서 나오는 것이 아닌가?"

"네."

"내 마음이 읎으믄 이와 기도 읎는 것이고 말이여."

"네."

"나는 마음 심(心)자가 도심에도 붙고 인심에도 붙은께 정(情)이란 말이 더 적절헌 것 같어."

"이도 기도 모다 정이란 말이그만요."

"옳제."

"긍께 선상님 입장은 이와 기가 하나라는 이기일원론이고, 퇴계 선상님은 이와 기가 다르다는 이기이원론이었그만요."

가파른 산길로 접어들어서는 두 사람은 입을 다물었다. 청량봉이 가까워지자 찬바람이 날카롭게 불었다. 입춘이 지났지만 청량봉 밑 응달은 아직 겨울이었다.

그날 밤. 기대승은 호롱불을 켜놓고 답장 초안을 썼다. 편지를 품고 갈 인편을 찾으려면 몇날 며칠이 걸릴지 모르지만 답장을 바로 쓰는 것이 이황에 대한 예의라는 생각이 들어서였다. 최경회는 골방으로 건너가 잠에 골아 떨어졌는지 코 고는 소리를 냈다. 기대승은 붓을 들어 편지 초안을 써내려갔다.

마침내 기대승은 최경회가 화순으로 돌아간 뒤 3월 5일에 편지 초안을 꺼내 조심스럽게 손보았다. 한양으로 가는 인편이 생겨 이황에게 쓴 편지를 보내기 위해서였다.

퇴계 선생님께 올립니다. 삼가 여쭙습니다. 건강은 어떠신지요? 우러르는 마음 끝이 없습니다. 외람되게도 선생님께서 두터이 생각해 주심에 힘입어 저는 겨우 스스로를 지탱해 보전하고 있습니다. 지난달 16일에, 선생님께서 정월 초닷새에 쓰신 편지 한 폭과 달력 한 부를 받았습니다. 그것을 반복해서 음미하니 감동되고 위안됨이 많았습니다. 어리석고 아는 것이 없는 저는 바닷가에 살면서 멀리서나마 선생님의 가르침을 받들어 마음속에 두고 있었습니다. 그러다가 지난해 다행히 선생님을 찾아 뵐 수 있었습니다. 삼가 가르침을 가까이에서 받고 보니 깨닫는 것이 많아 황홀하게 심취했고, 그래서 머물러서 모시고 싶었습니다. 그러나 병든 몸이 심한 추위를 견디지 못하고 아울러 형편도 여의치 못해, 마침내 떠날 계획을 하고 말머리를 남쪽으로 돌렸습니다. 비록 고향에 대한 걱정은 조금 풀렸지만 덕을 그리워하는 마음은 날이 갈수록 쌓이고, 생각은 늘 선생님께 달려가지만 직접 못 가는 것이 원망스럽기도 하며, 이렇게 멀어져 있는 처지가 아득하기도 하니 어쩌면 좋겠습니까? 더구나 과거에 급제한 뒤 선배를 접대하는 일이 자못 괴롭고 번거로웠는데 병까지 들어서, 정신은 혼미하고 몸은 지쳐, 전에 배운 것은 아득하고 새로 배운 것은 거칩니다. 그래서 도학에 정진하고자 하는 평소의 뜻을 아주 저버리게 될까 매우 두렵고, 옛사람에게 미치기 어려움을 깊이 한탄합니다. 게다가 기질이 박약해 굳게 서지 못하고, 세속의 물결에 휩쓸려 헤어나지 못해, 평소 옛것을 사모해 도를 행하고자 하는 마음이 세속을 좇고 이익을 따르는 자리에 놓이게 되었으니 통탄스럽습니다. 그런데도 지난번에 외람되이 속마음을 보여주시며 노력하라고 깨우쳐주신 선생님의 은혜를 입었으니, 일찍이 저를 더불어 이야기할 만한 상대로 여기신 것인지요? 송구하기 그지없습니다. 사단칠정론, 제가 평생 동안 깊이 의심했던 것이 바로 여기에 있습니다. 하지만 자신의 견해가 오히려 분명하지 못한데 어찌 감히 거짓

된 주장을 펴겠습니까? 게다가 선생님께서 고치신 설을 연구해 보면 미심쩍은 것이 확 풀리는 것 같습니다. 그렇지만 제 생각에는, 먼저 이기(理氣)에 대해서 분명하게 안 뒤에야 마음(心), 성(性), 정(情)의 뜻이 모두 자리를 잡게 되고 사단칠정을 쉽게 분별할 수 있을 듯합니다. 후대 여러 학자들의 이론이 자세하고 분명하지만 자사(子思), 맹자(孟子), 정자(程子), 주자(朱子)의 말씀으로 견주면 차이가 있는 듯하니, 그것은 이기를 제대로 이해하지 못했기 때문인 듯합니다. 어리석은 견해를 진술해 선생님께 바른 뜻을 구하고 싶었습니다만 오랫동안 바빠서 다시 살필 겨를이 없었습니다. 또 생각을 글로 쓰면 잘못될까 걱정스러워 감히 쓰지 못했습니다. 봄여름 사이에 한양으로 가기로 정했습니다. 뵙고서 가르침 받기를 간절히 바랄 뿐입니다. 마침 심기가 고단해 허둥대다 보니, 자획이 단정하지 못하고 말씨가 고르지 않습니다. 황공합니다. 살펴 주십시오. 삼가 여러 번 절하며 답을 올립니다. 기미 3월 5일, 후학 고봉 기대승이 올립니다.

이황에 대해 예의를 다 갖춘 기대승의 편지였다. 그러나 사단칠정론에 대한 의심은 거두지 않았다. '이기(理氣)에 대해서 분명하게 안 뒤에야 마음(心), 성(性), 정(情)의 뜻이 모두 자리를 잡게 되고 사단칠정을 쉽게 분별할 수 있을 듯합니다.'라고 토를 달았다. 이는 이황과 기대승 간에 벌어질 '사단칠정론'의 치열한 논변을 예고함이었다.

기대승은 휴직이 끝나는 늦봄에서 초여름 사이에 한양으로 다시 돌아가 이황을 뵙고 가르침을 받을 생각에 면신례의 불쾌한 기억을 떨쳐버렸다. 다행히 꾸준한 산책으로 건강도 되찾아 벼슬살이든 무엇을 하든 물러서지 않고 일에 임할 의욕이 솟구쳤다.

식년문과 1등급제

명종 22년(1567).

드디어 최경회는 식년문과에 응시해 을과 1등으로 급제했다. 최경회는 급제하자마자 남산 초입에 있는 기대항의 집으로 갔다. 기대항은 기대승의 숙부 기준의 아들이었다. 기대승은 종형 기대항 집에 얹혀살고 있었다. 기대항 집은 초가 두 채와 작은 텃밭 및 손바닥만 한 화단이 전부였다. 궁기를 풍기기는 했지만 단정했다. 텃밭에서는 가을 채소들이 자랐고, 매화 두 그루와 웃자란 국화 무더기가 화단을 차지하고 있었다.

기대승은 종4품의 사헌부 장령으로 재직하고 있었는데, 또 언제 병가를 내고 휴직할지 몰랐다. 기대승은 잔병치레를 하는 데다 벼슬자리가 자주 바뀌어 조정에 안착하지 못하고 있는 형편이었다. 명종 18년(1563)에는 승문원에서 승정원 주서로 옮겼다. 그런 뒤에는 명종비 인순왕후의 외삼촌 이량의 눈 밖에 나 주서자리에서 쫓겨났다가 홍문관 부수찬으로 옮겼다. 이는 종형 기대항의 상소가

172

받아들여졌기 때문이었다. 그러나 기대승의 시련은 그치지 않았다. 명종 19년(1564) 검토관이 되어 언로의 개방을 주장하다가 또 낙인이 찍혀 봉교로 승진했음에도 불구하고 벼슬을 깎으려고 하자 사임해버렸다. 그러자 조정에서는 수찬에 임명하여 봉합하려고 했다. 기대승을 달랬던 것이다. 할 수 없이 기대승은 병조 좌랑, 성균관 전적, 직강 등을 지내다가 이조 정랑 겸 교서관 교리로 옮겨갔지만 또다시 병가를 내어 고향으로 낙향했고, 예조 정랑, 홍문관 교리를 제수했지만 취임하지 않았다. 그러나 스승 이황의 간청을 받아들여 또 한양으로 올라가 명종 21년(1566) 10월에는 사헌부 헌납이 되었다가 의정부 검상, 사인으로 승진하고 명종 22년에는 사예, 사인, 장령 자리까지 와 있었다.

마침 기대승은 기대항의 초가별채에 있었다. 기대승은 최경회의 얼굴을 보자마자 환하게 웃으며 말했다.

"급제해부렀그만! 궁금해서 알아보았네."

"예, 선상님. 1등으로 붙어부렀습니다."

"자네 실력으로 2등은 섭섭허제. 하하하."

"근디 저것은 뭣입니까요?"

"향로를 구해다 놓았네."

최경회는 잠시 어리둥절한 표정으로 향로를 바라보았다. 그러자 기대승이 말했다.

"향을 사르고 큰절허게. 하늘에 절허고 맹세허게. 그래서 향로와 향나무 조각을 갖다놓았네. 하늘에 절허는 것은 상제(上帝)께 허는 예이지만 도심에 허는 것이고 인심에 허는 것이네."

"지는 마음에 맹세허는 것으로 알겄습니다."

최경회는 하얀 부싯돌을 부딪치며 불을 켰다. 그런 뒤 향나무를 잘게 썬 조각에 불을 붙여서 향로에 넣었다. 푸른 향연기가 두어 가닥 피어오르면서 향이 방 안에 가득 퍼졌다. 최경회는 향로를 향해 엎드려 큰절을 하기 시작했다. 기대승이 뒤에 서서 지켜보며 말했다.

"4배를 허게."

큰절을 4배 받는 사람은 임금뿐이었다. 그러나 기대승은 최경회에게 하늘을 향해 4배를 하라고 일렀다. 4배를 한 최경회는 한동안 엎드린 채 하늘에 맹세를 했다. 상제에게 하는 맹세는 길었다. 기대승은 흐뭇해했다. 한참 만에 등을 펴고 일어난 최경회가 이번에는 스승 기대승에게 감사의 큰절을 했다.

"나에게는 1배만 해도 되네."

"아니그만요."

최경회는 정성을 다해 3배를 기대승에게 했다.

기대승이 말했다.

"자네가 1등을 헐 것이라고 믿었네만 그래도 조마조마했네. 마침 시험관 중에 아는 사람이 있어서 물어보았네. 을매나 기쁜지 모르겄네. 1등을 했으니 아마도 특진 포상이 있을 것이네."

자신처럼 종9품에서 벼슬을 시작하지 않고 몇 품계를 건너뛸 것이라는 귀띔이었다. 그렇다고 1등을 한 모든 급제자들에게 특진의 포상을 주는 것은 아니었다. 세도가의 눈 밖에 난 응시자는 1등은 커녕 시험도 보지 못하고 과거시험장에서 쫓겨났고, 급제했더라도

종9품의 자리도 한직 중에 한직의 자리를 받았다.

"어느 자리에 서든 지를 성찰허고 최선을 다허겄다고 하늘에 긴 맹세를 했그만이라우."

"잘했네. 은젠가는 잊어불기 마련인께 글로 적어 남겨두믄 오늘의 초심(初心)을 잊지 않을걸세. 첫 맴이 곧 도심이거든."

"글로 써서 품속에 넣고 댕기겄습니요."

"그나저나 자네 집에 큰 경사가 났어. 《주역》에 적선지가(積善之家)는 필유여경(必有餘慶)이라고 했는디 자네 집을 두고 헌 말 같어."

"지보다는 성님덜이 급제헌께 겁나게 기쁘그만요."

삼 년 전, 그러니까 명종19년에 최경회의 둘째 형 최경장이 문과에 급제했고, 올해는 큰형 최경운이 진사시에 합격해 삼 형제가 모두 급제했으므로 화순 고을에서는 드물게 큰 경사가 난 셈이었다. 더구나 최경회는 명종 18년(1563)에 큰아들 홍기를 낳아 어머니 순창 임씨에게 큰 효도까지 했던 것이다.

"근디 선상님께서는 으째서 자주 병가를 내시는게라우?"

"왜 묻는가?"

"걱정이 되께 묻지라우."

"한가헌 직위를 원허는디도 자꼬 분망헌 자리로 보낸께 몸에 병이 떠날 날이 읎네. 중요헌 관직을 맡기보다 내 학문이 아직 익지 않았응께 공부에 더 전념해야 허는디 몸까지 시원치 못해 그러네."

기대승만큼 자리를 자주 옮긴 관리도 드물었다. 하위직들에게도 언로를 개방해야 한다는 등 당상관들에게 직언을 서슴지 않으니 그들의 눈 밖에 나곤 했던 것도 잦은 전직의 원인이었다. 그러나 퇴계 이황이 알게 모르게 기대승을 옹호하고 변호해주어 도성 밖으로 쫓겨나는 문외출송은 면하곤 했다.

"퇴계 선상님이 겨시지 않았드라믄 나는 진작에 한양 밖으로 쫓겨났을 것이네. 문외출송을 당해도 여러 번 당했을 것이여."

"지도 퇴계 선상님을 한 번 뵙고 잦네요."

"때가 되믄 나랑 함께 만나보세."

"지난번에 퇴계 선상님을 뵀을 때는 이런 말씸을 허시등마. 내년에 명나라 사신이 오는디 나보고 종사관이 되어 영접허믄 으짜겄냐고. 부족해서 채울 디가 많은 사람이 그런 자리에 나가믄 뭣 허겄는가?"

"영광스런 일이 아닌게라우?"

"사신을 영접헐라믄 승문원에서 홍문관으로 옮겨야 허는디 참말로 번거롭당께. 일 년에 몇 번씩 자리를 옮겨댕겨야 허니 말이여."

기대승의 고민을 잘 알고 있는 최경회는 더 이상 묻지 않았다. 을사사화 이후 한미한 가문으로 전락해버린 데다 한양에 의기투합할 만한 친구나 선배가 없으니 외로운 처지였던 것이다. 기대승이 한양에서 버티고 있는 것이 있다면 그것은 타고난 그의 재주 하나뿐이었다. 동료를 압도하는 재주가 있기 때문에 오라는 관직이 많았고, 병가를 내도 곧 복직이 되곤 했던 것이다. 그래도 기대승의 본심은 벼슬을 접고 고향으로 내려가 사단칠정의 본질을 밝히고 공맹의 학문을 성취하는 것이었다.

"내 꿈이 있다믄 그것은 오직 귀전암에서 책 읽고 제자덜을 가르치는 일이네. 고것밖의 일이란 꽃이 피었다가 사라져불데끼 모다 허망헐 뿐이라는 생각만 드네."

"선상님맹키로 선비덜이 모다 낙향해분다믄 임금님은 누가 보좌헙니까요? 나라의 은혜에 진심을 다해 보답허고 내려가는 것이 신하의 도리가 아닐게라우?"

"자네는 도학부터 시작허지 않고 사장학을 배웠으니 고로코름 말헐 법도 하네."

"송천 선상님이 첫 스승이었지라우."

"송천 선생은 천하의 문장가가 아닌가? 한양에 겨셔야 헐 분이 시방 두만강에서 고상허시고 있그만."

"내직으로 들어오시지 못허고 외직으로만 도시는그만요. 베슬운이 참말로 읎어라우."

"도학자는 수신해서 군자가 되는 것이 꿈이라네. 입신양명허고는 거리가 멀어. 긍께 베슬허고는 담장을 쌓고 산다는 말이 나오제."

'수신해서 군자가 되는 것'이 기대승의 속마음이었다. 그러니 한양 벼슬살이는 겉돌 수밖에 없었다. 게다가 기대승으로서는 얄궂은 면신례를 치르면서 벼슬에 대한 덧정까지 떨어져버린 상태였다.

그날 밤. 최경회는 임시로 기거하는 집까지 걸어가면서 이런 저런 상념에 잠겼다. 때마침 보름달이 그의 정수리 위에서 달빛을 뿌렸다. 거리는 일렁이는 달빛만으로도 어둡지 않았다. 최경회는 혼잣말로 중얼거렸다.

'도학자이신 선상님 경우를 보니 과거급제가 기쁜 일만은 아닌갑다. 이런 것도 모르고 고향 사람덜은 경사 났다고 난린디 말이여.'

최경회가 머물고 있는 집은 청계천 수표교 옆에 있었다. 중인이

나 상인들이 모여 사는 거리여서 시끄럽고 번잡하기 때문에 고관들이 피하는 곳이었다. 더구나 청계천 둑은 사람과 짐승이 싼 똥냄새가 심하기 때문에 코를 잡고 다닐 정도로 지저분한 곳이기도 했다. 최경회는 똥 밟는 낭패를 당하지 않으려고 조심조심 걸었다. 다행히 환한 달빛 덕분에 똥을 밟지는 않았다.

운수 좋은 날 달밤이 분명했다. 최경회는 방에 들어서자마자 호롱불 심지에 불을 붙여 방을 밝혔다. 그런 뒤 벼루를 꺼내 먹을 갈았다. 스승 기대승이 당부한 대로 향을 사르며 맹세한 내용을 글로 남겨 두기 위해서였다. 최경회는 제목부터 먼저 써놓고 나서 좀 전의 기억을 되살렸다. 하늘의 상제에게 맹세한 내용이 한 자 한 자 생생하게 떠올랐다.

하늘에 향을 사르며 알리는 글[焚香露天賦]

하늘은 수다스러운 말로 속이기가 어렵고
일어난 일이란 반드시 묻고 따져서 바로잡아야 하리.
참으로 자신 있고 뉘우침이 없다면
하늘의 상제(上帝) 뵙기를 어찌 걱정하랴.
하늘에 향 사르고 상제에게 가는 길 열려 있어 감탄하네.
밝고 무서운 분께 숨김없으니 내 행실 부끄러움 없음을 아노라.
장하다, 군자여! 이 사람이 본시 마음을 바르게 가졌나니
움직임이 있을 때마다 하늘이 있다는 사실을 생각하고
혼자만 아는 곳 삼가며 경계하리.

언제나 조용하고 게으르지 말며 나에게 주어진 일 다 하리.

사람 마음은 게으르기 쉽고 높은 것을 가볍게 생각하기 쉽네.
더구나 온갖 행위가 모두 상제의 명이요 법도인 것을
그 일을 하면서 돌아서지 말라.
그 누가 따르고 거스르는 나를 살펴보는가?
아침저녁으로 깨우치려는 한결같은 생각,
밤이 되면 더욱 독실하게 되리.
뜰 가운데 나와 조용히 서서 말없는 하늘 우러러 보네.
내 마음 비춰주는 별과 달이여, 털끝만큼도 내 앞을 가리는 것
없어라.
이에 뜻을 정해 한 가닥 향을 살라 가물가물 상제 곁으로 이르
게 하여
아침과 한낮에 하던 일을 절하며 재빨리 아뢰리.

조그만 행실도 숨기지 말아야 하는데 어찌 큰 허물을 숨기겠
는가?
좋은 말 아뢰면 상제께서 칭찬하고 잘못된 일 있으면 상제께서
벌을 주리.
마음을 털어놓고 처분을 기다리니 얼굴 마주하고 대화하듯 하리.
날마다 하였던 일 밤마다 끝임없이 아뢸 것이니
착한 일을 반드시 하고 악한 일은 즉시 끊어야 하네.
기미만 들어도 두려운 생각이 들어 반드시 아뢸 생각하나니

덕(德)을 닦고 공부함에 딴 마음 없게 되어

그 덕이 향상하여 날마다 새로워지네.

마음에 망설임이 없기에 임금 섬김도 사람 대함도 한결같게

되리.

관원은 일을 강직하게 보좌하고 처사는 책과 학(鶴)으로 지내네.

아뢰기 부끄럼 없기에 상제께 아뢰어도 마땅히 감복하리.

위대하다, 이 사람이 하늘을 섬김이여!

틀림없이 그대를 보호하고 도우리라.

밝은 명령 저버리지 않음이여!

비록 옛날 현인이라도 쉬운 일 아니네.

가련하다, 오늘날 벼슬아치들. 사람들의 밝은 눈이 미치는데도

빈번히 자신의 마음을 속이고 남을 속이며

심지어 하늘까지 속이기를 꺼려하지 않네.

가리면 아무도 보지 못한다고 여기는가? 물어 보면 꾸며대기

일쑤이네.

나는 이를 거울삼아 가다듬어 옛 사람의 독실함을 본받으리라.

이 마음을 성(誠)과 경(敬)으로 간직하며 잠시라도 소홀할까 두려

워하리.

내가 찬 옥(玉) 깨끗하게 하고 나의 옷도 조촐히 하여

하늘에 드러내 보이고 내 마음을 살피리.

내 행실 가지고 낱낱이 고하여 그렇게 무연하지 말라는 상제의

말씀 듣네.

최경회는 하늘에 맹세한 마음가짐의 글을 써놓고 가슴이 벅차올라 방문을 열고 밖으로 나왔다. 마당에는 보름달 달빛이 흥건했다. 밤이슬이 내리고 있는 듯 마당가의 나무 이파리들이 반짝반짝 빛났다. 최경회는 보름달을 우러러 보는 순간 마음이 격동되어 눈물을 흘렸다.

며칠 후. 드디어 최경회는 보직을 받았다. 정8품의 성균관 학정(學正)이란 자리였다. 전국에서 생진사시에 합격한 인재들이 모이는 성균관 전적 밑에서 도서의 출납과 수장(收藏) 사무를 돕고, 사학(四學)에 파견 나가 강의를 하는 벼슬이었다. 권력의 핵심자리는 아니었지만 그래도 풋풋한 유생들과 교유할 수 있는 역동적인 자리의 벼슬이었다. 종9품으로 시작한 스승 기대승과 비교하면 빠른 특진이었다. 기대승이 이황을 찾아가 제자 최경회가 계속 공부할 수 있는 자리를 부탁한 것도 은근히 작용한 인사 결과였다.

성균관에서 중간관원인 전적의 정원은 13명이었다. 정원이 많은 이유는 도서출납과 관리뿐만 아니라 사학훈도(四學訓導)를 겸하기 때문이었다. 아무튼 전적 위로는 정2품의 대제학 1명, 정2품의 동지사 2명이 있는데 이는 명예직이고 직속상관은 정3품의 성균관 대사성이었다.

대사성 밑에는 정3품의 제주(祭酒) 1명과 사성(司成) 1명, 정4품의 사예(司藝) 2명과 사업(司業) 1명, 정5품의 직강(直講) 4명이 있었다.

그리고 전적 바로 아래로는 정7품의 박사, 정8품의 학정(學正), 정9품의 학록(學錄), 종9품의 학유(學諭)가 각 3명이 있었다.

직강은 주로 성균관 학생들을 가르쳤고, 전적 이하는 사학으로 파견되어 유생들을 지도했다. 전적 아래의 벼슬아치들이 분주한 것은 성균관 일도 보고 사학의 훈도 노릇을 했기 때문이었다.

송죽국매(松竹菊梅)

선조 2년(1569) 3월 4일.

최경회가 한양의 사학(四學) 가운데 하나인 남부학당에서 유생들을 지도할 때였다. 성균관에서 남부학당까지는 어른걸음으로 반나절이 걸렸다. 남부학당은 남산 초입에 있었는데 규모는 작았다. 학당은 성균관과 달리 공자와 제자들 위패를 봉안한 대성전이 없기 때문이었다. 학당에는 조그만 강당과 재사(齋舍, 기숙사)만 있었다. 그래도 관에서 학비를 전액 대주었으므로 교생들은 언제나 넘쳐났다.

남부학당 뒤뜰 화단에는 매화꽃이 만발해 있었다. 기대승이 최경회를 찾아왔다. 최경회는 깜짝 놀라 정9품의 훈도와 종6품의 교수가 잡무를 보는 방으로 기대승을 맞아들였다. 마침 교수와 훈도는 외출 중이었다. 여닫이 창호를 밀어젖히자 햇살이 어둑한 방 안으로 한가득 쏟아져 들어왔다. 뿐만 아니라 매화꽃 향기가 기대승의 콧속을 제법 자극했다.

"청매 향인갑네."

"양달에 있는 백매, 홍매는 진작에 저불고 응달서 자란 청매화가 인자사 피고 있그만요."

"입춘이 한 달쯤 지났응께 그러겄네."

"지는 푸루스름헌 청매 꽃이 좋드그만요."

"백매, 홍매, 청매 모다 빛깔은 다른디 향은 똑같제. 그래서 그런지 나는 다 좋아."

"근디 선상님, 무신 일이신게라우?"

"지나가다 자넬 만나보고 잪어서 왔네. 몽뢰정 가는 길이네."

몽뢰정은 동쪽 한강변에 지은, 사가독서를 받은 선비들이 책을 읽는 독서당 중에 하나였다. 몽뢰정 뿐만 아니라 동호정도 사가독서를 받은 선비들이 선호하는 독서당이었다. 사가독서란 임금이 뛰어난 선비들에게 더 공부하라고 주는 특별휴가 같은 것이었으므로 사가독서 중에도 녹봉이 지급되고 승급이 이루어졌다.

"몽뢰정에는 어느 분이 겨시는게라우?"

"퇴계 선상님께서 겨시는디 한양을 떠나시려고 거그 잠시 머무시는 것 같네."

"가차운 디 겨시그만요."

"자네도 한번 퇴계 선상님을 뵐랑가?"

"지가 쓴 글을 보여드리고 잪은디 시간이 읎그만이라우."

"시간이 읎기는. 나를 따라가믄 되지 않겄는가?"

"훈도와 교수가 모다 고향에 일이 생겨 학당을 비울 수가 읎그만요. 낼 오후는 교생덜이 쉬는 날인께 시간을 낼 수 있겄지만요."

"그럼 자네는 낼 오게. 근디 무신 글을 퇴계 선상님께 보여드리고 잪은가?"

"선상님께서는 진작에 보셨지라우, 거, 소나무 대나무 국화가 서로 으뜸이람서 싸우는 이야기이지라우."

"아, 귀전암에서 읽었던 기억이 나네. 《송죽국쟁장설(松竹菊爭長說)》이그만."

"아이고메, 정확허게 기억허십니다요."

"하도 재미있어서 기억허네. 자네 글솜씨가 보통이 아니여!"

최경회는 기대승으로부터 뜻밖에 칭찬을 받고는 머리를 긁적였다. 내년이면 불혹의 40세가 되는 나이인데도 스승에게 칭찬받는 것이 쑥스럽기도 하고 기쁘기도 해서였다.

"여그 학당에서도 교생덜에게 《송죽국쟁장설》을 읽어주문 좋아허지라우."

"옳제! 공부는 재미있게 허는 것이 최고여."

최경회는 기대승이 떠난 뒤 훈도실 서랍에서 《송죽국쟁장설》을 꺼내 다시 읽어 보았다.

저래산(佢徠山)에 수염이 푸른 장부가 있는데, 키는 1백자이고 우뚝하게 홀로 서 있어 그 소문이 먼 지방까지 돌았다. 하루는 고죽군(孤竹君)이 해곡(嶰谷)에서 이곳으로 찾아왔는데, 고죽군 역시 기풍이 깨끗하고 시원스러운 것이 이 세상을 초월한 풍모를 지닌 듯했다. 수염이 푸른 소나무는 거만하게 우뚝 서서 인사도 하지 않으면서 말했다.

"그대도 어른인 나를 만나러 왔는가?"

그러자 고죽군은 발끈 화를 내면서 기쁘지 않은 얼굴로 말했다.

"뭐라구? 스스로 어른이라니 어찌 어른, 어른 하는가? 어른이라면 다른 사람이 어른으로 대접해줘야지 제 스스로 어른인 척하며, 혼자서 어른이라고 우기는 말을 나는 듣지 못했다. 그런데 그대는 저래산 위에 홀로 서 있으면서 스스로 어른이라고 하니, 해곡(嶰谷)에도 어른이 있는지 없는지 어찌 알겠는가?"

고죽군의 말이 다 끝나지 않았는데 숨어 사는 군자(君子)가 팽택(彭澤)이란 곳에서 찾아왔다. 그가 지팡이를 땅에 꽂자 그윽한 향기가 물씬 풍겨왔다. 그가 말했다.

"오늘 밤이 무슨 날이기에 두 분을 만나게 되었을까? 두 분의 기개가 서로 만났으니 나와 함께 놀 자가 두 분이 아니고 그 누구이겠소?"

이에 소나무가 빙그레 웃으면서 말했다.

"그대가 어찌 거드름을 피울 수 있단 말인가? 어린 객이 겸손하지 못하면 되는가? 그대 역시 고죽군을 본받아 그런 말을 하는가? 내가 그대들을 위해서 가르쳐주리라.

기(杞)나무나 재(梓)나무 같은 좋은 나무는 가시나무 속에 끼이지 않고 지초(芝草)나 난초(蘭草)같이 향기로운 풀은 쑥대 사이에 끼는 것을 부끄럽게 생각하는데 이는 서로 같지 않기 때문이다.

나는 곧고 굳센 성품을 지녔기 때문에 세상 사람들과 비위를 맞추며 살아갈 수가 없으므로 이 산속으로 들어왔다. 따라서 대장부 절개를 지킨 지 오래이다. 천 길이나 되는 낭떠러지 위에 홀로 버리고 서서 저 아래에 있는 무성한 연약한 나무들을 굽어보고 산다. 봄이 되어 봄바람이 화창하게 불면 만물이 모두 살 것처럼 좋아하지만 나만은 조금도 기뻐하지 않는다. 또 가을 서리가 차갑게 내리면 만물은 모두 시들지만 나는 홀로 괴롭게 여기지 않으니 이는 곧은 절개가 굳세어 누구도 어찌 할 수 없기 때문이다.

공자(孔子)께서도 일찍이 "나중에 시든다."고 나를 칭찬하셨으니, 성인이 어찌 사실 아닌 말을 하셨겠는가? 내가 본래 지닌 성품을 칭찬하신 것이다. 공자께서 어찌 유독 나만을 칭찬하고 두 분을 칭찬하지 않으셨겠는가? 그렇다면 내가 비록 어른이라고 하지 않더라도 누군들 어른이라 하지 않겠는가? 내가 두 객을 보건대, 그대들은 어른을 모시는 일이나 해야 할 것 같구먼."

그러자 고죽군이 빙긋 웃더니 말했다.

"그대가 스스로 어른이라고 하는 까닭이 그것뿐인가? 나 역시 그대들을 위해 한마디 해야겠네. 높은 낭떠러지에 서 있는 것이나 서리를 이겨내는 것이 어찌 그대뿐이겠는가? 한겨울 무서운 추위에 모든 나무나 꽃이 다 시들어버린 뒤에 태연한 내 모습을 그대는 보지 못했단 말인가? 시원스레 꿋꿋한 자질로 단정하게 서 있어 눈빛이 하얀 밤에 가지에 달이 걸리고 서리가 내린 추운 바람에 그림자가 춤을 추면 누구인들 나 고죽군의 청절(淸節)을 장하게 여기지 않겠는가? 더군다나 주렁주렁 열리는 열매는 봉황새의 먹이가 되고, 무성하게 우거진 모습을 보고는 군자(君子)들이 시를 짓기도 한다네. 나를 의롭다고 하는 것은 내 덕(德)을 아름답게 여겨서요, 제왕(帝王)이라 부르는 것은 내 절개를 말하는 것이다. 그런즉 그대들은 나에게 선물을 바치고 나를 왕으로 섬겨야 하지 않겠는가? 더군다나 저래산까지 온 나(대나무)는 진(秦)나라 때 받은 벼슬을 가지고 있지 않은가? 그런 나에게 교만을 떨려고 해서야 되겠는가?"

이윽고 소나무는 수염을 곤두세우며 노했지만 우물쭈물하면서 대답하지 못했다. 이번에는 숨어사는 군자(국화꽃)가 엷은 화장을 하고 곱게 차려 입고는 맵시를 가다듬으며 말했다.

"두 분의 말이 지나치오. 남의 말을 함부로 가로막는 자는 남의 미움을 받는 법이오. 두 분은 과장하는 말을 그만두고 잠시 내 말을 들어보시오. 나는 두 분과는 달라서 본래 성품이 서글서글 시원하고 남과 다투는 일이 없소. 화창한 봄날에는 복사꽃 살구꽃과 아름다움을 다투지 아니하고 서리가 내리는 9월이 되면 풀과 나무는 모두 시들지만 나만은 아름다운 꽃망울이 날로 봉우리 맺어 찬란한 모습이 황홀하다오. 덕(德)이 몸을 윤택하게 하고 향기로움이 퍼져서 그 향기를 맡는 사람이면 누구나 나를 군자(君子)라고 하지 않겠소? 그러므로 초(楚)나라의 굴원(屈原)이 나의 이슬을 받아 마셨고, 송(宋)나라의 한유(韓愈)는 나의 만절(晚節)을 좋아하였으며 도연명(陶淵明)은 나를 사랑하여 집안에다 길렀으며, 장식(張栻)은 나를 정령(精靈)이 모여 된 것이라고 기리는 등 예로부터 어진 선비들이 나를 좋아했을 뿐 싫어하는 사람이 없었소. 그것은 그들이 나에게 존경할 만한 절개가 있어 보통 꽃과는 달랐기 때문이오. 옛날 사람들은 감귤을 두고는 나이가 젊지만 스승으로 삼을 만하다고 칭찬하였는데, 그 사람들이 만일 나를 보았더라면 스승이란 말을 귤에게 하지 않고 반드시 나에게 했을 것이오. 그러니 두 분께서는 내 뒤를 따르면서 시키는 대로 해야 할 것이오."

그때 옆에 어떤 훌륭한 선생이 있었는데 그는 하늘같은 모습에 도(道)를 지니고 있었다. 게다가 만물(萬物)을 포용하는 도량을 지녔고 천년 세월을 하루처럼 여기며 부귀영화를 마음에 두지 않았으며 이해(利害)를 생각하지 않은 듯 조용하게 앉아 있었다. 그는 대나무와 소나무, 그리고 국화가 주장하는 말을 듣고는 소리 없이 웃으며 말했다.

"제발 그만들 하시오 그대들 셋의 절개는 높다고 할 수 있지만 셋이 다투는 것은 옳지 않소. 이 세상 만물(萬物)은 본래 한 근원(根源)에서 나왔으니 누가 크고 누가 작겠으며 누가 높고 누가 낮겠소? 오직 귀(貴)한 것은 자기 본분을 지키는 것이오.

만약 크고 작음과 높고 낮음을 비교하게 되면 떼를 지어 다투고 떠들어댈 것이오. 그렇게 되면 온 천하가 입 다툼만 숭상하여 누군들 자기가 남보다 낫다고 말하지 않겠소? 그런 것이 자신을 높이는 것인지 나는 모르겠소."

이 말을 듣고 셋은 부끄러워 어쩔 줄을 모르면서 "저희들은 큰 도(道)를 아직까지 듣지 못하였습니다." 하고는 인사를 한 다음 물러나와 서로 길을 양보하며 사이좋게 떠났다. 이튿날 빙허자(憑虛者)가 이런 말을 듣고는 이렇게 말했다.

"강절(康節) 소 선생(邵先生)의 시에 '눈과 바람과 꽃에 대해서는 등급을 매길 수가 없다'고 하였는데 나 역시 이 셋의 등급을 매길 수 없다. 그러나 셋이 서로 다툰 것은 훌륭한 일이 아니다."

최경회는 과거급제 전에 쓴 글이어서 문장이 정교하지 못하고 거칠지만 다시 한번 더 다짐을 했다. 어떤 상황에 놓여 있건 소나무와 대나무, 국화와 같은 성품으로 살아갈 것이라는 마음의 각오였다. 남부학당의 훈도와 교수는 다행히 그날 밤에 상경했다.

다음 날.
최경회는 오전 강의를 마치고 오후에 한강변 몽뢰정으로 서둘러 갔다. 그러나 기대승과 이황은 한강을 건너 봉은사로 떠나고 없었다. 할 수 없이 최경회도 나루터로 나가 한강을 건넜다. 나룻배에는 이미 서너 명이 자리를 잡고 있었다. 행색으로 보아 벼슬아치는 아닌 듯했다. 두루마기가 오래 입은 듯 누더기로 변해 있었고, 얼굴은 하나같이 꼬질꼬질했다. 아마도 한양에 과거를 보러 와서 낙방했거나 무슨 자리를 부탁하려고 왔다가 결실 없이 돌아가는 꼴이었다.

봉은사 나루터까지 가는 동안 모두가 고개를 숙인 채 입을 다물고만 있었다. 사공이 최경회에게 한마디 했을 뿐이었다.

"아이고, 아침에 지체 높으신 어르신께서 봉은사로 가셨는디 사공을 하면서 그렇게 고상한 분은 쇤네 평생 처음이었습죠."

"연세가 으짜게 보이든가?"

"환갑은 지나신 것 같았습죠."

"그분이 바로 퇴계 이황 선생님이시네."

나룻배에 탔던 모든 사람들의 눈이 휘둥그레졌다. 그러나 그뿐 더 이상 묻지 않았다. 봉은사 나루터에서 내린 뒤 어깨가 처진 채 과천 가는 산길로 뿔뿔이 흩어졌다. 최경회는 곧장 봉은사로 달려 갔다. 봉은사 일주문 안으로 들어서자 붉은 가사를 걸친 스님들이 다람쥐처럼 바쁘게 오갔다. 지체 높은 선비가 와 있음이 분명했다. 최경회는 경내를 가로질러가는 사미승을 붙들고 물었다.

　"고봉 선생님은 으디 겨신가?"

　"주지스님 방에 계십니다요."

　"퇴계 선상님도 겨신가?"

　"퇴계 선상님은 조금 전에 예천으로 떠나셨습니다."

　"아이고메! 한발 늦어부렀그만."

　최경회는 한발 늦은 것에 장탄식을 했다. 봉은사 주지채 방에는 주지스님과 기대승이 앉아서 차담을 나누고 있었다. 그런데 자세 히 보니 주지스님은 혼자서 차를 마시고 기대승은 홀로 술잔을 기 울이고 있었다. 최경회는 기대승의 허허로운 심정을 이해했다. 이 황은 홀가분하게 고향으로 떠났겠지만 기대승으로서는 의지할 스 승이 곁에 없으니 허허롭지 않을 수 없을 터였다. 주지스님 방에는 이황의 한시 두 수가 적힌 종이가 펼쳐져 있었다. 기대승에게 주고 떠난 시가 분명했다.

　"선상님께서는 을사사화 다음 해에 사직하고 사가독서허실 때 머물렀던 망호당으로 가셨는디 때마침 매화꽃이 핀 것을 보고 지 으신 시라네."

　이황이 사가독서할 때는 중종 36년(1541)이었다. 그러니까 명종

1년(1545)에 을사사화가 일어나고 이황은 명종 2년(1546) 2월에 귀향을 결심하고 망호정을 찾았던 것이다. 최경회는 이황의 매화시를 단박 눈에 담았다.

> 망호당 아래의 한 그루 매화야
> 널 보고자 몇 번이나 말 달려 왔나
> 천 리길 남쪽으로 떠날 제 널 버리기 어려워
> 또 찾아와 흠뻑 취해 곁에 누웠네.
> 望湖堂裏一株梅 幾度尋春走馬來
> 千里南行難負汝 敲門更作玉山頹

위의 시에 연달아 또 한 수의 매화시가 행서로 쓰여 있었다.

> 듣자하니 저 호숫가에, 매화 이미 피었으나
> 흰 안장 호방한 객이, 아직 오지 않았다오.
> 가엾어라 초라한 이 몸, 남으로 가는 길이니
> 임과 함께 한번 취해, 저무는 것도 모르련다.
> 聞道湖邊已放梅 銀鞍豪客不曾來
> 獨憐憔悴南行客 一醉同君抵日頹

손에 알이 큰 단주를 찬 주지스님이 기대승에게 말했다.

"퇴계 대유님께서는 매화만큼 술도 좋아하셨던 것 같습니다. 빈도는 매화나 술에 집착하지 않습니다만. 우리 불가에서는 집착을

병이라고 합니다. 하하하."

"스님은 시방 차를 마시고 있소. 긍께 스님은 차에 집착하고 있는 것이 아닌게라우?"

"아닙니다. 차는 수행의 방편으로 마십니다. 빈도는 차 한잔에 번뇌 망상을 씻고 있습니다. 그러니 나리께서도 스승과 이별한 석별의 정을 술로 씻는다면 그것도 수신의 방편이 될 것입니다."

"주지스님께서 이해해 주시니 한 잔을 더하겠습니다."

주지스님이 사미승을 불렀다.

"사미야! 퇴계 대유님께서 가져오신 술이 남아 있을 것이니라. 마저 가져오너라."

술이 한 항아리 더 들어왔다. 술은 최경회가 따랐다. 기대승은 술을 한두 잔 더 마시더니 최경회에게 벼루에 먹을 갈도록 시켰다. 그런 뒤 기대승이 한마디 했다.

"시란 메아리가 있어야 써. 시방 읊조리는 내 시는 선상님 시를 보고 난 뒤의 메아리겄제잉."

기대승은 이황의 매화시 두 수에 응답하는 시를 지었다. 손바닥을 마주치자 아름다운 소리가 나는 이치였다. 최경회는 단숨에 써 내려가는 기대승의 시에 놀랐다. 기대승은 도학자임에도 불구하고 눈부신 시어를 구사하는 문장가의 면모를 보여주고 있었다.

　　선생의 그윽한 마음 한매에 의탁하고
　　서울의 풍진 속에 우연히 홀로 왔네
　　돌아갈 흥 호연하고 봄도 저물지 않으니

성긴 그림자 쇠퇴함 달래 줌이 어여쁘네.

先生幽契託寒梅 京洛風塵偶獨來

歸興浩然春不暮 定憐疏影慰摧頹

맑은 창가에 한 가지 매화 환히 피었는데

나는 벌 찾아오는 것 허락지 않네

오늘의 이별 부질없이 괴로워하노니

백 잔 술 마셔 마구 취해 쓰러지네.

晴牕深著一枝梅 不許遊蜂取次來

今日別懷空自苦 百觴澆下任敧頹

　이황의 매화시를 우러러 감상하며 차운한 기대승의 칠언절구 시였다. 최경회가 읊조린 두 시의 운은 1구 매(梅), 2구 래(來), 4구 퇴(頹)였다.

　"퇴계 선상님께서는 이밖에도 매화시 6수를 내게 더 보여주셨네. 나 역시 선상님 시의 운으로 6수를 더 지어 선상님 겨신 곳으로 보낼라네."

　실제로 기대승은 이황의 매화시 8수에서 운을 차운한 자신의 매화시 8수를 편지에 담아 선조 2년 3월 15일에 보냈다.

아! 슬픕니다

　퇴계 이황이 고향으로 낙향해버린 뒤 기대승은 여전히 조정에 안착하지 못했다. 한 자리에 오래 있지 못한 채 이리저리 옮겨 다녔다. 벼슬의 제수와 체직도 딱할 정도로 반복했다. 작년 가을 이후만 해도 정3품의 대사성을 제수 받았다가 바로 정3품의 대사간으로 옮겨 간 일도 있었고, 몇 달 뒤에는 공조참의에 올랐다가 며칠 만에 체직을 당했다.

　고참 대신들에게 호감을 얻으려면 가끔씩 마음에 없는 빈말도 하고, 신참 벼슬아치들에게는 실수를 못본 채 눈감아줄 줄 알아야 하는데 기대승은 그러지 못했다. 소신과 원칙을 앞세운 기대승은 회의할 때마다 빈번하게 소수의견을 냈다. 모두가 실정을 덮고 어물쩍 넘어가자고 할 때도 기대승은 반기를 들었다. 때문에 고참 대신이든 신참 관원이든 기대승을 슬슬 피했다. 학문에 있어서는 이황에게 밀리지 않는다고 인정하면서도 막상 함께 일을 도모하기에는 불편했기 때문이었다.

기대승이 그나마 위안을 삼는 것이 있다면 제자 최경회가 옆에 있다는 것이었다. 기대승은 저녁이 되면 최경회를 수시로 남산 집으로 불러 술을 마셨다. 선득한 바람이 불어오는 가을이었다. 남산의 나뭇잎들이 가을바람에 붉고 노랗게 물들어가는 날이었다. 그날도 기대승은 자신이 머물고 있는 남산 집으로 최경회를 불렀다. 최경회는 호리병에 술을 준비했다. 기대승 집은 남대문 밖에 있었다. 육조거리에서 그리 멀지 않는 남산 산자락에 마련한 집이었다. 그런데 최경회를 부른 기대승의 얼굴은 평소와 달랐다. 얼굴은 상기되어 있었고, 표정은 비장했다.

"선상님, 무신 일이 있으신게라우?"

"오늘 대사간에서 체직 당해부렀네."

"오메, 작년 가실부터 도대체 몇 번인지 모르겄그만요."

작년 9월에는 이조참의로 옮겼다가 물러났으며, 올 2월에는 대사성을 제수 받았다가 대사간으로 바꾸어 갔으며, 5월에는 대사간에서 체직되었으며, 7월에는 공조참의와 지제교 등 한 달 동안 자리가 두 번이나 바뀌었으며, 9월에는 또다시 대사간을 제수 받았던 것이다. 기대승이 쓸쓸하게 웃으며 말했다.

"내 몸에 병이 짚은께 그라제. 으쩐 때는 가심이 벌렁벌렁허고 몸이 불땡이같이 뜨거와져서 견딜 수가 읎어."

"선상님 의견이 자꼬 무시당헌께 더 그라겄지라우."

"홧병인지도 모르겄네."

"아직은 시상이 선상님 정견을 받아들일 시기가 아닌 모냥인 것 같그만요."

196

최경회가 술을 따르려고 하자 기대승이 만류했다. 애주가인 기대승이 술을 사양하는 것은 처음이었다.

"오늘은 마시고 잪지 않네. 맑은 정신으로 자네와 이야기를 나누고 잪네. 자네가 성균관 전적에 올랐더그만. 축하허네."

최경회는 심각한 분위기를 느꼈다.

"선상님 신상에 참말로 뭔 일이 있그만요."

"맞네. 낼 아칙에 한양을 떠날라고 허네."

"너브실로 가실라고라우."

"다시는 올라오지 않을라네."

"임금님께서 부르시는디도 그라실랍니까?"

"퇴계 선상님이 으째서 낙향허셨는지 알 것 같네. 한양서 이만치 산 것도 천운이네. 내 몸에 병이 홧병인 줄 작년에야 알았네. 긍께 한양살이는 내 스스로 명을 재촉허는 것이나 다름없네."

최경회는 기대승의 한양살이가 얼마나 고독하고 신산했는지를 뼛속 깊이 알고 있었다. 어쩌면 자신에게 힘이 되어주려고 일찍 떠나지 못했던 게 아닌가 하는 자책도 들었다. 기대승 같은 도학자에게는 출사해서 입신양명하기보다는 깊은 산중에서 학문하고 수신하는 것이 최고의 덕목이자 행복이었던 것이다. 더구나 기대승은 출사하지 않아도 수신제가하는데 불편함이 없었다. 선친으로부터 물려받은 전답과 노비가 적지 않았다. 1백 명의 노비를 세 아들이 33명씩 나누어 물려받았고, 황룡강 옆의 전답은 하나같이 옥토였던 것이다.

"선상님 심중의 말씸을 듣고본게 붙잡지 못허겄그만요. 선상님께서 학문을 시작헐 때의 초심대로 사셔야 병이 낫겠그만이라우."

"자네가 이해해주니 내 발걸음이 가벼울 것 같네."

초저녁부터 귀뚜라미 소리가 유난히 또록또록 들려왔다. 신열 때문에 답답한 듯 기대승이 일어나 들창을 밀어 올렸다. 그러자 캄 캄해져가는 서녘하늘에 초승달이 엿보였다. 서늘한 가을바람만이 기대승의 몸과 마음을 어루만져주었다.

"귀뚜라미가 일각이 아숩다고 저러코름 우는 것 같네. 우리 짧은 인생도 서두르지 않으믄 아무 일도 이룰 수 읎을 것이네."

"선상님 병환이 중헌 줄 몰랐던 지가 죄인이그만요."

"아니네. 내 심병은 내 탓일 뿐 누구의 허물도 아니네. 내 수양이 부족해서 생긴 것을 누구를 원망허겄는가."

"한양 사람덜이 선상님을 알아보지 못헌 거지라우. 긍께 심병이 짚어졌을 테지라우."

기대승이 허리를 비틀며 일어났다. 그런 뒤 엉덩이 뒤를 살살 만 지면서 고통스러운 듯 양미간을 찌푸렸다.

"선상님 으째서 그랍니까?"

"종기가 나기 시작허더니 땀띠멩키로 여기저기 생겨부네."

"종기라고라우?"

"의원을 찾아가 보여줬더니 도리질을 허드라고."

"약은 지었습니까요?"

"심병에는 명약이 읎다네. 내 심중에서 화가 읎어져부러야 종기 도 사라진다고 허네."

"선상님, 꼭 내려가셔야겠습니까?"

"이번에 가지 않으믄 후회헐 것 같은 예감이 드네."

기대승의 눈가에 물기가 번졌다. 최경회는 스승의 나약해진 모습을 보지 않으려고 고개를 돌렸다. 그래도 최경회는 종기가 화병 때문이라는 의원의 말에 위로를 받았다. 기대승이 고향에 내려가 귀전암 생활을 시작한다면 화병이 사라질 것으로 믿어져서였다. 부질없는 벼슬을 버리고 순수한 도학자로 돌아간다면 한양생활에서 받은 상처나 번뇌 망상이 다시는 생기지 않을 터였다.

초승달은 들창을 내릴 때쯤 슬그머니 져버렸다. 최경회는 기대승에게 큰절을 하고 물러났다. 초승달마저 사라진 밤길은 동굴 속처럼 어두웠다. 최경회는 발걸음이 천근만근 무거웠다. 청계천 집으로 돌아가는데 술을 마시지 않았는데도 두 발이 흐느적흐느적 움직였다. 청계천 물이 유난히 검게 번들거렸다.

다음 날. 그러니까 10월 3일에 기대승은 한양을 떠났다. 최경회는 기대승의 보따리를 들고 한강을 건너 노량진까지 가서 작별했다.

"선상님, 날마다 청안허시쑈잉."

"자네를 또 볼랑가 모르겠네. 인연이 있다믄 또 만나겄제."

기대승의 뒷모습이 흔들렸다. 볼기에 난 종기가 쓰린 듯했다. 기대승의 그런 모습에 최경회는 자신도 모르게 눈물을 흘렸다. 볼기에 난 종기 때문인지 기대승의 걸음걸이는 점점 더 느려졌다. 가다가 쉬다가를 반복하니 천안까지 일주일이 걸렸다. 설상가상, 천안부터는 종기가 더 심하게 퍼져 앉아 쉬기도 불편했다. 닷새가 지난 태인 관아에서는 종기가 더욱더 악화되어 드러눕고 말았다. 태인의 의원을 불러보았지만 신통치 않았다. 또 닷새가 지나자 의원이 약을 써도 가망 없다고 고개를 저었다.

부근에 사는 매당(梅堂) 김점이 소문을 듣고 달려왔다. 일재(一齋) 이항의 문인이자 부안 사람인 김점은 기대승과 사돈 관계였다. 기대승의 큰아들 기효증과 김점의 딸이 혼인한 사이였던 것이다. 누워 있던 기대승이 고열로 숨을 몰아쉬었다. 이에 김점이 무겁게 입을 열었다.

"사돈, 으째서 요로코름 누워 겨시오?"

"질고 짧은 것은 명운이고, 죽고 사는 것은 천명이요."

"사우는 향교에 교생덜을 갈치러 갔는디 곧 올 것이요."

김점이 말한 사위란 기대승의 큰아들 기효증이었다. 기효증은 김점의 집에서 마침 처가살이를 하고 있었던 것이다. 그때 의원이 찬물에 수건을 적시어 기대승의 얼굴을 닦았다. 그러고는 물수건을 기대승의 이마에 올려놓았다. 그러자 고열이 차츰 가라앉고 기대승의 눈빛이 살아났다. 기대승이 의원과 김점을 번갈아 쳐다보더니 말했다.

"에릴 때 재기가 쪼깐 있어 문장에 심을 쏟다가 커서는 성현의 학문에 뜻을 쏟았지라. 중년에는 터득헌 것이 있기는 했지만 부족헌 나머지 날마다 반성허고 두려와했지라. 강석(講席)에서 옛 성현의 면모를 접험시로 강론헌 것으로 말씸드리자믄 저도 부끄러울 것이 읎지라. 다만 학문에 있어서 고인(古人)에게 미치지 못허니 무자게 송구허지라."

기대승이 말하다가 자신의 혀를 내밀었다. 침이 마르고 있다는 표시였다. 즉시 의원이 두 손을 뻗어 기대승을 앉히고는 미지근한

물을 한 모금 마시게 했다. 기대승은 물을 한 모금 음식을 씹듯 우물우물 마신 뒤에야 겨우 입을 달싹였다.

"멫 년이라도 더 살어서 산중에서 유유자적험시로 강론헐 수 있다믄 다행일 텐디 병이 이 지경에 이르렀으니 어이허겄소?"

김점이 무슨 생각에선지 집안일을 물었다.

"너부실 집안일은 생각나는 것이 읎소?"

"자손덜이 생활헐 척박헌 논 몇 마지기가 있지라. 일헐 머심도 있고."

실제와 달리 '척박한 논 몇 마지기'라고 한 것은 사돈 김점에게 과시하지 않기 위해서였다.

"더 허실 말씸은 읎소?"

"요그서 죽음을 맞이헌다믄 사돈집으로 가서 죽고 잪소. 사돈집에서 며느리를 봤응께 이는 우리 집과 다름이 읎는 것 같어서 허는 소리요."

태인의 아전들은 관아에 머물며 치료받기를 권했다. 그래도 기대승은 아전들의 호의를 거부했다.

"어처께 관아에서 죽는단 말인가!"

기대승은 자신의 고집대로 관아에서 내준 가마를 다고 김점의 집으로 옮겨갔다. 문병하러 온 유생들이 많았지만 사돈집에 폐를 끼치는 일이라며 기대승은 큰아들을 시켜 모두 돌아가게 했다. 집안이 조용해지자 기대승은 잠시 기운이 살아나는 듯했다.

이날 기대승의 병세가 위중하다는 보고를 받은 선조는 어의와 서장(書狀)을 보냈다. 서장의 내용은 다음과 같았다.

지금 듣건대 그대가 태인현에 도착하여 볼기에 종기가 나고 또 상기증(上氣症)까지 앓고 있다고 하니 실로 내 마음이 아프다. 이에 의관 오변(吳忭)에게 약을 가지고 내려가게 하니, 그대는 약을 복용하고 몸조리하도록 하라.

그러나 기대승은 의관 오변이 도착하기 전에 눈을 감았다. 큰아들 기효증이 보는 앞에서 밤 자시와 축시 사이에 기증(氣症)이 치솟아 숨을 멈추었다. 밖에서는 갑자기 바람이 거칠게 불고 천둥 번개가 쳤다.

최경회는 스승의 부음을 듣자마자 바로 앉아서 통곡을 했다. 한참 만에 두루마기를 입고 정좌한 뒤 벼루에 먹을 갈아서 제문을 지었다. 제문을 지어 기대승의 남산 집을 달려갈 생각이었다.

고봉 기대승 선생님을 제사하는 글[祭高峯奇先生文]
아! 슬픕니다. 선생님은 우리나라의 위인이시네. 기운이 맑으시고 순수한 자질로 한퇴지(韓退之)와 유자후(柳子厚)를 능가하는 문장은 여가에 하신 일이었으며, 정자(程子)와 주자의 도덕과 학문을 계승하여 실천하셨도다.

일찍이 대궐 뜰에 나아가 과거에 급제하여 발탁되시니 사람들이 세상을 다스릴 인재가 나왔다고 존경하고 임금님의 신임도 지극하였네. 선생님께서는 부귀영화와 녹봉에 마음을 두지 않았으며, 또 질병 때문에 여러 차례 벼슬을 사양하고 돌아와 쉬었네. 옛날 살던 강남의 구비마다 소나무와 대나무가 우거졌는데 한 방에서 대하니 책 속에 쓰인 성인의 말씀 깊이 생각하여 뜻을 분명하게 밝히셨네. 아침 일찍부터 밤늦도록 엄숙한 자세로 연구하고 참고하고 따졌네. 같은 때에 사신 분으로는 오직 퇴계 선생님 계셔서 서로 의논하여 같고 다름을 분석했네. 사단과 칠정, 태극과 이기(理氣)에 대한 것을 거듭 편지로 주고받았네. 학문의 참된 근원에 도달하도록 연구하다가 견해가 마침내 일치하여 같은 결론에 이르렀네.

집 뒤의 산꼭대기에는 낙명암(樂名菴)이 있어 잠시 거처하신 바 전망도 탁 트이고 샘물도 깨끗하였네. 책과 그림을 사방 벽에다 쌓아두고는 다른 일은 전혀 돌보지 않았네. 중국에 사신으로 떠나라는 왕명을 받았는데 명령이 취소되어 한양에 다시 머물렀네. 여름과 가을 지나 겨울이 되려 하니, 오래된 병이 또 도져 대궐을 하직하고 수레를 돌려 머나먼 남쪽으로 유유히 떠나셨네. 그러나 어찌 하늘의 뜻을 알았으랴! 우리 학문 막막하게도 우리 제자들 버리고 갑자기 돌아가셨네.

아! 슬픕니다. 끊어지지 않은 학문 그 누가 뒤를 이으며 움직일 수 없는 도(道)를 누가 이으란 말입니까. 선생님께서 이 세상에 오신 것은 하늘의 뜻이었는데, 선생님께서 가시니 하늘도 믿지 못하겠습니다.

더구나 저처럼 못난 사람이 일찍 가르침을 받아서 막힘은 열어주시고 어리석음을 타이르며 이끄셨네. 선생님께 입은 그 은혜 하늘처럼 극진하여 마음속으로 기대하기를 백년 한평생 배우려 했었네. 그런데 갑자기 태산처럼 믿었던 선생님께서 돌아가셨으니 누구를 의지하랴. 스승을 잃었으니 의심나는 것 누구에게 물으랴. 돌이켜 생각하니 어리석은 저는 사심(私心)으로 더욱 애통해하네. 어찌 생각해 보면 선생님의 덕스러운 모습 또다시 만날 수도 있을 것 같네. 경건하게 하찮은 제물 차리자니 피눈물이 나옵니다. 아! 슬픕니다. 흠향하옵소서.

최경회는 제문과 제비로 보낼 엽전 꿰미를 품속에 넣고 기대승의 남산 우사(寓舍)로 서둘러 갔다. 기대승의 남산 집에는 최경회보다 먼저 부음을 들은 사람들이 모여들어 곡을 하고 있었다. 낯익은 예조의 관원들도 장례를 돕기 위해 와서 서성거렸다. 최경회는 곡을 한 뒤 제자의 예로서 호상(護喪)을 했다.

김점의 집을 떠난 기대승의 유해는 다음 해 선조 6년(1573) 해동머리에야 너브실마을에 도착했다. 유해를 실은 수레가 삭풍과 눈보라 때문에 몹시 더디 갔기 때문이었다. 마침내 유가족들은 기대승의 유해를 2월 8일 너브실마을 위쪽 산자락에 수백 명의 조문객들이 보는 앞에서 서향으로 안장했다. 유택이 들어선 곳은 기대승이 평소에 잡아두었던 터였다.

동인과 서인

경복궁을 지키는 군사들이 아침부터 바쁘게 움직였다. 정2품 이하 문신들이 활쏘기를 하는 날이었다. 문신들에게 무를 가볍게 여기지 말라는 연례행사였다. 한 무리는 궁 한쪽에 활을 쏘는 사대를 만들고 또 한 무리는 밖에서 들여온 과녁을 옮겼다. 늦봄이었지만 날씨는 여름처럼 덥고 습했다. 장마가 시작하기 전이었지만 하늘에는 옅은 구름이 끼어 있었다. 군사들은 임시 활터를 만드느라고 땀을 뻘뻘 흘렸다. 사대(射臺) 뒤쪽 높은 곳에는 선조와 삼정승이 앉는 자리가 이미 마련돼 있었다.

육조의 문신들이 사대 뒤에 하나둘 모여들었다. 사헌부감찰 최경회도 미리 나와 사대 쪽에서 과녁까지를 눈대중으로 재보고 있었다. 거리에 따라 팔과 어깨에 주는 힘이 달라지고, 바람 부는 방향 때문에 크게 영향 받는 것이 활쏘기였다. 참가자들 중에 최경회의 눈에 먼저 띤 사람은 심의겸과 김효원이었다.

김효원은 최경회보다 2년 먼저 문과에 장원급제한 뒤 사헌부 지평, 정언, 호조좌랑을 지낸 신진 사림이었다. 작년에 사가독서를 한 수재이기도 했다. 그는 명종 말 문정왕후(文定王后)가 죽은 뒤 척신계(戚臣系)의 몰락과 더불어 새로이 등용되기 시작한 사림과의 대표적인 인물이었다.

그런데 척신 윤원형의 문객이었다는 이유로 서로가 가고 싶어 하는 이조좌랑에 추천됐으나 심의겸이 반대하는 바람에 거부당했다. 이조정랑이 된 오건이 이조참의 심의겸에게 김효원을 천거했지만 심의겸이 반대했던 것이다. 당시 이조정랑과 좌랑은 대간(臺諫)들을 추천하는 인사권이 있었으므로 비록 품계는 낮지만 권한은 큰 자리였다. 정랑과 좌랑을 합쳐서 전랑(銓郎)이라고 불렀는데, 이조의 전랑이 된다는 것은 그야말로 청빈하고 출중한 관리임을 인정받는 일이기도 했다. 따라서 젊은 관리라면 누구나 선호하는 자리였는데 심의겸이 김효원을 저지했던 날, 이조정랑 오건이 그 연유를 묻자 심의겸은 이렇게 말했다.

"김효원은 척신 윤원형의 문객이었는데, 그런 사람을 어떻게 천거한단 말이오?"

이는 심의겸의 오해였다. 심의겸이 김효원을 불러 윤원형의 집에 있었던 사정을 한두 마디만 들었어도 오해는 풀렸을 터였다. 이 일로 인해서 두 사람의 반목과 배척은 조정이 시끄러울 정도로 지속됐다.

심의겸은 사간원 대사간 김계휘를 만나서도 김효원을 비난했다.

"효원은 윤형원 집에서 기거했던 자입니다."

"윤원형 사위 이조민이 처가살이하고 있으니 김효원이 친구 이조민을 찾아갈 수도 있지 않았겠소?”

“그래도 척신의 집을 드나든 자가 이조전랑의 자리에 오를 수 있겠습니까?”

김계휘는 손을 휘휘 내저으며 심의겸에게 주의를 주었다.

“그런 말을 입 밖에 내지 마시오. 더구나 그 일은 젊은 시절 한때 있었던 일이오.”

김계휘는 심의겸보다 아홉 살이나 많았으며 대간들로부터 존경받는 인물이었다. 그래도 심의겸은 김계휘의 당부를 받아들이지 않고 김효원을 이조좌랑으로 삼지 않았다.

젊은 날 김효원이 윤원형의 사위 이조민과 친한 친구였으므로 윤원형 집을 자주 갔던 것은 사실이었다. 당시 이조민은 윤원형 집에서 처가살이를 하고 있었던 바, 그와 친구였던 김효원은 가끔 이조민을 찾아가 밤새우며 이야기하기도 했던 것이다. 그런데 어느 날 심의겸이 공무로 윤원형의 집에 갔다가 김효원을 보고 “청렴결백하기로 소문난 사람을 이 집에서 보게 될 줄이야! 쯧쯧.” 하고 돌아서면서 혀를 찼다. 이후 심의겸은 김효원을 권력에 아부하는 자로 단정해버렸다. 심의겸은 중종 30년(1535) 출생으로 김효원보다 일곱 살 위였는데, 당시 젊은 서생이 윤원형같이 악덕한 척신 집에 있는 것을 보고 고개를 저었던 것이다.

한편, 심의겸은 명종의 왕비 인순왕후의 동생으로서 외척이었다. 명종이 왕위에 오르고 인순왕후가 왕비가 된 뒤, 인순왕후의 외삼촌 이량이 권세를 부렸다. 이를 지켜보던 심의겸이 명종을 만나 이량의 횡포와 전횡을 고발하여 이량을 귀양 보냈다. 이후 심의겸은 이조참의에 임명되었고, 육조의 관원들에게 소신 있는 사람으로 이름을 얻었다.

이윽고 나발소리와 북소리가 둥둥둥 울려 퍼졌다. 선조가 임시 활터로 들어오고 있다는 신호였다. 활터에 모인 신하들이 일제히 고개를 숙였다. 잠시 후 사대보다 높은 곳에 위치한 호상에 선조가 앉았다. 선조 옆에는 우의정 노수신이 다가와 무언가를 보고했고, 바로 뒤에는 우부승지 이이가 서 있었다.

오위도총부 도총관이 사대에 놓인 활과 화살을, 부총관이 과녁과 화살을 줍는 연전꾼들을 점검하자마자 병조참의가 붉은 깃발을 들어 문신 활쏘기대회를 알렸다. 사대 뒤에는 활을 쏘게 될 문신들이 열을 지어 대기했다. 최경회는 1열에 서 있다가 사대로 바로 올라갔다. 사대에 오른 문신들에게 지급되는 화살은 다섯 발이었다. 다섯 발을 1순(巡)이라고 했다. 사대 관원이 1열 문신들에게 1순을 쏘라고 소리쳤다.

최경회는 조금도 망설임 없이 다섯 발을 다 쏘았다. 옆에 선 문신이 주춤거리자 사대 관원이 쫓아와 활쏘기를 도와주었다. 최경회는 양응정 문하에서 활쏘기나 말타기를 훈련했기 때문에 능숙했다. 1열에서도 어떤 문신은 엉뚱한 곳에 화살을 쏘아 웃음을 자아내기도 했다.

1열 활쏘기가 끝나자 연전꾼이 노란 기를 휘두르며 각 과녁을 돌아다니며 화살이 과녁에 꽂혀 있을 때마다 "명중이요!"를 외쳤다. 최경회는 다섯 발 모두 명중시켰다. 도총관이 최경회에게 25분

(分)의 점수를 매겼다. 다섯 발을 모두 명중했기 때문이었다. 분(分)은 활쏘기 점수를 매기는 단위였다.

선조가 우의정 노수신에게 말했다.

"저 자가 최경회지요?"

"맞사옵니다. 화순에서 올라온 최경회이옵니다."

"활쏘기를 잘하니 함경도나 전라도로 변방을 튼튼히 해야겠소."

"올해는 최경회가 1등 할 것 같사옵니다. 인사할 때 참고하겠사옵니다."

김효원은 2열에서 화살을 쏘았지만 1발만 명중시켰다. 사대를 내려오는 김효원이 쓴웃음을 지었다. 자신의 활쏘기 실력에 개의치 않는다는 표정이었다. 호상에 앉아서 관전하는 선조나 대신들도 활쏘기 결과를 가지고 문신들을 평가하는 일은 없었다. 대부분 5발을 모두 명중하는 사람은 극히 드물었고, 또 활쏘기가 문신들의 본업이 아니기 때문이었다. 최경회가 김효원에게 다가가 말을 걸었다.

"김 정언, 오랜만이요. 사가독서를 끝내고 복귀허셨그만요. 퇴계 선상님은 청안허시지라우?"

"근자에 뵙지는 못했지만 선생님께서 무탈하시다는 소식은 들었소."

"은제 김 정언을 한 번 뵙고 잪은디 사정이 으쩐지 모르겄소."

김효원이 인사권을 쥔 이조좌랑으로 곧 자리를 옮긴다는 소문이 파다하게 나 있었다. 최경회도 소문을 들은 바 있고 그럴 것이라고 믿었다.

"무슨 일이오?"

김효원은 기대승이 이황의 제자이고, 최경회는 기대승의 제자라는 사실을 알고 있기 때문에 관심을 보였다. 그런 인연이 없었다면 김효원이 최경회의 말에 귀를 기울이지 않았을 것이 뻔했다. 최경회 또한 김효원과 지금까지 사헌부에서 근무했다고 하더라도 그에게 다가서지 못했을 터였다.

"사실은 외직으로 나가고 잪소. 으디든 상관읎소."

"사람들은 모두 내직을 원하는데 무슨 까닭이 있소?"

"어머니가 겨신 가차운 디로 갈라고 허요."

"그렇다믄 걱정하지 마시오. 외직 가운데 빈자리가 생기면 추천하겠소. 어쩌면 7월에 사헌부에서 이조로 자리를 옮겨갈지 모르겠소."

김효원은 자리에 대한 언질을 받았는지 스스럼없이 자신 있게 말했다.

"아이고메, 고맙소야."

"이런 인사라면 감찰께서 내게 고마워할 것이 없소. 앞으로 내가 어디로 갈지 모르지만 그것은 나를 편하게 하는 처사요."

최경회는 김효원이 되레 자신을 편하게 해주어 고맙다는 투로 말하자 놀랐다. 그러나 김효원의 말은 거짓말이 아니었다. 모두가 내직과 승진을 원해서 인사권자는 머리가 아플 지경인데, 최경회가 외직으로 나가겠다고 하니 부담스러운 일은 아니었다. 현재 최경회가 맡고 있는 사헌부감찰만 해도 문과를 급제한 벼슬아치들이 모두 부러워하는 자리였던 것이다.

김효원이 자리를 급히 떴다. 활을 다 쏜 심의겸이 사대에서 내려오고 있었다. 두 사람은 서로 마주치지 않으려고 했다. 심의겸도 얼른 등을 돌렸다. 그러나 최경회는 심의겸을 피하지 않았다. 그럴 이유도 없었다. 심의겸은 최경회의 첫 스승 양응정의 문인들과 교유를 같이 하는 사람이었던 것이다. 이항이나 이이, 정철 등이 바로 그들이었다.

김효원이 최경회에게 한 말은 두 달이 지난 뒤 사실로 드러났다. 김효원이 사가독서를 끝내고 사헌부정언에 복귀한 지 두 달 만이었다. 7월에 정6품의 이조좌랑이 되더니 8월에는 정5품의 이조정랑을 제수 받았다. 심의겸의 견제가 있었지만 김효원은 이황의 문인인 데다가 사가독서를 했으므로 선조의 신임을 더 받은 셈이었다.

최경회는 형조좌랑으로 자리를 옮긴 뒤 이조정랑이 된 김효원의 인사만을 기다렸다. 두 달 전 궁궐 임시 활터에서 부탁한 바가 있었고, 또 그때 김효원으로부터 고맙다는 말까지 들었기 때문이었다. 장대비가 쏟아지는 며칠 뒤였다. 최경회가 기다리던 인사소식이 인편에 전해졌다. 옥구현감으로 제수할 것이라는 인사소식이었다. 최경회는 담양부사나 영암현감 정도를 기대했는데, 솔직히 실망감이 들었다. 연로한 어머니가 계시는 화순이 가까운 곳을 원했는데 전라도와 충청도 중간인 데다 바다를 끼고 있는 옥구였던 것이다.

옥구에서 화순까지는 삼사일이 걸리는 거리였다. 고을 원이 사적인 일로 삼사일 비운다는 것은 직무태만이었으므로 그럴 수 없었다. 따라서 옥구현감 자리는 지난 2월에 제수 받았다가 곧바로 체직되긴 했지만 흥양현감 자리보다 못하다고 볼 수 있었다. 흥양에서 화순은 말을 타고 달리면 하루거리인 까닭이었다.

그래도 최경회는 자신이 외직을 원했으니 고마운 인사라고 생각했다. 한양을 벗어난다고 생각하니 후련하기도 했다. 이윽고 옥구에 도착한 최경회는 고을 주민들을 화순의 어머니를 모시듯 돌봤다. 관아 창고를 열어 가난한 사람들에게 쌀과 보리를 나누어주고, 옥살이를 하는 사람들을 하나하나 불러내어 아전들에게 다시 조사하게 하여 억울함을 풀어주기도 했다. 이때부터 최경회는 '억울함을 풀어주는 현감'으로 옥구 주변 고을 사람들에게 소문이 났다. 그리고 무엇보다 노인을 공경하는 풍속을 되살리고자 힘썼다. 명절 때마다 70세가 넘은 노인들을 관아로 초대해 술과 고기를 대접했다. 그 자리에서 최경회는 다음과 같이 말했다.

"세종대왕께서는 우리 조선을 효국(孝國)이라고 했소. 그리고 공자님께서는 노인들을 편안허게 모시라는 뜻으로 노자안지(老者安之) 허라고 말씀했소. 효(孝)는 덕(德)의 근본이거늘 나는 앞으로도 노인을 공경허고 우대허겠소."

최경회가 선정을 베풀자 아전들이 나서서 송덕비를 세우자는 의견을 냈다. 그러나 최경회는 그 소문을 듣고는 아전들을 불러서 나무랐다.

"내가 죽은 뒤에 세와도 민망헌 일인디 살아 있을 적에 세와분다는 것은 나를 두 번 죽이는 일인께 허락허지 않을 것이요."

"나리 맴은 그러실지라도 옥구 사람덜 맴은 다르지라우. 긍께 나리께서 겨실 때는 세와불지 않드라도 나중 일은 모르겠그만요."

212

"허허."

아전들도 자신들의 뜻을 굽히지 않았다. 그러나 산 사람에게 송덕비를 세운다는 것은 아주 드문 일이었다.

한편, 최경회에게 들려오는 한양 소식은 머리를 무겁게 했다. 심의겸과 김효원의 대립은 엎치락뒤치락 계속되고 있었다. 이번에는 김효원이 심의겸을 되치기 했다. 김효원은 이조정랑, 심의겸은 오위도총부 부총관이었지만 인사권은 김효원에게 있었다. 이때 대신 중에 한 사람이 심의겸의 동생이자 사간원정언인 심충겸을 이조좌랑에 추천했다.

그러자 이조정랑 김효원은 8년 전의 일이 떠올라 도저히 받아들일 수 없었다. 그때는 심의겸이 이조좌랑에 천거된 김효원을 거부했는데, 척신 윤원형 집에서 만났던 사람이라고 하여 반대했던 것이다. 김효원이 심의겸과 심충겸을 싸잡아 비난했다.

"천관(이조의 별칭)이 외척들의 집안 물건이라도 되는가!"

결국 심충겸은 이조좌랑이 되지 못하고 사헌부지평으로 옮겨갔다. 이후 명종의 왕비 인순왕후 심씨가 죽자, 심의겸 형제는 선조의 후원을 받지 못하는 처지로 바뀌었다. 반면에 김효원의 명성은 한껏 올라갔다. 하루아침에 권세가 뒤바뀐 것이었다. 누군가가 심의겸을 두둔하자 김효원이 비아냥댔다.

"이 사람은 고지식하여 쓸 데가 없다네."

이 말을 전해들은 심의겸은 김효원을 더욱 질시했고, 이후 두 사람의 대립은 온 조정이 시끄러울 정도로 심해졌다. 결국 우의정 노수신과 부제학 이이가 중재에 나서서 두 사람을 모두 외직으로 내보냈다. 이조전랑 추천과 임명을 둘러싼 대립이 심각할 정도로 점점 깊어졌기 때문이었다.

이는 불행하게도 동서분당의 시작점으로 발화했다. 심의겸을 중심으로 한 사람들은 대부분 서인이, 김효원을 중심으로 한 사람들은 동인이 된 까닭이었다. 김효원의 집이 동부의 건천동(乾川洞)에 있다고 해서 그 일파를 동인, 심의겸 집이 서부에 있다고 해서 서인이라 불렀던 것이다.

그런데 외직으로 나가게 된 두 사람의 발령지를 본 사람들 중에 김효원을 지지하던 세력이 이이를 강하게 공격했다. 심의겸은 한양에서 가까운 개성부윤으로 발령 났지만, 김효원은 함경도 부령부사로 발령 났기 때문이었다. 결과적으로 이이가 심의겸 편을 든 셈이었던 것이다. 원래 김효원은 함경도 경원부사로 발령이 났는데, 이때 이조판서 정대년이 선조에게 이렇게 말했다.

"경원은 오랑캐 지방에 가까운 곳인데, 선비가 있을 곳이 못되옵니다."

그래서 부령부사로 다시 발령을 낸 것인데, 부령 역시 변방이었기 때문에 김효원에게 너무 가혹한 처분이라고 동인들이 항의했던 것이다. 결국 이이는 두 사람의 발령지가 정해진 다음 날인 10월 25일에 선조에게 김효원의 임지를 바꿔 줄 것을 또 청했다.

"신이 전에 김효원의 일을 아뢴 말 중에 저의 의사를 충분히 나타 내지 못한 곳이 있어 상의 비답(批答, 임금의 가부 대답)에 미안한 곳이 많게 하였으므로 지금껏 황공하기 그지없사옵니다."

이이가 김효원의 인사에 대해 자신의 잘못처럼 말했다. 이에 선조는 동인들이 항의하는 말을 들은 바 있으므로 이이의 뜻이 무엇인 줄 알고 대답했다.

"김효원의 읍을 바꿀 것이니 그렇게 알라."

선조가 김효원을 다른 지역으로 보낼 것이라는 말이었다. 결국 김효원은 함경도 경원부사, 부령부사에서 삼척부사로 내려왔다. 그러나 이 일로 인해 조정과 사림은 심의겸을 지지하는 파와 김효원을 지지하는 파로 나뉘어져버렸다. 노수신과 이이의 조정은 실패했고, 마침내 선조는 당쟁의 완화를 위한 조처로 이조전랑의 추천과 교대 제도를 폐지하기에 이르렀다.

선조 10년(1577).

최경회는 어느새 47세, 흰 머리카락과 흰 수염이 나기 시작하는 나이가 되었다. 옥구에서 현감 임기를 마친 최경회는 장수로 부임해와 있었다. 장수현은 옥구현보다 인구가 작고 땅도 좁았지만 어머니 순창 임씨가 계시는 화순이 더 가까웠다. 장수현감으로 부임한 지 일주일 내내 최경회는 현안을 파악하는데 힘썼다. 군창과 관군을 치부(置簿) 책과 대조하고 점고했다. 군창에 곡식양은 그런 대로 맞았지만 관군과 예비군인 토병의 숫자는 어느 지방이나 부풀려 있기 마련이었다. 아전들이 동헌을 수시로 드나들며 최경회에게 보고하곤 했다.

몇 달 뒤.

삭풍이 매섭게 부는 한겨울이었다. 부인 나주 김씨가 아들 홍기와 함께 장수 관아를 찾아왔다. 오래전에 부임 소식을 편지로 띄웠는데 이제야 말먹이꾼 순돌이를 앞세우고 온 것이었다. 가을걷이를 끝낸 뒤 집안의 대소사까지 손보고 온 것이 분명했다. 부인 나주 김씨도 세월이 흐른 흔적이 역력했다. 흰 머리카락이 듬성듬성 보였다. 아들 홍기는 아직 스무 살이 안 되었지만 조숙하여 어른 티가 났다. 목소리도 변성기에 들었는지 중저음으로 변해 있었다. 동헌 옆쪽에 있는 내아에 들자마자 홍기가 엎드리며 말했다.

"아부지, 절 받으씨요."

"오냐, 할무니는 잘 겨시느냐?"

"네. 연로허시어 예전 같지는 않지만 집안일도 거들어줍니다요."

"마실 사람덜도 다 무고허고?"

"예, 큰아부지, 큰엄니께서도 강녕허십니다요."

큰아버지란 최경운, 최경장이었다. 최경회의 큰형 최경운은 진사시만 합격해 놓고 집안일에 전념하고 있었고, 작은형 최경장은 문과에 급제했지만 벼슬이 탐탁지 않아 출사하지 않고 향교 교수로 나가 교생들을 가르치는 일에 소일하고 있을 터였다.

"오느라고 고상이 많았구나. 순돌이는 으디 있느냐?"

"등짐 지고 온 늙은 말헌테 풀을 뜯기는 것 같그만요."

"날씨가 찬께 얼릉 들어오라고 해라. 내아에 빈방이 많으니라."

개울을 건너기 전이었다. 늙은 말이 화순에서부터 등짐을 지고 오느라 힘들었는지, 배가 홀쭉해지도록 똥을 쌌는데, 그것을 본 말 먹이꾼 순돌이가 말에게 풀을 먹이고자 개천 둑으로 내려갔던 것 이다. 장수읍성 가까이 남쪽으로 개천이 일(一)자로 흘렀고, 마른 갈대와 웃자란 풀들이 둑을 뒤덮고 있었다. 물이 제법 깊은 개천은 서진하다가 장수읍성을 끼고 북진하여 금강 상류와 합수하는 것 같았다.

누가 보더라도 개천은 장수읍성을 감싸고 있는 해자 같았다. 하긴 해자가 없어도 될 만큼 장수읍성은 겹겹이 산으로 둘러싸여 적이 쳐들어오기 힘든 요새 같은 곳이었다. 장수 관아에서 보이는 산만 해도 남서쪽에 타관산, 동쪽에 마봉산, 북서쪽에 봉황산, 북동쪽에 봉화산 등등이 있는데, 그 너머에도 높은 산봉우리들이 비쭉비쭉 솟아 있었다.

아들 홍기가 나간 뒤, 최경회는 부인 나주 김씨의 두 손을 잡고 위로했다.

"부인, 그동안 을매나 고상했소? 엄니 모시고 사니라고 흰머리가 난 것 같으요. 거기다가 성제털 식구까지 신경써야 허니 부인 심정이 오죽했겠소? 잘 왔소. 여그서는 부인 허고 잪은 대로 사씨요."

"나라의 녹봉을 묵는 영감님 마누란디 그라믄 쓴다요. 이짝 사람덜 눈 밖에 나믄 안 돼지라우."

"화순에 큰성님도 겨시고 작은성님도 겨신께 엄니를 잘 모실 것이요. 긍께 여그서는 허리 펴고 사씨요. 부삭도 들어가지 마씨요. 부삭 일은 내아 부삭때기덜이 헐 것인께."

"말씸만 들어도 고맙그만이라우."

나주 김씨는 그동안 고생했던 일들이 주마등처럼 흘러갔지만 마음에 섭섭하고 응어리졌던 것들이 남편 최경회가 위로하는 동안 순식간에 녹아 없어지는 듯했다. 그때, 부엌데기 구실아치가 문 밖

218

에서 말했다.

"나리, 점심상을 차렸는디 들여도 될께라우?"

"모다 시장헐 텐께 얼릉 들이거라."

부엌데기 구실아치는 내아에서 부엌일하는 관노들의 우두머리였다. 부엌데기 구실아치의 신분은 딱히 오갈 데가 없어서 관아에 더부살이하는 양민이었다. 이리저리 팔려 다니는 노비가 아니었다. 말먹이꾼 순돌이를 데리러 나갔던 홍기가 돌아왔다.

밥상은 낯익은 개다리소반이었다. 따뜻한 고깔쌀밥에 김이 모락모락 나는 시래기된장국이 나왔다. 반찬은 소박하고 정갈한 산채 장아찌 종류였다. 더덕장아찌, 두릅장아찌, 버섯장아찌 등으로 간은 짜지도, 싱겁지도 않았다. 삼삼하고 식감이 좋아 햇살에 눈 녹듯 고깔쌀밥이 줄어들었다. 홍기는 시래기된장국을 어머니 나주 김씨가 남긴 것까지 다 먹었다. 고기처럼 쫄깃쫄깃한 더덕장아찌는 홍기 입맛을 돋우었다. 최경회가 부인 나주 김씨에게 말했다.

"공무 중인께 나가봐야겠소. 내아에서 푹 쉬씨요. 홍기는 관아 동헌방에 와서 아부지가 허는 일을 구경헐라믄 허고."

"예, 아부지."

"요새는 송사치부 책을 보는 날이라서 신경이 쪼깜 쓰이는구나."

송사치부 책이란 주민들이 낸 고발장이나 이전 현감이 죄인들을 문초한 내용 등이 적힌 장부였다. 옥구에서도 송사치부 책을 보고 억울한 사람을 구해준 일이 있었으므로 최경회는 한 장 한 장 집중해서 살폈다. 글을 모르는 주민인 경우 아전이 잘못 기록하면 현감도 판단을 그르치기 일쑤였다. 반대로 죄가 명백한데도 뇌물을 받은 아전이 교묘하게 진술을 받아 풀려난 주민도 있었다.

송사치부 책은 한두 권이 아니었다. 전임 현감들이 남기고 떠난 송사치부 책은 수십 권이나 되었다. 때문에 몇날 며칠 동안 들여다볼 수 있는 분량이었다. 그래서 군창과 군사를 먼저 점고한 뒤에야 송사치부 책을 보기 시작했던 것이다.

그때, 한양을 다녀온 통인이 동헌으로 들어왔다. 관을 오가며 문서를 전달하는 아전을 통인이라고 불렀다. 통인이 동헌 토방에 올라 최경회에게 출장문서 한 장을 올리면서 여러 장의 특이한 기별지(奇別紙)를 내밀었다.

"한양에서 관원에게 구헌 조보(朝報)그만요."

"날이 차갑네. 얼릉 방으로 들어오게."

통인이 두툼한 목도리를 벗으며 앉은뱅이 책상 앞에 앉아 있는 최경회 옆으로 왔다. 조보(朝報)란 승정원에서 나라의 소식을 매일 작성한 뒤, 경복궁 기별청(奇別廳, 朝報所) 관원들이 필사하게 하여 육조로 보내는 일종의 관보(官報)였다.

오랜만에 조보를 받아든 최경회는 놀랐다. 자신이 한양에 있을 때만 해도 필사한 조보였는데 아전이 내민 것은 활자 인쇄본이었던 것이다. 관에서 만든 것이 아니라 누군가가 한꺼번에 많은 양을 인쇄하여 돌린 것 같았다. 반듯한 행서체 활자 인쇄본이어서 필사한 조보보다 읽기도 편했다.

"김 통인, 이 조보는 기별청에서 맹근 것이 아닌 것 같으네. 기별청에서는 필사헌 조보만 나왔거든."

"양민덜이 돈을 벌라고 활자 인쇄를 구해서 맹들었다는 소문이 파다허드만요."

"그래도 관에서 허락은 맡았겄제잉."

"의정부에 몬자 품의를 받고 사헌부 허락을 받았다고 들었습니다요. 승정원에서 편집헌 조보를 기인덜이 인쇄해서 여그저그 팔아묵은 것 같아라우."

한양에서 생활하고 있는 지방 향리 자제들을 기인(其人)이라고 불렀다. 벼슬이 없는 한량으로서 한양관원들에게는 지방소식을 전해주고, 외직수령들에게는 조정의 소식을 전해주는 것이 그들의 일이었다.

"위험헌 기인덜이그만. 나랏일이 중국으로 새나갈 수도 있단 말이여. 돈이 궁했는지 몰라도 나랏일을 갖고 장사허는 것이란 말이여. 오래가지는 못헐 것잉마."

최경회는 기인들이 만들어 파는 활자 인쇄본 조보가 위험하다고 판단했다. 기별청에서 만든 필사 조보는 관보로서 한양의 육조 관원들에게만 배부가 됐지 민가나 지방 관아까지 배달되지 않았던 것이다.

"의정부 대신덜에게 '중국은 통보(通報, 소식지)를 인쇄해서 배포할 수 있다고 합니다. 저희도 중국 사람들처럼 조보를 인쇄해서 백성들에게 팔 수 있도록 해주십시오.'라고 품의를 올렸다고 헙니다요. 으쨌든 지방수령이나 양민들 사이에 인기가 아조 좋다고 헙니다요."

"은제부터 조보 인쇄판이 나온 것인가?"

"지가 가져온 조보가 11월이라고 찍힌 것으로 보아 이전에도 나와서 민가에 나돈 것이 아닐게라우?"

"그러겠네. 자네는 뭣부터 눈에 띄던가?"

"나리, 조보를 보고 젤로 가심 아팠던 기사입니다요. 한양거리에 수레를 끄는 소들이 수백 마리나 죽어 사람덜이 슬피 울부짖는다는 기사그만요."

최경회가 통인의 말을 들은 뒤 조보를 보다가 눈길을 멈추었다. 조보에 통인이 보고한 그대로 기사가 나와 있었다.

우역(牛疫)이 크게 돌아 수레에 연결된 멍에를 걸친 채 길에 쓰러져 죽은 소가 6백 마리나 됩니다. 뜰에 가득 모인 사람들이 슬피 울부짖고 있으니 그 참상을 차마 볼 수 없습니다. (왕실용 얼음을 저장하려면) 능음(凌陰·빙고)에 수레 1천량은 써야 하는데……

기사는 소를 잃은 사람들보다는 왕실 입장인 것으로 보아 승정원에서 작성했음이 분명했다. 빙고(氷庫)에 왕실용 얼음을 저장하려면 수레 1천 대가 필요한데 6백 마리의 소가 우역(소 전염병)으로 죽었다는 내용의 기사였다.

해마다 왕실에서 사용하는 얼음은 한강에서 소 수레로 옮겨 빙고에 저장했을 터였다. 한강이 결빙하는 시기에 얼음 채취를 하려고 준비 중인데 수레를 끄는 소들이 죽었으니 소 주인들은 날벼락을 맞은 듯 충격이 컸을 것이고, 왕실 입장에서는 진퇴양난이었을 것이었다. 최경회는 현감으로서 소 전염병을 경계했다. 외지에서 장수읍성으로 들어오는 사람이나 짐승들을 봉쇄해야겠다고 생각했다.

"김 통인, 불행 중 다행으로 우리 장수에는 아직 우마(牛馬) 전염병이 들어오지 않았네. 그래도 봉쇄를 해서 철저하게 방비해야 헐 것이네."

"다행히 장수는 첩첩산중이어서 군사를 풀어 산길을 차단허믄 효과를 볼 것입니다요."

"관아에 있는 군사만으로는 부족헐 것인께 농사짓는 토병까지 소집해 돌아감서 경계허도록 허게."

"예, 알겠습니다요."

"아전덜을 불러 다시 지시를 내리겠네."

"나리 말씸대로 단단히 틀어막아야 할 것 같습니다요. 장수로 내려옴서 봤는디 전주까지 우역이 돌아 소나 말들이 다 죽어 구덩이에 파묻히고 있었습니다요."

"내년 봄 농사일이 걱정이네."

"은젠가도 우역이 돌아 소나 말들이 죽자 사람들이 소맹키로 논밭을 갈았지라우."

몇 해 전에도 전염병이 돌아 소들이 떼죽음을 당한 일이 있었던 것이다. 소들이 죽고 없자 다음 해 봄에 논밭을 갈 때는 농사꾼들이 소 대신 논밭을 갈았는데, 농사꾼 아홉 명이서 소 두 마리 몫을 하며 쟁기를 끌던 것이다.

조보는 소전염병의 창궐에도 불구하고 한강의 얼음을 잘라 빙고에 보관하는 공역을 펼쳐야 한다는 조정의 군색한 처지도 드러내고 있었다.

(전염병 창궐에도) 공역을 늦출 수 없다고 합니다. 공사판 일꾼들을 닦달하고 매질을 가한다 해도 사람 어깨에 멍에를 메게 할 수는 없는 일 아닙니까? 그렇다고 달리 멍에를 씌워 수레를 끌게 할 방도도 없습니다.

그러면서 조보는 '만약 이대로 공역을 강행한다면 백성들의 원성을 누그러뜨릴 수 없다'고 끝을 맺었다. 승정원이 선조에게 올리는 보고서가 조보에 그대로 실려 있는 셈이었다. 최경회는 인종비 인성왕후의 마지막 순간을 기록한 생생한 기사에도 눈길이 갔다. 마음이 아팠다. 퇴락한 건물인 공의전에서 기거한 인종비의 삶이 참으로 기구했기 때문이었다.

공의전의 약방제조가 (공의전께) 안부를 여쭙고 (임금께) 글을 올렸다. (공의전 왕대비가) '밤부터 아침까지 (고통스러워서) 잠을 잘 수 없었다.'고 답했다.

인성왕후는 남편 인종(재위 1544~1545)이 재위 9개월 만에 승하한 뒤 32년 동안 자녀 없이 왕대비로 외롭게 살았던 불행한 여인인데, 운명 직전의 위독한 상황까지 조보는 싣고 있었다. 뿐만 아니라 조보는 11월에 나타난 특이한 날씨도 알리고 있었다. 날마다 관상감에서 올리는 성변(별의 위치나 빛에서 생긴 변화)과 천변(기상

이변) 등의 기록인 성변측후단자를 승정원에서 받았던 것이다. 그러니 성변과 천변도 조보에 실리는 중요한 기사가 아닐 수 없었다. 특히 불길한 혜성이 나타났을 때는 더욱 그러했다.

> (1577년 11월) 14일 밤은 구름이 짙게 끼어 치우기(혜성의 일종)를 관측할 수 없다고 임금에게 아뢰었다. …22일 밤 초경(밤 7~9시)부터 이경(밤 9~11시) 까지는 구름이 끼어 (치우기를) 볼 수 없었다.

지난여름 최경회는 보지 못했지만 한밤중에 나타난 치우기(蚩尤旗)는 선조와 대신들은 물론 백성들까지 두려움에 휩싸이게 했다. 《사기》 '천관서'에는 '이 별이 나타나면 병란이 일어난다.'고 기록돼 있었다. 관상감에서 즉시 점을 쳐 '저 별이 나타난 것은 조선이 침입을 받지만, 왜적은 필시 패망하고 만다.'는 보고서를 승정원에 올려 놀란 임금과 백성들을 안심시켰던 것이다.

치우기는 혜성의 일종이었다. 꼬리가 굽어 깃발처럼 나부끼는 모습의 혜성을 치우기라고 불렀다. 혜성의 이름이 치우기가 된 까닭은 치우는 동이족의 전쟁신인 바, 이에 움직이는 형상을 더해 깃발 기(旗)자 붙인 것이었다.

최경회는 조보 마지막 기사를 보면서 혀를 찼다. "쯧쯧. 장군이 호화수레나 타고 댕기다니, 이런 정신 나간 장군이 어찌 적군을 맞이해서 싸울까."

말이 끄는 가마를 타고 다녔던 병마절도사를 비판하는 기사였다.

마교(馬轎)는 조선에서는 찾아볼 수 없는 제도였다. 그 말도 안 되는 사치풍조가 생긴지 30년이 좀 넘었다. 감사(관찰사)라 해도 제대로 된 사람이라면 감히 타지 못한다. 하물며 무관직인 병마절도사가 편안하게 타고 다닌다. 교만하고 사치스럽기 이를 데 없다.

조보는 '만약 전쟁이 나서 적군과 마주치면 어쩔 거냐?'며 병마절도사에게 콕 찌르듯 일침을 가한 뒤 끝을 맺었다.

평소 '안장 없은 말(軍馬)'를 타는데 익숙하지 않은 장수가 적군을 마주치면 어떻게 할 것인가. 쌩쌩 달리는 군마를 타고 활을 쏘며 창칼을 휘두를 수 있겠는가. 법적인 근거도 없는 이 마교의 제도를 하루빨리 엄금해야 한다.

최경회는 아들 홍기가 동헌방으로 들어오자 통인을 내보냈다. 그냥 내보내지 않고 한양출장을 다녀온 수고비로 군창군관을 불러 쌀 한 말을 내주도록 지시했다. 최경회는 아들 홍기에게 못마땅한 표정을 지으며 말했다.

"내가 부임 소식을 집에 보낸 것은 몇 달 전인디 으째서 요로코롬 늦어부렀냐?"

"가실 태풍 때 겁나게 방천이 나부렀어라우. 우리 논밭은 그래도 피해를 덜 봤지만 화순천변 논밭은 다 흙탕물에 잠겨부렀지라우."

"여그 장수는 태풍 홍수피해가 읎다시피했는디. 쯧쯧."

"긍께 엄니가 여그를 빨리 오시고 잦아도 못 왔그만요. 할무니와 집안 식구덜 눈치를 안 볼 수가 읎었지라우."

"알겄다. 니가 초겨울에 온 까닭을."

"일이 읎는 농한기라고는 허지만 엄니 모시고 화순을 떠날 때도 부담시러웠지라우."

"내아 뒷방을 쓰거라. 군불을 때믄 하루 종일 따땃헌 방이니라. 글고 하루라도 글을 읽지 않으믄 입에 가시가 생긴다고 했다. 글은 새복에 맑은 정신으로 읽어야 헌다. 낮에는 장수향교에 나가 공부허고."

"가지고 온 짐 대부분이 책이그만요. 등짐 지고 오니라고 말이 심들었지라우."

아들 홍기의 말은 과장이 아니었다. 나주 김씨 옷가지와 홍기가 읽을 서책의 무게 때문에 늙은 말은 잘 가다가도 오르막산길에서는 자꾸 헛발질을 했던 것이다. 그날 밤 장수읍성에는 새벽까지 콩알만 한 진눈깨비가 내렸다.

잦은
송사

함박눈이 내린 날이었다. 며칠째 간단없이 퍼붓는 눈이었다. 산간지방인 장수는 폭설이 내리면 다른 고을과 달랐다. 산길이 막혀 봄이 올 때까지 외지와 단절이 돼버렸다. 최경회 부인 나주 김씨는 부지런하여 손발을 가만 두지 않았다. 내아가 안팎으로 반질반질 빛이 났다. 최경회가 만류해도 소용없었다.

"부인, 청소는 관노덜에게 시키믄 돼요. 홍기가 구해온 약재가 있은께 기력회복에나 신경 써요."

"지는 괴안찮은께 영감님도 쪼깜 쉬시지라우. 벼슬살이를 옆에서 본께 밤낮이 읎그만요. 그러다 폭싹 늙어불겄소."

"허허."

"홍기는 여그서도 공부를 잘 허고 있그만요."

"오늘 새복에 홍기를 동헌방으로 불러 《논어》를 갈쳐봤는디 제법 헙디다. 에린 교생덜을 갈칠만 허드랑께."

"여그 향교에 와서 실력이 늘었는갑소잉."

"공부란 남을 갈침시로 늘기도 허는 것이요."

날마다 최경회는 조반(朝飯) 전후로 부인 나주 김씨와 이런저런 이야기를 나누곤 했다. 나주 김씨 속마음의 사연도 들어주고, 최경회 자신의 고민도 털어놓았는데 별별 이야기가 다 나왔다. 나주 김씨는 신혼 때의 일까지 생생하게 기억했다. 나주 김씨에게 가죽꽃신을 구해주었다는데, 최경회는 전혀 기억하지 못했다. 나주 김씨는 가죽꽃신이 너무 예쁘고 아까워서 시집 올 때 입었던 다홍치마에 싸서 장롱 깊숙이 보관해 두었다고 했지만 최경회는 전혀 생각나지 않았던 것이다.

최경회는 윗목아랫목 할 것 없이 따뜻한 내아를 나와 동헌으로 갔다. 관노들이 쌓인 눈을 말끔히 치워 내아와 동헌 사이의 마당은 개운했다. 장수에 폭설이 내려 타지와 단절이 됐는데도 평소와 같이 동헌에 나온 까닭은 김 통인을 만나기 위해서였다. 김 통인을 다시 보는 것은 보름 만이었다. 한양에서 누군가를 데리고 온다고 김 통인이 미리 알려왔던 것이다.

'또 그때 들었던 조보 이야기인가?'

최경회가 동헌방 앉은뱅이 책상 앞에 앉자마자 밖에서 인기척이 들렸다. 관노의 목소리가 났다.

"김 통인께서 오셨그만이라우."

"들라 해라."

김 통인이 마루에 오른 뒤 조심스럽게 동헌방에 들었다. 한양에서 왔다는 사내도 김 통인을 따라서 들어왔다.

"나리, 지가 장수 관아 일로 한양에 머물 때마다 신세졌던 한양

사람 박 서객(書客)입니다요."

"서객이라믄 문식이 쪼깜 있다는 말인디 으디에 있었소?"

"조보를 만드는 기별청에 있다가 진즉 그만두었습니다."

"양민 기인덜도 조보를 맹근다는디 사실이오?"

"앞으로는 기인들이 만드는 조보는 없어질 것입니다. 예전대로 기별청에서만 필사해 육조 관원들에게 배포될 것입니다."

"으째서 예전으로 돌아가부렀소?"

"임금님 엄명입니다. 조보를 만든 기인들 모두 하옥돼 문초받고 있습니다."

"허락받고 헌 일이라고 들었소만."

"기인덜이 의정부에 품의를 올린 뒤 한 일이라 불법이라고 할 수 없지만 임금님께서 진노하셔서 하옥된 것 같습니다요."

"나도 나랏일 갖고 장사허는 것이 위험허다고 생각했는디 변고가 되고 만 것 같소."

갑자기 최경회가 박 서객을 의심하는 눈으로 쳐다보았다. 그러자 박 서객이 두 손을 비비며 말했다.

"나리, 저는 죄를 짓고 피신 온 것이 아닙니다. 비록 기인 몇 사람을 알고 있지만 제가 기인들의 조보를 만드는데 협조하거나 장사한 적은 없습니다. 다만, 한양이 너무 살벌해져 어디론가 떠나고 싶던 차에 김 통인이 저를 불러 겨울 한 철을 장수에서 날 생각으로 내려온 것뿐입니다."

"그렇다면 천만 다행이오."

최경회가 고개를 주억거리자, 김 통인이 박 서객을 보증하겠다는 듯이 거들었다.

"나리, 제가 부른 것은 사실입니다. 한양에 올라갔을 때마다 신세를 졌지라우. 인자 지가 갚을 기회라고 생각해 이짝으로 불렀그만요."

"죄가 읎는디도 모함으로 화를 입을 수 있겄지요. 근디 임금님께서 진노하셨다니 도대체 무신 일이 생긴 것이요?"

"기인들 삼십여 명이 붙잡혀 누구의 사주를 받아 조보를 만들었냐고 혹독한 고문을 당하고 있다는 소문을 들었습니다. 조보를 허락한 의정부 대신이나 사헌부 관원들이 좌불안석이라고 합니다."

박 서객은 전후 사정을 정확하게 알고 있었다. 기인들 중에 누군가가 고문을 견디지 못하고 자신을 끌어들일 수 있었으므로 날마다 낯익은 의금부 관원들에게 문초 내용을 낱낱이 알아보았던 것이다.

선조의 비망기가 내려진 날은 동짓달 28일이었다. 비망기란 임금이 국정의 중요한 업무를 승정원에 내리는 문서인데, 어떤 날은 임금의 불편한 심기가 그대로 드러나 있을 때도 있었다. 이 날의 비망기에도 선조의 못마땅한 심기가 담겨 있었다.

과인이 우연히 조보를 보았다. 경악스럽다. 누가 조보를 인쇄하라고 했느냐. 어째서 임금에게 보고도 하지 않고 멋대로 만들었느냐. 이것은 사사로이 사국(史局, 실록을 편찬하는 곳)을 만든 것과 다름없다. 만약 국가기밀이 다른 나라에 흘러들어간다면 어찌되겠는가. 빨리 진상을 파악해서 보고하라.

비망기를 본 승정원 도승지는 물론이고 의정부 대신들은 모두 긴장했다. 기인들의 조보 발행을 의정부가 승인했고 사헌부가 허락했기 때문이었다. 선조의 대노에 의정부와 사헌부 관원들도 전전긍긍했다. 인쇄판 조보를 받아본 지방수령과 사대부들의 호응은 아주 좋았지만 선조는 사전에 보고받지 못한 것 때문에 앙앙불락했다.

"누가 감히 이따위로 일을 처리했는가?"

"인쇄판 조보발행을 누가 요구했고, 누가 허락해줬는지 확실치 않사옵니다."

"처음 주창한 자들을 색출하라. 극형에 처하리라."

의정부 대신들은 선조 앞에서 고개를 들지 못했다. 모기만한 소리로 그때의 사항을 아뢸 뿐이었다.

"8월에 어떤 사람이 연명으로 '조보를 인쇄할 수 있도록 허락해달라'는 소장을 의정부에 제출했사옵니다. 의정부에 소속된 대신들은 '허가사항이 아니니 발행해도 무방하다'는 등의 의견이 많아 그저 '자네들 마음대로 하라'고 허가해줬사옵니다. 이것이 그렇게 큰 죄인지 깨닫지 못했사옵니다. 저희 모두 사임하겠사옵니다."

선조의 노기는 누그러지지 않았다.

"조보는 그저 잠깐 보기만 하면 된다. 그런데 그것을 대량 인쇄해서 배포까지 하다니. 그냥 넘어갈 수 없다. 관련자들을 끝까지 추궁해서 죄를 다스려야 한다."

선조는 의금부에 지시해 조보를 인쇄, 배포한 기인들을 모조리 잡아들였다. 삼십 명이 넘었다. 기인들은 보리타작하듯 쇠몽둥이

곤장을 맞았다. 헛소리를 하며 사경을 헤맬 만큼 고문을 당했다. 사태가 심각해지자, 사헌부가 선조에게 상소문을 올렸다.

조보를 인쇄, 발행한 사람들은 고의로 범법 행위를 한 것이 아니옵니다. 그저 이익을 챙기려 한 것일 뿐이옵니다. 중국의 경우도 조보 인출 행위는 죄로 다스리지 않사옵니다. 우리나라 사대부들도 괜찮다고 생각하는 이들이 많사옵니다. 기인들로서는 허락을 얻어 한 일인데 너무 혹독한 처벌을 받고 있사옵니다. 명령을 거두어 주소서.

선조는 사헌부의 상소문에 더욱 발끈했다.

"사대부 중에 누가 그 따위 소리를 지껄였는가. 그대들은 감히 누구를 변호하려고 드는 것인가. 반드시 간사한 자가 배후에서 지휘한 것이 틀림없다. 내 끝까지 추궁하여 엄벌에 처할 것이다."

결국 인쇄판 조보 발행은 석 달 만에 끝이 났고, 조보를 만든 기인 삼십여 명은 혹독한 고문을 받은 뒤, 모두 유배형에 처해졌다. 그래도 살벌한 분위기는 여진처럼 쉽게 가라앉지 않았다. 기인들과 친분이 있는 사람들을 잡아들일 것이라는 소문이 돌았다. 벼슬 없이 관아를 드나들던 유생들이 하나둘 연고가 있는 지방으로 떠났다. 죄가 없는데도 불똥이 자신에게 튈까봐 몸을 숨기려고 했던 것이다. 박 서객도 그런 부류 중에 한 사람이었다.

최경회는 박 서객에게 관아에 있는 뒷방을 내주지는 않았지만 호의를 베풀었다.

"공무가 있는 사람이라믄 관아에서 묵어도 되겠지만 그렇지 못허니 읍성 밖에서 사씨요. 내가 식량은 보내주겠소."

"나리, 고맙습니다."

김 통인이 고개를 조아리며 말했다.

"지가 박 서객을 장수로 내려오라고 불렀응께 누추허지만 지 집에서 묵게 허겠습니다요. 나리께서 식량을 보내주신다고 헌께 몸 둘 바를 모르겠그만요."

"김 통인이 장수 관아 일로 한양에 갔을 때 박 서객에게 신세를 졌다고 허니 내가 어쳐케 모른 체 허겠는가? 박 서객을 접대하는 것은 당연한 도리네."

최경회는 조보발행과 관련해서 박 서객에게 아무런 허물이 없으니 장수읍성에 머물게 해도 된다고 판단했다. 더구나 공무로 한양을 간 김 통인에게 각별한 정을 주었으니 이번에는 장수 관아에서 박 서객을 도와주는 것이 도리라고 여겼던 것이다.

다음 해.

박 서객은 장수에서 겨울을 나고 김 통인과 함께 한양으로 올라갔다. 선조는 기인들의 조보 발행 사건을 더 이상 거론하지 않았다. 기인들 모두 치도곤으로 사지를 못 쓰는 병신이 됐거나, 천 리 밖으로 유배를 갔기 때문이었다. 소 전염병도 겨울 동안에 사라졌다. 각도의 소와 말들이 반쯤 죽어 구덩이에 묻혔지만 다행히 장수 읍성만은 무사했다. 우역으로 죽은 소가 한 마리도 나오지 않았던 것이다. 아전들은 이 같은 사실도 현감 최경회의 선정 덕분이라고 칭송했다. 그러나 최경회는 도리질하며 행운으로 돌렸다.

"여보게, 내가 운이 좋아부렀을 뿐이여. 장수로 부임한 것이 말여."

"아니지라우. 가실에 장수는 태풍 홍수 피해도 읎었고, 전국을 휩쓴 소전염병에도 장수만 피해가 읎었으니 어찌 운이라고 헐 수 있었습니까요."

"굳이 따진다믄 나라의 은혜가 장수에 미친 것이네. 임금님께서 재앙이 읎는 장수로 나를 보내신 것이 어찌 은혜가 아니겠는가."

잔설이 녹아 산길이 뚫린 뒤부터는 읍성 저잣거리도 활기를 되찾았다. 산나물을 머리에 이고 나온 화전민 아녀자, 닭이나 돼지 등 길짐승을 지게에 지고 나와 파는 농사꾼들이 북적였다. 사기를 당했다며 언쟁을 하는 사람들이 관아를 찾아와 호소하는 일도 하나둘 생겨났다. 사소한 다툼은 아전 구실아치에게 맡겨 조정하도록 했다.

최경회가 관심을 갖는 것은 송사치부 책이었다. 특히 작년 동짓달부터 접수된 고발장들을 검토하면서 선후 경중을 가리는 일에 집중했다. 작년 가을의 태풍 피해와 겨울에는 소전염병이 창궐한 데다 폭설까지 내려 송사업무를 잠시 중지했으므로 서둘러 처리해야 했던 것이다.

최경회는 김풍헌이 낸 고발장에 손가락을 얹어놓고는 아전을 불러 물었다.

"김풍헌이란 자가 누군가?"

"장수에서 둘째 가라믄 서러운 부자입니다."

"부자가 고발장을 내다니 드문 일이네. 뭔 일인지 알고 있는가?"

김풍헌을 잘 아는 아전이 대답했다.

"김풍헌에게 불구 아들이 하나 있습니다. 돈을 많이 주고 이름이 논개라는 민며느리를 맞아들였습니다. 불구 아들을 위해 논 십여 마지기 살 돈을 선뜻 주었다고 들었습니다. 근디도 논개 모녀가 돈만 받고 경상도 안의현으로 도망쳐버렸기 땜시 고발장을 낸 것 같습니다."

"김풍헌이야 뭣을 준들 아깝겄는가? 그라고 논개 모녀가 아무 이유 읎이 도망쳐버렸을까?"

"으쨌든 논개는 돈을 받았으니 김풍헌 아들과 살아야 허지 않겄습니까?"

"고발장에 적힌 김풍헌 주장만 보고는 정확한 전후사정을 모른 께 논개 모녀를 잡아와 그자들 얘기도 들어봐야겄네. 안의현감에게 모녀를 체포해 이짝으로 보내달라고 공문을 보내야겄네."

안의현은 장수현의 남동쪽에 인접해 있는 지방이었다. 안의현감이 허락한다면 하루 안에 논개 모녀를 장수 관아로 압송할 수 있었다. 최경회는 압송해올 사람으로 아전들 중에서 송사 업무를 잘 보는 이방을 지목했다.

"아무래도 문식이 있는 이방이 댕겨오게."

"안의에 가는 것은 에럽지 않습니다만 죄인을 다루는 일이라 군관과 함께 댕겨오믄 으쩌겄습니까요?"

"그러시게. 군관을 붙여주겄네."

이방과 군관은 정오 전 사시에 최경회가 쓴 공문을 들고 바로 안의현으로 떠났다. 그때 동헌 담 너머에서 큰소리가 들려왔다. 잠시 후에는 관아 색리가 다툼을 제지하는 소리가 났다. 아전들 중에서 세금을 매기고 거두어들이는 아전을 색리라고 불렀던 것이다. 최경회는 동헌 마루 호상에 앉아 있다가 천천히 그쪽으로 걸어갔다.

농사꾼 두 사람이 멱살잡이를 했는지 한 사람의 목이 빨갰다. 씩씩거리기는 두 사람 모두 마찬가지였다. 멱살잡이를 말리는 색리가 오히려 쩔쩔매고 있었다. 최경회를 보자마자 싸우던 두 사람이 손을 앞으로 모으고 고개를 숙였다. 색리가 최경회에게 다가와 무안했던지 말을 더듬거렸다.

"관, 관아를 시끄럽게 해서 송구허그만요."

"도대체 무신 일로 싸우고 있는 것인가?"

"윗논, 아랫논 주인끼리 다툼을 벌이고 있습니다. 물고 땜시 생긴 일입니다."

최경회는 윗논 주인에게 먼저 물었다.

"뭣이 문제라고 생각허는지 말해 보씨요."

윗논 주인이 말했다.

"아랫논은 우리 논의 물을 받아 농사를 짓고 있습니다요. 근디 물을 받아가는 물고 부분의 논둑이 방천이 나 우리 논 일부가 농사를 못 짓게 돼부렀습니다요. 긍께 방천 난 우리 논둑 일을 헐 때는 도와줘야 되는 것이 아닙니까? 논물을 공짜로 받아감시로 우리 논둑 일은 모른 체 허고 있으니 어쩌케 화가 나지 않겠습니까요?"

최경회는 아랫논 주인에게도 말할 기회를 주었다.

"물고 땜시 방천이 났다고 논물을 막아부렀습니다요. 그래서 우리 논은 제때에 물을 받지 못해 벼가 비실비실 자라지 못허고 있습니다요. 자라지 못헌 벼를 보고 어쳐케 논둑 일을 도아주겠습니까요?" 최경회가 두 농사꾼을 동헌으로 불러들인 뒤 호상에 앉아서 판결했다.

"물은 하늘이 내린 것이니 주인이 읎는 것이네. 농사꾼 모두의 것이란 말여. 근디 물고는 아랫논을 위해 맹근 것이 맞네. 물고가 읎다믄 어쳐케 아랫논에 농사를 짓겄는가? 그러니 윗논 주인은 물고를 다시 터주어야 헐 것이고, 아랫논 주인은 물고 땜시 윗논 논둑이 방천 났으니 논둑 일을 도와줘야겄네. 어쳐케 생각허는가?"

"나리, 죄송허그만요."

"나리, 관아까지 오지 않아도 될 것인디 부끄럽그만요."

두 농사꾼의 다툼은 서로 조금씩 양보하는 것으로 조정이 됐다. 그러자 색리가 나서서 최경회의 판결을 두 농사꾼에게 한 번 더 환기시켰다.

"물은 나리 말씸대로 하늘이 내린 것인께 농사꾼 모두가 주인인 것이요. 긍께 물 가지고 시비헐 수는 읎소. 오늘 당장 윗논 주인은 물고를 터 아랫논 주인이 농사를 짓게 하씨요, 또 아랫논 주인은 윗논 주인이 내준 물고 땜시 농사를 짓고 있은께 윗논 방천 난 논둑 일을 흔쾌허게 도와주씨요."

두 농사꾼은 싱겁게 화해했다. 윗논 주인은 아랫논 주인에게 자기 논물이라는 고집을 버렸고, 아랫논 주인은 윗논 주인이 터준 물고가 있으니 농사를 짓는다고 생각을 바꾸었기 때문이었다. 색리는 색리대로 두 논에 풍작이 든다면 세금을 더 많이 거둬들일 수 있을 것 같아서 만족했다

논개 모녀

천령봉 산자락 너머로 석양이 뉘엿뉘엿 가라앉고 있었다. 장수현 이방과 군관은 일몰 전에 겨우 안의읍성 성문으로 들어섰다. 장수현과 안의현 경계를 넘어오면서 화전민과 농사꾼들에게 새참을 얻어먹은 탓에 늦어졌던 것이다. 다행히 안의현 현감은 퇴청하지 않고 관아에 있었다.

이방과 군관은 잰걸음으로 서둘러 걸었으므로 숨이 가빴다. 안의현 아전이 두 사람을 보고 경상도 말로 말했다.

"숨 넘어가겠십니더. 현감 나리께서 동헌에 겨신께 기다려 보이소."

"아이고메, 퇴청허신 줄 알고 번개멩키로 달려왔그만이라."

"무신 용무인교?"

"나리를 뵙고 말씸 드릴라요."

그때 안의현 현감이 수염을 쓸면서 동헌 마루로 나왔다.

"그대들은 무슨 용무로 왔는가?"

장수현 이방이 말했다.

"나리 허락을 받아서 이짝으로 도망친 모녀를 잡을라고 왔그만요."

"죄인을 인도해가려고 왔다는 말인가?"

"그렇습니다요."

장수현 이방이 재빨리 소매 속에서 최경회가 작성한 문서를 안의현감에게 내밀었다. 논개 모녀를 장수현으로 인도해달라는 문서였다. 안의현감이 문서를 보고 나서 안의현 아전에게 말했다.

"처녀가 재물을 받고 결혼했으면 약속대로 그 집에서 살아야지 이쪽으로 도망친 것은 풍속을 해치는 일이네. 적잖은 죄를 저지른 것이야."

"한번 맺었으믄 잘났든 못났든 살아야 카지 않십니꺼. 모녀가 도망친 것을 보믄 고약헌 거 같십니더."

"안의현으로 도망친 이유는 뭔가?"

"논개 엄니 박가 친정이 금당리 방지마실이그만요. 긍께 숨을 디라고는 연고가 있는 여그밖에 읎겄지라우."

"대명천지에 어리석고 욕심 많은 모녀군."

안의현감이 관아 군사를 훈련시키는 군교를 불러 지시했다.

"당장 방지촌으로 가서 논개 모녀를 잡아들이거라."

"예, 나리."

안의현감이 또다시 장수현 이방에게 물었다.

"논개는 누구 딸인가?"

"예, 원래 안의현 방지마실에 살던 애비 주달문이 장수현 주촌으로 넘어와 훈장 노릇을 함시로 살았는디 논개가 에렸을 때 죽었다고 헙니다요. 논개 모녀는 가세가 기울어져부러 숙부 주달무허고 살림을 합쳤는디 그때 김풍헌이 시원찮게 생긴 아들을 장가보낼라고 재물을 줌서 논개를 민며느리로 데려간 모냥입니다요, 근디 논개모 박씨가 꼬드겼는지 논개가 못 살겠다고 도망쳐불자고 했는지 이짝으로 와서 숨은 것 같습니다요."

"고얀 것들 같으니라고. 그래도 문서로 남겨야 하니까 내일 심문해 보고 바로 넘겨줄 테니 객사로 가서 쉬시게. 미풍양속이 사라지는 것은 한양이나 지방이나 마찬가지군. 쯧쯧."

안의현감이 흰 수염을 쓸면서 혀를 찼다. 안의현에서도 비슷한 사건이 있었는지 미풍양속이 사라지는 것을 걱정하는 듯한 표정을 지으며 동헌방으로 들어가 버렸다. 장수현 이방과 군관은 늦게 오기는 했지만 안의현 현감을 만난 것에 만족하며 동헌 관노를 따라 객사로 갔다. 안의현 객사는 장수현 객사보다 규모가 배나 크고 기와가 얹혀 있었다. 객사 큰방은 한양에서 내려오는 벼슬아치들이 묵는 방인지 자물쇠가 채워져 있었다. 장수현 이방과 군관은 객사 뒤쪽 컴컴한 골방으로 들어가 다리를 쭉 뻗고 벌렁 드러누웠다. 이방이 말했다.

"김풍헌 아들놈이 고자갑서. 자네 고자가 뭔지 안가?"

"그런다고 도망친다믄 쓴다요?"

"여자는 입에 풀칠을 허드라도 아랫도리가 싱싱헌 놈을 좋아하는 벱이여."

"지라믄 재산에 손을 뻗겄습니다요. 밥술이나 뜨고 사는 것이 중

242

허제, 어처께 맨날 밤일만 허고 산다요.”

“자네는 장가를 안 가서 모릉마. 여자가 뭣인지를 참말로 모른갑네. 논개가 재산 많은 부잣집이서 으째서 도망쳤겄냐 말여.”

“지는 재산허고 여자 둘 중에서 고르라먼 재산을 차지허겄습니다요.”

“황소 귀때기에 책 읽기그만 . 자자, 인자 쉬세. 하루를 더 여그서 보낼 뻔했는디 운이 좋네. 내일은 장수로 갈 수 있을 텐께.”

이방은 저녁 끼니 생각이 없다며 눈을 감았다. 길잡이로 따라온 군관도 마찬가지였다. 화전민과 농사꾼들이 주는 새참 보리밥을 주는 대로 먹어 아직도 배가 꺼지지 않았던 것이다.

한편, 논개 모녀를 체포하려고 방지촌으로 달려간 안의현 군교와 관군은 박씨 친정을 급습했다. 군교는 안의현 군관과 관군들을 훈련시키는 노련한 사람이었다. 그런데 논개 모녀는 없었다. 관군 두 명이 큰방과 작은방, 부엌에 딸린 골방, 퇴비를 썩히는 헛간까지 뒤졌지만 모녀를 붙잡지 못했다. 그렇다고 빈집은 아니었다. 큰방에 옷가지가 뱀허물처럼 흘려져 있는 것은 사람이 살고 있다는 증거였다. 군교는 마루에 앉아서 살폈고, 관군 두 명은 옆집으로 가서 논개 모녀의 행방을 물었다. 그러자 농사꾼 사내가 손가락으로 가리켰다. 논개 모녀가 바구니를 머리에 이고 고샅길로 들어오고 있었다. 밭일을 늦게까지 하다가 돌아오는 행색이었다. 관군들이 논개 모녀를 불러 세웠다.

“논개 모녀가 맞느냐?”

"누구신디 그라요."

"관아에서 나왔다. 느그덜을 체포헐 끼다."

관군 두 명이 허리춤에 달고 있던 포승줄을 풀어 논개 모녀의 손을 단번에 묶어버렸다. 마을 사람들이 하나둘 모여 들었다. 신안 주씨들이 대부분이었다. 마을에서 어른 노릇을 하는 유지도, 머리카락이 웃자란 마을 코흘리개들도 거의 마찬가지였다. 방지 마을은 신안 주씨의 집성촌이었던 것이다. 이방이 마을 사람들에게 말했다.

"이자덜은 전라도에서 넘어온 죄인덜인기라. 현감나리께서 체포해 오라는 지시를 내려 붙잡은 기라."

논개 모녀는 반항하지 않고 관군들에게 순순히 응했다. 다만 마을을 벗어날 때쯤 논개모 박씨가 뒤돌아보며 한마디 하소연했을 뿐이었다.

"억울함을 다 풀고 돌아올끼요!"

마을 사람들이 안타깝다는 듯 얼굴을 찡그리며 손을 흔들었다. 논개는 눈물만 뚝뚝 흘리면서 관군을 따라갔다.

다음 날.

진시가 되자마자 관군들이 옥에 갇혀 있던 논개 모녀를 동헌 마당으로 끌고 나왔다. 안의현감이 약식으로 심문하려는지 형틀이나 곤장 등은 보이지 않았다. 논개 모녀는 포승줄에 묶인 채 무릎을 꿇고 있었다. 아전들이 다 모여 동헌 마당에 도열했다. 장수현 이방과 군관도 토방 아래 섰다. 안의현 이방이 동헌방을 한번 쳐다보고는 큰 소리로 외쳤다.

"나리, 나오십니데이!"

마당에 모인 아전과 관군들이 모두 고개를 숙인 채 안의현감이 동헌방에서 나오기를 기다렸다. 안의현감은 갓을 쓴 모습으로 나타나 동헌 마루 호상에 앉았다. 이방이 전해준 문서를 보더니 바로 논개모 박씨에게 물었다.

"본래 살던 데는 어디인가?"

"금당리 방지마실입니더."

"현재는 어디서 살고 있는가?"

"장수현 주천에서 살았십니더. 지금은 여그 친정집에서 살고 있십니더."

"딸이 김풍헌 아들하고 결혼하는 척하다가 재물만 챙기고 도망쳐온 것이 사실인가?"

논개모 박씨가 해명을 했다.

"먼저 우리 모녀를 먼저 속인 사람은 김풍헌입니다. 김풍헌 아들은 남자 노릇을 할 수 없는 사람이라예, 근디 우리에게 그런 사정을 숨겼다 아입니꺼."

안의현감이 해명하는 논개모 박씨에게 짜증을 내며 말했다.

"어쨌든 도망을 친 것은 사실이렸다!"

"예."

안의현감은 논개에게도 물었다.

"이름이 뭔가?"

"주논개라우."

"결혼하는 대가로 김풍헌의 재물을 챙겼다는데 사실인가?"

"저는 잘 모르그만이라우. 숙부님허고 시아부지 될 분 사이에 오간 약조라서 정말로 모르그만이라우."

"김풍헌에게 민며느리로 간 것은 사실인가?"

"예."

"그렇다면 살아야 할 의무가 있느니라. 헌데도 도망쳤으니 미풍양속을 해친 죄를 저지른 것이니라. 인정하느냐?"

"예."

안의현감의 심문은 두어 식경 만에 끝났다. 사실관계를 확인한 안의현감은 그 자리에서 논개 모녀를 장수현으로 인도한다는 문서를 작성했다. 장수현 이방은 안의현 이방에게 문서를 건네받았다. 그리고 장수현 군관에게 포승줄에 묶인 논개 모녀를 인계했다.

장수현 이방과 군관은 논개 모녀를 앞뒤에서 감시하며 안의읍성을 떠났다. 산길로 들어서자 빗방울이 한두 방울 떨어졌다. 그러나 큰비가 쏟아질 것 같지는 않았다. 산자락을 휘감은 비구름이 빨래한 두루마기를 걷듯 서서히 사라지고 있었다. 이방과 군관은 올 때와 달리 재를 몇 개 넘는 산길을 탔다. 가파른 오르막산길을 오를 때는 이방과 논개모 박씨가 힘들어 했다. 첫 번째 재를 눈앞에 두고 이방이 말했다.

"이보게, 군관 쉬었다 가세. 심들어 죽겠네."

"쩌그 재에 올라서 쉴라고 그랬는디 알았그만요."

바로 옆에는 작은 개울이 있었다. 맑고 찬 개울물이 돌돌돌 속삭이듯 작은 소리를 내며 흘렀다. 이방이 개울에 머리를 내밀고 두 손으로 개울물을 훔쳐 뿌렸다.

"아이고메, 얼음물 같네! 온몸이 오그라붙네 그랴."

"고로코롬 찬게라우?"

군관도 개울로 내려가 개울물에 얼굴을 들이밀었다. 이방이 혀를 차며 논개모 박씨에게도 권유했다.

"떠우믄 가서 손 쪼깜 담그고 오씨요."

"요로코롬 묶어놓고 어쩌께 손을 담근다요."

군관이 산길로 올라오자 이방이 말했다.

"여그서 모녀가 도망치믄 으디로 가겠는가? 긍께 포승줄을 풀어줘불세."

군관이 논개 모녀를 보면서 말했다.

"딴생각허지 마씨요잉. 이방 어른께서 특별히 봐주신다고 헌께 말이요."

군관이 논개 모녀 손의 포승줄을 풀어주자 논개모 박씨가 머리를 조아렸다.

"아이고, 우리 모녀 의심 마씨요. 남 속이고 산 적 없십니더. 장수 주촌 사람덜에게 물어보믄 알낍니더."

논개 모녀도 개울로 내려가 세수를 했다. 머리를 만지고 세수를 한 때문인지 다른 모녀인 것처럼 보였다. 논개모의 얼굴은 세파에 찌든 듯 주름살이 깊고 선명했다. 반면에 논개는 앳된 처녀의 얼굴이었다. 피부는 누에처럼 푸르스름한 빛이 돌 정도로 희었고 입술은 천도복숭아같이 붉었다. 짙은 눈썹과 꼭 다문 입은 논개모와 달리 다소 고집스럽게 보였다. 아마도 일찍 죽었다는 아버지 주달문을 닮은 것 같았다.

"자, 쉬었은께 인자 가세."

이방이 군관을 재촉했다. 군관이 앞서고 논개 모녀 뒤에 이방이 바짝 따랐다. 포승줄을 풀었지만 방심할 수는 없었다. 군관이 심심했던지 논개모에게 물었다.

"잘 살제 뭣 땜시 요로코롬 고상을 허요."

"우리 논개도, 나도, 삼춘도 다 속은 깁니더. 우리는 속은 죄밖에 없십니데이."

논개 숙부인 주달무에게 속았을 수도 있었다. 김풍헌 집에 민며느리로 들어가면 논개도, 논개모도 살기가 편해질 거라고 했기 때문이었다. 그러나 김풍헌에게 받은 재물은 주달무가 뒤로 혼자서 챙겼으므로 논개모에게 쥐어진 것은 하나도 없었다.

그래도 논개모는 주달무 집에서 얹혀산 지 오래됐기 때문에 참았다. 문제는 김풍헌 집에 들어가 남자구실을 못하는 그의 아들과 평생 살아갈 논개였다. 김풍헌의 아들은 지능이 낮은 데다 불구자였던 것이다. 숙부의 말만 듣고 김풍헌 집에 민며느리로 들어간 논개는 날벼락을 맞은 것이나 다름없었다. 그러니 죄를 논한다면 김풍헌부터 먼저 문초해야 했다. 아들의 그런 사실을 논개 숙부나 논개모 박씨에게 숨기고 논개를 데려갔기 때문이었다.

"누가 누구를 속였다는 거요?"

"남자구실을 못허는 사람헌테 갔응께 속은 것이지라우."

그래도 군관은 김풍헌이 대가를 주고 데려갔으니 논개가 살아야 하는 것이 맞다고 생각했다.

"민며느리로 들어갔으믄 그 집 구신이 돼야지라. 도망쳐서 시방 모다 생고상 허고 있지 않는게라우?"

논개모 박씨와 군관이 주고받는 이야기를 듣고만 있던 이방이 한마디 끼어들었다.

"아따, 자네는 어저께 내가 뭣이라고 허든가. 객사 골방에서 말이여."

"김풍헌 아들놈이 고잔갑서, 라고 했지라우."

"고 말만 했간디?"

"예, 여자는 아랫도리가 싱싱헌 남자를 좋아헌다고 했지라우."

"맞어. 시방 논개 모녀 사단은 거그서부터 벌어진 일이랑께. 아직도 눈치를 채지 못허겄는가? 참말로 답답헌 사람이네 그랴. 궁께 여태도 장가를 못가고 있제."

논개가 이방의 말을 듣고는 얼굴을 붉혔다. 이방은 논개의 그런 모습을 놓치지 않았다.

"워메, 논개 얼굴이 으째서 석류맹키로 뻘게분다냐?"

"고거야, 이방 어른 말씸을 듣고 부끄러운께 그러겄지라우."

이방이 군관에게 나무라듯 말했다.

"인자, 뭣이 중헌지 알겄는가? 재산은 읎다가도 생기고 있다가도 읎어지는 것이여. 속궁합이 중헌 것이여."

"이방 어른, 인자 확실허게 알겄그만요."

이방은 논개모 박씨에게도 말을 걸었다.

"박씨는 어처께 생각허요? 가만히 본께 박씨도 억울헌 것이 있는 것 같은디 관아에 가믄 내가 나리헌테 잘 말씸드러겄소."

"죄를 줄라카믄 부자나 가난한 사람이나 공평해야 합니더. 도망친 우리도 죄가 있지만서도 우리를 속인 사람도 죄가 있다, 아입니꺼."

그제야 군관도 논개 모녀의 처지를 이해했는지 말투가 부드러워졌다.

"이방 어른 한 말씸이믄 큰 도움이 되지라우. 현감나리께서 이방 어른을 젤로 신임헌께라우."

"어허, 무신 말을 미리 고로코름 허는가. 판결허는 사람은 나리제 나가 아니란 말이여."

안의현과 장수현 경계를 넘자 갑자기 굵은 빗방울이 떨어졌다. 장수현 하늘은 숫제 숯덩이처럼 검었다. 비구름이 사방에서 소용돌이치듯 모여들고 있었다. 섬진강과 금강이 시작하는 장수현 심심산골에 한바탕 매섭게 쏟아낼 기세였다.

"이방 어른, 장수는 인심은 좋은디 비는 솔찬히 싸나와라."

"얼릉 가세. 여그까지는 잘 왔는디 비루묵은 개 신세가 될 모냥이네."

그러나 여남은 걸음을 떼기도 전에 빗발이 굵어졌다. 급히 소나무 밑으로 피신했지만 소용없었다. 우박처럼 큰 빗방울이 얼굴을 때렸다. 군관이 자포자기하듯 말했다.

"이러다가 오도가도 못허겄그만요. 이왕 맞아부렀은께 움직이는 것이 으쩔게라우?"

"자네 말대로 허세. 대책읎이 여그 있다가는 베락 맞을지도 모르고."

이번에는 이방이 앞섰다. 천둥 번개가 치자 논개가 비명을 질렀다. 겁에 질려 걷지 못한 채 떨기만 했다. 할 수 없이 군관이 다가가 논개의 손을 잡아끌었다. 잠시 후에야 군관의 우악스러운 손에 잡혀 걷던 논개가 슬그머니 자신의 가는 손가락을 뺐다. 논개모가 군관에게 고맙다는 듯 고개를 꾸벅였다. 장대비는 네 사람이 장수 관아에 들어설 때까지 거칠게 쏟아졌다. 관아 앞의 개천은 벌써 황톳물로 변해 콸콸 소리치며 흘렀다.

논개 모녀 재판

장대비가 며칠 동안 쏟아졌다. 산비탈 다랑이논에 빗물이 어린 벼가 잠길 만큼 가득 찼다. 논개 모녀를 붙잡아온 이방에게 전후 사정을 소상하게 들은 현감 최경회는 재판을 어쩔 수 없이 뒤로 미루었다. 장대비가 그치기를 기다렸다. 논개 모녀 역시 별 수 없이 관아 감옥에 갇혀 며칠을 보냈다. 논개의 손을 잡았던 황 군관이 두 번이나 찰밥을 넣어주었다. 나졸이 같은 마을에 사는 동생뻘이 었으므로 스스럼없이 감옥을 들락거렸던 것이다.

비구름이 하늘을 덮은 그날도 황 군관이 나졸에게 부탁하여 논개 모녀를 감옥 뒤뜰로 불러냈다. 그런데 또다시 장대비가 쏟아지는 바람에 감옥처마 밑으로 들어가서 이야기를 나누었다. 논개모 박씨가 젊은 황 군관을 붙들고 물었다.

"은제까지 요그서 요로코름 있을께라우?"

"폭우 땜시 재판이 늦어져불그만요. 긍께 하루 이틀만 쪼깜 지달리쑈."

"안의현감 나리 말씀으로는 도망친 것이 죄란디 나야 베린 몸땡이라 치고 앞날이 구만리 같은 내 딸년은 으째야쓰까라우?"

논개모 박씨는 감옥을 찾아오곤 하는 황 군관의 마음을 슬쩍 떠보았다. 황 군관이 논개에게 정말로 마음을 주고 있는지 궁금해서였다.

"이방이 현감나리께 잘 말씀드렸응께 걱정마씨요."

"으째서 걱정을 안 한다요. 여그서는 하루가 일 년 같으요. 지옥이 따로 읎어라우."

황 군관은 논개모의 속마음을 눈치채고는 말을 돌렸다. 빗방울이 처마 밑으로 파고들었다. 세 사람은 더 바짝 붙었다. 황 군관이 논개에게 슬그머니 다가갔다. 그러나 논개는 황 군관에게서 조금이라도 더 떨어지려고 까치발을 했다.

"재판이 늦어져분 것은 비 땜시 그라요. 다른 이유는 읎소. 긍께 낼이라도 해가 나면 재판을 헐 것이요."

"여그는 증말 올 디가 아니그만요. 잡것덜이 논개를 봄서 미친놈 멩키로 실실 웃고 셋바닥을 내미는디 참말로 징그랍소야."

논개도 한마디 했다.

"우리 모녀를 고발헌 사람은 인자 남이지라우?"

"김풍헌 고놈이 사람이요? 첨부터 그짓말로 델꼬 갔응께 젤로 나쁜놈이요. 고론 놈이 고발까지 허다니 기가 맥히요."

황 군관은 논개가 들으라는 듯 큰 소리로 김풍헌을 비난했다. 그러자 논개모 박씨가 맞장구를 쳤다.

"그러고봉께 우리 모녀는 속은 죄밖에 읎그만이라우."

"이방 말씸도 그럽디다."

논개가 황 군관을 쳐다보며 말했다.

"현감나리께서 우리 모녀를 풀어줄께라우?"

"그야 현감나리 맴을 내가 어쩌께 알겄소만 웃을 날이 올 것이요."

순간 논개 얼굴이 밝아졌다. 논개모 박씨가 황 군관의 손을 끌어당기며 말했다.

"그라믄 을매나 좋겄소만 우리 모녀에게 큰 에러움이 하나 있그만이라우."

"고것이 뭐다요?"

"옥에서 풀려나드라도 으디로 가겄소? 시동상 집에 가서 눌러앉아 사는 것도 심들지라우. 실수헌 시동상허고 어쩌께 맨날 얼굴 보고 살겄소. 근디 나는 방지마실 친정집으로 가믄 되겄지만 논개는 갈 디가 읎어라우. 남편에게 소박맞은 여자라고 손구락질을 헐턴디 어쩌께 나허고 방지마실에서 살겄냔 말이요."

황 군관은 '나허고 살믄 되지라우.'라는 말을 뱉어내려다가 목울대 너머로 삼켰다. 자신을 쳐다보는 논개의 눈빛이 여전히 냉랭해서였다. 그래도 황 군관은 서두르지 않았다. 나졸이 다가오자 갑자기 은근하게 부를 뿐이었다.

"어이, 동상!"

"또 뭔 일이요?"

"동상, 이리 쪼깜 와보란께."

황 군관이 나졸의 호주머니에 잽싸게 엽전 몇 개를 넣어주고는 말했다.

"잡범덜이 논개 모녀를 보고 이상헌 짓거리를 해싸서 잠을 못자겄다네. 긍께 쪼깜 떨어진 방으로 바꽈주믄 안될까?"

나졸이 호주머니에 든 엽전을 만지작거리더니 표정을 바꾸었다.

"아따, 성. 고것도 부탁이라고 허요. 지금 당장 잡범덜이 안 보이는 방으로 옮겨줄게라우."

"동상 고맙그마잉."

장대비가 감옥 처마 밑으로 더욱 세차게 들이쳤다. 황 군관의 바짓가랑이가 금세 젖었다. 황 군관은 나졸에게 준 엽전이 아까웠지만 그 자리를 피했다. 군관청으로 돌아온 황 군관은 장대비를 원망했다. 군관청은 아전들이 묵는 이청(吏廳) 옆에 있었는데, 곧 허물어질 것 같은 세 칸 초가 건물이었다.

황 군관은 참지 못하고 이청으로 건너갔다. 마침 이방이 동헌에서 물러나와 쉬고 있었다. 이방이 눈을 게슴츠레하게 뜨고 말했다.

"아따, 자네는 고자 처갓집 댕기데끼 이청을 자꼬 찾아오그마잉."

"이방 어른, 논개 모녀가 불쌍헌께 그라지라우."

"자네 혹시 딴 맴으로 나헌테 댕기는 거 아녀?"

"불쌍헌께 도와주고 잪단 말이요. 뭔 말씀을 고로코름 허씨요."

이방이 고개를 좌우로 살살 흔들면서 말했다.

"어허, 다른 사람은 몰라도 이방은 못 속인다, 이 말이여."

"이방 어른, 재판은 은제 헌다요?"

"나헌테 솔직허게 말허믄 갈쳐줌세."

황 군관이 머리를 긁적였다. 이방이 눈치채고 웃으며 말했다.

"맞제? 논개를 좋아허제?"

"근디 말이요, 한번 크게 데였는디 또 남자를 볼라고 헐께라우?"

"내가 여자 맴을 어쩌게 알겄는가?"

얼굴이 붉어진 황 군관이 이방을 졸랐다.

"인자 재판이 은제 있는지 갈쳐주씨요."

"자네가 내게 맴을 털어놨응께 갈쳐줘야제. 비만 그치믄 낼 새복에라도 김풍헌과 주달무를 동헌으로 불러들일 것이네."

"아이고메, 낼 재판을 헌다고요?"

"나리께서 내게 날짜를 잡으라고 말씸혔네. 무고헌 사람을 마냥 옥에 가두지 않겄다고."

황 군관이 놀라서 또 물었다.

"그라믄 논개 모녀를 풀어준다는 말씸인게라우?"

"현감나리 말씸인즉 고런 방향인 거 같네. 근디 내가 헌 말을 발설해서는 큰일 나네. 김풍헌이 도망치기라도 헌다믄 발설자는 나와 자네밖에 누가 있겄는가."

"영념허겄습니다요."

그때 도롱이를 걸친 관노가 이방을 찾아와 현감이 찾는다고 알렸다. 이방 역시 도롱이를 어깨에 걸치고는 동헌으로 올라가버렸다. 황 군관은 군관청으로 다시 건너와 방에 들었다. 그러나 땅을 후벼 파는 듯한 낙숫물 소리에 별별 생각이 다 났다.

'재판이 곧 있을 것이란 소리를 해야 되나, 말아야 되나.'

이방이 한 말도 일리가 있었다. 발설이 되면 더 큰일로 번질 수 있었다. 그렇다고 입을 닫고 있자니 자꾸만 논개 모녀가 눈앞에서 어른거렸다.

'아니제. 이왕 도움을 주기로 했은께 어쩌께 재판을 받아야 하는지는 알려줘야제. 말을 잘못해 벌을 받은 사람들이 을매나 많은가.'

황 군관은 초저녁까지 방에서 뒤척거리다가 벌떡 일어났다. 어느새 비는 멎었고 하늘에는 달이 뜰 때처럼 푸르스름한 기운이 돌았다. 황 군관은 축축한 홑바지를 갈아입고 감옥으로 갔다. 나졸은 낮에 받았던 엽전 때문인지 황 관군을 반갑게 맞았다.

"성, 또 논개 모녀를 만날라고?"

"고것이 아니라믄 뭣헐라고 여그를 자꼬 오겄는가."

"뭔 일인지 논개모가 통곡을 허대."

"아마도 억울하고 답답헌께 그랬을 것이네."

"작은 소리로 얘기허믄 잡범덜이 듣지는 못헐 거요."

황 군관은 나졸이 가리키는 대로 죄인들이 갇혀 있는 방을 두어 개 지나쳤다. 잡범들은 방 하나에 몰아넣어져 있었다. 그래서인지 시큼하고 퀴퀴한 냄새가 코를 찔렀다. 논개 모녀는 나졸이 서 있는 맞은편 방에 들어가 있었다. 논개모 박씨가 황 군관을 보고는 놀랐다.

"또 와부렀소잉!"

"재판이 곧 있어불 거 같은께 왔그만요."

"은제다요?"

"고것까지는 모른디 나리께서 죄없는 사람은 빨리 풀어줄 것이라고 허요."

"우리 모녀가 나갈 수 있을게라우?"

"확답은 못혔겄지만 무고헌 사람을 옥에 가두지 않겄다는 것이 현감나리의 뜻이라고 허요."

황 군관은 논개 모녀에게 시원한 말을 하지 못했다. 다만 재판에 임하는 태도만은 조언할 수 있었다.

"근디요, 논개가 김풍헌 집에 들어감시로 김풍헌이나 시동상에 게 받은 재물은 읎지라우?"

"한 푼도 읎지라우. 시동상이 쪼깜 받았다는 말을 들었지만 내 눈으로는 보지 못했소야. 시동상이 받았드라도 얹혀사는 주제에 내가 으쩌겄소? 그렁갑다 해야제."

"김풍헌 아들이 불구라는 사실을 알지 못했지라우?"

"아이고, 부잣집 아들이라고만 들었그만요."

"현감나리께서 재판허실 때 사실대로 말해야제 억울허다고 어만 소리허믄 안돼요잉."

"고맙소야, 나야 논개를 델꼬 도망친 죄를 받드라도 우리 논개는 풀려나야 헐턴디 애가 타서 못 살겄소."

"으쨌든 어만 소리만 허지 마씨요잉."

황 군관은 다시 한번 더 주의를 주고는 나졸과 헤어졌다. 나졸은 옆에서 들었는지 황 군관을 위로했다.

"성, 논개 모녀는 죄가 읎는 거 같소. 긍께 성이 으쩐 사인지 모 르겄소만 걱정허지 마씨요."

"알았네."

황 군관은 동생뻘인 나졸의 말에 한껏 안도했다. 장대비는 더 내 릴 것 같지 않았다. 검푸른 하늘에 별이 하나둘 돋아나 반짝였다.

황 군관은 군관청 작은방에서 잠을 이루지 못했다. 자신의 재판도 아닌데 가슴이 조마조마해 잠이 저만큼 달아나버렸다. 축시에 첫 닭이 우는 소리까지 들었다. 이후 겨우 새우잠을 자는데 누군가가 깨웠다. 군관 우두머리 군교였다.

"황 군관, 비상이네."

"새복에 뭔 비상이다요?"

"나리 지시네. 자네는 시방 주달무 집에 가서 그 자를 델꼬 오게. 나는 김풍헌을 델꼬 오겄네."

"혼자라우?"

"군사를 두 명 붙여주겄네."

군관청 밖에는 벌써 십대 후반의 어린 군사 두 명이 와 있었다. 날빛이 번지고 있는 동녘 하늘은 붉었다. 먼동이 트고 있었다. 주촌에 있는 주달무 집까지는 십 리 거리였다. 황 군관은 군사 두 명을 앞세우고 동문을 나섰다.

"주촌으로 가자잉."

"체포혈 사람은 누군게라우?"

"죄인이 아니다. 오늘 재판허는디 참고인이여."

"그라믄 포승줄로 묶을 필요가 읎그만요."

"현감나리 명이신께 정중허지만 단호허게 행동해야 써."

어린 군사 두 명은 대나무 초립을 삐딱하게 쓰고서 한 손에는 박달나무 방망이를 야무지게 쥐고 있었다. 황 군관은 속으로 중얼 거렸다.

'나도 저만때는 신났지. 누굴 잡으러 갈 때는 가심이 쫄깃했거든.'

"군관님, 요로코름 새복에 가는 이유가 있는게라우?"

"농사일 나가기 전에 불러다 물어보고 빨리 돌려보낼라고 그라 겄제."

최경회의 처리 방식이었다. 참고인을 부를 때는 관아에 하루 종일 대기시키지 않고 가능한 한 빨리 돌려보내 농사일에 지장이 없게 했다. 그런 이유로 최경회가 직접 송사를 다루는 시각은 대부분 아침나절이었다.

이윽고 황 군관은 주달무 집에 도착했다. 사립문은 아직 닫혀 있었다. 논밭에 일하러 나가지 않았다는 증거였다. 황 군관이 초가집 안방을 향해 소리쳤다.

"겨시오? 관아에서 나왔소!"

"뭔 일이요? 새복부텀."

주달무가 방문을 연 뒤 고개만 내민 채 말했다.

"현감나리 명으로 나왔소. 관아까지 가야되겄소."

현감의 명이란 말에 주달무가 저고리를 입고서 바깥으로 나왔다. 어린 군사 두 명이 좌우로 주달무를 에워쌌다. 황 군관이 확인하듯 말했다.

"논개 숙부 맞지라우?"

"그라요."

"시방 관아까지 가야겄그만요."

주달무가 큰 눈을 껌벅거리다가 선선히 따라나섰다. 어느새 날빛이 물결치듯 퍼지어 산지사방이 훤했다. 하늘과 구름, 나무들이 제 빛을 찾았다. 개 짖는 소리만 컹컹 두어 번 들렸을 뿐 주촌은 다시 조용해졌다. 황 군관과 두 명의 군사, 주달무는 잰걸음으로 걸었다.

한편, 아전과 나졸들은 동헌을 드나들며 분주하게 움직였다. 아전들은 감옥에서 불러온 논개 모녀에게 재판에 임하는 태도를 일러주었고, 나졸들은 끙끙대며 무거운 형틀을 동헌 마당 한가운데로 옮겼다. 곤장은 작은 것으로 한 개만 가져와 형틀 위에 놓았다. 이윽고 고발장을 낸 김풍헌은 형틀을 사이에 두고 논개 모녀와 마주 보고 섰다.

황 군관이 주달무를 아전에게 인계했을 때는 아침 해가 동헌 지붕 너머로 보였다. 주달무는 김풍헌 옆으로 갔다. 아전들은 모두 동헌 토방으로 올라갔고, 관아 군사 몇 명은 마당가에 긴 창을 들고 섰다. 나졸 두 명은 형틀 바로 뒤에서 동헌 마루를 주시했다. 이방이 동헌방에서 나오는 최경회를 보고 소리쳤다.

"현감나리께서 나오시고 있소!"

동헌 토방과 마당에 모인 모든 사람들이 현감을 향해 고개를 숙였다. 최경회는 바로 동헌 마루에 놓인 호상에 앉았다. 아전들 중에서 형방이 논개 모녀와 김풍헌, 주달무의 이름을 부르며 확인했다. 형방의 확인이 끝나자, 최경회가 논개 모녀를 먼저 내려다보았다. 논개 모녀는 동헌 분위기에 압도되어 바들바들 떨고 있었다. 자못 의기양양하게 서 있던 김풍헌은 최경회의 눈길을 느끼고는 고개를 숙였다. 주달무는 논개 모녀를 바로 쳐다보지 못하고 안절부절못했다. 잠시 후 최경회가 천천히 입을 열었다.

"농사철이니 신속허게 진행헐 것이지만 억울함이 읎도록 하겠다. 고발장은 낸 김풍헌에게 몬자 말헐 기회를 주겠소. 뭣이 억울헌지 말해보씨요."

김풍헌이 말했다.

"지에게는 장가를 못간 아들이 하나 있지라우. 주촌에 참헌 처녀가 있다기에 수소문해서 처녀의 숙부 주달문을 찾아가 만났그만요. 숙부를 만나 지 아들과 조카 처녀를 결혼시키믄 으쩌겄냐고 의사를 타진해봤지라우. 사는 것이 짠해 보여 지가 쪼깜 돕겄다고도 말했그만요. 그래서 그랬는지 잘됐지라우. 근디 민며느리로 들어온 처녀가 아들허고 못살겄다고 지 어미와 짜고 도망쳐부렀그만요. 긍께 지는 재물만 축내고 만 것이지라우. 아들은 아들대로 상처를 받고라우. 지는 고것이 억울허그만요. 현감나리께서 도망친 모녀에게 벌을 내려주신다믄 원이 읎겄습니다요."

이번에는 최경회가 주달무에게 물었다.

"조카 논개를 시집보냄서 김풍헌에게 재물을 요구헌 적이 있소?"

"아이고, 지가 몬자 요구헌 것이 아니라 김풍헌이 지를 측은허게 보았는지 쪼깜 도와줬그만요."

최경회가 김풍헌에게 다시 말했다.

"주달무 말이 맞소?"

"대충 맞그만이라우."

이때부터 처지가 바뀌었다. 김풍헌이 사시나무처럼 떨었다. 그런 김풍헌을 보고 있던 최경회가 논개모 박씨에게 물었다.

"논개가 부잣집으로 들어갔는디도 으째서 김풍헌 아들허고 살지 못허고 도망친 것이요?"

"도망치자고 헌 사람은 지그만요. 긍께 벌받을 년은 지그만요."

"나는 그 말을 묻지 않았소. 또 묻겠는디 으째서 김풍헌 아들허고 살지 못헌 것이요?"

최경회가 양미간을 찌푸리며 다시 물었다. 그러나 논개모 박씨는 대답을 못하고, 주달무를 빤히 쳐다보았다. 주달무에게 대신 대답해달라는 하소연이었다. 주눅 든 주달무가 더듬거리며 말했다.

"지는 첨에 몰랐는디 나중에 알고 보니 김풍헌 아들이 고자였다고 허그만요. 지가 찬찬히 살핌시로 추진했어야 허는디 부잣집으로 가는 조카처녀도 좋고, 지도 입 하나 던다고 경솔허게 생각했그만요."

마지막으로 최경회가 논개에게 물었다.

"숙부가 김풍헌 아들에 대해서 말헌 적이 있는가?"

"부잣집 아들이라고만 했어라우."

"고 사실을 어쩌께 생각하느냐?"

"알고 갔으믄 속은 것이 아니지만 모르고 갔은께 속은 것이그만요."

최경회가 김풍헌에게 다시 물었다.

"아들이 불구라는 것을 으째서 말허지 않았소?"

"아들 장가보낼 욕심으로 차마 알리지 못했그만이라우."

"애비 된 그대를 이해하지 못헐 바는 아니지만, 그렇다고 한 처녀를 곤경에 빠뜨린 그대에게 죄를 묻지 않을 수 없다. 김풍헌은 듣거라. 옥에 가두지는 않겠으나 장형 30대의 벌을 내릴 것이니라.

또한 선의의 실수를 헌 주달무는 훈방처리허고, 논개 모녀는 즉시 방면헐 것이니라."

　김풍헌이 형틀에 올라 곤장을 맞는 동안 논개 모녀는 내내 흐느꼈다. 그리고 이방은 김풍헌이 곤장을 맞고 비명을 지를 때마다 혀를 찼다. 재판이 끝난 뒤 논개 모녀는 동헌 밖에서 황 군관을 만나 '당분간은 어쩔 수 없이 주달무 집에 있겠다.'며 또다시 눈물을 흘렸다.

내아 구실아치 논개

　논개 모녀 재판은 최경회의 의도대로 신속하게 끝났다. 사람들이 들락거리던 장수 관아는 다시 조용해졌다. 아침 햇살이 관아 지붕기와에 난반사했다. 새벽에 짙은 안개가 낀 것으로 보아 정오쯤부터는 여름철 같은 더위가 시작할 듯했다. 재판을 끝낸 최경회는 동헌 마루에서 아전들에게 일과를 보고받았다. 색리는 창고 곡식 장부를 보여주었고, 통인은 전주감사의 지시 사항을 문서로 작성해 올렸다. 옆에서 보고를 듣고 있던 서객 아전은 회의 과정을 치부책에 꼼꼼히 기록했다.

　최경회는 회의가 끝나자마자 점심때까지는 내아로 건너가 휴식을 취하려고 했다. 오후에는 장수읍성 밖으로 나가 농사꾼들의 농사일을 시찰하기로 예정돼 있었기 때문이었다. 내아 큰방은 시원했다. 내아 뒤에 있는 대숲에서 서늘한 바람이 불어와 방 안을 살살 맴돌았다. 최경회는 큰방 뒷문 툇마루에 앉아서 대나무 바람을 쐬었다. 아침에 끝냈던 논개 모녀의 재판이 다시 떠올랐다. 재판을 하다 보면 고약한 사람이 있고, 억울한 사람이 있게 마련이었다. 죄를 짓는 사람도 있고, 죄를 자초한 사람도 있었다. 그런데 재판을 해보면 모두 다 속사정이 있으므로 정상을 참작하지 않을 수 없었다. 그것은 재판장인 최경회만의 몫이었다. 어디까지 정상을 참작해야 할지 경계가 애매할 때가 많았다.

논개 모녀의 재판도 그랬다. 경중은 있지만 죄를 지었던 사람은 재판을 받았던 논개 모녀, 김풍헌, 주달무 등 모두였다. 논개모와 논개는 안의현으로 도망친 죄가 있었고, 논개 숙부 주달무는 김풍헌으로부터 재물을 받고 논개 모녀에게 알리지 않은 죄가 있고, 김풍헌은 아들이 불구임에도 주달무에게 말하지 않은 죄가 있었다. 그러나 최경회는 모두에게 정상을 참작하지 않을 수 없었다. 다만 불구인 아들을 장가보내겠다는 김풍헌의 욕심으로부터 사단이 났으므로 그 부분만은 어쩔 수 없이 죄를 물었다. 그것도 하옥을 시키지 않고 장형 30대로 비교적 가볍게 벌했다. 부인 나주 김씨가 다가와 말했다.

"무신 생각을 고로코름 허시오?"

"바람을 쐬불고 있소. 당신도 이짝으로 앉으씨요."

"아칙에 허신 재판을 생각허고 있그만요."

"내가 헌 재판이 으쩐지 모르겄소."

"오늘 아칙 재판은 지도 봤그만이라우."

"으짜든가요?"

내아 구실아치가 불구경과 재판 구경처럼 재미있는 것이 없다며 호들갑을 떤 바람에 나주 김씨도 내아 구실아치와 함께 처음부터 끝까지 재판을 다 보았던 것이다.

"젤로 억울헌 사람은 논갭디다. 총명허고 참헌 처녀 같은디 짠헙디다."

여자는 여자가 잘 알아보는 법이었다. 앳되지만 조신한 논개가 나주 김씨의 눈에 쏙 들었던 것이다. 논개가 다른 시골 처녀들과 달리 정갈하고 문식(文識)도 있어서였다. 바로 며칠 전에 안 사실이었다. 논개의 아버지 주달문이 안의현에서 살다가 장수현 주촌으로 넘어와 서당 훈장을 했었는데 논개에게도 《천자문》, 《사자소학》, 《명심보감》을 가르쳤고, 논개가 어렸을 때 병으로 죽었다는 사연을 내아 구실아치에게 들었던 것이다. 주촌에서 자랐던 구실아치는 논개 가정사를 소상히 알고 있었음이었다.

"참헌 처녀라서 눈에 들었던 모냥이요."

"구실아치가 갈쳐주드그만요."

"재판허기 전에 구실아치에게도 논개 모녀를 물어볼 것을 그랬소. 근디 재판은 인자 끝나부렀소."

"오늘 재판허는 영감님은 얼음뎅키로 차겁고 아랫목맨치 따땃헙디다."

"부인에게 논개가 마음에 들었던 모냥이요."

"훈장 딸이라서 그란지 문식이 쪼깜 있드랑께요."

"공부헌 사람은 눈빛이 살아 있는 뱁인디 나도 고로코름 보았소."

"《명심보감》까지 띠었다고 헌께 여자로서는 대단허다고 봐야지라우."

"《천자문》, 《사자소학》을 배우고 《명심보감》에 들어간께 거그까지 배우는 여자는 드물지요."

"지는《사자소학》밖에 익히지 못했어라우."

"근디 으째서 논개헌테 관심이 많소?"

"사실은……."

나주 김씨는 그동안 내아에 들어 생활하면서 구실아치 때문에 불편했던 점을 하나하나 열거했다. 부엌데기 하녀들에게 양반 행세를 하며 가끔 매질을 하는 등 너무 가혹하고, 아전들에게는 갖은 아부를 다하며 내아의 곡물을 자신의 주촌집으로 빼돌린 적도 있었다고 말했다. 더구나 빨래하는 관노 하녀를 어떻게 다루는지 남편 최경회의 바지저고리가 깨끗하지 못하기도 했고, 게으르기 짝이 없어서 낮에는 낮잠을 자느라고 얼굴이 늘 부석부석했다고 혀를 찼다. 다른 허물은 몰라도 관아의 재물을 탐한다는 것은 용납할 수 없는 일이었다. 최경회가 말했다.

"사실이라믄 벌을 주어야 마땅허지만 그동안 내아에서 고생헌 공도 있으니 내보는 것으로 해결해야겄소."

"고자질허는 것 같아서 망설였는디 인자 앓던 이가 빠지는 거맹키로 시원해부요."

"근디 내아 구실아치 헐 여자는 물색해두었소? 부엌데기덜을 부릴려믄 구실아치는 반드시 있어야 쓰요."

"생각해둔 사람은 읎지라우. 근디 오늘이라도 빨리 정해놓고 어머님께서 편찮으시당께 아무래도 화순으로 돌아가야겄그만요."

"형수님 두 분이 겨신께 부인이 꼭 돌아가야 헐 필요는 읎소."

"어저께 화순에서 온 순돌이헌테 영감님도 들었지라우. 빨리 손을 써야 어머님 병환이 나을 거 같아서 그라지요."

"임자 생각이 고맙기는 허요만."

최경회는 강하게 만류하지 못했다. 두 형수와 아내 가운데 아내
가 어머니와 마음이 맞아 가장 오랫동안 살갑게 모셨던 것이다. 아
내의 효성스러운 마음을 또다시 확인한 최경회가 툇마루를 슬쩍
치며 말했다.

"부인, 논개를 구실아치로 들이믄 으쩌겠소?"

"누구에게 부탁허믄 될게라우?"

"논개 모녀를 잘 아는 이방에게 한번 말씀해보씨요."

부엌데기가 점심상을 들고 들어오자, 최경회 부부는 툇마루에서
일어났다. 점심상에 오른 더덕이파리 겉절이, 두릅순 무침, 된장을
바른 취나물 등이 상큼한 봄나물의 향을 풍겼다. 점심상을 받은 나
주 김씨는 내아 구실아치로 논개를 들인다면 내아 부엌과 곡식 창
고가 알뜰하게 관리되고, 정을 붙이지 못하고 겉돌던 하녀들이 일
을 더 자발적으로 할 것만 같아 기대에 부풀었다.

재판이 끝나자마자 군관청으로 돌아온 황 군관은 이청에서 쉬고
있을 이방을 찾아갔다. 감옥에서 논개모 박씨가 자신에게 했던 말
이 떠올라서였다. 논개모 박씨는 황 군관에게 신세타령처럼 하소
연했던 것이다.

'옥에서 풀려나드라도 으디로 가겠소? 시동상 집에 가서 눌러앉
아 사는 것도 심들지라우. 실수헌 시동상허고 어쩌께 맨날 얼굴 보
고 살겠소. 근디 나는 방지마실 친정집으로 가믄 되겠지만 논개는

갈 디가 읎어라우. 남편에게 소박맞은 여자라고 손구락질을 헐틴디 어처께 나허고 방지마실에서 살겄냔 말이요.'

마침 이방은 이청 방에 큰 대(大)자로 누워서 눈을 껌벅거리고 있었다. 무슨 생각에 잠겨 있음이 분명했다. 황 군관이 헛기침을 했다. 그래도 이방이 꿈쩍도 하지 않자 황 군관이 다소 목소리를 높여 말했다.

"황 군관이그만요."

"또 뭣 땜시 왔는가?"

"이방 어른, 논개 모녀 땜시 왔제라우."

"방구가 잦으믄 설사가 나오는 뱁인디 조만간에 뭔 일이 생겨불 것 같네."

"아따, 말씸을 이쁘게 허씨요. 방구니 설사니 그라믄 쓰겄는게라우?"

"으디 얘기해보게."

"재판 전에 감옥에 면회 갔을 때 논개모가 땅이 꺼질 거멩키로 크게 걱정을 허드랑께요."

"풀려나지 않을 줄 알고?"

"고것이 아니라 풀려났을 때 갈 디가 마땅찮어서 고민, 고민허고 있드랑께요."

"뭣이냐, 주달무 집에 가믄 되겄제. 거그서 살았응께. 글고 주달문이 논개 땜시 김풍헌헌테 재물을 받은 일이 있고 말이여."

황 군관이 손사래를 치며 말했다.

"워메, 주달무가 소개를 잘못해 갖고 시방 이 사단이 났는디 어처께 그 집으로 들어가서 산다요. 인자 못 살지라우."

"그라믄 논개모 친정집으로 가든 되겠네. 안의현 방지촌에 있는 박가네 집으로 말이여."

"이방 어른, 다 암시로 고런 말씸은 허시지 마시랑께요. 논개모는 갈 수 있겠지만 논개는 어처께 남의 눈총을 받음시롱 거그 가서 산다요. 마실 사람덜이 소박맞은 여자라고 돌아서서 손구락질 허겄지라우."

"황 군관 말도 일리가 있네. 논개 모녀를 잡아올 때 소문이 다 나부렀을 틴디 다시 간다는 것은 쪼깐 거기시형마."

이방이 그제야 고개를 끄덕끄덕하며 논개의 딱한 처지를 이해했다. 이방이 말했다.

"황 군관, 인자 알겠네. 논개가 살아갈 만헌 디를 알아보겠네. 남자라믄 모르지만 여자라서 쉽지는 않을 것이지만 말이여."

이방이 다시 방바닥에 큰 대자로 누웠다. 황 군관이 어정쩡하게 서서 말했다.

"이방 어른, 점심은 드셨는게라우?"

"아칙허고 점심을 겸해서 진작 묵어부렀네."

"안 드셨으믄 지가 막걸리라도 한잔 올릴라고라우."

"이보게, 대낮에 술 마셨다가는 큰일 나네. 현감나리께서 아전덜에게 일과 중에는 금주허라고 엄명을 내리셨네."

그런데 그때였다. 동헌 관노가 이방에게 와서 허리를 굽히며 말했다.

"내아에 겨시는 마님께서 찾으시그만요."

"나를?"

"그렇그만요."

"무신 일로?"

"고것은 잘 모르겠는디 내아 구실아치를 찾는다그만요."

"알았다. 가마."

황 군관은 나주 김씨가 이방에게 조언을 들으려고 찾는다는 것을 직감했다. 황 군관은 관노를 앞세우고 가는 이방 뒤에서 말했다.

"이방 어른, 고민헐 거 읎그만요. 논개가 있응께라우."

"나도 그렇게 생각허고 있네."

황 군관의 예감은 정확하게 들어맞았다. 나주 김씨는 논개를 내아 구실아치로 삼는데 이방보다도 더 적극적이었다. 나주 김씨가 서두르는 바람에 이방이 내심 놀랐다. 나주 김씨로서는 내아 구실아치 문제를 해결한 뒤 화순으로 돌아가고 싶어 했다. 이방이 나주 김씨에게 공손히 물었다.

"논개를 어쳐께 고로코름 잘 아신게라우?"

"내아 구실아치를 바꾸려던 참에 논개를 알게 되었그만요."

"나리께서 거처허시는 내아를 관장허는 구실아치는 아무라도 헐 수 읎지요. 나리의 말씸도 알아들을 수 있어야 허고, 나리의 심기도 살필 줄 알아야 헌께라우."

"논개가 《명심보감》까지 읽었다고 허니 믿음이 가그만요."

"맞습니다요. 논개 정도는 돼부러야 나리의 심기를 살필 수 있을 것입니다요."

"영감님 말씸으로는 이방께서 논개를 안다고 허드그만요."

"아, 도망간 논개를 안의현에서 장수현까지 델꼬 온 적이 있습니다요."

나주 김씨가 잠시 망설이다가 이방에게 말했다.

"부탁이 하나 있는디 될까라우?"

"말씸만 허시지라우."

"논개를 구실아치로 삼을라고 허는디 으째야쓰까라우?"

이방이 선선히 받아들였다. 황 군관의 부탁도 있었던 데다 나주 김씨도 원하므로 잘 맞아떨어진 기회라고 생각했다.

"논개 의중이 으떨지 모르겄지만 지 판단으로는 논개에게도 좋은 일이라고 생각됩니다요."

"그라믄 오늘 중으로 논개를 델꼬 오시지라우."

"근디 나리께서도 생각이 같은지 궁금허그만요."

"내아 일을 지헌테 맽겼은께 시방 이방께 부탁허고 있지라우."

"예, 알겄습니다요."

이방은 즉시 내아를 나와 군관청에 있는 황 군관을 찾았는데, 그의 팔자걸음은 평소보다 더욱 티가 났다. 관노들이 뒤에서 보고는 히죽히죽 웃었다. 이방이 군관청 밖에서 마치 사또가 아랫사람을 부르듯 소리쳤다.

"이보게!"

"……."

"황 군관은 죽었는가, 살았는가?"

황 군관이 부리나케 방문을 확 열고 나왔다. 이방의 얼굴에서 희색을 발견한 황 군관 역시 배시시 웃으면서 말했다.

"이방 어른, 일이 잘 성사됐그만요."

"내가 누군가? 장수현 세습이방이 아닌가? 내가 나서서 해결되지 않은 일이 뭐 있는가!"

"논개 모녀는 주촌 주달무 집에 잠시 있을 모냥인디 지가 바로 달려가서 델꼬 와불게라우?"

"논개만 델꼬 오게. 부인께서 당장 보시자고 허네."

황 군관은 망설이지 않고 주촌으로 떠났다. 때아닌 더위에도 아랑곳하지 않고 콧노래를 부르며 관아를 나갔다. 짙은 새벽안개가 예고했듯 점심때를 지나면서부터 더위가 기승을 부렸다. 이방이 사라진 황 군관을 향해서 한마디 했다.

"노력은 가상헌디 배필까지 될라믄 하늘이 점지해줘야 허는디."

이방은 마치 큰일을 하나 해결한 듯 헛기침을 하면서 이청으로 돌아갔다. 그러나 시원한 방에서 잠시도 쉬지 못했다. 동헌 관노가 허둥지둥 달려왔다. 이방은 목덜미에 줄줄 흐르는 땀을 닦을 틈도 없이 동헌으로 갔다. 동헌에는 아전들이 모여 있었다. 그런데 현감 최경회가 소집한 회의는 아니었다. 아전들이 급히 모인 것은 논의할 일이 하나 있어서였다. 어제 화순에서 온 말구종 순돌이가 가지고 온 소식 때문이었다. 이방이 나타나자마자 서객이 먼저 말했다.

"어저께 화순 말구종이 가지고 온 소식에 의하믄 나리 자당님께서 병환 중이신 모냥인디 으째야쓰겄소?"

"용헌 의원을 찾아서 보내믄 으쩔게라우?"

색리의 의견이었다. 이에 호방이 동의했다.

"의원에다 약까지 구해 보내야 겄지라우."

그러나 이방이 다른 의견을 냈다.

"청백리이신 나리께서 우리덜 의견을 받아들이실 리 만무허요. 화순에도 용헌 의원이 있을 것이요. 긍께 다른 방법을 찾아보믄 으쩌겄소?"

서객이 이방의 의견을 반박했다.

"긍께 나리 몰래 의원을 보내야지라우. 그래야 나리를 모시는 아랫사람의 도리를 다허는 것이 아니겄소?"

"나리 부인께서도 화순으로 돌아가신다는디 어처께 비밀리에 의원을 보내겄소? 나리께서 안다믄 을매나 실망허시겄소?"

결국, 아전들은 갑론을박 끝에 결론을 내지 못했다. 선의로 시작한 아전회의는 진퇴양난에 빠져버렸다. 최경회의 성품이 거론되자 의원을 보내자던 서객은 슬그머니 꽁무니를 내렸다.

황 군관은 석양이 기울 무렵에야 논개를 데리고 관아로 들어섰다. 논개를 인계받은 이방은 곧장 내아 쪽으로 걸어갔다. 내아 문 앞에서였다. 이방이 논개를 흘깃 보더니 말했다.

"구실아치도 베슬이니라. 또 아느냐? 나리 눈에 든다믄 소실이 될 수도 있고."

"이방 어른, 지는 마님께서 보자고 해서 왔그만요. 베슬이나 소실이 될라고 온 것이 아니그만요."

"내가 쪼깜 앞서부렀나? 허지만 두고 보거라. 부인께서 내게 헌 말씸이 있느니라."

이방의 말은 곧 사실로 드러났다. 논개가 내아에 들어서자마자 나주 김씨가 다가와 자애롭게 말했다.

"나는 이곳을 곧 떠날 것이다. 니가 내아를 맡어준다믄 고맙겄다. 니가 결정만 허믄 된다."

"지가 잘 헐 수 있을지 모르겄그만요."

"니는 배움이 있은께 잘 헐 것이다. 나리께서도 니가 내아를 맡어준다믄 동헌 일을 더 보실 것이다."

"마님, 잘해보겄습니다요."

"내아를 맡어준다니 고맙구나. 니는 지금부터 내아 구실아치니라. 니를 구실아치로 정하고 난께 화순으로 돌아가는 내 발걸음이 가벼울 것만 같구나."

논개는 나주 김씨의 말투에 감격했다. 한마디 한마디가 부드럽기 그지없었다. 지시하기보다는 논개의 의견을 묻고 시종 격려하는 말투였기 때문이었다. 나주 김씨의 속 깊은 인품이 자신을 재판했던 현감 최경회 못지않은 것 같았다.

고단한 벼슬살이

장수는 산이 높아 봄 날씨임에도 불구하고 장대비가 자주 쏟아졌다. 비구름이 산을 넘지 못하면 곧장 장대비로 변하곤 했던 것이다. 더위도 들쑥날쑥 변덕이 심했다. 산에 둘러싸인 장수읍성은 솥단지 같은 지형이었으므로 봄에도 불볕더위가 나타나곤 했다. 차라리 장마가 시작하면 날씨는 선선해지고 빗발은 가늘어졌다. 농사꾼들은 더위 아래서는 일을 못했지만 장마 때는 틈을 내서 비설거지하러 논밭으로 나갔다.

그런데 나주 김씨는 장마가 시작되자 애를 태웠다. 화순으로 돌아가야 하는데 길을 나서지 못해서였다. 장맛비에 산길이 질척거리면 사람뿐만 아니라 짐을 지고 가는 말도 힘들어했다. 내아 처마 끝에 떨어지는 낙숫물을 바라보고 있던 최경회가 말했다.

"부인, 차라리 잘 돼부렀소. 여그서 푹 쉬다가 장마가 끝나믄 가씨요."

"어머님께서 병환 중인디 어쩌께 쉬겄는게라우. 마음이 불편허당게요."

"부인 마음을 하늘도 알 것이요. 긍께 너무 걱정 마씨요."

그때 내아 구실아치 논개가 약재를 달여 가지고 왔다. 최경회가 먹고 있는 약이었다. 사발에 든 약냄새가 툇마루에 퍼졌다.

"내 걱정 마시고 약이나 드씨요."

"부인이 구헌 약이라서 그란지 몸이 쪼깜 개벼와졌소."

"지가 볼 때는 아직 멀었그만요. 옆에서 본께 벼슬살이가 요로코름 고된 줄 몰랐그만이라우."

최경회가 공무로 인한 과로 때문에 몸이 부실해진 것은 사실이었다. 작년 정축년(1577)에 부임해 온 이래 해를 넘기면서 하루도 쉬지 않고 공무를 보았던 것이다. 뿐만 아니라 최경회는 남쪽 왜구와 북쪽 여진족의 침입을 경계하여 관아 군사와 마을에서 농사짓는 토병을 데리고 활터에서 활쏘기 연습, 즉 습사(習射)를 독려하였던 바, 자다가도 속옷이 젖을 만큼 식은땀을 흘리는 고뿔에 걸리고 말았음이었다.

"내 한 몸 편허라고 나라에서 베슬을 준 것이 아니지라."

"지도 들었그만요. 기생 델꼬 술 마시고 노는 베슬아치도 많다고 헙디다."

"나라의 은혜를 모르는 베슬아치도 있지만 지하에 겨신 고봉 선상님이나 첫 스승이신 송천 선상님께서 그런 나를 보시믄 뭣이라고 허겄소? 베락치듯 꾸지람 허심시로 사제간 의리를 끊어불자고 허겄지요."

"지가 어찌 그런 베슬아치를 닮으시라고 말씸드리겄는게라우.

공무를 보시되 살살 쉼시로 허시라는 거지요. 몸이 망가지믄 배우신 대로 뜻을 펼 수 읎는 것은 자명헌 이치이겄지라우."

최경회는 사발에 든 약을 들다 말고 내려놓았다. 나주 김씨의 말이 하나도 틀리지 않아서였다. '몸이 망가지면 뜻을 펼 수 없다'는 말이 가슴에 와 닿았다.

"부인, 시방 헌 말 영념허겄소. 나는 지금까지 좌고우면허지 않고 앞만 보고 달려온 것 같으요."

"고로코롬 사시믄 지금맹키로 병이 날 수밖에 읎지라우."

최경회는 사발에 든 약을 마저 마셨다. 그러고 나자 논개가 사발을 들고 나갔다. 나주 김씨가 말했다.

"지가 여그 삼시로 내아 구실아치는 잘 들인 것 같그만요."

"눈썰미가 솔찬헌 부인이 뽑았는디 오죽허겄소."

"약재는 직접 약탕기에 댈이고, 영감님 바지저고리도 에린 하녀덜에게 맽기지 말라고 혔지라우. 지금까지 지켜본께 논개 솜씨가 지 마음에 쏙 들그만이라우."

"부인이 내아 질서를 바로 잡아준께 나도 편허요. 부인이 오지 않았더라믄 내아가 어쩨께 돌아가는지 모를 뻔했소."

"논개를 구실아치로 삼고 나니 안심이 되그만요. 하녀덜이 논개를 잘 따르는 것 같아서 다행이어라우."

보슬비의 빗발이 아주 가늘어졌다. 그러자 최경회가 서둘러 읍성 밖으로 외출할 채비를 했다. 최경회는 갓을 쓰다가 갑자기 현기증이 들었지만 문고리를 꽉 붙들었다.

"으디로 가시는게라우?"

"오늘 활터에서 군사덜 습사가 있소. 관아 군사덜이 장마라고 해서 하늘만 쳐다보고 있은께 활쏘기 연습이라도 시킬라고 허요."

"고뿔을 내쫓아불라믄 오늘 같은 날은 아랫목에서 푹 쉬시지 그라요. 부엌데기덜에게 전을 쪼깜 부치라고 했어라우."

"장마가 끝나믄 전주에서 무과 향시가 있을 것이요. 글고 변방에 외적덜이 자꼬 출몰헌다고 허니 습사허지 않을 수 읎소."

"그라믄 부엌데기덜에게 전을 많이 부쳐 활터로 가라고 헐께라우."

나주 김씨는 최경회를 붙잡지 않았다. 장마라고 해서 관의 일과 시간이 없어지는 것은 아니었다. 더욱이 관아 군사들은 전주에서 치르는 무과 향시를 기다려왔을 것이고, 최경회는 장수읍성 군사들이 많이 합격하기를 바라고 있을 터였다.

식년무과는 초시, 복시, 전시(殿試) 등 세 단계의 시험이 있었다. 초시는 식년(子·卯·午·酉에 해당하는 해)의 전해 가을에, 복시와 전시는 식년 봄에 실시하였다. 그리고 무과 초시에는 원시(院試)·향시(鄕試)가 있어 원시는 훈련원이 주관해 70인을 선발하고, 향시는 각 도의 병마절도사가 주관해서 각도 합해 120인을 선발하였다.

한편, 초시는 시험 장소인 각 도의 소(所)마다 2품 이상 1인과 당하관인 문관 1인, 무관 2인을 시관(試官)에, 사헌부에서 감찰(監察) 1인을 감시관에 임명하였다. 초시 합격자가 치르는 복시는 식년 봄에 초시 합격자를 한양에 모아 병조와 훈련원이 주관해 강서(講書)와 무예를 겨뤄서 28인을 선발하였다. 그러나 식년시 28인이라는 규정은 문과와 달리 제대로 지켜지지 않았으며, 더 많은 인원을 뽑는 경우가 대부분이었다.

복시의 시관에는 2품 이상의 문관 1인과 무관 2인, 당하관 문관 1인과 무관 2인이, 감시관에는 양사(兩司)에서 각각 1인씩 파견하였다. 전시는 처음에 기격구(騎擊毬)·보격구(步擊毬)로 시험을 치렀고, 시관은 복시와 같았으나 다만 의정(議政) 1인을 명관(命官)으로 추가하였다.

또한, 식년 이외에 실시된 각종 별시무과에서는 증광시를 제외한 대개의 경우, 각 도별로 행하는 초시를 생략하였다. 급할 경우에는 단 한 차례의 시험으로써 급제자를 뽑기도 하였는데, 그 숫자도 규정을 초과할 때가 많았다.

어쨌든 한양으로 올라가 복시와 전시에 합격하려면 향시를 통과해야만 했으니 장수 관아 군사들은 향시의 장소인 전주에 갈 날만을 기다리고 있는 형국이었다. 최경회는 전령과 군교를 앞세우고 읍성 밖의 활터로 나갔다. 걸어가는 중에 군교가 보고했다.

"군사덜이 비가 오는디도 불구허고 습사를 열심히 허고 있습니다요."

"우리 군사덜이 향시에 많이 합격허믄 장수의 자랑이제."

"나리, 그렇습니다요."

"승마는 연습헌 지 오래됐제?"

"장마가 들어서는 말을 타지 못했그만요. 마장이 질척거려서 능률도 오르지 않은께라우. 말도 비가 오믄 헛걸음질만 허지라우."

"누가 활을 젤로 잘 쏘는가?"

"황 군관이라고 헙니다요."

"논개 모녀를 압송하러 안의현에 갔던 군관 아닌가?"

"그렇습니다요."

"성실헌께 상을 줘야 허는디 깜박 잊고 있었네."

활터에는 관아 군사 십여 명이 사대에서 두 줄로 서서 교대로 습사하고 있었다.

최경회는 원두막 같은 사정(射亭)으로 올라갔다. 보슬비는 는개로 변하여 활을 쏘는 데는 지장이 없었다. 과녁에서는 1순(巡), 다섯 발이 끝날 때마다 떨어진 활을 줍는 연전꾼 관노가 노란 기를 흔들며 소리쳤다.

"세 발 명중이요!"

"두 발 명중이요!"

"한 발 명중이요!"

군사들이 '세 발 명중'에서 '두 발 명중'까지도 함성을 질렀으나 '한 발 명중' 소리에는 '아이고메!' 하고 탄식했다. 세 발을 명중시킨 사람은 군교가 말했듯 황 군관이었다. 최경회는 몸이 납덩이처럼 무거웠지만 박수를 치며 격려했다. 군교가 최경회에게 말했다.

"군사덜은 나리께서 명궁수이신 줄 알고 있그만요. 한번 시범을 보여주시믄 사기가 충천헐 것입니다요."

"몸뗑이가 무거운디 으쩔지 모르겄네만 사기가 오른다믄 한 번 쏴봐야제."

최경회가 자신도 모르게 "끄응!" 하고 신음을 뱉어내며 사정을

내려와 활터로 가자, 군사들이 모두 사대에서 내려왔다. 최경회가
천천히 활을 들었다. 활이 고뿔에 걸리기 전과 달리 몸과 따로 놀
았다. 활과 일체가 되어야 하는데 이물질처럼 부자연스러웠다. 그
러나 최경회는 화살을 걸고 허리와 어깨 힘으로 시위를 당겼다. 연
거푸 다섯 발을 쏘았다. 잠시 후 연전꾼이 소리쳤다.

"네 발 명중이요!"

연전꾼이 외치자마자 군사들이 환호했다. 그때 마침 내아 부엌
데기들이 간식을 만들어 대나무 채반에 이고 왔다. 사정 마루에 간
식을 차려놓고 군교, 군관, 군사들이 요기를 했다. 노릇노릇하게
부친 김치전은 연기가 사라지듯 금세 없어졌다. 시큼한 개떡과 삶
은 죽순 무침도 군사들에게 인기가 좋았다.

최경회는 활터 시찰을 마치고 동헌으로 갔다. 동헌에서 한양을
다녀온 통인의 보고를 듣기로 돼 있었기 때문이었다. 지난 달 통인
에게 첫 스승이었던 송천 양응정의 소식을 수소문해서 알아오라고
지시했던 일도 있었다. 통인은 벌써 동헌에 도착하여 후줄근한 모
습으로 토방에 서 있었다.

"고상 많았네."

"한양에서 전주를 거쳐 인자 왔그만요."

"전주 소식부터 말해보게."

"가실에 무과 향시를 예정대로 치른다고 헙니다요. 향시를 공고
허는 문서를 갖고 왔그만요."

"지금 활터에서 오는 길이네. 모두 잘 준비허고 있은께 올해 장

수 군사들이 최고 성적을 낼지 모르겠네."

"송천 선상님 소식을 들은 것이 있는가?"

"송천 나리께서는 낙향허셔부렀는디 자꼬 임금님께서 부르시는
것 같습니다요."

"알고 있네. 4년 전에도 낙향을 허셨네. 진주목사로 겨시다가 경
주부윤를 제수 받아 가셨는디 파직을 당했제. 김우성이가 선상님
께서 진주목사 시절 부정을 저질렀다고 사주헌 것이 원인이었는디
무고로 밝혀져불고 말았지. 그래서 임금님께서는 이조참의로 임명
하셨으나 나가지 않으셨네. 동서 당파의 삿된 바람이 불고 있다는
것을 느끼시고 박산마을로 내려와 부리신 것이네."

그러나 선조는 양응정을 놓아주지 않았다. 의주목사, 대사성, 이
조참의로 벼슬을 바꾸어가며 한양으로 불러올렸다. 그리고 60세
의 양응정을 명나라 성절사 일행으로 보내더니 황해감사로 임명했
다. 통인이 말했다.

"올해도 황해감사를 제수 받으셨는디 고향으로 내려가부신 모
냥입니다요."

"본시 벼슬자리에 욕심이 읎는 분이셨는디 동서분당의 조짐이
보이자 환멸을 느끼시고 낙향허신 것이네. 통인은 이유가 뭣이라
고 보는가?"

"그렇습니다요. 삼윤(三尹)을 사이에 두고 벌어지고 있는 탄핵논
의(論劾) 땜시 그런 것이 아닌가 봅니다요."

삼윤이라 함은 이조좌랑 윤현, 그의 숙부인 도승지 윤두수, 경기
감사 윤근수, 즉 세 명의 윤씨를 뜻했다. 이들은 서인이었는데 진

도군수 이수가 세 명의 윤씨에게 쌀을 뇌물로 바쳤다는 정보를 입수한 동인이자 이조전랑인 김성일이 경연석상에서 선조에게 폭로한 데서 탄핵논의는 비롯되었던 것이다.

통인은 탄핵 논의에 대해 최경회에게 자세하게 보고했다. 그의 보고 요지는 다음과 같았다.

당시 이조전랑으로 있던 윤현과 김성일은 당이 서로 다른 탓에 사사건건 의견이 맞지 않았을 뿐더러 사이도 좋지 않았다. 이때는 윤현의 숙부인 윤두수와 윤근수 형제가 동인의 세력을 은근히 탄압하고 있을 무렵이었다.

반격의 기회를 노리고 있던 동인 김성일은 진도군수 이수가 삼윤에게 쌀을 뇌물로 바쳤다는 정보를 입수해 이 같은 사실을 경연석상에서 선조에게 고자질했다.

"어떤 사람이 배에 곡식을 가득 실어다 주었사옵니다. 곡식을 받은 자는 윤두수와 윤근수, 그들의 조카인 윤현이며 곡식을 뇌물로 준 자는 진도군수 이수이옵니다."

이후의 경연에 들어간 윤두수가 선조에게 변명했다.

"진도군수 이수는 신의 사촌이옵니다. 신에게 노모가 있으므로 어물을 보내온 것이오며, 그 외에는 신도 알지 못하옵니다."

그러나 양사의 대간이 이수를 탄핵함으로써 사건은 악화되었다. 부제학 허엽이 사헌부와 사간원이 뇌물을 받은 삼윤을 탄핵하지 않는다고 그 책임을 묻자, 대간은 그제야 삼윤의 죄를 선조에게 주청했던 것이다. 이때 직제학 김계휘와 척신 심충겸 등

서인은 삼윤을 옹호했다. 반면, 대사헌 박대립과 대사간 이산해 등 동인을 중심으로 한 사헌부와 사간원 양사는 삼윤의 죄상을 공격하며 처벌할 것을 주장했다.

이 사건을 계기로 동서 분당의 싸움은 날로 격화했다. 이런 와중에서 이수를 원망하던 진도의 아전 한 사람이 이수가 삼윤에게 쌀을 바친 사실을 고함으로써 삼윤은 결국 파직 당했다.

당파를 무조건 배척하지 않고 중립을 지키며 긍정적으로 승화시키려고 했던 율곡 이이조차도 동인들의 처사를 비판했다.

"동인들의 간계는 옳지 못하오. 동인의 행위가 점차 바른 여론에서 벗어나고 있소."

이이조차 서인을 두둔하고 나섰는데, 삼윤이 탄핵을 당한 서인은 점차 세력을 잃고 동인들이 득세했다.

어쨌든 이 사건은 붕당정치의 여파로 일어난 사건으로 당쟁에 회의를 느낀 적잖은 선비들이 벼슬을 사직하고 낙향하는 계기가 되었다. 양응정도 그중에 한 사람이었다.

최경회가 통인에게 말했다.

"나는 이 자리가 을매나 좋은지 모르겠네. 아무도 거들떠보지 않는 여그 산간오지 장수에는 동인도 읎고 서인도 읎거든. 하하하."

"나리께서는 당파를 모르고 사시는 분이그만요."

"내가 만약 한양에 있다믄 나도 내 의지와 상관읎이 으디로 엮일지 모르지. 출세헐라믄 한양으로 가야 헌다지만 한양은 참말로 위험헌 곳이네."

"지도 장수 관아 통인이 좋습니다요."

"아, 글고 황 군관을 전주감영으로 보내야겄네. 무재(武才)도 있고 심성도 고운 군관이라고 허네. 아무래도 전주로 가믄 여그보다 출세가 빠를 걸세."

"조만간에 전주로 가서 황 군관 자리가 있는지 알아보고 오겄습니다요."

최경회는 황 군관을 전주로 보내 식년무과보다는 병마절도사 권한으로 복시와 전시를 보지 않고 단박에 급제시키는 별시무과를 보게 하여 장수현의 인물로 키우고 싶었다. 이 방법이야말로 최경회가 황 군관을 이름 난 무장이 되게 할 수 있는 가장 빠른 수단이었다.

활터에서 습사한 다음 날부터 느닷없이 굵어진 장맛비가 오락가락했다. 하늘은 시레기국처럼 우중충했고, 비구름이 산자락을 종일 오르락내리락했다. 날씨 탓인지 최경회의 몸은 더욱 무겁기만 했다. 논개가 날마다 아침저녁으로 한약을 달여 바치지만 고뿔은 차도가 없었다. 밤중에 식은땀을 마구 흘리는 날도 있었다. 나주 김씨는 최경회의 건강이 걱정돼 논개에게 당부했다.

"나는 어머님 병환 땜시 여그서 더 있을 수가 읎구나. 영감님 건강을 니가 잘 보살펴야겄다."

"예, 소녀는 정성을 다허겄습니다요."

"너만 믿겄다. 니가 있은께 을매나 안심이 되는지 모르겄다."

결국 나주 김씨는 장마가 끝나갈 조짐을 보이자, 순돌이를 앞세우고 서둘러 화순으로 떠났다. 최경회의 추천으로 전주감영으로 자리를 옮기게 된 황 군관도 무장이 될 꿈을 안고 장수읍성의 인연들과 아쉽게 작별했다.

논개, 부실이 되다

　음력으로 7월 15일 백중날 한밤중이었다. 내아 큰방에서 신음 소리가 간헐적으로 "으으으!" 하고 들려왔다. 내아 별채 초가 부엌데기들이 거처하는 방에서도 들릴 만큼 고통스러운 신음 소리였다. 논개는 잠에서 깨어나 어찌할 바를 모르고 당황했다. 현감 최경회가 앓는 소리를 내고 있는 것이 분명했다. 축시가 지난 듯 읍성 밖에서 첫닭 홰치는 소리가 아련히 들려오더니 잦아들었다. 논개와 한방을 쓰는 부엌데기 말년이가 말했다.

　"성님, 가봐야 허지 않을게라우?"

　"한밤중에 나리 방에 들어가는 것도 머시기허고 으째야쓰까이."

　"성님이랑 같이 들어가믄 되겄지라우."

　"미처 생각을 못했네. 그래보자."

　논개는 관노 부엌데기를 데리고 최경회가 누워 있는 큰방으로 갔다.

　"나리, 나리!"

그러나 최경회는 아무런 대꾸도 하지 못했다. 논개는 겁이 덜컥 났다. 말년이가 벌벌 떨고만 있는 논개의 손을 잡아끌었다.

"성님, 요로코름만 있으믄 큰일 나라우."

부엌데기 말년이가 방문을 열고 먼저 들어갔다. 최경회는 창호가 있는 벽 아래에 새우처럼 웅크리고 있었다. 보름달빛이 창호에 투과하여 최경회의 몸을 비추고 있었다. 최경회는 숨이 멎은 듯 나무토막처럼 꿈쩍을 안했다. 그러다가도 깊은 숨을 푸우 내뱉고는 한동안 움직임이 없었다. 논개가 베개를 끌어당겨 최경회의 머리를 바로 뉘였다. 최경회의 머리카락은 땀이 흘러 온통 젖어 있었다. 논개가 말했다.

"말년아, 이방 어른께 알려야겄다. 긍께 니가 잘 모시고 있그라."

"성님, 무서운께 한 사람 더 불러올께라우."

"그래라."

논개는 내아 뒷문을 나와 이청으로 잰걸음으로 갔다. 이청은 동헌 아래 있었다. 마침 이청 큰방은 불이 켜져 있었고, 아전들끼리 밤늦도록 윷놀이를 하는지 '허허 하하' 웃음소리가 났다. 백중날이 되면 낮에는 읍성 사람들이 당산나무 그늘에서 윷놀이를 하며 피서하고, 밤에는 아전과 군관들이 초저녁과 꼭두새벽에 달빛 아래서 놀다가 방에 들어 윷놀이로 회포를 풀었던 것이다. 논개가 이방을 불렀다.

"이방 어른, 이방 어르신!"

"응, 자네가 웬일이여? 새참이라도 가져왔는가?"

"큰일 났그만이라우,"

"뭣이라고!"

이방이 마루로 나와서 논개를 쳐다보았다.

"나리께서 위급허시그만요."

"어쩌께?"

"땀을 비오데끼 쏟아불고 숨도 잘 못 쉬시그만요."

"시방 내아 큰방에는 누가 있는가?"

"말년이가 지키고 있그만요."

그제야 이방이 심각한 상황임을 깨닫고는 말했다.

"읍성 밖으로 나가서 의원을 불러와야 허겄그만."

이방을 만나고 내아로 돌아온 논개는 최경회가 누워 있는 큰방으로 들었다. 부엌데기 두 명이 허둥대고 있다가 논개를 보고는 울상을 지었다.

"성님, 나리께서 명주실맨치 숨을 쉬시고는 있는디 무서워라우."

"알았다. 의원님이 곧 올틴께 지다리고 있자."

논개는 최경회를 안심시키기 위해 말했다.

"나리, 의원님이 오시믄 괴안찮을 것입니다요."

논개가 땀에 젖은 베개를 바꾼 뒤 말년이에게 말했다.

"말년아, 찬 샘물에 수건을 적셔 가지고 오그라."

"성님, 얼른 댕겨올게라우."

최경회는 여전히 머리와 얼굴에 땀을 쏟아내고 있었다. 그러면서도 오한 때문에 온몸을 덜덜 떨었다. 논개는 이부자리를 꺼내 최경회를 덮었다. 이부자리를 목까지 덮은 최경회가 잠시 입술을 달싹거렸다. 논개와 부엌데기가 귀를 기울였다.

"여그가 으디냐?"

"내아 큰방입니다요."

"니는 누구냐?"

"논개입니다요."

"니가 내 옆에 있은께 고맙구나."

최경회의 말투가 조금 또렷해졌다. 혼수상태에서 벗어나고 있음이 분명했다. 논개는 말년이가 들고온 물수건을 최경회의 이마에 놓았다. 그러나 최경회가 물수건을 치우라고 고개를 흔들었다. 물수건을 내려놓자, 최경회의 표정이 차츰 편안해졌다. 모르긴 해도 무언가 한 고비를 넘기고 있는 것 같았다. 논개와 부엌데기들은 이전과 달리 숨을 고르게 쉬고 있는 최경회를 우두커니 쳐다보면서 방구석에 쭈그려 앉아서 의원을 기다렸다.

읍성 밖으로 의원을 찾아간 이방은 의원 집 앞에서 소리쳤다.

"김 의원! 김 의원!"

달빛이 내려앉은 의원 집은 사람이 살지 않는 집처럼 고요했다. 낮에 환자들이 드나들던 모습과는 정반대였다. 잠시 후 김 의원이 눈을 비비면서 나왔다.

"이방 어른이 웬일이요?"

"이 사람아, 급헌 일로 왔네. 나리께서 위독허시네. 머리에 땀을 줄줄 흘리시고 사지는 얼음멩키로 차다고 허네."

"그라믄 약재를 쪼깜 가져가야겄그만요."

"서두르시게."

"낮에 윷놀이대회 때만 해도 안색이 좋지 않기는 했지만 특별헌 징후는 읎었는디라우잉."

"뭘 꾸물거리는가. 얼릉 내아로 가보세."

장수 관아에는 아직 의원청을 두지 않고 있었다. 감사나 목사가 있는 큰 관아에는 의원청을 두고 있지만 작은 관아는 그렇지 못했다. 그러나 최경회는 장수 관아에 병든 주민들을 위해 의원청을 두려는 계획을 세워놓고 있었다. 통인에게 지시해 김 의원을 한양에서 데려온 것도 그 일환이었다. 김 의원이 관아에 들어오지 못한 것은 아직 의원청을 짓지 못했기 때문이었다. 최경회는 초가삼간이라도 가을에는 반드시 의원청을 지을 생각이었다.

김 의원의 고향은 영광이었다. 허준의 생모 영광 김씨는 먼 친척의 누나뻘이었다. 허준의 생모도 원래는 영광에서 살았는데 허준의 아버지 허론의 소실로 들어가면서 양천현 파릉리로 올라갔던 것이다. 김 의원이 한양으로 올라가 허준에게 의술을 배운 것도 그런 인연이 있어서였다.

그러나 김 의원은 선조 2년(1569) 허준을 따라서 내의원에 들어갔지만 어의가 되지 못한 채 낙심해 있다가 장수 통인을 만나 남도행을 결심해버렸던 것이다. 어의가 되려면 반드시 의과에 급제해야 했는데 김 의원은 번번이 낙방했던 바, 조카뻘인 허준이 끌어주려 해도 별 수 없었다. 반면에 의과에 급제한 허준은 선조6년에 명의로서 이름을 내더니 선조 8년에는 어의가 되어 선조를 치료하였으며 선조 11년(1578)에는 종4품의 내의원첨정이 되었다.

30대 중반의 김 의원은 비록 장수현 시골읍성이지만 자신의 실력을 발휘할 때가 왔다고 생각했다. 자신감이 충만했을 때 실력은 더 배가되는 법이었다.

"이방 어른, 의원청을 빨리 짓게 심을 쪼깜 써주씨요."

"나리께 자네 솜씨만 보여주게. 그라믄 안 될 일이 뭐 있겠는가!"

이윽고 이방의 헛기침 소리가 들리고 의원이 들어왔다. 논개에게는 낯이 익은 의원이었다. 나주 김씨가 있을 때 내아를 몇 번 다녀갔던 것이다. 김 의원은 지체하지 않고 진맥부터 했다. 그런 뒤 논개에게 말했다.

"한발만 늦어부렀으믄 큰일 날 뻔했소."

"나리께서 고비를 넘기셨는게라우?"

"고비를 넘기셨다기보담 나리께서 정신력이 워낙 강헌 분이라서 생명줄을 붙들고 겨신 것이오."

김 의원이 호주머니에서 침지갑을 꺼낸 뒤 머리와 팔다리에 침을 꽂기 시작했다. 침을 놓으면서 논개에게 또 물었다.

"증상이 으쨌는지 찬찬히 말해 보씨요."

"한밤중에 신음 소리가 나길래 말년이허고 나리께서 겨시는 방에 들었지라우. 근디 나리 얼굴이 몹시 초췌허시드그만요. 달빛이 비친께 잘 보였어라우. 숨을 쉬지 못허시고 정신이 혼미허신 거 같았그만요. 머리에서 땀을 비오데끼 쏟아내시는 디도 팔다리는 얼음뎅키로 차가왔지라우."

"차라리 열이 바깥으로 나오믄 덜 위험헌 것이오. 나리맨치 열이 안으로 들어가 독을 뿜어내는 것이 더 위험허지라. 요런 증상의 사람덜은 얼굴빛이 푸르딩딩 사색이 되야불고 머리는 어지럽고 심허믄 자꼬 토헐라고 허는디 나리께서는 다행히 초기시요."

이방이 물었다.

"약재는 가지고 왔는가?"

"짐작해볼 때 과로가 누적돼야서 생긴 병인 것 같으요. 말린 오얏을 봉지에 가져왔응께 따뜻한 차로 맨들어 자꼬 물마시데끼 복용허시믄 될 것 같습니다요."

"나리가 나스시믄 김 의원은 장수에서 명의로 소문이 날 거네."

"아이고, 이방 어른. 지가 내린 처방은 내의원 근처에만 가봤어도 알 수 있는 것이지라우."

"내의원에서 온 의원이라 다른 것 같단마시."

이방이 칭찬하자 김 의원이 자신의 실력을 과시하듯 오얏의 효능을 이야기했다.

"오얏은 달고 시고 쪼깜 따뜻헌 성질이 있는디 독은 읎지라우. 과로로 인한 위장의 열을 내리고 배꼽 우게 있는 윗배에 원기를 주어 관절 속의 열을 식혀 피로를 풀어주지라우. 열독을 제거허는 약재로 오얏만헌 것도 드물어라우."

"허준이 한양 내의원에만 있는 줄 알았는디 장수에도 허준이 있네, 그려."

"아이고, 그런 말씸 마씨요. 지보다 다섯 살 우인 허준 조카님이 들으믄 배꼽을 잡고 웃으실 것이요. 지는 허준 조카님을 숭내라도 낼라믄 아직도 겁나게 멀었어라우."

"아따, 김 의원은 겸손허기까지 형마이. 침놓는 손놀림을 오늘

첨으로 봤는디 번개멩키로 빠르데. 하나를 보믄 열을 안다고 허지 않든가. 나리께서는 분명 오늘 새복만 지나믄 벌떡 일어나실 것만 같네."

김 의원이 침을 하나씩 뽑자마자 최경회의 얼굴에 화색이 돌았다. 사색이었던 푸른빛이 피가 도는지 붉은 빛으로 바뀌고 있었다. 김 의원이 안색을 살펴본 뒤 이른 아침에 다시 오겠다며 이방과 함께 내아 큰방을 나갔다. 논개는 태풍이 지난 것 같은 느낌에 안도의 한숨을 쉬었다. 위급했던 상황이 누그러지자 부엌데기들이 꾸벅꾸벅 졸았다. 논개가 말했다.

"말년아, 가서 자그라. 나는 나리를 더 지켜보다가 갈란께."

"성님, 몬자 가서 잘라요. 어저께 백중날 하루 종일 부삭 일허느라고 잠시도 쉬지 못했드니 눈꺼풀이 천근만근 무거와부요."

논개는 부엌데기들을 내보낸 뒤 최경회의 이부자리를 다시 매만졌다. 김 의원의 응급치료를 받은 최경회의 얼굴은 확실히 달라지고 있었다. 첫닭이 울 때처럼 고통스럽게 신음 소리도 내지 않았다. 깊은 잠에 빠져들고 있는 모습이었다. 논개는 나주 김씨가 문득 떠올라 미안했다. 자신에게 최경회의 뒷바라지를 맡겨놓고 떠났는데 불과 한 달 보름 만에 사고가 났으니 송구하지 않을 수 없었다.

'나리 건강을 챙기지 못해 죄송허그만요. 지를 믿고 맽기셨는디 드릴 말씸이 읎그만요.'

논개는 큰방을 나와 내아 뒤뜰에서 약탕기에 말린 오얏을 한 줌 넣고 약한 불로 달이기 시작했다. 먼동이 트고 있었다. 동녘하늘에 뜬 구름이 붉은 빛으로 물들고, 날빛이 점점 부챗살처럼 소용돌이 쳤다. 내아 후원 화단에서는 은비녀처럼 생긴 옥잠화 흰 꽃이 향기를 은은하게 풍겼다. 관노들이 하나둘 일어나 마당을 쓸고 마루를 닦았다. 어느새 말년이도 일어나 논개에게 왔다.

"성님, 쪽잠을 달게 잤그만요. 약탕기는 지가 달일게라우. 성님도 눈 쪼깜 붙이시지라우."

"다른 것은 몰라도 나리님 약탕기는 내 몫이여. 긍께 니는 나리님께서 기침허셨는지 보고 오그라."

"예, 성님."

논개는 약탕기에서 오얏 달인 물을 한 사발 받아냈다. 최경회에게 갖다 바칠 오얏차였다. 말년이가 종종걸음으로 달려와 말했다.

"성님, 나리님께서 성님을 찾으시그만요."

"알았다."

논개는 오얏차 사발을 작은 소반에 받쳐 들고 내아 큰방으로 갔다. 최경회가 마루에 앉아 있다가 논개를 보고 말했다.

"논개야, 한밤중에 무신 일이 있었느냐?"

"이방 어른허고 의원님이 왔다 갔습니다요."

"내가 정신을 잃기라도 했단 말이냐?"

"큰일 날 뻔했지라우. 머리에 땀을 비오데끼 흘리시고 나서는 잠시 정신이 혼미해졌습니다요. 그러시다가 의원님이 침을 놓고 난 뒤부터 얼굴이 편안해지시고 깊이 잠을 주무셨습니다요."

"니가 나를 처음 발견헌 모냥이구나."

"한밤중에 나리님께서 신음 소리를 내시길래 말년이허고 함께 방에 들었다가 을매나 놀랬는지 모릅니다요."

"내가 혼절했던 모냥이구나."

"예, 나리님께서 잠시 정신을 잃고 겨셨그만요."

"그래서 이방을 찾은 모냥이구나. 이방은 의원을 불러왔고."

최경회는 논개를 지그시 보더니 말했다.

"니가 나를 살렸구나."

최경회의 말에 논개가 극구 부인했다.

"아니그만요. 한밤중인디도 의원님이 한걸음에 달려왔지라우."

논개는 공을 김 의원에게 돌렸다.

"나리님께서 오얏차를 드신 효험이 으떤지 살피러 의원님이 이른 아침에 또 온다고 했그만요."

"무신 약을 또 가져올지 모르니 니도 여그 있어야 헐 것 같다. 약탕기는 니 몫이 아니었드냐. 방으로 들어가자."

마루에서 오얏차를 마신 최경회가 논개도 큰방에서 김 의원이 올 때까지 대기하라고 말했다. 논개는 큰방으로 들어가 윗목에 다소곳이 쪼그리고 앉았다. 최경회가 웃으며 말했다.

"니 방멩키로 편히 앉그라. 오늘부터 니 방처럼 써도 좋으니라. 니 땜시 내가 살아났은께 허는 말이다."

"나리님 과분헌 말씸입니다요. 지는 가심을 졸임시로 나리님을 걱정헌 것밖에 읎그만요."

"니는 인자 어제께의 니가 아니다. 내 마음속으로 들어온 니이니라."

최경회의 말에 논개는 갑자기 부들부들 떨었다. 심장이 쿵쾅거리어 가슴을 움켜쥐었다. 자신의 처지가 마치 방 안으로 잘못 들어온 새인 듯 싶었다. 출구를 찾아 날아가지 못하고 방 안에서 날개를 푸드덕거리는 것만 같았다.

"뭣이 불안해서 그러느냐? 자, 내 품속으로 들어오그라."

최경회가 논개의 손을 잡아끌었다. 논개는 버티지 못하고 최경회의 가슴에 자신을 맡겨버렸다. 논개는 한동안 최경회의 품에서 꼼짝을 못했다. 남자의 냄새를 맡고는 뿌리칠 힘을 잃어버렸다.

푸른 빛깔이었던 창호가 날빛으로 변했다. 논개의 말대로 이른 아침이 되자 김 의원의 발자국 소리가 났다. 그제야 논개는 최경회의 품에서 벗어났다. 옷고름이 풀어진 저고리를 주섬주섬 매만졌다. 빈 사발을 들고 방을 나오는데 김 의원이 말했다.

"나리님은 으떠신게라?"

"오얏차를 드셨는디 원기를 쪼깜 회복허신 것 같그만요."

"아이고, 다행이요."

김 의원이 방으로 들어가 최경회에게 큰절을 했다.

"나리, 한밤중에 큰 고초를 겪으셨는디도 시방 요로코름 회복 중이시니 을매나 기쁜지 모르겄그만요."

"모다 고상혔네. 김 의원이 침을 놓아 내가 정신이 돌아왔다는 얘기를 들었네. 장수 양민덜에게도 내의원에서 연마헌 실력을 발휘해주게. 내 잊지 않고 의원청을 지어줌세."

"나리께서 지를 알아주시니 장수 사람덜이 병고에 시달리지 않도록 정성을 다해 진력허겄습니다요."

김 의원은 최경회의 손목을 짚으면서 진맥을 했다. 그러면서 한 고비를 넘겼다는 듯 고개를 끄덕끄덕했다. 진맥을 끝낸 김 의원이 최경회에게 말했다.

"따뜻한 오얏차를 하루에 시 번씩은 꼭 드셔야 헙니다요. 그라믄 차도가 빠를 것입니다요."

"고맙네."

이방이 헐레벌떡 잰걸음으로 오다가 논개와 마주쳤다. 논개는 이방을 보자마자 부끄러워서 얼굴을 붉혔다. 이방은 논개의 얼굴이 왜 붉어지는지 알 수 없다는 듯 고개를 갸웃거리면서 내아 큰방으로 갔다. 그런데 이방은 눈치가 빨랐다. 최경회와 논개 사이에 운우지정(雲雨之情)이 있었음을 본능적으로 느꼈다. 이방의 예감은 정확했다. 며칠 후 최경회는 아전회의 중에 논개를 부실(副室)로 맞아들일 것이라고 말했다.

넘치는 경사

　가을이 깊어졌다. 선득한 바람이 불고 산그늘이 짙어졌다. 붉고 노란 단풍이 산봉우리에서 산 아래 계곡으로 치달았다. 최경회는 문득 내년의 일을 생각했다. 장수현감에 부임한 지 2년이 됐으니 삼 년째가 되는 내년에는 틀림없이 다른 지방으로 자리를 옮길 터였다. 그런데 한양으로 올라가고 싶은 생각은 조금도 없었다. 가족과 친인척의 소식을 자주 들을 수 있는 전라도 지방으로 또다시 부임해 가기를 원했다.

　어머니 순창 임씨와 아내 나주 김씨의 기쁜 소식이 들렸다. 아내가 작년 겨울에 장수로 와서 올해 장마끝 무렵까지 살다가 화순으로 돌아갔는데, 말먹이꾼 순돌이가 희소식을 가지고 왔다. 최경회는 순돌이를 보자마자 어머니 순창 임씨 안부부터 물었다.

　"어머님께선 편히 잘 겨시느냐? 홍기 할무니 말이다."

　홍기는 최경회가 생원시 2등으로 합격한 뒤 2년이 지났을 때인 30세에 낳은 장남이었다.

"인자 진지를 조석으로 드시고 마실 고샅까지 거동도 허십니다요."

"가족덜 정성에 하늘이 감동했구나."

최경회는 병환을 털고 일어난 어머니 소식에 안도했다. 기쁜 소식은 또 있었다. 순돌이가 말했다.

"나리님, 참말로 경사가 하나 생겼습니다요."

"경사라니, 백형께서 문과라도 급제허셨다는 말이냐?"

"나리님 큰성님께서는 아직 소식이 읎지만요."

최경회가 36세에 식년문과 을과 1등으로 급제할 때, 백형 최경운은 겨우 진사시에 합격하여 아쉬움이 컸던 것이다.

"그라믄 뭣이 경사라는 말이냐?"

"둘째 아드님이 태어났그만요. 그래서 지가 급히 장수로 달려왔지라우."

"아들인 줄 알았다."

"나리님께서는 알고 겨신 것 같습니다요. 놀라실 줄 알았는디 덤덤허십니다요."

"으째서 기쁘지 않겄냐만 사실은 임신헌 것은 알고 있었다."

지난봄에 나주 김씨를 가능한 한 늦게 화순으로 보내려고 했던 것은 임신사실을 우연히 알았기 때문이었다. 장마가 오기 전에 부인 나주 김씨가 느닷없이 헛구역질을 했던 것이다. 나주 김씨에게 확인하니 틀림없는 임신이었다. 그래서 최경회는 나주 김씨를 장수 내아에 더 붙들어두려 했고, 나주 김씨는 어머니 순창 임씨의 병환이 걱정된다며 하루 빨리 돌아가려고 했던 것이다.

"이름은 이미 지어두었은께 화순으로 돌아가 전하그라. 돌림자 클 홍(弘)자에 이룰 적(績)자로 지어놓았느니라."

"나리님께서는 벌써 아시고 이름까지 지어놓아부렀그만요."

최경회는 순돌이 앞에서는 담담한 표정을 지었지만 마음속으로는 흐뭇하기 짝이 없었다. 이미 아들이 있으니 딸이었으면 더 좋았을 것이었지만 그것은 하늘의 뜻이니 어쩔 수 없는 일이었다. 최경회는 붓을 들어 아내 나주 김씨에게 산후조리를 잘하도록 이르고 나서 차남의 이름을 홍적이라고 지었다는 내용의 편지를 썼다. 그런 뒤 순돌이를 즉시 화순으로 떠나도록 당부하고, 일찌감치 내아에 돌아와 이방을 불렀다.

이청에서 뒷짐을 진 채 단풍이 물들어가는 산자락을 보고 무슨 생각에 잠겨있던 이방이 동헌 관노를 보자 소스라치게 놀랐다. 이방 나름대로 세월은 가는가, 오는가 하고 생뚱맞은 생각에 빠져 있었던 것이다. 이방은 곧 관노를 앞세우고 내아로 왔다.

"나리, 으짠 일인게라우?"

"낙엽이 딩구는 가실이 된께 시가 생각나고 술이 그리워지네. 이방은 으짠가?"

"나리, 지는 시가 뭣인지 소질이 읎어 모르겄고 가실이 되믄 바람이 옆구리로 지나가는 거맹키로 허허로와질 때가 있습니다요."

"그래? 오늘은 나허고 술 한잔 허세."

"아이고메, 황송허그만요."

"삼대째 이방, 세습이방이라니 대단헌 집안이네. 이방은 장수 관아의 대들보여."

"나라의 은혜를 가장 많이 입은 집안이지라우."

부엌데기가 술상을 들여왔다. 최경회가 논개를 찾았다. 그러나 논개는 외출하고 없었다. 부엌데기가 말했다.

"나리님께 말씸 드렸담시로 주촌에 가셨습니다요."

"아참, 어저께 아칙에 듣고도 잊어부렀구나. 선친 제삿날이라고 갔다가 오늘 온다고 했구나."

이방이 최경회에게 술 한 잔을 받은 뒤 한마디 했다.

"효성이 지극허드그만요. 아마도 효성 땜시 장수를 떠나지 못헐 거그만요."

최경회가 이방의 말에 술잔을 내려놓고 말했다.

"내년에 나는 햇수로 삼 년이 됨께 반다시 장수를 떠날 것이네. 떠날 때 부실을 델꼬 갈라고 헌디 부실의 마음은 미처 생각허지 못했네."

"은젠가 들은 말인디 어머니를 따라 안의로 가지 않겄느냐고 묻자, 아부지 묘가 있는 장수를 떠나지 않겄다고 허드그만요."

"이방도 알다시피 부실이 내 건강도 챙겨주고 헌께 잡다헌 공무에 확실히 전념헐 수 있었네. 그래서 부실을 델꼬 갈라고 헌 것이네."

"객지에서 혼자 산다는 것은 심든 일이지라우. 은제 으디서나 음양의 조화가 읎다믄 부자연스런 일이지라우."

"부실의 생각이 그렇다면 설득을 허든 절충을 해야 쓰겄네."

"으짜믄 첨도 좋고 끝도 좋겄는게라우?"

"꾀가 많은 이방이 말해보게."

최경회가 이방에게 되물었다. 그러자 이방이 도망치듯 말했다.

"지가 어쩌께 나리의 가정사를 이것이요, 저것이요 허고 훈수허겄습니까요. 으디까지나 나리께서 결정허실 일이그만요."

"알겄네. 내가 알아서 험세."

최경회는 다음 부임지로 논개를 데려가려고 마음속으로 결심했다. 다음 부임지에서도 삼 년쯤 보낼 터인즉 그 기간에는 부인 나주 김씨가 오지 못할 것이 분명했다. 둘째 아들 홍적이 갓난아기일 동안에는 요람을 떠나 풍토가 다른 객지에서 자라는 것이 위험하기 때문이었다. 최경회는 홍적이 서너 살 때쯤에야 나주 김씨를 부를 셈이었다.

"부탁이 하나 있네."

"뭣인게라우?"

"명색이 부실인디 장수에 초가라도 한 채는 있어야 허지 않겄는가? 누구헌테 신세질 것 읋이 내 녹봉을 조금씩 떼어 모아둔 것이 있네."

이방은 갑작스런 부탁에 잠시 눈을 감고서 궁리를 했다. 이방의 그런 모습에 최경회가 말했다.

"당장에 답을 내놓으라는 것은 아니네."

"아닙니다요. 묘수가 있그만요!"

이방이 자신이 생각한 것에 스스로 감탄한 듯 조금 큰 소리로 말했다.

"묘수라니, 한번 들어보세."

가을 추수가 끝나면 이청 옆쪽 공터에다가 짓기로 한 의원청을 애써 떠올리며 이방이 말했다.

"나리, 늦가실에 의원청을 짓기로 허고 시방 목재를 쌓아놓고 있지 않습니까요."

"부실이 살 집 허고 의원청 간에 무신 관계가 있다는 말인가?"

"김 의원이 의원청으로 들어오믄 성밖에 김 의원 집이 비지 않겄는게라우. 그 빈집을 흥정해서 구입허믄 해결되겄지라우."

"아따, 고로코름 허믄 좋겄네. 흥정은 이방이 알아서 허게."

"에럽지 않을 것입니다요. 김 의원 집도 지가 흥정해서 사준 것이지라우."

최경회는 이방에게 술을 한 잔 더 따라주었다. 술이 원래 약한 이방은 서너 잔 술에 불콰해졌다.

이방이 내아를 나간 뒤에도 최경회는 자작으로 술을 더 마셨다. 모든 일들이 잘 풀리는 날에는 술도 목구멍을 부드럽게 넘어갔다. 술을 많이 마시고도 견디는 것은 건강이 좋아졌기 때문이었다. 건강을 회복한 것은 전적으로 끼니때마다 섭생에 신경을 쓰는 논개의 정성 덕분이었다.

이방은 이청으로 들어가려다 말고 동문 쪽을 보았다. 동문 안쪽에 박이저고리를 입고 있는 여자는 논개가 틀림없었다. 이방은 논개가 가까이 오기를 기다렸다가 말했다.

"나리 부실이 됐으니 말을 어쩨게 해야 헐지 모르겄그만잉. 내리자니 거시기허고 올리자니 입에 붙지 않아서 머시기허고 말이요."

"이방 어른, 부실이 됐다고 사람이 달라진 것은 아닌게 예전대로 허시씨요."

"아니, 정실이든 부실이든 나리와 한방에 사는 분인디 함부로 말 허믄 된당가요."

이방은 논개에게 슬그머니 말을 올렸다. 논개는 어색하고 부담스러웠지만 그렇다고 만류할 수도 없었다. 이미 내아의 부엌데기들이나 동헌 관노들은 깍듯하게 예를 갖추어 고개를 숙였다. 오히려 논개가 부담스러울 정도였다.

"올해 운수대통이그만요. 올봄 재판은 말할 것도 읎었고, 백중 쇠고 나서 부실이 되신 일도 그렇지만 늦가실에는 나리께서 초가 한 채 장만해 준다고 허요. 모친이 안의로 가지 않고 여그서 함께 살믄 을매나 좋겠소."

"이방 어른이 늘 지를 도와준 덕분이지라우."

"영감님께서 내년에 다른 디로 가신다는디 무신 말씸은 읎든가요?"

"혼자 가시지는 않을 것이요. 다만, 오랫동안 함께할 수는 읎은 께 집을 마련해주실 것 같으요."

논개는 최경회의 속 깊은 마음씀에 눈물이 나오려고 했다. 최경회가 떠나면 더 이상 내아에 있을 수가 없을 터인데 부임지로 데려간다 하고, 또 어머니와 함께 살 수 있도록 집까지 마련해 준다고 하니 더 이상 바랄 것이 없었다. 이방도 고맙기 짝이 없었다. 황 군관이 전주로 간 뒤에도 이방이 나서서 소소한 일들을 도와주곤 했던 것이다.

"이방 어른, 빈집이 얼릉 나올게라우?"

"운수대통이란께요. 김 의원이 의원청으로 들어오믄 그 집은 어처께 되겠소?"

"빈집이 되겠지라우."

"마침 빈집이 생길 것인께 운수대통이라고 허지라."

그제야 논개는 이방이 말하는 운수대통이란 뜻을 이해했다.

"참말로 고맙그만이라우."

"고런 말 마시씨요. 나리께서 지시허신 일인께 움직이고 있을 뿐이요."

이방은 손사래를 치며 이청으로 사라졌다. 논개는 한동안 그 자리에서 이방이 한 말들을 곱씹었다. 이방의 말대로 운수대통, 행운이 계속되는 한 해가 지나가고 있었다. 그런데 논개는 자신에게 다가올 행운이 두렵기조차 하여 문득 몸서리쳤다. 내아에 들어서자 말년이가 다가와 울상을 지으며 말했다.

"작은 마님, 나리님께서 술에 취해 누워겨신께 술상도 치우지 못허고 있습니다요."

"알겠다."

논개는 바로 내아 큰방에서 술상을 내와 말년이에게 주었다. 이부자리를 펴는 것은 논개의 몫이었다. 논개는 이부자리에 최경회가 눕는 것을 보고는 밖으로 나왔다. 김 의원에게 들었던 말이 문득 생각나서였다. 오얏차가 열독을 제거하는 데 효험이 있지만 숙취해소에도 좋다는 말을 들었던 것이다. 논개는 약탕기에 말린 오얏을 한 줌 넣고 약불로 달이기 시작했다.

다음 날. 최경회는 또 술을 마셔야 할 일이 생겼다. 통인이 말을 타고 달려와서 보고한 희소식 때문이었다. 장수 관아 군사 10명이 전주로 가서 무과향시에 응시했는데 전원 합격하였다는 낭보를 전했기 때문이었다. 최경회는 그동안 고생했던 늙은 군교를 불러 치하하지 않을 수 없었다.

"고 군교가 잘 갈쳐 모두 합격헌 것 같네. 그동안 고상 많았네."

"나리께서 습사부터 승마까지 시범을 보이시고 함께허신 덕분이지라우. 요근래 장수 관아를 거쳐 가신 나리 중에서 직접 시범을 보이신 분은 나리가 처음이었그만요."

"굳이 공치사를 헌다믄 내가 아니라 나의 스승이네. 일찍이 송천 스승님께서 말씀허시기를 문과 무를 겸허지 않으믄 참된 선비가 아니라고 했다네. 그래서 습사와 승마를 틈틈이 연마헌 것이네."

"나리를 일찍 모셨드라믄 지도 글을 가까이 했을 텐데 인자 늦어 분 것 같습니다요."

"고 군교는 자기 몫을 다허고 있은께 후회헐 것은 읎네. 글을 많이 배웠다고 해서 자기 몫을 다허고 사는 것이 아니네."

"말씀을 고로코름 해주신께 군사를 갈친 보람이 더 커진 것 같습니다요. 군사덜은 오후쯤 장수에 도착헙니다요."

"동헌으로 보내시게. 향시에 합격헌 군사덜에게 술을 한 잔씩 직접 주겠네."

"큰 격려가 될 것입니다요."

오후가 되자 갑자기 날이 어둑어둑해졌다. 그러더니 이내 가을 비가 추적추적 내렸다. 군교는 환영 행사가 취소될까 싶어서 노심 초사했지만 최경회는 예정대로 준비하라고 지시했다. 고깔을 쓴 농악대원들이 동헌 마당에서 대기했고, 읍성 안팎의 양민들이 삼삼오오 모여들었다.

이윽고 장수 관아 군사 열 명이 동헌 마당에 나타났다. 양민들이 박수로 맞이했다. 농악대도 징과 쨍과리, 북을 치기 시작했다. 최경회가 동헌 마루 호상에 앉자마자 열 살쯤 되어 보이는 무동이 건장하게 생긴 씨름장사 출신 농악대원 어깨에 올라서 춤을 추었다. 흥이 한바탕 지나간 뒤에야 서객이 향시에 합격한 관아 군사를 한 명씩 호명했다. 가을비는 오는 둥 마는 둥했다. 동헌 처마 끝에 한두 방울씩 똑똑 떨어질 뿐이었다. 호명을 받은 군사는 동헌 토방까지 올라가 최경회가 주는 술을 받았다. 격려주 순서가 끝나자 다시 농악이 울려 퍼졌고 무동이 나비처럼 두 팔을 너울너울 흔들며 춤을 추었다.

가을비가 오락가락 내리는 바람에 환영 행사는 곧 끝났지만 술자리는 계속 이어졌다. 아전들이 최경회에게 술을 따라 올렸다.

"나리, 장수의 큰 경사입니다요."

"양민덜이 나리의 송덕비를 세우자고 아우성입니다요."

최경회는 가타부타 말하지 않고 기분 좋게 술을 마시면서 끝내 대취했다. 내아까지 건너가지 못한 채 동헌방으로 들어가 큰 대(大)자로 누워버렸다.

의원청 건축은 계획보다 늦어졌다. 늦가을에 지으려고 했지만 초겨울에 들어서야 겨우 상량식을 했고 곧바로 지붕에 이엉을 두껍게 얹었다. 다행히 동짓달답지 않게 따뜻한 날이 스무날 이상 이어졌고, 동지 하루 전에는 의원청(醫員廳)이란 최경회의 글씨를 받아 널빤지에 새긴 편액을 달았다. 최경회로서는 장수를 떠나기 전에 아전과 장수 양민들과의 약속을 지킨 셈이었다.

진눈깨비가 내리는 날 논개모 박씨는 안의현 방지촌 친정에서 최경회가 구입해준 김 의원이 살던 집으로 왔다. 그날 밤 논개 모녀는 서로 부둥켜안고 밤새 울었다. 누구의 눈치도 보지 않고 살 수 있는 초가 한 채가 생겼기 때문이었다.

예상한 대로 최경회는 해를 넘기자마자 무장현감으로 옮겨갔다. 무장은 전주 남서쪽에 있는 바다가 가까운 고을이었다. 승진도 영전도 아닌 수평이동이었다. 논개는 최경회가 무장현감에 부임한 지 한 달 만에 길잡이 관노를 따라갔다.

싸락눈이 산길에 희끗희끗 쌓이고 있었다. 최경운 삼 형제는 어머니 순창 임씨를 유택에 안장한 뒤 산길을 내려가고 있는 중이었다. 마른 상수리나무 잎을 때리는 싸락눈 소리가 산길에 뒹굴었다. 마치 거친 바람이 낙엽에 모래알을 흩뿌리는 듯한 소리였다. 상복 차림의 최경운이 앞서가는 최경회에게 말했다.

"어머님은 참말로 복이 많으신갑다."

"아버님 옆에 어머님을 모시고 난께 그때부터 싸락눈이 막 내리그만요."

산역꾼들이 봉분을 만드는 동안에는 햇볕이 얌전하게 들었던 것이다. 그러던 날씨가 갑자기 돌변해 싸락눈을 흩뿌렸다. 산 아래 들판으로 내려서자, 삭풍까지 불기 시작했다. 최경회는 바람에 벗겨지려는 삼베두건을 눌러썼다. 삭풍에 날리는 싸락눈이 최경운 삼 형제의 얼굴을 때렸다. 최경운이 얼굴을 찌푸리며 최경회에게 또 말했다.

"경장이헌테 들었는디 사직을 했담시로야?"

"어머님 부음을 듣고는 바로 사직 공문을 보냈지라."

담양부사에 부임한 지 삼 년 만의 일이었다. 선조 21년 56세에 담양부사로 내려왔다가 선조 23년 59세에 어머니 상을 당해 조정에 사직을 요청한 것이었다. 최경회는 자신도 이상하리만큼 마음이 흔들리지 않고 담담했다. 큰형 최경운이나 둘째 형 최경장과 달랐다. 두 형은 어머니를 입관할 때뿐만 아니라 하관하는 내내 눈물을 흘렸던 것이다. 그러나 최경회는 어머니의 부음을 전해 들었던 순간에만 말없이 울었을 뿐이었다.

"담양으로 내려와 어머님을 자꼬 뵌 것만도 을매나 다행인지 모르겠그만요."

"동상은 자식으로서 도리를 다했제. 대감 베슬을 헌데다 어머님을 자꼬 뵀응께 말이여."

"성님께서 실제로 효도를 다 허셨지라. 어머니를 직접 모시고 사셨는디 지랑 어처께 비교헌다요."

"아니여, 동상맹치 큰 베슬 해서 부모를 기쁘게 해드린 것이 최고의 효도여."

최경회는 입을 다물었다. 어머니는 관아에서 함께 살기를 원했지만 한 번도 부임지에서 모시지 못했기 때문이었다. 연로한 어머니 건강 때문에 모셔가기 어려웠지만 그래도 최경회로서는 아쉬움이 크지 않을 수 없었다. 둘째 형 최경장이 말했다.

"경회 동상은 어머님께 헐 도리를 다했은께 후회가 덜헐 것인디 나는 불효자여."

"성, 그런 말 허지 마소."

"부모님을 모시지 못했으믄 큰 베슬이라도 해야 허는디 나는 그러코름 살지 못했어."

"효도허고 싶은 맘이야 성이 젤로 지극했제. 긍께 그런 소리 마소."

최경장은 벼슬살이에 대한 한이 많았다. 승승장구하지 못하고 우여곡절 때문에 최근까지 곤욕을 치르기도 했던 것이다. 그래서인지 최경장은 동생 최경회에게 기대를 많이 했다.

"동상은 영상대감께서 장수로 추천했은께 다음번은 남덜이 탐내는 자리로 갈 것이여."

"아따, 성. 시방은 어머님 상중인께 그런 얘기는 마소."

"우리 성제덜이 동상을 젤로 기대헌께 그라제. 베슬만치 큰 효도는 읎단께. 동상이 잘되믄 지하에 겨시는 부모님께서 젤로 기뻐허실 것이여."

"성, 나도 환갑이 낼 모레랑께. 긍께 인자 마음 비우고 자식이나 조카덜을 잘 키울 생각뿐이여."

"듣고본께 동상도 나이가 솔찬허네잉."

"사실은 작년부터 자식 조카덜에게 관심이 가드라고. 그래서 능주 연주산 산자락에 공부만 허라고 독서당을 지어줬제."

"그것은 잘 헌 일이여. 독서당에서 홍재허고 홍적이가 밤낮읎이 열심히 공부헌다고 그라드라고."

"홍재는 문과 공부허고, 홍적이는 무과 준비허고 있는디 으쩔지 모르겄그만."

머리가 명석한 홍재는 큰형 최경운의 아들이고, 체격이 큰 홍적은 최경회의 둘째 아들이었다.

싸락눈은 집에 들어설 무렵에야 그쳤다. 그러나 삭풍은 여전히 매서웠다. 마당가에 급히 짓고 있는 가건물은 임시 사당이었다. 칙간목수라 불리는 늙은 하인이 지붕이엉을 얹는데 어린 하인들이 바람에 들썩이는 이엉을 붙잡느라고 애를 썼다. 임시 사당의 벽도 이엉으로 둘렀다. 정사각형의 임시 사당은 크지도 작지도 않았다. 서너 명이 순창 임씨 영위 앞에서 조문할 수 있을 정도의 크기였다. 최경운은 사랑방으로 들어가 어머니 영위를 썼다. 영위가 봉안되어야만 조석으로 곡하고, 조문객을 받을 수 있었다.

최경운 형제들은 삼우제 이후부터 조문객을 받았다. 멀리서 벼슬을 하고 있거나 미처 부고를 받지 못한 사람들이 있게 마련이었다. 십여 년 전 무과 급제한 훈련원 주부 김인갑도 그랬다. 능주에 연로한 부모를 뵈러 왔다가 임시 사당을 찾아왔다. 김인갑은 김의갑, 김예갑 등 삼 형제가 함께 왔는데, 최경회의 장남 홍기가 임시 사당으로 안내했다.

2년 전에 무과 급제한 동복 출신 훈련원 주부 이언량도 휴가를 받아 내려가는 길에 조문을 했다. 그런가 하면 남평 출신으로 무과 급제자인 진주판관 노희상은 부친상을 당해 고향에 왔다가 조문 온 경우였다.

최경회가 능주 연주산 산자락에 독서당을 지어 조카 홍재와 둘째 아들 홍적에게 화순읍성 집을 떠나 공부에만 전념케 한 효과는

2년 만에 나타났다. 최홍재는 우수한 성적으로 문과 급제하여 사헌부 정6품 정언으로 특진했고, 최홍적은 무과 급제하여 종8품의 훈련원 봉사가 되었다. 최경회 나이 60세 때의 경사였다.

최홍적이 한양으로 올라가기 전날 밤이었다. 최경회는 홍적을 임시 사당으로 불렀다. 임시 사당 안에는 순창 임씨의 영위가 달빛을 받아 유난히 또렷했다. 영위가 최경회 부자를 내려다보는 듯했다. 최경회가 홍적을 부른 이유는 나라가 처한 급박한 정세를 알려주기 위해서였다. 홍적은 할머니 영위 앞에 엎드려 절한 뒤 아버지 최경회와 마주앉았다. 최경회가 대뜸 홍적에게 물었다.

"문신과 무신의 차이를 아느냐?"

"문신은 붓을, 무신은 칼을 든 사람이지라우."

"반은 맞고 반은 틀렸다."

"아부지, 으째서 그런게라우?"

"왜구와 오랑캐가 넘보는 우리나라에서는 문신도 칼을 들 줄 알아야 허느니라. 반면에 니 같은 무장은 칼을 붓 다루데끼 해야 허느니라."

"영념헐게라우."

"오늘 니에게 첨으로 얘기헌다만 전라좌수영에서는 임금님도 모르게 비밀리에 거북선을 맨들고 있다고 헌다. 화순에서 좌수영 선소로 간 목수가 알려주드라."

"임금님 모르게 헌다면 불충(不忠)이 아닌게라우?"

"불충이었지만 좌수사가 목심 걸고 비밀 병선을 맨드는 이유가 있제."

"목심을 걸고 꼭 그래야만 헐게라우?"

"정식으로 보고허믄 좌수영 운영허는 것도 심든디 맨들라고 허 겄냐? 물자와 인원이 깨진 독에 물 붓데끼 들어가는 일이라 임금 님도 반대허실 것이 뻔허다는 말이여. 긍께 임금님 몰래 거북선을 맨들고 있는 것이여. 그래도 이광 전라감사헌테는 보고헌 모냥이 드라. 이광 감사가 덕수 이씨로 같은 문중인 디다 친허거든."

"좌우지간 좌수사 어른이 대단허시그만요."

"왜군이 미구에 침입헐 것 같은께 그라제. 방비책의 기본 정신은 유비무환인 것이여."

"아부지 생각도 왜군이 침입헐 거 같으요?"

"좌수사가 비밀 병선을 맨들고, 좌수영 군사를 엄히 훈련시키는 것은 아조 잘헌 일이라고 생각헌다. 아부지 생각도 좌수사와 같다."

"긍께 좌수사 어른은 무장의 본분을 지키는 분이시그만요."

"무장의 본분은 싸움에서 이기는 것이 아니겄냐? 이길라믄 좌수 사맨치 미리 계책을 잘 세와야 허제. 오늘 밤에 니를 부른 것은 바 로 이 이야기를 허고 잪아서다. 알겄냐? 글고 거북선 이야기는 앞 으로 절대 입 밖에 내지 말그라."

"예, 아부지. 저도 이기는 무장이 될라고 심쓸게라우."

최경회는 둘째 아들 홍적이 늘 어리게만 보였다. 몸집이 크고 건 장해서 20대 열혈 청년으로 보이지만 실제 나이는 열 다섯 살에 불 과했던 것이다. 홍적은 임시 사당을 나와 사랑방에 들어 곧 코를 골았다. 그러나 최경회는 한양으로 떠날 아들을 옆에 두고 쉽게 잠 들지 못했다. 홍적의 코 고는 소리를 들으며 이리저리 뒤척이다가 새벽녘에야 겨우 얕은 잠을 잤다.

선조 25년(1592) 봄.

남해안에 흉흉하게 돌던 소문은 끝내 사실로 드러났다. 전라좌수사 이순신의 예감은 적중했다. 전라좌수영의 비밀 병선인 거북선 함포사격을 훈련한 지 하루 뒤였다. 왜군 제1군의 선봉대장 고니시 유키나가가 이끄는 왜선 90척이 먼저 부산 절영도(영도) 바다에 나타났다. 700척 왜선 중에 선봉대였는데, 왜군 제1군의 병력은 1만 8천여 명이었다.

조선을 정벌하겠다는 왜왕 도요토미 히데요시의 몽상이나 다름없는 야욕이었다. 왜왕 히데요시가 야욕을 품게 된 동기는 따로 있었다. 왜국을 무력 통일한 히데요시 밑에는 많은 다이묘(지방 영주)들이 있었는데, 이들을 왜국 밖으로 내보내 세력을 약화시킬 필요가 있었던 것이다. 특히 큐슈 지방 다이묘의 기독교 세력이 히데요시 눈에 거슬렸다. 히데요시는 그들을 모두 징집하여 고니시 유키나가의 선봉대로 만들어 조선 침략에 이용했던 것이다.

고니시 유키나가의 천주교 세례명은 아우구스티노였다. 왜군을 조선 땅에 내보내는데 히데요시는 교활했다. 불자 다이묘 왜군 제2군 대장 가토 기요마사를 조선 땅으로 보내 종교가 다른 두 장수가 충성 경쟁을 하게 만들었다. 왜군 제2군의 병력은 2만 3천여 명이었다.

한편, 선조는 왜군이 해전에 능하니 육전에 힘쓰라고 지시했다. 어명을 받은 경상좌수사 박홍은 멀쩡한 전선을 부산 바다에 자침

시킨 뒤 휘하의 수군들을 육지로 불러들여 싸우게 했다. 그런데 이 같은 전략은 왜군의 상륙을 용이하게 해준 패착이 되고 말았다. 별다른 저항 없이 부산포에 상륙한 왜군은 부산진성부터 공격했다. 그러나 조선 관군의 수성전은 왜장이 생각하는 것과 달랐다. 왜군을 두려워하지 않았다. 부산진성 정발 첨사는 군사 숫자의 압도적인 열세에도 불구하고 아군의 화살이 다 떨어졌을 때까지 분투했다. 하룻밤을 넘기며 공방전을 벌였다.

다대진성에서는 윤흥신 첨사가 오히려 왜군 수십 명을 사살하며 첫 승전보를 올렸다. 그러나 시간이 지날수록 조선 관군의 수성전은 열세로 돌아섰다. 왜군의 인해전술에 밀렸다. 정발 첨사와 윤흥신 첨사가 순절했다. 관군과 성민들의 분투는 물거품이 됐다. 조선 관군은 두 성을 내주고 동래성으로 옮겨가 맞섰다. 왜군 15만 8천 7백여 명 중에서 왜장 고니시 유키나가는 3만 명을 동래성에 투입했다. 조선 관군과 성민의 숫자는 3천여 명. 10대 1일의 혈투였다. 동래부사 송상현은 성 주변에 해자를 파고 나무방패를 만드는 등 만반의 방비책을 세웠으나 역시 중과부적이었다. 고니시 유키나가는 부하를 시켜 동래성 남문 앞에 팻말을 던졌다.

싸우고 싶으면 싸우고, 싸우고 싶지 않으면 길을 빌려 달라(戰則戰矣 不戰則假道). 명나라를 치러 가니 길을 열어 달라(征明假道).

이에 송상현은 남문루에서 다음과 같은 팻말로 비웃었다.

싸워서 죽기는 쉬우나 길을 빌려 주기는 어렵다(戰死易 假道難).

왜장들은 송상현 동래부사의 기백에 혀를 내둘렀다. 성을 몇 겹
으로 에워싼 왜군 군사를 보고도 전혀 두려워하지 않는 그의 기백
에 놀랐다. 그들의 눈에 조선 장수들 모두가 충신으로 보였다. 적
장이지만 경외감마저 들었다. 공방전은 한나절 동안 치열했다. 조
선 관군과 성민들은 전력의 열세에도 불구하고 목숨을 아끼지 않
았다. 그러나 성문은 열리고 말았다. 고니시 유키나가의 사위이자
대마도주 소 요시토시는 순절한 송상현의 시신을 찾아 관에 넣고
묻어주면서 조선충신송공상현지묘(朝鮮忠臣宋公象賢之墓)라는 푯말
을 세워주었다. 적장이지만 존경했기 때문이었다.

조선 관군은 화급하게 방어선을 쳤고 왜군은 북진을 시작했다.
조선 관군 1차 방어선은 밀양부사 박진이 낙동강 하류 작원잔도에
쳤다. 작원잔도는 목구멍 같은 좁은 지세였다. 박진은 작원잔도에
서 적은 조선 군사로 방어할 수 있다고 판단했지만, 남쪽과 북쪽에
서 몰려오는 왜군의 양동공격으로 1차 방어선은 4월 17일에 허망
하게 무너지고 말았다.

2차 방어선은 급조한 탓에 허술하기 짝이 없었다. 4월 23일의
작전이었다. 60명의 군관을 데리고 한양에서 급히 내려온 순변사
이일은 상주에서 1천여 명의 군사를 끌어 모았지만 오합지졸이었
다. 훈련된 고니시 유키나가의 왜군을 상대하기에는 역부족이었
다. 더구나 상주목사 김해가 도망친 뒤여서 군사들의 사기는 땅에
떨어져 있었다. 전투 결과는 뻔했다. 조선군사는 대부분 전사했고

상주 관아 뒷산으로 도망친 일부 군사만 살았다. 이일도 변복을 하고 피신해 겨우 치욕적인 포로 신세를 면했을 뿐이었다.

3차 방어선은 신립 장수가 충주 달천평야에 쳤다. 조선 관군의 최후방어선이었다. 3차 방어선이 무너지면 한양 도성조차 위험하기 때문이었다. 기마전술의 명장 신립은 충청도 일대의 조선 관군 8천여 명을 징발하여 기병부대를 조직했다. 달천평야 뒤로는 달천과 남한강이 흐르는 탄금대가 있으므로 배수진을 친 셈이었다. 신립은 함경도 두만강 일대에서 기마전술로 여진족을 토벌한 경험이 풍부한 장수였다. 드디어 4월 28일 고니시 유키나가의 왜군 제1군 1만 8천여 명의 보병과 신립이 거느린 8천여 명의 기병이 달천평야에서 맞섰다. 그러나 하늘은 신립 장수와 조선 관군을 외면했다. 갑자기 장대비가 쏟아진 탓에 달천평야는 군마가 움직이지 못할 만큼 수렁으로 변해버렸던 것이다.

결국 신립은 자신의 장기인 기마전술을 구사해 보지도 못한 채 패배했다. 조선 관군은 전투다운 전투 한 번 못해보고 참패했다. 8천여 명의 군사를 잃은 신립은 스스로 탄금대에서 뛰어내려 죽고 말았다.

승전보를 기대하던 선조와 대신들은 대경실색했다. 한양 도성이 풍전등화의 형국이 돼버렸기 때문이었다. 대신들 간에 한양 도성을 사수하자는 의견과 훗날을 기약하며 파천해야 한다는 의견으로 나뉘어 울음과 고성이 오갔다. 장대비가 밤낮없이 줄기차게 퍼부었으므로 대신들의 관복은 후줄근하게 젖어 있었다. 궁궐 지붕에 쏟아지는 빗소리 때문에 어전은 음산하기조차 했다.

장대비는 화순 지방에도 간단없이 내렸다. 최경회는 임시 사당에 앉았다가도 사랑방에 들어 형제들과 급변하는 시국을 걱정했다. 어머니 삼년상 중에는 사랑방을 떠나지 않겠다고 선언했던 최경운이 말했다.

"내 생각도 왜놈덜이 올 거 같드니 겔국에는 이 모냥이 돼부렀다잉."

"성님, 도성이 무너지믄 큰일이어라우."

"경회는 임금님께서 어쳐께 처신허셔야 쓰겄냐?"

"지 같으믄 백성덜과 함께 도성을 사수허겄소. 왕위는 왕세자께 물려주고라우. 분조(分朝)를 설치허믄 왕세자께서는 도성 밖에서 싸우시겄지라우."

"동상 말에 일리가 있그만. 만에 하나 도성이 무너진다고 허드라도 분조가 있은께 조선이 무너진 것은 아니겄제잉."

"그라지 않을게라우? 임금님께서 도성을 지키시다가 순절허시드라도 혼은 살아남아 백성덜이 우러를 거 같그만요."

"동상 말만 들어도 피가 솟구치는 것 같다야."

옆에서 듣고만 있던 최경장이 끼어들었다.

"몸이 죽는 것허고 혼이 죽는 것은 달라불제. 동상 말은 몸은 죽더라도 혼까지 죽어서는 안 된다는 말 같네."

"성, 맞네. 우리 혼이 살아만 있으믄 왜놈덜은 절대로 우리를 이길 수가 읎네."

최경운이 또 말했다.

"어머님 상중이라 나설 수 읎는 처지라서 화순 유생덜에게 미안허그만잉. 으쩌믄 쓰겄냐? 곡성의 유팽노 진사는 의병덜을 모아 고경명 부사를 찾아갔다고 허드라. 나주의 김천일 부사도 의병을 창의헐 모냥이고."

"강 건너 불구경허는 것 같아서 지도 찜찜허그만이라우."

최경장도 상중이므로 자신도 어찌하지 못하고 있음을 내비쳤다. 최경회도 입장은 마찬가지였다. 다만, 올해가 삼년상 마지막 해이므로 형제간에 행동은 같이하기로 했다. 최경회가 말했다.

"우리 성제가 모두 나서기는 에럽겄지라우. 지가 몬자 나서믄 두 분 성님께서는 으쩔 수 읎이 화순에 남아야 헐 것 같으요. 글고 어머님 영우를 지키는 우리 성제덜이 당장 나설 수 읎다믄 조카덜이 나서서 왜놈덜허고 싸울 수는 있겄지라."

"동상 말이 옳네. 스스로 나서는 조카가 있다믄 허락허고 도와주세."

최경운 삼 형제는 두 가지를 정했다. 하나는 상중이므로 조카들이 충의를 낸다면 도와주기로 했고, 또 하나는 삼년상이 끝나는 날 최경회가 나선다면 최경운은 집에 남아 화순을 지키고 최경장은 때를 보아가며 동생의 뜻을 잇기로 했다.

암군의 파천길

파천길에 선조 일행을 괴롭히는 것은 두 가지였다. 하나는 배고 픔이었고, 또 하나는 백성들의 따가운 시선이었다. 두 가지 괴로움 중에서도 배고픔이 더 참기 힘들었다. 백성들의 비난은 큰 저잣거 리를 지날 때 한두 번으로 그쳤지만 하루 종일 지속되는 배고픔은 체통이나 양심까지 마비시켰다. 선조는 물론이고 호종하는 신하들 의 위엄은 어느새 사라져 초라하기 짝이 없었다.

신하들이 민가로 들어가 양식을 구하는 것도 한두 번이었다. 평 양 가는 길에 위치한 역참에서는 끼니를 대지 못했다. 선조 일행 은 배가 고파 초경인데도 행차를 멈추곤 했다. 검수역을 지나 봉산 에서는 대사헌 이헌국이 말 위에서 주먹을 휘두르며 소리쳤다.

"정승이고 승지고 모두 개자식이다. 어찌 임금님이 수라를 못 잡 숫고 가시게 하는가!"

허공에서 허우적거리는 그의 주먹은 처량했다. 이헌국 역시 배 가 고파 그의 목소리는 흐느끼듯 기어들어갔다. 일행 모두가 소리

없이 웃었다. 그의 주먹질은 속이 빤히 들여다보이는 허세였던 것이다.

마침내 선조 일행은 이순신이 적진포에서 승리한 날 평양에 도착했다. 물론 신여량은 일행보다 먼저 대동강을 건너 평양감사 송언신에게 알렸다. 평양감사는 3천여 군마를 거느리고 선조 일행을 맞이하였다.

평양은 한양의 모습과 비슷했다. 한강 같은 대동강이 있고, 성 안에는 기와집과 초가들이 즐비했다. 비로소 선조는 안도했다. 평양의 객사와 동헌, 내아가 행궁으로서 손색이 없었다. 호종한 대신들의 얼굴에도 '이제는 살았구나.' 하는 안도감과 생기가 돌았다. 선조가 안도한 까닭은 배고픔을 면할 수 있겠다는 희망 때문이었다. 선조는 평양성의 행재소인 객사에서 첫 지시를 내렸다.

"수라는 싱싱한 것으로 만들 것이며 수량도 풍족하게 하라. 세자 이하도 다 이에 따르도록 하라."

선조의 음식 타령은 현실과 동떨어져 생뚱맞았지만 윤두수는 아무 말도 하지 않았다. 그 자신도 평양으로 오는 동안 심신이 지쳐버린 탓이었다. 낮에는 걷고 밤이 되면 몸을 짐승처럼 웅크리고 잤다. 폭우가 쏟아졌을 때 한두 번 민가에 들어가 신세졌을 뿐 재상이하 모두가 축축한 풀밭에서 노숙해왔던 것이다.

다음 날, 선조가 이조참판에 오른 이항복에게 물었다.

"김명원, 신할이 거느리는 임진의 군사는 어떤가?"

"임진을 지키기에 병력이 아주 모자란다고 하옵니다."

김명원이 중과부적이라는 핑계로 한강에서 퇴각하여 달아났지만 선조는 죄를 묻지 않고 경기, 황해도의 군사를 징집하여 임진강을 지키도록 지시했고, 또한 신할을 불러올려 통어사로 삼아 유극량의 부하들을 붙여 임진강 서쪽을 방어하도록 명한 바 있었다.

선조는 명을 내리는데 지체하지 않았다. 지사 한응인을 각 도의 도순찰사로, 이천을 방어사로 삼았다. 임진강이 무너지면 평양성도 위험하므로 군사를 모집하기 위해서였다. 다음 날에는 유흥을 우의정 겸 도체찰사로 삼아 군사 삼천 명을 주어 임진강으로 떠나게 했으나 그는 날이 지나도록 머뭇거렸다. 애가 탄 선조가 유흥을 불러 물었다.

"왜 떠나지 않는가?"

"전하, 다리 밑에 종기가 나 떠나지 못하고 있사옵니다."

유흥과 같이 불려와 있던 이헌국이 한심한 얼굴로 그를 쳐다보더니 꾸짖었다.

"내 할 말은 아니오만 대감은 재주도 없고 덕도 없는데 정승이 되었소. 은혜가 지극히 큰데 겁을 내고 나가지 않으니 마치 연회에 나갈 기생이 발 아프다고 핑계 대고 노래하지 아니한 것과 같으오. 어찌 감히 이럴 수가 있소!"

그래도 유흥은 다리 밑 종기 때문에 고통스럽다는 듯 얼굴을 찡그리고 있을 뿐이었다. 그런 유흥을 보기가 민망했던지 선조가 서둘러 자리를 수습했다.

"한응인을 먼저 보내는 것이 좋겠소."

선조가 한응인과 이천을 불러 지시했다.

"응인과 천은 평안도 정병 오천 명을 데리고 임진으로 가서 적을 치되 명원의 지시는 받지 말라."

선조의 마음을 잘 헤아리는 신하는 윤두수와 이항복이었다. 이항복을 도승지에서 병조판서로 임명한 것은 그만큼 그를 신뢰하기 때문이었다. 사실, 선조의 마음이 온통 가 있는 곳은 임진강이었다. 임진강을 사수해야만 평양이 안전한 것이었다. 그러나 행재소에는 임진강으로 보낼 관록의 장수가 없었다. 강변에서 토병을 징발해 왔지만 행재소 안에서 장수를 찾기 어려웠다. 궁여지책으로 경상감사로 보냈던 이성임을 부임 도중에 교체하여 평양으로 돌아오게 한 뒤 그를 장수로 임명하여 강변 토병 8백 명을 거느리고 임진강으로 떠나게 했다.

그러나 임진강 방어선은 고니시 유키나가의 왜군에게 허무하게 무너지고 말았다. 김명원은 군사를 거느리고 대동강으로 후퇴했다. 조선군을 추격해온 왜군 선봉대는 즉시 대동강에 한일자 모양으로 길게 진을 쳤다. 왜장 고니시가 이끄는 6천 명의 본대는 강 언덕 너머 야산에 산개하여 은폐하고 있었다.

이윽고 왜군 7백여 명이 강변 백사장까지 내려와 조총을 쏘았다. 화약 터지는 소리가 고막을 찢어버릴 것처럼 컸다. 총알은 성 안까지 날아와 우박처럼 떨어졌다. 감사 송언신이 서 있는 대동관까지 날아와 기왓장에 떨어졌다. 장졸들이 일제히 땅에 엎드려 총알을 피했다. 성루 기둥에 맞은 총알은 몇 치나 깊이 박혔다. 대동관 섬돌에 선 송언신이 장졸들에게 소리쳤다.

"조선 활은 왜놈 총보다 멀리 날아가니 겁먹을 것 없다. 왜놈들이 총을 다 쏠 때까지 기다렸다가 우리의 활 맛을 보여줘라!"

붉은 옷을 입은 왜장수가 조총을 연광정으로 겨누어 쏘았지만 총알은 힘없이 떨어졌다. 두 사람이 맞았지만 거리가 멀어서인지 상처를 입히지는 못했다. 총알은 부원군 유성룡 앞에서도 뒹굴었다. 유성룡은 군관 강사익에게 활을 쏘도록 지시했다. 활은 왜군들이 난동을 부리는 백사장까지 위력적으로 날아갔다. 그러자 왜군들이 당황하여 이리저리 피하며 물러났다. 유성룡이 연광정 임시 지휘부에 있는 것은 군권 때문은 아니었다. 유성룡의 역할은 좌의정 윤두수나 도원수 김명원 등과 달랐다. 명나라 장수가 평양에 들어오면 접대하기 위한 접빈사(接賓使)로서 머물고 있었다.

시간이 흐를수록 평양 방어군에게 불리한 점은 또 있었다. 장마 이후 비가 오지 않고 있는 것이었다. 벌써 달포 이상 비다운 비가 내리지 않아 대동강 수위가 내려가고 있었다. 강물은 왜군 공격을 저지하는 해자와 같은 역할을 하고 있었던 것인데 가뭄은 윤두수와 김명원의 애를 태웠다.

장수들은 성곽에 남아 수비하고, 대신들은 사당으로 가서 기우제를 지냈다. 평양성에는 세 개의 오래된 사당이 있었다. 고구려 때부터 있었던 단군사당과 기자사당, 동명왕사당이 그것이었다. 세 개의 사당 가운데서도 단군사당은 가장 영험하여 평양에 우환이 생길 때마다 관민이 모두 달려가 제사를 지냈다.

유성룡은 단군사당으로 올라가 기우제를 주관했다. 사당에는 고조선의 첫 임금이 된 단군 영정이 걸려 있었다. 단군의 상호는 신도 인간도 아닌 모습으로 신령스러웠다. 엎드려 빌면 자애롭게 무엇이든 다 들어준다는 단군이었다. 성민들은 어려운 일이 생길 때마다 공자사당으로 가지 않고 단군사당을 찾았다. 그러니까 단군은 성민들에게 공자, 맹자보다 더 사랑을 받는 마음속의 임금이었다. 성민들은 단군이 하늘과 땅 어딘가에서 항상 자신들을 지켜주고 있다고 생각했다. 성리학의 나라가 된 이후에도 단군신앙은 면면히 이어져오고 있는 셈이었다. 기우제를 지내고 온 유성룡이 윤두수에게 말했다.

"연광정 앞은 수심이 깊어서 적들은 배가 없이는 건너지 못할 것이오. 하지만 강 상류로 가면 반드시 얕은 곳이 있을 테니 적들은 건너기가 용이할 것이오."

그러자 옆에 있던 김명원이 말했다.

"강 상류에 왕성탄(王城灘)이 있습니다. 그곳은 강물이 깊지 않습니다."

"내 생각으로는 그곳으로 적들이 건너올 것 같소. 그러니 방비를 단단히 해야 할 것이오. 적들이 강을 건너오면 무슨 방도로 성을 지킬 수 있겠소?"

윤두수가 유성룡의 말에 고개를 끄덕이며 말했다.

"그렇소. 적들은 반드시 가뭄에 강바닥이 드러난 그곳으로 공격해 올 것 같소."

"그곳의 방비는 누가 하고 있소?"

"병사 이윤덕 장수가 지키고 있습니다."

"그곳의 방비계책이 무엇이오?"

"마름쇠를 강바닥에 깔아 공격을 막는 방도가 있지만 그것은 양날의 칼입니다."

"양날의 칼이라니 무슨 뜻이오?"

"우리도 선제공격을 할 수 없게 돼버리니 양날의 칼이라 했습니다."

"당장 마름쇠를 깔 수 없단 말이오?"

"대감, 걱정하지 마시오. 이윤덕에게 단단히 지키도록 이미 지시해 두었습니다."

김명원은 타고난 성품대로 느긋했다. 신임하는 이윤덕을 왜군들이 가장 공격하기 좋은 왕성탄으로 내보냈기 때문이었다. 그러나 유성룡은 안심하지 못하고 말했다.

"이윤덕만을 의지할 수는 없는 일이오."

"그렇소. 대동강 왜적은 우리 군사보다 곱절이나 많소."

이원익의 말을 받아 유성룡이 말했다.

"우리가 여기 연광정에 다 모여 있을 수만은 없소. 이공도 왕성탄으로 나가보는 것이 어떻겠소?"

"명령만 하시다면 당연히 나가 힘을 다하겠습니다."

이원익은 즉시 수하의 군관을 데리고 왕성탄으로 갔다. 유성룡은 군사를 거느릴 수 있는 권한은 없었다. 유성룡에게 내려진 선조의 명은 명나라 장수를 접대하는 것뿐이었다. 그러한 역할은 유성룡이 자청한 것이기도 했다. 유성룡은 명나라 원군 없이는 절대로 평양을 방어할 수 없다고 판단했던 것이다.

며칠 뒤. 결국 유성룡은 날이 저물자 평양을 떠났다. 종사관 홍

종록과 신경진을 앞세우고 성을 벗어났다. 유성룡은 한밤중에 순안에 도착했고 거기에서 이양원과 종사관 김정목을 만났다. 그들은 회양에서 오는 길이라며 왜군이 이미 철령에 이르렀다고 알려주었다. 임해군이 먼저 가 있는 함경도는 왜장 가토 기요마사의 군사가 파죽지세로 올라가 쑥대밭으로 만들어 놓고 있는 형국이었다.

유성룡은 숙천을 지나 안주에 도착하여 유숙한 뒤 다시 선조 일행이 영변을 떠나 박천으로 향했다는 소식을 듣고 달려갔다. 선조 행차는 박천에서 평양성이 함락되었다는 장계를 받고 급히 떠나려고 할 무렵이었다. 유성룡을 만난 선조가 물었다.

"평양성은 지킬 만한 곳이 아니오?"

유성룡은 자신이 떠난 사이에 평양성이 함락된 줄 모르고 있었다.

"평양 성민들 각오가 단단하여 지킬 수 있을 것 같사옵니다. 그렇다고 전하께서 내버려두어는 안 될 것이옵니다. 한시라도 빨리 명나라 구원병이 가야 할 것 같사옵니다. 신이 여기까지 달려온 것도 명나라 장수를 맞이하기 위해서이옵니다. 아직 구원병이 보이지 않으니 안타까울 뿐이옵니다."

선조가 윤두수의 장계를 유성룡에게 내밀었다. 장계에는 늙은이는 물론 성민들을 성 밖으로 내보냈다는 내용이 쓰여 있었다. 평양성을 포기하고 후퇴할 수밖에 없다는 장계였다.

"신이 그곳에 있을 때는 괜찮았습니다만 아마도 왜적의 대병은 강 상류의 얕은 곳을 찾은 뒤 하루 종일 건널 것이옵니다. 늦긴 했지만 왜적의 도강을 조금이라도 저지하기 위해서는 지금 바로 달려가 마름쇠를 강물 속에 깔아놓아야 할 것이옵니다."

선조는 즉시 승지에게 주변 고을로 가 마름쇠를 모으도록 지시했다. 왜군 부대가 강을 모두 건너 평양성에 입성한다면 그들의 북진이 더 빨라져 선조 일행을 더욱 혼란에 빠트릴 것이 뻔했기 때문이었다. 비록 파천길이지만 승지와 신하들의 독려로 마름쇠 수천 개가 금세 모아졌다. 선조는 즉시 모아진 마름쇠를 선전관 편에 평양으로 보냈다.

박산을 지난 행차가 가산으로 가고 있을 때였다. 유성룡은 어가가 잠시 쉬는 사이에 선조 앞으로 나아가 아뢨다.

"평양 서쪽의 강서, 용강, 증산, 함종 등의 고을에는 곡식도 많고 백성도 많사옵니다. 만일 적이 가까이 왔다는 소식만 전해져도 백성들은 이리저리 흩어질 것이옵니다. 신하 한 사람을 보내어 인심을 달래도록 하옵소서. 그리고 군사를 보내어 평양 후방에서 지키는 것이 좋겠사옵니다."

설령 평양성이 함락되었다고 하더라도 후방 방어선이 있어야 왜군이 쉽게 북진하지 못할 터였다.

"누구를 보내는 것이 좋겠소?"

"병조정랑 이유징의 계책이 뛰어납니다. 그를 보내소서."

유성룡은 이성중의 아들 이유징을 추천한 뒤 다시 아뢨다.

"신은 더 이상 지체하기 어렵사옵니다. 밤을 새워 달려가 명나라 장수를 만나 구원병을 의논해야겠사옵니다."

유성룡은 선조 어가 곁을 떠나 이유징을 불렀다. 그리고는 선조와 나눈 내용을 알려주었다. 이유징이 깜짝 놀라며 말했다.

"아니, 그곳은 이미 왜적의 소굴인데 저더러 가라는 말씀입니까?"

"나라의 녹을 먹는 자는 어떠한 어려움도 피하지 않는 것이 도리 아닌가? 지금 나라가 바람 앞의 등불과 같은데 끓는 물속이라도 들어가야 할 때 자네가 이 정도 일을 피하려 한단 말인가!"

유성룡은 버럭 화를 냈다. 그러자 이유징은 아무 대꾸도 못하고서 원망하는 기색만 보였다. 이미 해는 서산에 기울고 있었다. 들판에 여남은 명의 군사들이 보였다. 유성룡은 군졸을 시켜 그들을 불러오도록 했다. 들판 길에 서성거리는 모습이 평양성에서 쫓겨 온 군사들 같았기 때문이었다. 짐작한 대로 그들은 원래 의주, 용천 등지의 군사들로 평양의 왕성탄을 지키고자 차출된 관군들이었다.

"어제 적들이 왕성탄을 건넜습니다. 우리 군사들은 모두 도망가고 병사 이윤덕 장수도 도망쳤습니다."

"자세히 일러라."

유성룡은 낯이 익은 한 군관에게 평양성의 이야기를 소상히 들었다. 연광정에 있다가 이원익을 따라서 왕성탄으로 간 군관이었다. 유성룡은 편지를 쓴 뒤 군관 최윤완을 시켜 임금에게 알리도록 하고 자신은 말을 재촉하여 북쪽으로 달렸다.

20일, 선조 행차가 가산, 정주, 선천을 지나 용천에 이르렀다. 윤두수가 아뢨다.

"오늘의 행차는 명나라에 가서 하소연하기 위해 빨리 가는 것이오나 다만 갑자기 의주에 이르면 인심이 더욱 놀라 수습할 수 없을 것이옵니다. 더구나 적세가 약간 늦추어졌으니 먼저 의주 관원으로 하여금 흩어진 백성을 모으게 하여 행차가 곧 요동으로 건너가지 않는다는 뜻을 알리고 믿게 한 뒤에 천천히 나아가면 멀고 가까운 곳의 백성들이 실망하지 않을 것이옵니다."

3일 후 선조 행차가 의주에 들어갔다. 일행은 동쪽을 향해 통곡하고 서쪽을 향해 네 번 절했다. 용만관에 이르러 목사가 거처하던 곳을 행궁으로 삼았다. 그러나 의주성은 성민들이 다 흩어져 보이지 않았고 닭 한 마리 개 한 마리 없었다. 산중의 빈 절간 같았다. 선조는 백성들이 외면하는 임금이나 다름없었다. 그날 호종한 관원 수십 명은 행궁 근처 민가에서 나누어 잤다.

출병

전라우의병군은 남원으로 가는 도중 옥과현 합강촌에서 행군을 멈추었다. 합강촌 앞으로는 섬진강 지류인 옥과천이 흘러가고 있었다. 벼들이 일렁이는 푸른 들판 사이로 마치 능구렁이가 기어가 듯 느리게 흘렀다. 햇살이 난반사하는 강물은 능구렁이의 서늘한 비늘처럼 번들거리곤 했다. 행군을 멈추라는 최경회 의병장의 명이 떨어지자마자 의병들 수십 명이 강물로 뛰어들었다.

그러나 최경회는 의병군에게 휴식을 줄 생각은 없었다. 합강촌 앞에서 멈춘 까닭은 금산 전투에서 순절한 유팽로의 혼령을 위로하고 싶어서였다. 유팽로는 지난 4월 20일에 조선 최초로 의병을 일으켜 고경명의 담양회맹군에 가담했고 금산 전투에서 고경명과 함께 장렬하게 순절했던 것이다. 최경회는 전령인 조카 최홍우를 불러 말했다.

"여그서 쉬라고 멈춰분 것이 아니다잉."

"숙부님, 날씨가 겁나게 떠와분께 휴식을 줘야 쓰지 않을께라우?"

"여그가 유팽로 장수가 태어난 마실이다. 그런디 의병덜이 시끄럽게 떠들어서야 되겄느냐." "유팽로 학유(學諭)가 태어난 마실이 여그였그만요."

"우리덜이 상례에 따라 조문헐 수는 읎겄지만 여그서 모다 엎드려 절은 허고 가는 것이 도리가 아니겄느냐."

최홍우가 강물로 뛰어든 의병들에게 다가가 소리쳤다.

"의병덜은 자기 부대로 돌아가부러라!"

머리끝까지 강물에 흠뻑 젖은 의병들이 방게 무리처럼 눈치를 보며 천변으로 기어 나왔다. 의병들이 광주, 화순, 능주 동복 순으로 도열하자 최경회가 말에 올라탄 채 외쳤다.

"의병덜이여, 잘 들어부러라. 한 사람에게 상을 줘불믄 그가 헌 일을 천만 명에게 권장헐 수 있느라. 금산서 의병군이 패배헐 때 유학(幼學) 안영 장수는 싸움 중에 고경명 대장이 탄 군마가 쓰러져 뻔지는 것을 보자마자 달려갔느라. 그라고 자기가 탄 말을 줘서 바꿔 타게 해부렀고, 안영 장수는 걸어서 뒤따라가다가 기꺼이 죽음을 당했느라.

학유 유팽로 장수는 적의 칼날이 빗발치데끼 어지러와불 때 그의 집종덜이 모다 얼릉 물러나 적의 칼날을 피허자고 했느라. 허지만 유팽로 장수는 화를 냄시로 말허기를 '내가 시방 만약 달아나불믄 대장은 어처께 되겄느냐?'라고 꾸짖었느라. 대장을 보니 주위에 군사가 읎어 말이 앞으로 가지 못허고 있었느라. 그래서 유팽로 장수는 자기 집종덜에게 대장을 호위허게 허고 자신은 뒤를 따르며 적과 싸와불다가 적의 칼에 찔려 순절했느라.

이 두 장수의 충절과 의리를 보고도 주먹이 쥐어지고 가슴이 벅차불지 않는가! 의병덜이여, 이 두 장수를 본받고 잡지 않는가! 죽어도 산 사람이 있고 살아도 죽은 사람이 있는 것이니라.

아! 사람덜 맴이 변해부러 임금님을 배반허고 나라를 등진 채 자신만 살기를 도모허는 자들이 곳곳에 있으니 어찌 한심허지 않으랴. 임금님을 위하고 어른을 지키고자 왜적과 싸우다가 죽어부렀다는 이야기를 아조 들을 수가 읎도다. 오직 이 두 장수만 자신의 이익을 돌보지 않고 분연히 정의만을 위해 자신을 버렸도다. 의병덜이여, 그대덜도 이 두 장수맹키로 용감허게 싸우지 않겄는가.

바로 저 마실이 유팽로 장수가 태어난 마실이니라. 유팽로 장수의 뼈가 묻힌 마실이니라. 어찌 충의로 모인 우리덜이 이 마실을 그냥 지나칠 수 있었는가. 의롭게 순절한 장수의 혼령을 위로허지 않고 우리덜의 맴을 격동시키지 않는다믄 어처께 사기를 불러일으켜불겄는가. 다만 우리 8백 의병덜이 한꺼번에 조문허기가 에러우니 여그서 엎드려 절하자는 것이니라. 그러니 모다 여그 엎드려 절하며 조문허는 것이 도리가 아니겄는가!"

"대장님 나리 말씸이 옳습니다요."

의병들이 모두 죽창을 허공에 찔러대며 복창했다. 그러자 최경회가 말에서 내려 의병들에게 지시했다.

"저 마실이 유팽로 장수가 조선 최초로 의병덜을 모은 곳이니라. 의병덜은 유팽로 장수의 뼈와 혼령을 향해 절을 하라."

"예. 대장님 나리."

"생사를 함께 헌 안영 장수에게도 하라."

"예."

"담양회맹군 고경명 대장에게도 절하라."

"예, 대장님."

"금산에서 순절한 모든 의병덜에게도 절허는 것이 마땅치 않겄느냐?"

"예."

의병들은 모두 여덟 번 절을 했다. 8백 명의 의병들이 일시에 절도 있게 엎드려 절하는 모습도 장관이었다. 전라우의병군은 절하는 동안 금산 전투에서 순절한 의병들의 혼령을 위해 복수를 하겠다고 다짐했다. 물론 건성으로 따라 하는 의병도 일부 있었지만 대부분은 주먹을 쥐고 이를 악물었다. 입술을 깨무는 의병도 있었다.

그제야 최경회는 조카 최홍우를 통해 휴식을 주라고 명했다. 잠시 후, 의병들이 옥과천 강물에 너도나도 뛰어들었다. 옥과천은 갑자기 사람 반, 물 반으로 변했다. 의병들은 종아리에 거머리가 달라붙어 피를 빼는 것도 모르고 물장구를 쳤다. 최경회는 종사관인 문홍헌을 불렀다.

"문 종사관, 빈손으로 조문헌 것 같아 맴이 찜찜해분디 으째야쓰겄소?"

"시방 싸움하러 나가는 우리덜에게 부조헐 물자가 으디 있겄습니까요."

"그래도 그냥 지나가불기가 미안헌께 허는 말이오."

"싸움이 끝난 뒤에 다시 와 십시일반으로 모아 부조허믄 으쩌겄습니까?"

"우리덜 목심을 모다 하늘에 맫겨부렀는디 여그를 다시 온다고 어처께 장담허겄소?"

"대장님 말씸은 맞그만이라우. 낼 어처께 될지 모르는 우리덜이 다시 여그로 온다는 보장은 읎겄지라우."

"종사관, 미안헌 말인디 군량을 쪼깐 내놓고 가믄 으쩌겄소?"

"군량이라고라우?"

문홍헌이 깜짝 놀랐다.

"군량까지 조달허는 종사관에게 차마 헐 소리는 아니오만 내가 오죽허믄 옹삭헌 말을 꺼냈겄소."

"대장님, 군사덜이 묵을 군량인께 절대로 안됩니다요."

문홍헌이 단호하게 반대했다. 그러나 최경회는 다시 오지 못할 것 같다는 예감이 들었는지 고집을 굽히지 않았다. 평소와 달리 강경하게 반대하는 문홍헌을 설득했다. 군량의 출납은 오직 문홍헌의 허락이 떨어져야만 가능한 일이기 때문이었다.

"군량 땜시 종사관이나 모속관이 을매나 애를 쓰는지 잘 알고 있소."

"어쩌자고 고런 말씸을 허십니까?"

"나도 생각이 있어부러 에럽사리 꺼낸 얘기요."

최경회는 부조할 군량을 대책 없이 내놓으라고 할 생각은 없었다. 군사들에게는 정량을 먹이더라도 대장, 종사관, 별장, 전령들의 끼니를 줄이면 되지 않겠느냐는 요량으로 말했던 것이다.

"나부텀 한 끼를 줄여불겄소. 동조허는 장수덜도 한 끼를 건너뛰어불믄 에럽지 않을 것이오."

"대장님 생각이 정 그러시다믄 벨 수 읎지라우."

"고맙소. 집에서 처자덜이 단지쌀 모으데끼 허믄 못헐 바도 읎을 것이오."

단지쌀이란 전라도 양반집 아낙네들이 끼니때마다 쌀을 한 줌씩 덜어 단지에 넣어 모았다가 요긴한 데 쓰는 양식을 말했다. 곡간에서 나오는 양식과 달리 아낙네들이 용처가 생기면 마음대로 쓸 수 있었던 것이 단지쌀이었다.

"그라믄 지가 의병덜 서너 명을 델꼬 합강촌에 댕겨오겠습니다. 부조로 쌀 한 가마니 보내믄 되겄지라우?"

"시간이 읎응께 우리덜은 몬자 떠나겄소. 바로 뒤따라오씨요."

전라우의병군은 다시 행군을 시작했다. 늦여름 무더위가 의병들의 발걸음을 곧 무겁게 했다. 강물에 젖었던 의병들의 바지저고리는 금세 꼬들꼬들 말랐다. 그러나 그런 감촉도 오래가지 못했다. 의병들은 구례 논길을 지나면서 장대비를 맞은 듯 다시 땀범벅이 되었다. 섬진강으로 넘어가는 산길은 바람 한 점 없었다. 지난 장마 때 패인 자드락길의 돌멩이들은 달구어진 쇠붙이 같았다.

섬진강을 따라 이어지는 남원 가는 둑길에서야 강바람이 조금 일었다. 목덜미까지 시원해지면서 숨통이 트였다. 불볕더위에 숨죽이고 있던 버드나무 가지와 이파리들이 강바람에 휘휘 깨어났다. 최경회는 남원 입성을 앞두고 의병들에게 다시 한번 더 휴식을 주었다.

"산을 넘어 왔응께 심든 고비는 넘겼다. 여그서 잠시 쉬었다 갈 것이다. 강이 짚으니 함부로 들어가지 말라."

의병들은 강변 풀밭에서 강바람을 쐬며 더위를 식혔다. 최경회는 말에서 내려 뒤따라오는 문홍헌을 기다렸다. 그런데 그때였다. 남원 쪽에서 흙먼지를 일으키며 말 두 마리가 달려오고 있었다. 남원에서 오고 있는 사람은 척후장으로 보냈던 별장 구희였다. 뒤따르고 있는 또 한 사람은 투구를 쓰고 있는 모습으로 보아 남원의 무장이 틀림없었다.

구희가 앞서 달려와 최경회에게 보고했다.

"대장님, 고득뢰 전 방답첨사와 함께 왔습니다요."

"나는 그 사람을 모른디 무신 일인가?"

"고득뢰 첨사는 대장님을 흠모해 뵙고 잪당만요."

최경회는 가뭄에 단비를 만난 듯 근심이 사라졌다. 휘하에 무관 출신이 없었으므로 고득뢰를 빨리 대면하고 싶었다.

"나도 첨사를 만나고 잪네."

"고 첨사를 보시믄 신뢰가 갈 것입니다요."

그때, 머리에 쓴 투구가 작아 보일 정도로 기골이 장대한 고득뢰가 뚜벅뚜벅 걸어왔다. 어깨가 떡 벌어졌고 눈초리는 맹수처럼 매서웠다. 인중 양쪽으로 다듬은 수염이 날카롭게 보였다. 고득뢰가 먼저 말했다.

"남원 사는 고득뢰그만요. 대장님을 한 번 뵙고자와 찾아왔습니다요."

"요로코롬 찾아와주니 고맙소."

최경회는 고득뢰 같은 무장이면 의병들을 이끌만하겠다고 판단했다.

"나와 함께헐 생각은 읐소?"

"평창 임지로 시방 가야 헐지 말지 망설이고 있그만요."

고득뢰는 자신의 처지를 숨기지 않았다. 그럴 줄도 모르는 사람이었다. 일찍이 무과 급제하여 어란만호에서 방답첨사로 가 있다가 어머니 상을 당하여 남원에 와 있던 중이었다. 그런데 어머니 상이 끝나자마자 평창군수로 제수 받아 즉시 임지로 가야 할 형편이었는데 하루 이틀 미루고 있었던 것이다.

"나는 그대와 같은 부장이 필요허요. 남원으로 돌아가 다시 한번 더 생각해 보고 알려주씨요."

"위급헌 디로 달려가 싸울 생각에는 변함이 읐지라우. 대장님께서 쬐깐만 지달려 주신다믄 결정을 내리겠습니다요."

"알겄소."

전라우의병군은 휴식을 끝내고 행군대오로 정렬하여 남원 가는 길을 걸었다. 고득뢰가 최경회 바로 뒤에서 길을 안내하는 임시 향도가 되었다. 최경회가 고득뢰에게 물었다.

"전라좌의병군이 남원에 입성해부렀소?"

"아직 전라좌의병군을 보지 못했그만요."

고득뢰는 보성에서 거병한 임계영의 전라좌의병군이 순천부를 떠난지 모르고 있었다. 약속한 날짜로 보아 전라우의병군과 전라좌의병군은 남원성에 앞서거니 뒤서거니 입성할 것도 같았다. 전라우의병군이 거병을 전라좌의병군보다 며칠 늦게 했지만 지체하지 않고 남원 쪽으로 행군했기 때문이었다.

"전라좌의병군의 대장은 누구인게라우?"

"보성서 떠나분 임계영 의병장이오. 우리는 서로 남원서 만나기로 편지를 주고받아부렀소."

고득뢰는 남원까지 오는 동안 최경회와 많은 이야기를 주고받았는데 자신이 알고 있던 것보다 최경회의 인품이 훌륭하다는 것을 느꼈다. 장수현 관아 앞에 세워진 선정비의 내용과 결코 다르지 않았다. 무엇보다 문관답지 않게 병서에도 밝았으므로 휘하로 들어가고 싶은 마음이 절로 들었다.

이윽고 전라우의병군이 남원성에 막 도착했을 때였다. 남원성 남문 안에서 꾀죄죄하게 생긴 한 관리가 달려나와 고득뢰 앞에 머리를 조아렸다. 평창에서 고득뢰를 영접하러 온 색리였다.

"군수 나리, 이제 평창으로 떠나셔야 합니다요."

"난리 중에는 행동을 신중해야 헌게 그라네. 쪼깐만 더 지달리게나."

"나리, 집안사람들까지 이끌고 가시려면 바삐 움직여야 합니다요."

"나라가 위급헌께 짚이 생각허고 있는 것이네. 뭣이 신하된 자의 도리인지 생각을 쪼깐 더 허고 있네."

"평창은 후미진 곳이라서 온 가족이 몸을 보전하기가 남원보다 좋은 고을입니다요."

"그런 소리허지 말게. 나라의 녹을 묵고 사는 관리가 어찌 가족의 안위부텀 챙기겠는가."

"저는 나리를 영접하러 온 처지에서 말씀을 드렸을 뿐입니다요."

색리의 재촉에 고득뢰는 결단을 내린 듯 단호하게 말했다.

"왜적이 사나운 위세를 떨쳐 나라의 형세가 위태롭고 급박해부네. 그런디 어처께 나와 집안 사람덜만 편안허게 지낼 생각을 허겠는가? 나는 임지로 가지 않고 최경회 대장님 밑으로 들어가 왜적과 싸우겠네."

고득뢰의 말을 듣고 있던 최경회가 의병들을 향해 소리쳤다.

"의병덜은 지금 이후부터 고득뢰 부장의 지시를 따르라."

최경회가 고득뢰를 부장으로 임명하자, 의병들이 함성을 지르며 환영했다. 의병들의 함성이 남원성을 흔들었다. 그러자 한나절만에 남원성 안팎에서 고득뢰의 명성을 듣고 수십 명의 의병들이 모여들었다. 한 밤중에도 전라우의병군 진을 찾아왔다. 뜻밖에 모여든 의병들이었다. 남원에 입성한 지 하루 만에 전라우의병군은 1천여 명으로 불어났다.

그런데 전라좌의병군은 아직 소식이 감감했다. 전령이나 척후장도 남원성에 나타나지 않았다. 그렇다고 최경회는 마냥 임계영을 기다리며 남원 관아에 진을 치고 머물 수는 없었다. 그럴 형편이 못 되었다. 남원부사가 최경회에게 호소했다. 성을 지키는 관군뿐만 아니라 사방에서 모여드는 의병들의 숙식을 해결하느라 고충이 많다는 것이었다.

이틀 후.

최경회는 전라감사(순찰사)에게 명을 받은 대로 장수로 진을 옮겨가기로 결정했다. 더구나 장수현은 현감을 지낸 적이 있었으므로 토호들에게 도움을 받을 수도 있는 고을이었다. 부장 고득뢰도 최경회의 전략에 찬성했다. 물론 고득뢰가 장수로 진을 옮기자는

데 찬성한 이유는 따로 있었다. 전라우의병군과 이들을 보내고 난 고득뢰는 의병들의 전력에 대해서 실망했기 때문이었다. 전라우의 병군의 반 정도는 훈련이 부족한 사람들이었다. 전투훈련이 전무한 양민이거나 농사일을 하던 사삿집 종들이었던 것이다. 그나마 다행인 것은 의병군의 반 정도는 전투 경험이 있는 산졸들이라는 점이었다. 그들이라면 작전을 펼 수 있을 것 같았던 것이다. 고득뢰가 남원 성문을 나서면서 최경회에게 다가와 말했다.

"대장님, 그저께 낮부터 이틀 동안을 지켜보았습니다만 일부 의병덜은 씬찮아서 앞에서 싸울 수는 읎을 것 같습니다요."

"원래 의병이란 무술보다는 의로움을 내세워 싸우는 군사가 아닌가."

"의로움만으로 싸와불다가는 위험을 자초헐 수밖에 읎습니다요. 싸와서 이겨부러야 의로움도 더 빛이 나지 않겠습니까요."

최경회는 말고삐를 잡아채며 정색을 했다.

"의병덜 전력이 형편읎다는 말인가?"

"반은 훈련이 부족헌 군사덜입니다요. 시방부터라도 훈련시켜 강헌 군사로 맹글어부러야 싸울 때 심이 되겠지라우."

"그래도 반은 쓸만허다는 것인가?"

"5백 명 정도는 델꼬 다님시로 싸울 만헌 군사입니다요."

"금산서 내려온 산졸덜이그만."

"예, 대장님."

"그렇다믄 부장이 의병덜을 둘로 나누어 지휘허씨요. 근디 둘로 나누믄 왜적과 싸울 때 군사가 적어 초라허지 않겠소?"

"적을 치고 빠지는 유격전을 허는 디는 군사가 적어부러야 효과가 클 것입니다요. 적을 치고 빠지려면 신속허게 움직여야 헝께 그랍니다요. 유격전서는 군사가 많으믄 오히려 장애가 돼야불지라우."

전라우의병군은 장수현 장안산 남쪽 산자락에 도착하여 두 부대로 나누었다. 전투 경험이 없는 의병들은 지휘본부가 있는 진지에 남아 군사훈련을 받았고, 산졸들로 편성된 유격부대는 고득뢰가 직접 지휘했다. 전령 최홍우는 남원을 수시로 드나들며 남원성의 정보를 전했다. 구례를 떠난 전라좌의병군이 남원성 부근에서 야영하고 있다는 새로운 정보도 조카 최홍우가 전했다.

최경회는 장수읍성에 사는 논개의 소식이 궁금했지만 의병들을 훈련시키느라고 지휘본부를 벗어나지 못했다. 사실은 장수읍성으로 논개를 찾아가는 것도 마음속으로 내키지 않았다. 무엇보다 자신이 장수현을 떠난 지 십여 년이나 흘렀으며, 논개가 장수현을 떠나 외가가 있는 경상도 안의현으로 갔는지 아니면 또 누군가의 소실로 들어갔는지 알 수 없었기 때문이었다.

무주 전투와 재회

　전라우의병군 부장 고득뢰는 무주 지리에 밝은 고대해를 척후장으로 임명하여 앞서 보냈다. 남원 출신 채희징을 선봉장으로, 말을 잘 타는 관졸 출신의 의병을 전령으로 삼았다. 채희징은 능숙하지는 않았지만 어느 정도 무예를 익힌 유생이었다. 칼과 창을 든 의병들은 죽창을 든 어제까지의 모습과는 판이하게 달랐다. 비로소 정예의병다운 위엄과 결의 같은 것이 배어났다. 고득뢰는 다음 작전 내용을 보고용 문서로 만들어 최경회의 별장인 구희에게 건넸다. 전투를 하려면 최경회에게 반드시 보고해야 했던 것이다.

　아침을 든든히 먹은 의병들의 사기는 산이라도 밀어붙일 것만 같았다. 고득뢰는 의병들을 믿고 작전을 펼칠 수 있을 것 같아 비로소 안심했다. 고득뢰는 유격부대의 선봉장이 된 채희징에게 말했다.

　"무주를 어느 길로 가는 것이 좋겠는가?"

　"척후장 뒤를 따라가야지라우."

"곰티재를 넘어 진안서 금산 가는 길로 가자는 말이제?"

"그 길이 가장 빠르지라우."

"전주가 안전헐라믄 우리덜이 진안이나 무주의 왜군 잔당을 토멸해부러야 허네."

"갸덜을 읎애부러야 전주 사람덜이 편허겄지라우."

고득뢰는 의병군을 거느리고 곰티재를 넘었다. 곰티재는 진안의 운장산과 부귀산 사이에 난 고갯길이었다. 전주의 세 군데 길목 중에 하나였다. 군사적으로 전주 남쪽의 모악산 산길과 동쪽의 곰티재, 그리고 북쪽의 배티재가 전주로 가는 길목이었다. 모악산으로 진격하려던 공격로는 왜군 장수 타치바나가 고경명 의병장의 부하 양대박 장수에게 운암천 전투에서 크게 패함으로써 일찌감치 포기했고, 곰티재 전투에서는 관군과 의병군의 저항으로 안고쿠지 부대가 물러갔고, 마지막 왜군의 공격로인 배티재 전투에서는 권율의 관군이 대승을 거둔 바 있었다.

고득뢰가 지휘하는 의병군은 곰티재 정상에 올라 사방에 경계병을 세우고 휴식을 취했다. 채희징이 선선한 산바람에 땀을 들이고 있다가 말했다.

"부장님, 척후장이 오고 있그만요."

"금세 돌아와분 것을 본께 적이 가차운 곳에 있는 모냥이네."

"그란갑습니다요."

척후장 고대해가 말에서 내리자마자 고득뢰를 찾았다.

"부장님, 왜놈덜이 진안에는 읎고 무주 적상산 산성으로 물러나 분 것같습니다요."

"진안에는 왜군 척후병덜이 하나도 읎든가?"

"진안 사람덜에게 물어보았는디 읎는 거 같습니다요. 지 눈에도 왜놈 그림자를 하나도 보지 못했습니다요."

고득뢰는 즉시 작전회의를 열었다. 고대해와 채희징은 머리를 맞댔다. 고득뢰가 구상하는 작전은 적을 섬멸하기보다는 타격을 입히는 유격전이었다. 적은 수의 군사로는 적을 괴롭히어 패퇴시키는 작전밖에 없었다.

"왜놈 군사 규모를 정확허니 모른께 고것부터 파악허는 것이 급선무네."

"진안 사람덜 얘기로는 1천 명쯤 된다고 헙니다. 한 사람도 아니고 두세 사람 말이 다 똑같아부렀지라우."

고대해의 말에 채희징이 말했다.

"진안서 하룻밤 묵으면서 척후조를 보내 왜적의 위치를 파악허는 것이 으쩔게라우?"

"진안 사람덜 중에 왜적에 부역허는 사람이 읎다고 보아서는 안 되네. 그러니 우리덜이 진안서 하룻밤 묵을 여유는 읎네."

"그람 무주까지 오늘 가불자는 것입니까요?"

"우리덜은 대낮에 공성전을 허는 부대가 아니네. 밤중에 기습허는 유격부대란 마시."

"부장님, 작전대로 따르겠습니다요."

"진안 관아에서 군사덜 밥을 많이 멕이게. 으쩌믄 낼 하루 죙일 싸우다 보믄 군사덜이 굶을 수도 있을 것인께."

"다행히 진안 관아에는 몇 명 색리덜이 왔다리 갔다리 허는 것 같았습니다요."

"고건 왜군이 물러갔다는 증거네."

색리란 고을 수장과 달리 진안에 대대로 살고 있는 아전을 말했다. 왜군이 물러갔으니 관아에 나와 피난 가지 못한 양민들을 상대로 자리를 비운 수장을 대신해서 위세를 떨고 있을 것이 뻔했다. 양민들의 사정을 샅샅이 알고 있는 그들의 횡포도 노략질하는 왜군 못지않았던 것이다. 고득뢰가 두 사람에게 물었다.

"아직까지 마실에 볏짚이 남아 있겠는가?"

"불화살을 맹글라고 그라지라우?"

화살 끝에 볏짚을 달고 불을 붙이면 불화살이 되었다. 그러나 고득뢰가 생각하는 전술을 두 사람은 전혀 눈치채지 못하고 있었다.

"불화살 공격은 성이나 장애물이 있는 디서 쓰는 전술이네."

"시방까지 작년 볏짚이 남아 있는 집이 있을게라우?"

"색리를 앞세워 찾으믄 있을지도 모르네."

"으디에다 쓸라고 그란게라우?"

그제야 고득뢰는 자신의 전술을 이야기했다. 볏짚으로 허수아비를 만든 뒤 적진에 잠입하여 세우자는 전술이었다. 말하자면 군사처럼 만들어 보이게 하는 의병(疑兵)전술이었다. 고대해와 채희징은 고득뢰의 전술에 감탄했다.

진안 관아로 내려간 고득뢰의 유격부대 의병들은 저녁때까지 늙은 색리가 구해온 볏짚으로 허수아비를 만들었다. 허수아비는 손재주가 있는 의병들이 마무리를 했다. 흰 머리띠를 두르고 저고리를 입혀 놓으면 영락없이 군사처럼 보였다. 의병들은 주먹밥이었지만 마파람에 게눈 감추듯 배불리 먹었다. 주먹밥을 내놓은 색리들이 혀를 내둘렀다. 8백 명 분의 주먹밥을 만들어 내놓았는데 순식간에 사라져버렸던 것이다.

땅거미가 졌다. 고득뢰는 아무도 모르게 척후조를 보냈다. 그러고 나서 선봉장인 채희징에게 지시했다.

"의병덜을 행군시켜불게. 의병덜에게 목적지는 아직 밝히지 말게."

"배터지게 묵드니 오불오불 똥 싸러 간 군사도 많습니다요."

"색리덜에게도 우리 행선지를 밝히지 말아야 되네. 비밀이 새나가믄 실패헐 수 있은께."

고득뢰는 조금도 여유를 주지 않고 행군을 재촉했다. 무주를 잘 아는 의병 몇 명을 향도로 내세웠다. 의병들은 진안 관아를 감쪽같이 빠져나왔다. 저녁 식사 후 집에 다녀온 색리들이 귀신에 홀린 듯한 표정을 지었다. 관아의 관노에게 물었지만 아무도 고득뢰 의병군이 어디로 갔는지 모르고 있었다.

그때는 이미 고득뢰 의병군의 척후조는 무주 적상산에 도착하여 지형을 살핀 뒤 진안으로 돌아오고 있었다. 고득뢰 의병군과는 적상천 상류에서 만났다. 고득뢰는 척후조 의병에게 보고를 들었다.

"부장님, 왜적덜은 적상산 산성에 진을 치고 있습니다요."

"허수아비 의병(疑兵)을 으디에 세와둬야 좋겠느냐?"

"지 생각으로는 적상천변에 세와두고 소리를 지르면 왜놈덜이 걸려들 것 같습니다요."

"니 생각이 옳다. 개울물이 있으니 쉽사리 가차이 접근허지는 못헐 것이다."

고득뢰는 다시 채희징을 불러 적상천변에 야음을 틈타 허수아비를 세우라고 지시했다. 그런 다음에는 자신이 의병 선봉군을 데리고 허수아비 뒤로 가서 작전을 펼 것이라고 말했다.

"허수아비는 단단허게 세워야 써. 적이 총을 쏘더라도 넘어지지 않게 말여."

적상산은 산능선이 가파르고 높았다. 임란 전부터 산성이 있고 비상시에는 군사가 주둔했던 요해지였다. 산이 높고 계곡이 깊었으므로 땅거미가 지는가 싶더니 곧 바로 어둠이 몰려왔다. 고득뢰는 허수아비를 든 의병들을 데리고 적상천을 따라 올라갔다. 적상천 개울물은 크게 소리치며 흘렀다. 폭포 같은 물줄기는 바위에 부딪쳐 이빨이 무언가를 물어뜯듯 흰 물보라를 일으켰다. 의병들의 발자국 소리마저 물소리에 먹혔다.

이윽고 적상산 산성이 정면으로 보이는 지점에 이르러 고득뢰는 손을 들었다. 의병들이 허수아비를 세울 천변이었다. 멀리 왜군 진지의 산성에서는 연기가 피어올랐다. 천변에는 억새가 무성했다. 허수아비들 수십 개가 억새풀숲 사이사이에 세워졌다. 고득뢰가 고대해와 채희징에게 지시했다.

"왜놈덜은 밤새 여그다 대고 총질을 헐 것이여. 그라다가 새복에는 금산으로 철수헐지 모른께 미리 올라가서 길목을 막아부러야 허네."

"부장님은 으디에 겨십니까요?"

"나는 북치고 꽹과리를 친 의병덜이 철수허믄 그때부터 말을 타고 허수아비 뒤에서 왜놈덜 약을 올릴 것이여.”

“위험허지 않겠습니까요?”

“왜놈덜이 허수아비를 향해 총질허게 유도헐라믄 고 방법밖에 없은께 그라네.”

날씨가 고득뢰 의병을 도와주었다. 의병 주력부대가 금산 가는 길목으로 모두 철수했을 무렵에야 갑자기 먹구름장이 몰려와 하늘을 덮었다. 먹구름장은 보름달을 가렸다. 그러자 천지가 눈앞을 분간하지 못할 만큼 캄캄해졌다. 마침내 고득뢰는 작전을 개시했다.

“북과 꽹과리를 쳐부러라!”

북을 계속해서 둥둥둥 치자 불꽃이 번쩍하면서 총알이 날아왔다. 그러나 총알은 천변에 미치지 못했다. 꽹과리도 쉬지 않고 쳐 댔다. 이윽고 조총을 쏠 때마다 보이는 불꽃이 점점 산 아래로 내려왔다. 조총의 소리도 탕탕탕 간단없이 이어졌다. 그제야 고득뢰는 북과 꽹과리를 든 의병들을 철수시켰다. 자신은 말을 타고 물러나 있다가 고함을 지르며 허수아비 뒤를 내달렸다.

“왜놈을 죽여라!”

조총 소리가 천둥 치듯 하면 물러나 있다가 조용해지면 다시 말을 타고 달리면서 소리쳤다. 그러면 다시 왜군들이 조총을 쏘아댔다. 총알이 떨어졌는지 화살을 날리기도 했다. 고득뢰는 밤새 말을 타고 달리면서 왜군의 공격을 유도했다. 허수아비를 향해 쏘아대던 왜군의 조총 소리는 새벽이 되어서야 시들해졌다. 고득뢰는 채희징에게 지시했다.

“왜놈덜은 총알과 화살이 다 떨어져부렀을 것이네. 인자 우리가 공격헐 때여. 왜놈덜을 성주나 거창 쪽으로 밀어붙여야 허네. 금산 쪽으로 보내부러서는 큰일 나분께 말여."

고득뢰의 명을 받은 고대해와 채희징은 적상산 왜군을 금산 쪽에서 공격했다. 총알과 화살이 떨어진 왜군은 속수무책으로 당했다. 허수아비가 있는 적상천으로는 건너오지도 못했다. 왜군은 별수 없이 성주 쪽으로 도망쳤다. 기수들의 말에 꽂은 골(鶻)자 깃발을 보고는 혼비백산했다. 도망치던 왜장이 말했다.

"우리가 바다를 건너 조선을 침범한 이래 이번 골(鶻)자 부대처럼 무서운 군사는 만나지 못했다."

고득뢰는 공격 목적을 달성했으므로 굳이 왜군을 쫓아가지는 않았다. 전주성을 위협하는 무주의 왜군을 물리쳤기 때문이었다. 고득뢰 의병군은 왜군이 머물렀던 산성까지 올라간 뒤 다시 최경회 대장이 있는 장수로 향했다.

고득뢰 의병군이 장수현 관아를 향해 내려오다가 장안산으로 방향을 틀어 가고 있을 때였다. 보따리를 머리에 인 한 여인이 산길로 접어들던 고득뢰 의병군을 발견하고는 재빨리 바위 뒤에 엎드렸다. 여인은 장수읍성을 떠나 장안산 산길을 앞서 오르고 있는 중이었다. 하마터면 보따리가 굴러 산나물과 더덕 뿌리를 산길에 쏟아버릴 뻔했다. 더덕 뿌리는 조금 전에 더덕 덩굴을 발견하고 캔 뒤 계곡물에 씻은 싱싱한 것들이었다. 보따리를 가슴에 안은 여인은 숨을 죽였다. 여인은 의병군이 다 지나갈 때까지 바위 뒤에서 꼼짝을 안 했다. 전시에는 왜군이든 의병군이든 다 무서웠다.

고득뢰는 장안산 깊은 계곡에 이르러서야 의병군에게 휴식을 주었다. 최경회 대장이 진을 친 장안산 자락은 아직도 한 식경의 거리에 있었다. 한 식경이란 밥 한 끼를 먹는 시간을 말했다. 최경회 의병군이 장안산에 머물고 있다는 소문은 이미 장수현 마을마다 다 퍼져나간 상태였다. 장수현의 유생들이 선정을 베풀었던 최경회를 위해 군량미를 모으기 위해 마을을 돌고 있었던 것이다. 고득뢰는 최경회가 있는 띳집 막사로 갔다. 최경회가 막사 문 앞으로 나와 말했다.

"전령헌테 승전 소식을 몬자 들어부렀네. 수고했네."

"왜적을 추포해서 모다 때려잡지 못헌 것이 아숩기는 헙니다만 의병덜이 잘 싸와준 덕분에 이겨부렀습니다."

"왜적덜은 으디로 도망갔는가?"

"겡상도 성주 쪽으로 달아나뻔졌습니다."

"고것만도 큰 성공이네. 우리덜 작전은 전주를 지키는 일이거든."

어느새 장안산 동쪽 산자락 위로 보름달이 떠올라 있었다. 억새로 얼기설기 지은 의병들의 움막은 일시에 조용해졌다. 조금 전까지만 해도 진중이 시끌벅적했던 것이다. 술시가 되면 경계병을 제외하고는 누구라도 취침해야 했다. 초가을의 차가운 달빛이 내리비치는 진중은 적막했다. 고대해가 계곡물에 비친 달을 보더니 구슬픈 목소리로 말했다.

"관군으로 나갔다가 전사헌 친구덜이 생각나부요."

"나는 돌아가신 할무니 생각이 나네. 내 거시기를 자꼬 맨짐시로 달덩이 같은 내 새끼, 내 새끼 했당께."

그때, 부엉이 한 마리가 가지에 앉아 있다가 행주조각 같은 그림자를 떨어뜨리며 날아갔다. 누군가가 그들이 있는 쪽으로 다가왔다. 달빛에 나타난 사람은 치마저고리 차림의 여인이었다. 고대해는 자신의 눈을 비볐다. 오후에 보았던 바로 그 여인이었다. 경계병을 세워두었는데 어떻게 무사히 통과하여 진중까지 들어왔는지 의아했다.

"성님, 지가 아까 보았던 그 여자그만요. 뭔 사연이 있을께라우?"

"의병이 돼야분 남편을 만나러 왔는가?"

"여그까지 온 것을 본께 뭔 사연이 있기는 있는갑소야."

"아따, 으떤 의병인지 모르겠네만 복도 많은 사람이네잉."

"으쩔께라우?"

"두말헐 거 있는가? 대장님께 몬자 보고해부러야제."

고대해가 여인에게 다가갔다. 여인이 고대해를 보고 별로 놀라지 않았다. 고대해가 말했다.

"더덕 캐러 댕기는 여자 아니요?"

"죄송허그만요. 사실은 의병장 나리를 뵈러 왔그만요."

"대장님을 뵈러 왔다고? 으디 사는 누군디?"

"장수읍성에서 왔그만요."

고대해가 채희징을 불러 물었다.

"성님, 어처께 허믄 좋아불께라우? 낼 아칙에 다시 오라고 헐께라우?"

"이 밤중에 짐승이 물어가불믄 으쩔라고 그란가. 당장 대장님께 델꼬 가세."

"그래사겄지라우 잉."

두 사람은 여인을 데리고 최경회가 묵고 있는 막사로 다시 갔다. 막사 안에서는 다행히 불빛이 새어 나오고 있었다. 최경회 의병장이 잠을 자고 있지 않음이 분명했다. 그러나 막사 안은 조용했다. 고대해가 막사 안을 들여다보고는 고개를 갸웃거렸다.

"성님, 막사에 아무도 읎어라우."

"순시를 도시는 모냥이네."

"초저녁에는 부장님이 돌 것인디요잉."

잠시 후, 두 사람 뒤에서 인기척이 났다. 최경회와 고득뢰가 탄 말이 푸르르 진저리를 쳤다. 고득뢰가 말에서 내리면서 말했다.

"대장님께서 자네덜을 찾고 겨셨네. 자네덜과 한잔 허고 잪어 허시네. 그란디 그 여자는 누군가?"

"진중으로 찾아온 여자그만요."

최경회가 나직하게 말했다.

"나를 만나러 온 것이네."

여인이 최경회 앞에 무릎을 꿇고 절을 했다. 여인의 흰 치마저고리가 달빛에 오롯이 빛났다. 여인이 고개를 숙인 채 말했다.

"논개이옵니다요."

"으째서 밤중에 찾아와 진중을 어지럽히는가?"

"나리만 뵙고 갈라고 군사를 피해 밤을 지달렸다가 왔습니다요."

고득뢰가 눈치를 하자 고대해와 채희징이 물러서려고 했다. 그러자 최경회가 말했다.

"그대덜은 내 술을 마셔야 헐 이유가 또 하나 더 생겼네."

"대장님, 무신 말씸이십니까요?"

최경회는 한 손으로 수염을 쓸어 내렸다. 달빛에 드러난 최경회의 수염은 완전한 백발이었다. 최경회가 힘을 주어 또박또박 말했다.

"첫째는 그대덜이 싸와 이겼으니 상찬의 술이 될 것이요, 둘째는 소식이 적조했던 부실을 그대덜이 델꼬 왔는디 내 어찌 그대덜의 노고를 모른 체 허겄는가."

"지덜 맴을 알아주니 고맙그만이라우."

최경회는 습관대로 부하들의 술잔에 술이 넘치도록 가득가득 부었다. 고대해와 채희징은 원을 풀듯 최경회가 주는 대로 넙죽넙죽 받아 마셨다. 술이 말술인 고득뢰도 오랜만에 불콰하게 마셨다. 전령이 술독을 담가둔 계곡을 몇 차례나 다녀오곤 했다. 최경회는 술자리 저 쪽에 논개가 와 있는 줄도 잊어버린 듯했다.

자정이 넘어 부하들이 술에 취해 비틀거리며 나간 뒤에야 논개가 앉아 있는 쪽에 눈을 주었다. 최경회는 대취한 목소리로 말했다.

"그동안 소식을 주지 못해 미안허그만. 마음이야 부실에게 가 있을 때도 많았지만 몸이 외지로 나가 있는 세월이 십여 년이나 돼부렀으니께."

"나리만 지달려온 지는 차마 장수읍성을 떠날 수 읎었습니다요."

"아직 재취허지 않고 살았단 말인가?"

"나리께 지 맴을 다 주었는디 어처께 재취를 하겄습니까요."

"허허, 내가 인정사정 읎는 아조 고약헌 사람이 돼야분 것 같네."

최경회는 논개를 힘껏 끌어안았다. 논개가 최경회의 가슴에 쓰러지듯 안겼다. 잘 익은 과일 같은 논개의 향기가 최경회를 자극했다. 최경회는 코를 벌름거리며 큼큼거렸다. 그런 뒤 손을 뻗어 논개의 젖무덤을 만졌다. 그러자 논개의 몸이 물을 차고 오르는 잉어처럼 파닥거렸다. 최경회는 논개가 몸을 파닥거릴 때마다 그녀를 놓치지 않으려고 더욱 힘껏 껴안았다. 논개의 몸은 장수현감 시절에 만났을 때나 지금이나 별로 다르지 않았다. 환갑이 지난 최경회에게 힘을 주었다.

이윽고 논개의 몸이 촛농처럼 녹아버린 듯 꼼짝을 안 했다. 최경회는 부엉이 울음소리를 몇 번 듣고는 잠의 늪 속으로 빠져들었다. 최경회가 눈을 떴을 때는 먼동이 트고 있었다. 최경회는 서둘러 전복을 입었다. 먼저 일어나 저만치 웅크리고 앉아 있던 논개가 최경회를 바라보며 모기만한 소리로 웅얼거렸다.

"나리께 인사드리고 떠나려 합니다요."

"여그 남겠다 허지 않고 으째서 떠날려고 허는가?"

"나리께서 지를 부르실 때까지 지달리겠습니다요."

"그 말이 맞그만. 여자가 여그 있는 것은 군율에 합당헌 일은 아니여."

최경회는 자신의 말에 논개를 태우고 새벽 공기를 가르며 달렸다. 무서리가 내린 산길은 새벽빛에 뱀허물처럼 허옇게 드러나 있었다. 최경회는 말고삐를 잡아당기며 속도를 냈다. 논개는 말에서 떨어질 것 같아 최경회의 허리를 꼭 붙들었다. 논개는 최경회 품에 안겼던 하룻밤이 꿈만 같았다. 다시는 꾸지 못할 달콤한 꿈처럼 느껴졌다. 마지막 밤을 보낸 지 십여 년만이었다. 논개는 최경회의 허리를 꼬옥 붙들고는 소리 없이 울었다. 최경회는 흐느끼는 논개를 태운 채 장수읍성으로 달렸다.

경상도 지원 작전

선조 25년 10월 6일.

두류산을 넘은 전라우의병군은 산음(산청)을 거쳐 경호강이 흐르는 단성에 도착한 뒤 임시 진을 쳤다. 경호강을 따라 내려가면 바로 진주였다. 최경회는 경호강변의 야산에 경계병을 내세웠다. 그리고 위장전술을 지시했다.

"석회를 풀어서 강물을 쌀뜨물맨치로 맹글게. 왜적덜이 흐개진 강물을 보고 놀랄 것이 아닌가."

의병들이 부근에 있는 대원사로 가서 석회벽을 뜯어와 가루로 만들어 경호강물에 풀었다. 최경회의 작전은 그대로 적중했다. 왜군이 진주성을 함부로 공략하지 못했다. 진주성 후방에 있는 최경회의 전라우의병군을 두려워했기 때문이었다.

"왜적은 반다시 눈엣가시 같은 우리덜을 공격헐 것이다. 우리 목적은 진주성을 지키는 것인께 왜적과 바로 싸울 것은 읎다. 왜적이 오면 물러서서 방어허다가 되치기허믄 된다."

"지는 의병장님만 믿고 갑니더."

조종도가 떠난 지 하루 만에 최경회의 예측대로 왜군 5천 명이 단성으로 쳐들어왔다. 그러나 최경회는 일부러 후퇴하는 위장전술을 폈다.

"절대로 몬자 화살을 쏘지 마라. 싸울라고 온 왜적덜은 우리덜을 보고 이상헌께 우왕좌왕할 것이다."

"왜놈덜이 야간에 기습작전을 펴지 않을게라우?"

"왜적은 여그 지리에 어둡고 뒤가 무서운께 더 이상 공격허지 못헐 것이네. 김시민 목사가 성문을 열고 나와 공격할 수도 있은께 말이여."

최경회가 구사하고 있는 작전은 심리전이었다. 왜군은 최경회의 예상대로 공격했다가 반응이 없자 곧 물러갔다. 전라우의병군은 싸우지도 않고 사기가 올라갔다. 최경회는 이를 놓치지 않고 사기충천한 장정들 중에서 선봉대를 선발하여 고득뢰에게 왜군의 뒤를 공격하도록 지시했다.

"왜적을 무찌른 뒤 진주성까지 들어가불께라우?"

"진주성으로 들어가믄 안 되네. 김시민 목사에게 당장은 도움이 될지 모르겠지만 시방은 성 밖에 있음시로 협공해야 헐 때여. 왜적덜 진을 빼부러야 헌단 마시."

"공격을 허되 치고 빠지겠습니요."

"바로 고것이 우리덜 작전이제."

"그라고 선봉대를 또 맹글드라고. 부장과 내가 번갈아가며 공격허게. 그래야 군사덜이 지치지 않고 사기를 유지헐 수 있겄제."

최경회는 용감한 장정들을 뽑아 선봉대를 둘로 나누었다. 공격을 번갈아가며 할 생각이었다. 선봉대에 뽑히지 않는 군사들은 지원군으로 삼아 종사관 구희의 책임 하에 무기 정비와 군량미 조달을 맡도록 했다.

최경회가 골(鶻)자 깃발을 든 선봉대를 이끌고 공격하는 날이었다. 선봉대는 먹이를 낚아채는 송골매처럼 빠르게 살천창(薩川倉)을 거쳐 남강으로 달려갔다. 때마침 곽재우 의병군의 선봉대가 남강까지 와 있었다. 전라우의병군 선봉대를 본 곽재우 의병군의 선봉장 심대승이 의기양양하여 남강 건너편에 있는 왜군에게 소리쳤다.

"전라도 의병장과 본도 의병장이 합세했데이! 왜적넘들아, 인자 니덜 죽을 날도 얼마 남지 않은기라!"

군량미 창고인 살천창을 노략질하려고 했던 왜군은 전라우의병군과 곽재우 의병군을 보고는 남강을 쉽게 건너지 못했다. 군량미가 떨어진 왜군은 이미 기세가 꺾이고 있었다. 보급로가 끊어진 왜군 부대들은 진주성과 단성 사이에서 진퇴양난에 빠져들었다. 반면에 의병군의 전력은 계속 보강되었다. 김준민의 합천의병군이 들어와 전체 의병군의 규모는 배로 늘었다. 거기에다 승장 신열이 승군을 이끌고 왔고, 임계영의 전라좌의병군도 뒤늦게 합세했다. 그러자 유랑민과 피난민들이 안전한 단성으로 몰려들었다.

단성 청고개나 관아 등에서 왜군과의 싸움이 있었지만 의병군은 결코 밀리지 않았다. 오히려 왜군이 큰 피해를 입고 퇴각하곤 했다. 왜군이 창고의 군량미를 노리고 단성 관아로 쳐들어와 불을 질렀지만 전라좌우의병군이 몸을 사리지 않고 나서서 격퇴했던 것이다.

진주목사 김시민이 고작 3천 8백 명의 군사로 왜군 3만 명과 대적할 수 있었던 까닭은 진주 후방에 있는 여러 의병군들이 왜군의 보급로를 철통같이 차단하고 있기 때문이었다. 보급로가 막힌 왜군 대부대는 차츰 전투력을 잃었다. 김시민은 반격할 기회를 엿보면서 어금니를 악물었다.

경상우도 순찰사 김성일은 거창 관아에 머물면서 진주목사 김시민에게 수시로 참모를 보내 성 밖의 피아 상황을 알려주었다. 곽재우 의병군 2백 명이 비봉산과 어속령 사이를 오르락내리락하면서 왜군을 위협하고 있고, 고성현령 조응도의 관군과 최달 및 이강의 고성의병군 5백 명이 남강 가까이 있고, 진주 복병장 정유경이 군사 3백 명을 이끌고 진현고개와 남강을 지키고 있으며, 한후장 김준민과 별장 정기룡이 서문 밖에서 합천의병군과 곤양의병군을 각각 지휘하고 있다는 사실을 알렸다. 특히 전라좌우의병군 2천 명이 원군으로 단성에 왔으니 왜군대장 나가오카 다다오키(長岡忠興)가 함부로 성을 공격하지는 못할 것이라고 은밀하게 전했다.

충청도 목천 출신인 서른아홉 살의 김시민은 용장이었다. 군관을 시켜 지대가 높은 서장대(西將臺)에 용대기를 꽂았다. 그런 뒤 동문과 북문 밖에서 무력시위 중인 왜군을 보고서 의기소침해 있는 장졸들과 성민들에게 힘써 싸울 것을 명했다.

"진주성 십 리 안에 의병군 수천 명이 와 있으니께 적은 곧 진퇴양난에 빠질겨! 우덜이 나흘 동안만 성문을 지킨다믄 왜놈덜은 의병군과 우덜 사이에 끼어 고전을 면치 못헐 거란 말여. 왜놈덜 사기가 떨어지믄 우덜은 그때 공격헐 것이니께 너두나두 화살과 철환을 아껴야 혀!"

남강 강바람에 용이 그려진 용대기가 펄럭거렸다. 김시민은 성을 방어할 수 있다고 확신했다. 관군과 성민을 합하니 3천 7백 명이었다. 거기다 곤양군수 이광악이 데리고 온 곤양 관군 1백 명까지 합세하니 총 3천 8백 명이나 되었다. 왜군이 3만 명이었으므로 8대 1의 싸움이었지만 내성과 외성이 튼실하고 성 밖에는 호남과 영남의 의병군들이 대기 중이므로 수성할 수 있다고 판단했다.

"여자덜은 모다 남자 옷을 입구 위세를 보여야 혀."

김시민은 아녀자들에게 남자 옷을 입도록 지시했다. 수비군의 숫자가 많은 것처럼 보이기 위해서였다. 남장을 한 아녀자들은 물을 끓이고 성민들은 돌을 날랐다. 만들어 놓은 허수아비들은 궁사로 위장했고, 죽창 끝에는 짚을 달아 화공을 준비했다. 활과 칼을 지닌 관군은 성문을 방어했다. 특히 동문과 북문 위에는 지자총통과 현자총통을 집중적으로 거치했다. 절벽이 있는 서문과 남강이 흐르는 남문에는 몇 기의 총통만 보냈다.

이에 왜군은 동문이 내려다보이는 순천당 뒷산에 지휘본부를 차리고 4개의 부대를 3개의 공격부대로 편성했다. 이윽고 왜군은 특공대를 보내 절벽이 있는 서문을 먼저 공격했다. 방어가 허술할 것으로 보고 건드렸다. 그러나 실제로는 동문과 북문을 공격하기 위한 위장전술에 불과했다. 김시민은 왜군이 대규모로 공격할 동문 안쪽 촉석루에 지휘본부를 두었다. 왜군은 동문을 집중 공격할 것이 분명했다. 북문 쪽의 비봉산에는 곽재우 의병군이, 서북쪽에는 전라좌우의병군이, 서쪽에는 별장 정기룡의 군사가, 남강에는 복병장 정유경의 군사와 고성현령 조응도의 관군과 최강 및 이달이 지휘하는 고성의병군이 있었기 때문이었다.

"화살을 아껴야 혀! 명이 내리기 전에는 쏘지 말어!"

김시민은 장졸들에게 신신당부했다. 마침내 왜군 3만 명 중 2만 명이 동문과 북문으로 공격해왔다. 왜군의 전술은 선제 조총 공격이었다. 흰색 깃발을 든 왜군 대장 나가오카 부대가 동문을 향해 조총을 쏘았다. 청색 깃발을 든 왜장 하세가와 히데카즈[長谷川秀一] 부대는 북문을 향해 조총 공격을 했다. 왜장 가토 마츠야스[加藤光泰] 부대도 뒤따랐다. 동문과 북문 사이에는 깊은 해자가 있었기 때문에 왜군은 성 밑까지 곧바로 들이닥치지는 못했다. 벼락 치는 소리를 내며 왜군의 총알이 날아가는데도 성은 조용했다. 그러자 왜군은 해자 밖의 민가 문짝을 뜯고 불태웠다. 불길이 잦아들자 문짝을 방패삼아 해자 부근까지 접근했다. 그제야 김시민이 명했다.

"총통을 쏴라!"

"화살을 쏴라!"

철환이 날았다. 총통이 터졌다. 그러자 해자 사이의 좁은 통로를 건너려던 왜군 대오가 흐트러졌다. 순식간에 시신들이 통로에 깔렸다. 성벽에서 1백보까지 전진했던 왜군들이 갈팡질팡하며 뒤로 물러섰다. 성 안은 또 조용해졌다. 그런 뒤 남장을 한 아녀자들이 군사들 사이로 돌아가면서 수비군처럼 나타났다. 왜군이 보기에는 수비군의 숫자가 1만 명은 돼 보였다.

왜군은 날이 어두워져서야 몇 백보 밖으로 후퇴했다. 그러나 왜군 대장 나가오카는 마음을 놓지 못했다. 비봉산에 숨어 있던 곽재우 의병군이 쉬지 않고 나발을 불고 북과 꽹과리를 쳐댔다. 성 안 팎에서 벌이는 심리전이었다. 성 안 군사들은 횃불을 흔들며 의병 군에게 신호를 보냈다. 나발과 북소리는 밤새 계속됐다. 2백 명의 곽재우 의병군이 비봉산 능선을 이리저리 오가며 왜군을 교란시켰 다. 왜장과 왜군들이 잠을 자지 못하게 하는 것도 곽재우 의병군의 전술이었다. 곽재우 의병군의 전략은 그대로 적중했다.

다음 날 왜군은 전날처럼 진주성을 공격하지 못했다. 동문과 북 문의 왜군부대는 공격하는 시늉만 했다. 대신, 순천당 뒷산에 대기 하고 있던 공격대기 부대가 움직였다. 군량미가 떨어져가고 있었 으므로 진주성 부근의 관아를 공격하고 민가를 불태웠다. 그러나 그것도 의병군들의 반격으로 여의치 않았다. 밤이 되자, 김시민도 심리전을 구사했다. 악공들을 불러 거문고와 퉁소를 불게 했다. 구 슬픈 곡조를 성 밖으로 흘려보냈다. 쌀쌀한 바람에 오들오들 떨고 있던 왜군들은 더욱 움츠러들었다. 왜장도 김시민의 심리전에 맞 대응했다. 포로로 데리고 다니는 조선인 아이들이 성 밖을 돌면서 소리치게 했다.

"한양도 팔도도 다 무너졌는데 모르십니까!"

"새장맨치로 좁은 성을 우째 퍼뜩 나오지 않능교? 메칠만 지나 믄 굶어죽십니데이!"

"성문을 열구 나오믄 살려준대유!"

성미가 급한 군관이 성문을 열고 나가려고 했지만 김시민이 붙 잡았다.

"내 명이 떨어지기 전에는 어느 누구두 성문을 열어서는 안 되는 겨."

곤양군수 이광악은 김시민의 명을 충실하게 따랐다. 김시민이 판관이었을 때부터 그의 능력과 담력에 감복했던 것이다. 이광악은 김수를 대신해 새로 부임한 경상우도 순찰사 김성일의 용인술에도 감탄했다.

부산포를 함락한 왜군이 경상도 내륙으로 동진해오자, 전 경상우도감사 김수는 자신이 지시하여 외성까지 축성했는데도 진주성을 버릴 것을 지시했다. 그리고 그는 판관 김시민을 데리고 거창으로 피신했고, 진주목사 이경은 지리산으로 달아났다가 병사하고 말았다. 그때 거창에 도착한 김성일은 판관 김시민을 눈여겨보고 있다가 과감하게 진주목사로 승진시켜 진주성 수성이란 중책을 맡겼던 것이다.

하룻밤은 공성전 없이 소강상태로 지나갔다. 마음이 급해지고 초조한 쪽은 왜장들이었다. 김시민의 군사는 이틀 동안 왜군을 방어하면서 사기가 올라 있었던 것이다. 동문은 김시민과 판관 성수경이 지켰고, 북문은 전 만호 최득량과 군관 이눌이 버렸다. 김시민은 동문과 북문 사이에 지자총통과 현자총통을 재배치했다. 해자 사이로 사다리를 들고 접근하는 왜군을 저지하기 위해서였다.

나흘째부터 예상했던 대로 왜군의 공격이 격렬해졌다. 이는 왜군의 군량미와 무기가 바닥나고 있다는 증거였다. 그럴수록 김시민은 지공으로 맞섰다. 군사들의 전의만 북돋울 뿐 총통의 철환과 화살을 아꼈다.

"왜적이 성에 접근헐 때까지 지달려라!"

"화살 대신 끓는 물을 붓구 돌을 던져라!"

왜군은 쉽게 성벽을 타고 오르지 못했다. 관군이 휘두르는 창을 무서워했다. 아녀자들이 붓는 끓는 물을 뒤집어쓰거나 성민이 던지는 돌멩이를 맞고 나동그라졌다. 망루 같은 정루(井樓)를 밀고 오지만 성벽에 대지도 못하고 총통공격을 받고는 박살났다. 왜군의 시신이 해자를 메우고 성벽 아래 쌓였다. 밤이 되면 왜군은 시신을 수습하느라고 정신이 없었다. 여러 군데에 왜군시신 언덕이 만들어졌다.

의병들은 주로 밤에 관군을 지원했다. 남강을 타고와 남문으로 화살 다발을 날랐고, 여기 저기서 횃불을 흔들며 수성하는 군사를 응원했다. 곽재우 의병군은 여전히 비봉산에서 북을 치고 꽹과리를 쳤다. 전라좌우의병군은 선봉대를 만들어 왜군 공격부대에게 타격을 가하고는 재빠르게 빠져나오곤 했다.

왜군대장 나가오카는 진주성의 군사와 의병군 사이에서 이러지도 저러지도 못했다. 그러자 북문을 공격하던 왜장 하에가와가 외곽에 있는 의병군을 먼저 친 다음 성을 공격하자고 주장했다. 나가오카는 그의 주장대로 따랐다. 왜장 가토도 밤마다 의병군에게 너무 시달린 나머지 동의했다. 왜군은 소규모 부대로 나누어 의병군을 공격했다. 그러나 왜군은 지리에 어두웠으므로 별 효과를 내지 못하고 오히려 김준민 등의 의병군에게 타격을 입은 채 회군하고 말았다.

"오늘낼이 고비여. 인자 우덜이 공격혈 차렌 겨."

김시민은 왜군이 마지막으로 발악할 것이라 짐작했다. 과연 김시민이 예상한 대로 왜군은 동문과 북문으로 나누어 공격하던 전술을 바꾸어 한 곳으로 화력과 무기와 전력을 집중했다. 성 한쪽에 토성을 쌓아왔다. 일선에서 조총을 쏘고 물러나면 바로 흙을 나르는 군사가 움직였다. 어느새 왜군의 토성이 성벽으로 다가왔다. 총통과 화살 공격을 받으면서도 물러나지 않는 인해전술이었다. 방패를 대나무다발로 만들어 기어이 성벽까지 닿았다. 날랜 왜군 십여 명이 성을 넘어왔지만 곧 관군의 칼에 쓰러졌다. 미처 성을 넘지 못한 왜군들은 관군의 화살공격에 나동그라졌다. 진천뢰가 폭발하자 왜군들의 사지가 종잇장처럼 찢겨졌다. 화약과 피비린내가 성 안팎에 진동했다. 김시민의 관군과 성민은 사력을 다해 왜군을 저지했다. 술시가 돼서야 왜군 주력부대가 철수했다.

후퇴를 명한 듯했다. 후퇴하는 왜군들이 모닥불 불빛 속에 드러났다. 일부러 피운 모닥불이었다. 김시민과 이광악, 성수경, 이눌 등은 왜군의 후퇴를 믿지 않았다.

"거짓으루 퇴각허는 척허는 겨."

"목사 나리, 절대로 퇴각허는 것이 아닐 낍니더."

성수경이 말했다. 그때 최득량이 어둠 속에서 나타났다. 그의 뒤에는 한 아이가 따라오고 있었다.

"목사 나리, 왜놈덜헌티 잽혀 있다가 도망친 알랍니더."

"이짝으루 오너라. 왜놈덜에게 무신 소리를 들었느냐?"

"낼 새복에 성을 공격한다꼬 들었십니데이."

"알았다."

김시민은 동서남북의 성문을 지키는 장수들을 모두 불렀다. 그런 뒤 비장하게 말했다.

"낼 새복 전투가 마지막일 겨."

"인자 적진으로 공격해도 될 낍니더. 사기가 꺾인 적은 심을 쓰지 못할 낍니더."

"새복 전투를 혀보구 판단허겄네. 우덜 피해두 많으니께 그때 가서 볼 겨."

군관들이 기회를 보아 성문을 열고 나가 싸우자고 말했다. 그러나 김시민은 관군과 성민의 사상자도 많으므로 신중하자고 군관들을 달랬다.

김시민은 왜군이 토성을 쌓은 곳으로 또다시 공격할 것이니 그쪽을 특별히 경계하라고 당부했다.

"왜적은 그짝으로 공격헐 겨. 성 우로 목책을 세우구 총통을 옮기게. 동문과 북문 앞에는 마름쇠를 다시 깔게."

"마름쇠가 부족합니더."

"볏짚을 쌓아두게. 왜적이 근접하기를 지달렸다가 불화살을 날리게."

"알겠십니더."

성 주변의 의병군에게 전령들을 보냈다. 횃불을 흔들고 북치고 나발불어달라는 통문을 띄웠다. 과연 아이의 말대로 새벽이 되자, 왜군대장 나가오카 휘하 왜군들이 총공격을 해왔다. 그러나 김시민과 장졸들은 당황하지 않았다. 예측하고 있었기 때문에 침착하게 대적했다.

그런데 성은 왜군이 쌓은 토성 쪽이 아니라 다른 곳에서 뚫렸다.

방어가 느슨한 곳으로 왜군들이 대나무사다리를 타고 올라와 성 안으로 들이닥쳤다. 성 안에서 난전이 벌어졌다. 관군과 왜군이 뒤엉켰다. 그러나 사기가 오른 관군에게 왜군은 적수가 되지 못했다. 얼마 뒤 비명소리가 잦아들고 조총 소리가 뚝 멈추었다. 그런데 바로 그때 왜군들 시신 속에서 조총 하나가 투구와 전복 차림의 조선인 장수를 겨냥했다. 조총 소리가 새벽의 적막을 갈랐다. 장수가 이마에 총알을 맞고 쓰러졌다. 밤새 뜬눈으로 지휘하던 김시민이었다.

이광악이 김시민에게 달려갔다. 붉은 피를 흘리던 김시민이 희미하게 미소 지었다. 왜군을 물리쳤다는 안도감이 그의 얼굴에 흘렀다. 이광악은 피범벅이 된 김시민의 얼굴을 닦았다. 왜군이 물러가고 있었다. 이광악은 꺼이꺼이 울었다. 퇴각하는 왜군을 김시민과 함께 보지 못하는 것이 한스러웠다. 성 안 관군과 성민의 함성소리는 우레와 같았다. 잠시 후에는 진주성을 에워싸고 있던 의병군들의 북소리가 들려왔다. 김시민은 둥둥둥 울리는 북소리에 눈을 떴다가 다시 감았다. 북소리는 그의 심장을 멈추지 않게 하려는 듯 계속해서 울려왔다. 이광악은 김시민의 한을 풀어주기라도 하듯 군사를 이끌고 물러가는 왜군을 날이 샐 때까지 쫓아가 죽였다. 왜군은 부상자들을 미처 챙기지 못한 채 도망쳤다. 왜군들은 시신에 불을 붙이고는 달아났다. 시신 타는 노린내가 오전 내내 코를 찔렀다. 이광악은 사시 무렵에 성으로 되돌아왔다. 정오 직전이었다.

이광악은 오후 늦게 군관들로부터 전황을 보고받고는 바로 김성일에게 전령을 보냈다. 전령은 공문을 품에 넣고 거창으로 달렸다. 공문에는 진주성 전투의 경과와 전과가 적혀 있었다.

왜적 군관 3백여 명 사살, 왜군 1만여 명 사살. 관군 사상자(死傷者) 진주목사 김시민……

　김시민의 담대한 전술, 진주성 관군과 성민들의 눈물겨운 분전, 경상우도 순찰사 김성일의 용인술과 지원, 곽재우와 김준민 등 경상도 의병장들의 외곽 지원, 지리산의 승려들을 모은 승장 신열, 전라좌우의병군의 대규모 원군 등으로 일궈낸 대승이었다.
　임진년 11월 중순 이후부터는 전라좌의병군과 전라우의병군이 서로 떨어져서 작전을 폈다. 김면과 합세해왔던 최경회는 전라우의병군만으로 개령을 공격하여 모리 휘하의 왜군 이백 명을 죽이고 포로 사백여 명을 구했다. 타격을 입은 왜장 모리 부대는 결국 철수하지 않을 수 없었다. 또한 임계영은 부장 장윤을 시켜 성주성을 공격하게 했는데 전투 중에 왜장 무라카미 가케치카[村上景親]가 부상당하자 왜군의 사기는 크게 꺾였다. 이윽고 전라좌의병군은 저항하던 왜군 부대를 몰아내고 성주성을 탈환했다.
　이로써 성주와 개령은 전라좌우의병군의 분전과 용전으로 수복하게 된 바 《난중잡록》에도 다음과 같은 기록이 나오고 있는 것이다.

　의병장 정인홍과 김면의 군사가 감히 홀로 당하지 못하여 전라 좌우의병에게 구원을 청함에 두 의병장이 군사를 이끌고 거창, 합천 등지에 달려와서 거년부터 지금에 이르기까지 수개월 동안 혹은 산성에 둔쳐서 진주의 적을 쫓는데 협력하였고, 혹은 요로를 지키면서 성주, 개령을 나누어 공격하며 날마다 싸우지 않은 적이 없었고, 달마다 이기지 않은 적이 없었다. 그러므로 적이 움직이지 못하여 영남의 6, 7개 읍이 온전히 살게 되었으니, 두 장수의 공이 이것으로 보아도 큰 것을 알 수 있다.

전라좌우의병군이 성주와 개령의 왜군을 격퇴하자, 선조와 비변사는 곽재우, 최경회, 임계영 의병군을 근왕군으로 차출하기 위해 철병령을 내리려고 했다. 그러나 경상우도 순찰사 김성일이 세 의병군을 경상도에 계속 머물게 해줄 것을 간청함으로써 철병은 철회되었다.

진주성 전투

창의사로서 총대장인 김천일이 절룩거리며 촉석루 뜰로 간신히 올라갔다. 절룩거릴 때마다 옆구리에 찬 그의 장검이 땅에 끌리는 듯했다. 광양인 강희보와 강희열도 의병장들이 서성거리는 줄 끝에서 김천일을 주시했다. 강희열 뒤에는 사촌동생 강희원이 표(彪)자 장표가 쓰인 깃발을 들고 있었다. 김천일은 통증을 겨우 참으며 호흡을 가다듬었다. 이윽고 내뱉는 김천일의 목소리는 묵직했다.

"우리덜 군사는 1만여 명, 성민까정 합쳐불믄 6만 명이여. 우리 덜은 인자 쳐들어오는 적을 분쇄할 일만 남은 것이여. 우리덜 맴이 하나로 뭉쳐 싸우기만 헌다믄 적덜은 우리 성 안에 한 발짝도 들여 놓지 못헐 거그만. 알아불겄는가?"

"예, 창의사 나리."

"오늘부터 왜적덜이 맹수멩키로 날뛸 틴게 정신 바짝 채려야 돼야. 여그 저그 성벽을 툭툭 건드려 보다가 성벽 밑으로 파고들 것을 대비허고 있어야 당허지 않을 거그만."

전라우의병군 의병장이자 경상우병사인 최경회가 말했다.

"김공, 우리덜이 마음을 합쳐 싸와분다믄 하늘이 천군(天軍)을 보내줄 것이오."

"명군만 와준다믄 우리덜 수성전은 반다시 승리허겄지라."

"자, 인자 장수덜은 각자의 자리로 돌아가 방금 최공이 헌 말을 부하덜에게 들려줘야 쓰겄다. 황제님의 천군이 온다믄 적덜은 두려와서 도망칠 것이고 우리덜 사기는 하늘을 찌르지 않겄는가!"

"명군이 온다고라우? 지는 생각이 다르그만요."

김해부사 이종인의 말에 장수들이 각자의 위치로 돌아가려다가 멈칫했다.

"부사는 으째서 고로코롬 말허는가?"

김천일의 물음에 이종인은 망설이지 않고 대답했다.

"지가 김해 군사를 델꼬 여그 성으로 들어올 때 명군은 뒤도 돌아보지 않고 내빼불드라고요. 고런 명군을 어처께 믿을 수 있겄습니까요."

왜군이 진주성을 공격할 것이라는 소문이 돌자 진주성에 와 있던 명군 20명이 서둘러 돌아갔는데, 파견된 그들의 독자적인 판단이 아니라 상부의 지시를 받고 명군 부대로 원대 복귀해 버렸던 것이다.

"상관의 지시를 받고 가부렀는디 명군 지원부대가 온다는 것은 낭구에서 메기를 구허는 일이지라우."

"참말로 그럴까?"

"지가 직접 내빼는 명군헌테 들은 말인디 자기덜 장수가 급허게 철수허라고 명해서 가분다고 그랬당께라우."

"이여송 제독이 상주까지 내려왔다고 허는디 으째서 그러는지 이해가 되지 않그만. 우리덜을 도와줄라고 충주에서 내려온 것이란 말이여."

김천일이나 최경회는 명군 지원부대가 올 것이라고 의심 없이 믿었다. 김해부사 이종인의 키는 다른 장수들을 압도했다. 8척 장신으로 다른 장수들보다 머리가 하나 더 있었다. 전주에서 태어나 선조 6년(1576) 별시무과에 급제하여 선전관이 되었다가 함경도 여진족 토벌전 때 공을 세워 선천부사로 승진한 후 선조 24년 12월에 김해부사로 부임한 그는 성격이 담대하고 궁술과 승마에 능했다. 전투가 벌어지면 긴 창과 장검을 휘두르며 절대로 물러서는 법이 없었다. 용맹스런 성격 때문인지 충청병사 황진하고는 늘 의기투합했다. 김천일이 또다시 주의를 주었다.

"어저께도 말했지만 적의 계책은 뻔허당께. 적덜이 진주만 공격허리란 것을 믿을 수 읎단 말이여. 지금의 호남은 나라의 근본이 돼야 있고, 진주는 호남 가차이 있응께 마치 입술과 이빨 사이라고 보믄 돼야. 그랑께 진주가 읎어져뻔지믄 호남 또한 읎어져불고 말 것이 아니겠는가. 영념해부러야 써. 진주성을 비우고 왜적을 피헌다는 것은 있을 수 읎는 계책이란 말이여."

"영남도 우리 땅이고 호남도 우리 땅인께 침략헌 왜적은 한 사람도 냉기지 말고 다 죽여부씨요!"

최경회가 김천일의 말을 받아 외쳤다. 최경회의 외침에 모든 장수들이 고개를 끄덕거리며 자리를 떴다.

어느새 아침 햇살이 성 안 깊숙이 들고 있었다. 숲속의 새들이 높이 날았고 남강 물은 아침 햇살에 어른어른 반짝였다. 끼니당번이 점심을 준비하는 사시(巳時)였다. 순찰을 돌고 있던 순성장 황진이 달려왔다. 황진도 김천일과 뜻을 같이 하는 장수 가운데 한 사람이었다. 그 역시 망설이지 않고 진주성으로 달려왔던 것이다. 입성하기 전이었다. 곽재우가 "진주는 고성(孤城)이라 지키기 에러운 곳인 기라. 또 충청병사가 진주를 지키다 죽는 일은 맡은 바 임무가 아닌 기라."라고 만류했지만 황진은 김천일과 최경회의 부름을 따랐던 것이다.

김천일은 아들 김상건 등에 업혀 황진을 따라 북장대로 올라갔다. 동문에서 달려온 최경회도 뒤따랐다. 두 사람은 모두 명군이 오기를 학수고대했다. 그들뿐만 아니라 성 안의 장수들 대부분이 그랬다. 그러나 황진의 얼굴이 먼저 일그러졌다. 비봉산을 넘어온 대부대는 명군이 아니었다. 깃발들이 왜군의 것이었다.

"창의사 나리, 명군이 아니라 왜놈덜 부대그만요."

"김해부사의 말이 맞그만. 낭구에서 메기를 구허는 것과 같다는 김해부사의 말이."

김천일과 최경회는 극도로 낙심하여 북장대를 내려섰다. 명군의 지원을 기대했던 자신들의 오판을 후회했다.

"김공, 그래도 믿을 건 오직 의병덜뿐이그만요."

"맞소. 도원수를 비롯해 순변사, 병사, 조방장 등이 진주입성을 꺼려 달아나버렸지 않소. 성 외곽에서 공성전을 허겠다는 것인디다 변명일 뿐이지라."

두 사람은 성을 나가려 했던 서예원 진주목사에게도 분풀이하듯 불만을 터뜨렸다.

"서예원은 총소리만 나도 눈을 제대로 뜨지 못하고 쥐구멍만 찾는 장수인께 바꿔부러야겠소."

"누가 좋겠소?"

"전라좌의병 부장이었던 사천현감 장윤이 임시로 목사직을 맡으면 으쩔께라."

"장윤이라면 믿음직허지라. 허지만 더 지켜보는 것이 좋겄그만요. 전투도 크게 해보지 않고 바꾼다믄 진주 관군덜 사기가 떨어져불 수도 있응께."

"김공, 지헌티 맽겨주시믄 지가 알아서 처리해불겄소."

"우병사께서 고로코롬 해주씨오."

김천일은 아들 김상건 등에 업혀 총대장 처소로 돌아왔다. 다음 날 진시(辰時). 22일의 아침 해가 성 안의 동헌 뜰까지 비칠 무렵이었다. 왜군 기병 5백 명이 북쪽 산자락에 올라 시위를 했다. 기병을 앞세워 공격하려는 신호이기도 했다. 김천일은 가마를 타고 돌면서 관군과 의병들의 사기를 북돋았다. 최경회가 지휘하는 동문 안 군사들은 성벽 뒤에 웅크린 채 미동도 하지 않았다.

"적이 성 밑에 오기 전까지는 머리를 내밀지 말그라!"

최경회는 장졸들에게 왜군을 성벽까지 끌어들였다가 맞받아치라고 지시했다. 황진은 계속해서 성을 돌며 방비 대오를 바로잡았다. 왜군은 사시 무렵부터 대부대를 둘로 나누기 시작했다. 한 부대는 개경원 산자락에, 또 한 부대는 향교 앞쪽에 진을 쳤다. 이윽고 향교 길가에 진을 친 부대가 진주성으로 진군해 왔다. 그런 뒤 동문 쪽은 우키다 부대, 북문 쪽은 가토 부대, 서문 쪽은 고니시 부대가 포진하더니 두어 식경쯤 지나서 동문 쪽부터 공격했다. 북쪽과 서쪽은 해자를 파놓았으므로 함부로 넘어오지 못했다.

"동문 군사는 들거라, 활을 쏴부러라!"

동문의 성안 관군과 의병들이 일제히 화살을 쏘자 왜군 30명이 순식간에 나무토막처럼 쓰러졌다. 성안 군사의 함성과 북소리, 징소리에 왜군들이 싱겁게 물러갔다. 초저녁이 되자 왜군 전투부대가 또다시 공격해왔지만 2경에 비봉산으로 퇴각했으며, 왜군 공병부대는 해자의 둑을 터뜨리고 물이 빠지기를 기다렸다가 흙을 져와 메우고 길을 닦았지만 미치지 못했다. 조선 관군과 의병군의 완승이었다. 다만, 강희보의 부하 임우화가 단성 부근에 있는 강인상 의병군에게 지원을 요청하러 갔다가 도중에 왜군에게 붙잡힌 것이 아쉬울 뿐이었다. 김천일과 강희보 형제들의 실수였고 판단 착오였다. 왜군이 임우화를 결박한 채 공격부대 앞줄에 세운 채 심리전을 벌였던 것이다.

성을 돌며 군사를 격려하고 감독하는 순성장을 독전장(督戰將)이라고도 불렀다. 말을 타고 달리면서 싸우는 군사들을 독려하기에 그랬다. 수염이 아름다운 순성장 황진은 말을 아주 잘 탔다. 일찍이 임란 전 동복현감 때부터 공무가 끝나면 말을 타고 달리며 무예를 익혀 두었기 때문이었다. 황진은 김해부사 이종인처럼 키가 컸고 힘이 뛰어난 데다 동작도 빨랐다. 왜군에 맞서 수성하는 군사들을 수시로 점고하며 번개처럼 달렸다.

"군사덜은 화살을 아껴부러라잉!"

"성민덜은 돌맹이를 무자게 모아부러!"

"아녀자덜은 항시 팔팔 끓는 물을 준비허고!"

황진은 전투가 있건 없건 간에 아침부터 밤까지 진지를 돌면서 성 안팎을 살폈다. 그의 등 뒤에서 깃발을 들고 달리는 장수는 강진에서 온 황대중이었다. 황진의 육촌 동생인 황대중 역시 말을 잘 탔다. 진주성 장수들 가운데 승마에 능한 두 사람을 꼽으라 한다면 단연 황진과 황대중이었다.

"한숨도 못 잤제?"

"성님이 요로코롬 애 쓰신디 누가 잠을 자겄소? 모다 한 몸맨치로 혼연일체가 돼야 움직이고 있그만이라우."

"동상, 요것이 바로 우리덜 조선사람의 고래심줄 같은 근성이여."

"긍게 그저께맨치로 낮에 시 번, 밤에 니 번 싸와서 우리덜이 모다 이겨부렀지라우."

"근디 앞으로가 걱정이네. 왜놈덜이 더 발악헐 것인께."

"의병 지원군을 기대허는 것은 무리그만요. 최강, 이달이 이끄는 고성의병군이 이짝으로 오다가 왜적에게 포위돼 포도시 빠져나갔다고 허그만요."

"우리덜 6만도 작은 숫자가 아니네. 끝까지 뭉치기만 하믄 적덜도 함부로 공격허지 못할 것이네."

날이 환하게 밝았다. 남강에서 피어오른 안개가 성을 감쌌다. 왜장 우키다는 흙산을 쌓아 동문을 공격하려던 작전이 수포로 돌아가자, 이번에는 화살공격을 막고자 생가죽을 씌운 나무궤짝 수레인 귀갑차(龜甲車)를 방패삼아 성 밑으로 다가왔다. 그러나 성벽 위에서 큰 돌을 굴려 수레를 부수고 뜨거운 물을 부어대자 왜군들은 더 버티지 못하고 물러났다. 우키다는 동문 밖에 망루를 급조해 화공작전을 개시하기도 했다. 군사와 성민들의 숙소인 초가와 지휘소 건물들을 태우기 위해서였다. 우키다의 느닷없는 화공작전은 전과를 올리는 듯했다. 불화살이 날아와 초가를 태웠다. 초가에 불길이 번지면서 연기가 하늘을 뒤덮었다. 사상자가 불어나자 목사 서예원은 겁이 나 어쩔 줄 모르고 갈팡질팡했다. 김천일이 혀를 차며 최경회에게 말했다.

"최공, 서예원을 더 이상 믿지 못해불겠소."

"기회를 줬지만 으쩔 수 읎그만이라. 창의사께서 처리하시지라."

김천일은 일전에 최경회와 합의를 본 대로 장윤을 불러 임시 진주목사로 임명했다. 장윤은 비호처럼 화재현장으로 뛰어가 번지는 불길을 진압했다. 다행이 때마침 장대비가 내렸으므로 불길은 곧 잡혔다. 장대비는 공방전을 잠시 멈추게 했다. 조선 관군이나 왜군 모두 쏟아지는 비에 홀딱 젖어 지치기는 마찬가지였다. 빗줄기가 멈추자 왜군 주장(主將)인 우키다 명의로 쪽지를 단 화살이 하나 날아왔다.

대국의 군사들도 이미 항복해 왔는데 너희네 작은 나라가 감히 항거하려 하느냐? 입성하면 너희들은 일시에 도살될 것이다. 이는 참혹한 일이니 장수 한 사람을 보내거라. 성민들은 편히 살 수 있을 것이다. 강화를 원한다면 전립(戰笠)을 벗어서 표하라.

장윤이 들고 온 왜군의 쪽지를 본 김천일이 비웃더니 종사관 양
산숙에게 말했다.

"내 말을 받아 쪽지를 적어 보내불게."

그러자 양산숙이 김천일의 말을 받아 한자로 적었다.

우리는 결사적으로 싸울 뿐이다. 더구나 대국의 군사 30만 명
이 지금 한창 너희들을 추격하고 있는데 한 놈도 남기지 않고
다 죽여 버릴 것이다.

진주성에서도 쪽지를 단 화살이 적진으로 날아갔다. 다음 날에
도 왜군은 전날과 같은 방법으로 공격했다. 동문과 서문 바깥에 흙
산을 다섯 개나 만들어 토굴과 망루에서 조총 공격을 했다. 성 밑
을 파고드는 선봉대를 위한 일종의 엄호사격이기도 했다. 관군과
의병군은 동문과 북문 쪽만 집중적으로 방어하고 있다가 서문 쪽
에서 고니시 부대 왜군에게 일격을 당했다. 처음으로 성문 수비군
사 중에서 사상자가 3백여 명이나 났다. 광양형제의병장 강희보까
지 총알을 맞고 전사했다. 고종후가 강희보의 시신을 수습하며 울
었다.

그러는 동안 우키다는 귀갑차를 이용해 왜군 수십 명을 보내 동
문 쪽 성벽을 쇠막대로 뚫었다. 이에 이종인은 단기필마로 동문을
열고 나가 선봉대 다섯 명을 연달아 죽였다. 사기가 다시 오른 관
군들이 불화살을 쏘아대자 왜군 선봉대원들이 불에 타 죽었다. 초
경에도 왜군들이 북문 쪽을 침입해 왔지만 이종인은 다시 그들을

격퇴시켰다. 자정 전에 온통 흙먼지 범벅이 된 황진이 김천일에게 보고했다.

"초경에 쳐들어온 적떨도 이종인 부사가 심껏 싸와 물리쳤그 만요."

"그대와 이종인 부사가 옰어부렀다믄 큰일 날 뻔했네."

"우리 군사 3백여 명과 광양의병장 강희보가 전사헌 것이 맴을 아프게 허는그만요."

"이종인 부사는 시방 으디에 있는가?"

"동문 쪽에 있습니다요."

"얼릉 불러 오게."

"서예원이 지휘허는 서문 수비가 걱정 돼야서 그러네."

잠시 후, 김천일의 부름을 받은 이종인이 왔다. 김천일은 이종인에게 지시했다.

"서문 쪽을 살펴보고 오게. 그짝이 자꼬 신경이 쓰이네."

"초경에 지가 적떨을 물리치고 서예원 목사에게 서문 방비를 맡겼습니다만."

이종인의 말대로 서문 쪽 방비는 서예원이 맡고 있었다. 그러나 김천일은 서예원을 믿지 못하여 다시 이종인을 보냈던 것이다. 이종인은 김천일의 명을 받고 서문 쪽으로 가 성벽을 샅샅이 수색했다. 어둠이 물러가면서 새벽빛이 안개처럼 부옇게 번졌다. 그제야 왜군에 의해 뚫린 성벽이 확연하게 보였다. 그믐날이 가까워지는 컴컴한 밤중을 틈타 왜군들이 성 밑으로 접근해 와 성벽을 허물었음이 분명했다. 성벽이 기우뚱 무너질 것 같았다. 이종인이 서예원을 불러 심하게 꾸짖었다.

"목사는 적덜이 두더지멩키로 성벽을 뚫는 디도 막지 않고 멀 혔소?"

"부사께서 초경에 적덜을 물리쳐 한밤중에는 오지 않을 줄 알았소."

장수들이 급히 모였다. 순성장 황진과 부장 황대중, 진주성 임시 목사 장윤, 김해부사 이종인, 경상우병사 최경회, 부장 고득뢰 등이 군사를 이끌고 허물어진 서문 쪽과 동북 쪽 성벽으로 집결하여 방어선을 쳤다. 이종인이 김해와 진주 관군 군사로 1차 방어선을 치고 최경회와 장윤이 의병군으로 2차 방어선을 쳤다. 황진은 성벽 위에서 내려다보며 방어선에 선 군사들을 독전했다.

"성벽이 뚫려 낭패인 건 분명헌디 허지만 고것이 우리덜에게 반다시 나쁜 것만은 아니여."

"성님, 으째서 고로코롬 생각허요?"

황대중이 의아한 표정으로 묻자 황진이 덤덤하게 답했다.

"괴기를 잡을라믄 괴기덜이 지나는 목에 그물을 대고 있어야 허는 거맨치로 왜놈덜이 뚫린 성벽으로 몰려올 틴께 우리 군사덜은 방어선에 숨어 있다가 왜놈덜이 오는 족족 모다 죽이믄 되는 것이여."

"성님, 까꾸로 생각허는 작전도 기차부요 잉."

황진과 이종인은 의기투합하여 뚫린 성벽을 이용하여 역으로 왜군섬멸 작전을 세워두고 있었다. 죽기를 각오하고 맞설 배짱이 없으면 감히 생각하지 못할 작전이었다. 황진은 성벽 위에서 총통공격과 돌을 날릴 준비를 하고 있었으며 이종인과 최경회, 장윤은 1차 방어선과 2차 방어선에서 화살과 죽창 공격을 준비하고 있었다. 과연, 날이 밝자 왜군들이 뚫린 성벽으로 밀물처럼 몰려 들어왔다.

황진과 이종인의 작전은 적중했다. 왜장 고니시와 가토, 우키다의 명으로 왜군들이 밀려들어왔다. 그러나 황진이 지휘하는 성벽 위의 총통공격으로 왜군의 대오가 흐트러졌다. 더욱이 화살을 날리는 이종인의 1차 방어선은 강했다. 황진의 심복 동복인 오죽령만 목숨을 아끼지 않고 싸우다가 적탄에 맞아 쓰러졌을 뿐이었다. 왜군들이 1차 방어선을 뚫지 못하고 여기저기서 쓰러졌다. 도망치는 왜군들은 성벽 위에서 성민들이 던지는 돌과 아녀자들이 쏟아부어대는 뜨거운 물에 혼비백산했다. 더구나 검은 투구와 붉은 갑옷을 입은 고니시의 부장 한 사람이 화살을 맞고 쓰러지자 왜군들은 전의를 잃은 채 시신을 끌고 달아났다. 황진이 성벽 위에서 외쳤다.

"우리덜이 왜적 천여 명을 죽였다! 적덜 시체가 해자를 덮어부렀다."

"와아 와아!"

관군과 의병군들이 함성을 질렀다. 성민들도 너나 할 것 없이 환호했다. 왜군과 맞서 힘껏 싸운 지 9일 만에 올린 최대의 전과였다. 왜군의 화공과 조총공격으로 3백여 명이 죽은 것에 대한 확실한 복수였다.

그런데 모두가 승리에 도취해 있을 때였다. 성벽 밑에서 조총 소리가 났다. 시신 무더기 속에 숨어 있던 왜군이 쏜 조총 소리였다. 총알은 방어용 나무판자에 빗맞고 튀어 황진의 왼쪽 이마를 뚫었다. 황진이 피를 흘리며 쓰러지자 승전의 분위기는 갑자기 돌변했다. 황진, 이종인, 장윤 등은 전투할 때마다 군사들의 든든한 기둥이나 다름없었던 것이다. 군사들이 성 밑으로 쫓아가 숨어 있던 왜군을 잡아끌고 왔다.

이종인이 눈을 부릅뜨며 즉시 왜군의 목을 벴다. 떨어진 목이 데굴데굴 구르자 성수경이 주워서 긴 간짓대 끝에 효수했다.

김천일은 서예원을 촉석루로 불러 순성장 임명장을 주었다. 황진이 순절했으니 진주성을 속속들이 잘 아는 서예원을 순성장으로 임명할 수밖에 없었다. 그러나 겁이 많은 서예원은 투구도 갓도 거추장스러웠던지 벗어버리고 울상이 되어 말을 타고 성 안을 돌아다녔다. 겁에 질린 채 다니는 서예원의 모습을 보고 군사들이 동요했다. 보다 못한 최경회가 서예원의 목을 베려다가 임시 진주목사 장윤에게 순성장도 겸임하도록 지시했다. 순성장은 전장에서 몹시 위험한 장수였다. 성 안을 돌아다니며 독전하므로 왜군의 표적이 될 수밖에 없었다. 장윤은 순성장을 맡은 지 한나절 만에 왜적의 총탄에 쓰러졌다.

용맹을 떨치던 황진에 이어 장윤마저 전사하자 군사들의 사기는 더욱더 떨어졌다. 설상가상으로 오후 미시에는 빗물을 머금고 있던 동문 쪽의 성벽이 허물어졌다. 왜장 우키다 부대가 무너진 성벽을 타고 들쥐 떼처럼 기어들어 왔다. 이종인은 어제처럼 방어선을 쳤다. 왜군이 눈앞까지 가깝게 다가오기를 기다렸다. 이종인은 활을 버렸다. 방어선에 선 군사들도 마찬가지였다. 백병전의 무기는 칼과 창이었다.

이종인은 남강으로 왜군을 유인하면서 끝까지 칼을 휘둘렀다. 그러나 이종인은 더 이상 물러설 곳이 없게 되자 칼을 버리고 달려드는 왜군 두 명을 좌우 겨드랑이에 한 명씩 낀 채 크게 소리쳤다. 호랑이가 포효하는 듯했다.

"김해부사 이종인은 적떨을 다 죽이지 못하고 강물에 뛰어드는 것이 한스럽노라!"

적장의 손에 죽지 않기 위해 비록 남강에 뛰어들지만 충성을 다한 신하로 영원히 살기를 바라는 비장한 모습이었다.

서풍이 거칠게 불었다. 피비린내와 흙먼지가 촉석루 쪽으로 몰려왔다. 관군과 의병군, 성민 수만 명은 촉석루 앞 둔덕과 숲을 이용해 겹겹이 포진했다. 촉석루 바로 뒤쪽 남강에는 시신들이 드문드문 거적때기처럼 떠올라 흘렀다. 김천일과 최경회는 배수의 진을 쳤다. 비록 서문과 북문, 동문의 군사들이 밀려났지만 촉석루에서는 더 이상 물러설 데가 없었다. 왜군도 백병전에서 사상자를 크게 냈기 때문에 파죽지세로 달려들지는 못했다. 김천일이 복수의 병장 고종후를 불렀다. 고종후는 자신을 따라온 절노비들이 있는 곳으로 가려다가 돌아섰다.

"창의사 나리, 으쩐 일이십니까요?"

"자네는 시방 성을 나가는 것이 좋겠네."

"으째서 그럽니까요?"

"금산에서 순절하신 자네 선친이 생각나서 그러네. 자네는 살아남아 집안의 대를 이어야 허지 않겠는가."

"광주를 떠날 때 우리 아부지와 동상 인후, 그라고 지는 이미 나라에 목심을 바치기로 혔지라우. 지에게는 오직 사즉사(死卽死)만 있을 뿐입니다요."

"죽기로 싸와서 죽기로 혔다니 헐 말이 읎네만."

"사즉사는 아부지와 성제간에 약속인께 지켜불라요. 나와 죽음을 함께 하겠다는 별장 김기봉, 김정호 무장도 여그 있그만요."

고종후는 절노비들의 지휘를 고경형에게 맡겼다. 고경형은 금산에서 순절한 고경명의 배다른 동생이었다. 첩의 자식이었으므로 늘 앞서지 못하고 고종후 뒤에서 그림자처럼 싸워왔던 우직한 사람이었다.

왜군들이 다시 북과 나무 판때기를 시끄럽게 쳐댔다. 이어서 조총 소리와 왜군의 괴성이 산지사방에서 들려왔다. 왜군들이 촉석루를 향해 대공세를 취하고 있음이 분명했다. 실제로 촉석루 앞 둔덕 너머에서는 백병전이 벌어지고 있었다. 이때 능주인 안기남과 안기중이 분전하다가 죽었다. 거친 비명 소리와 칼이 부딪치는 날카로운 소리가 커지고 있었다. 능주인 별장 박혁기가 적진으로 돌진했다가 말에서 떨어져 순절했다. 그의 왼팔에는 사생취의(捨生取義)란 네 글자가 쓰여 있었다. 목숨을 잃을지언정 의를 취하겠다, 라는 뜻이었다. 한 식경쯤 지났을 때였다. 김천일이 탄식했다.

"영남의병군이 끝까지 와불지 않을 모냥이여. 우리덜이 촉석루를 사수허고 있은께 적덜은 독 안에 든 쥐새끼나 다름읎는디 말이여."

"김공, 우리 군사덜이 십 일을 잘 막아주었는디도 무심허그만이라."

최경회도 고개를 흔들며 낙심했다. 왜군들의 괴성은 더욱더 크게 다가오고 있었다. 조총의 총알이 촉석루 지붕에 비 오듯 떨어졌다. 기둥 여기저기에 총알이 박히고 스쳤다. 김천일이 호상에 앉은 채 중얼거렸다.

'부모님께서 주신 몸을 왜적덜에게 더럽힐 수는 읎제. 나는 부끄럽지 않게 죽을 것이다.'

이제는 왜군의 총알뿐만 아니라 화살까지 촉석루로 날아왔다. 김천일을 호위했던 나주 출신의 아병(牙兵)들이 창과 칼을 들고 가깝게 다가온 왜군들과 백병전을 치렀다. 왜군의 시신들이 촉석루 뜰을 덮었다.

김천일은 김상건의 부축을 받으며 촉석루를 내려섰다. 뒷일은 최경회에게 부탁했다. 최경회가 어흑어흑 소리 내며 눈물을 흘렸다. 큰형 최경운의 장남이자 전라우의병군 전령인 최홍우가 울면서 애원했다.

"숙부님, 훗날 적의 형세를 보아 또 싸울 수 있을 턴디 하필 여그서만 결판 내시려고 헙니까요?"

"홍우야, 나는 나라의 은혜를 두텁게 입어 진주를 지키는 임무를 받았어야. 성이 보전되믄 나도 살고 성이 무너지믄 나도 죽어야 허는 것이 내 도리제잉. 어찌 구차허게 살기를 꾀허겄느냐?"

최경회는 둘째 아들 최홍적에게도 말했다.

"군량을 모곡허러 성에서 나간 홍기는 인자 진주에 올 필요가 읎다. 니는 요것을 가지고 성을 빠져나가거라."

최경회가 조카 최홍우와 둘째 아들 최홍적에게 건네준 물건은 고려 공민왕이 그린 청산백운도와 명검 언월도였다. 전라도 적상 산에 주둔하고 있을 때 경상도 우지치까지 왜군부대를 추격하여 왜장을 거꾸러뜨리고 되찾은 그림과 8척이나 되는 언월도였다. 최 경회가 부장 고득뢰에게 지시했다.

"논개가 가지고 있는디 관복을 가져와야 쓰겄그만."

"예, 병사 나리."

최경회의 관복은 남장한 논개가 보자기에 싸 들고 촉석루 처마 밑에 서 있었다. 논개가 고득뢰에게 전해주자 최경회는 다시 최홍 우에게 말했다.

"홍우야, 내가 여그서 죽는다믄 요 관복을 나로 알고 장례를 치 르거라."

최경회를 에워싸고 있던 전라우의병군 부하의병들이 통곡을 했 다. 능주인 종사관 문홍헌과 오방한, 구희, 별장 김인갑과 김의갑, 전 사복시 첨정 서응후, 능주인이면서도 표의장(彪義將) 심우신을 따라 진주성에 온 정충훈 등이 최경회와 죽음을 함께 하겠다고 맹 세했다.

그때 또다시 왜군 십여 명이 촉석루 쪽으로 달려왔다. 고종후는 최경회를 감쌌다. 전광석화와 같은 짧은 순간이었다. 고득뢰와 최 경회의 아병 이십여 명이 왜군을 포위해 긴 창과 칼로 찔러 죽였 다. 최경회가 고종후를 보면서 말했다.

"삼부자가 모다 나라에 목심을 바쳐부렀으니 세상에 드물고 장헌 일이여."

"병사 나리, 지는 오직 사즉사헐 뿐입니다요."

"자, 이 술 받게. 허허허."

그러나 술항아리에는 술이 없었다. 술항아리도 기울어버린 전세를 아는 듯 비어 있었다. 사발을 적시는 술은 겨우 한두 방울이었다. 최경회는 쓴웃음을 지었다.

"외로운 성이 뚫렸는디도 지원군이 오지 않으니 형세가 절박허구나. 우리덜은 나라의 은혜를 죽음으로써 보답헐 수밖에."

최경회가 일어나 비장한 목소리로 강에 몸을 던지겠다는 투강시(投江詩)를 읊조렸다. 최경회의 절명시였다.

촉석루에 오른 세 장부

술잔 들고 긴 강물 가리키며 웃네

긴 강물 도도하게 흐르는구나

마르지 않는 물결 우리 혼은 죽지 않으리.

矗石樓中三壯士

一杯笑指長江水

長江之水流滔滔

波不渴兮魂不死

최경회는 북쪽을 향해 4배를 한 뒤 촉석루를 내려와 남강의 강물이 회초리처럼 철썩철썩 치는 절벽 위에 섰다. 김천일, 최경회와 더불어 삼장사(三壯士)로 불리던 고종후도 함께 했다. 고종후는 참혹하게 훼손된 태인의병장 민여운의 시신을 떠올리며 이를 갈았다.

"왜놈덜에게 능멸당헐 수는 읎습니다요."

"우리 몸뗑이를 왜놈덜이 만지게 할 수는 읎제잉."

최경회가 단호하게 말하자 고종후가 입술을 깨물었다.

"병사 나리, 지도 델꼬 가주씨요."

남원에서 최경회의 부장이 되었던 고득뢰도 뒤따랐다. 청산백운
도와 언월도, 그리고 최경회의 관복을 받은 최홍우와 최홍적은 최
경회의 지시에 따라 이미 성을 빠져나간 뒤였다. 약속한 듯 최경회
와 고종후, 고득뢰가 몸을 던졌다. 문득 서풍이 회오리바람처럼 일
었다. 세 장수가 전복 자락을 휘날리며 낙엽처럼 날리더니 사라졌
다. 남장한 논개는 차마 발걸음을 떼지 못했다. 투신마저 남녀유별
이었다. 논개는 울음을 삼키며 속으로 흐느꼈다.

진주성이 함락된 지 며칠 만이었다. 왜장 우키다와 가토, 고니시
는 칠월칠석날 촉석루에서 전승 축하연을 벌이기로 했다. 지칠 대
로 지치고 향수병에 시달리는 왜군들을 위로할 겸 왜왕 도요토미
히데요시의 명령을 완수했다는 것을 과시하기 위해서였다. 히데요
시는 1차 진주성 전투에서 패배한 뒤 조선에 있는 왜장들에게 설
욕하라고 명했고, 반드시 진주목사의 목을 베어 가져오라고 엄명
했던 것이다. 서예원은 숲속에 숨어 있다가 우키다의 가신 오카모
도 시인조[岡本椎丞]에게 살해된 뒤 머리가 잘려 히데요시에게 보내
기 위해 소금에 절여졌다. 그때까지도 우키다는 서예원을 김시민
으로 잘못 알고 있었던 것이다.

가토와 고니시는 진주성 안에 있는 기생들을 색출해 촉석루로 불렀다. 기생들 색출은 왜군 첩자들을 동원했다. 남장하고 있던 논개는 왜군 부역자들의 눈에 띌 리 없었다. 그러나 논개는 스스로 기생처럼 화려한 옷을 구해 입고 촉석루로 나갔다. 논개는 단번에 왜장들의 시선을 사로잡았다. 여느 기생처럼 춤추고 노래 부를 줄은 몰랐지만 왜장들은 유독 논개에게 음심을 품었다. 왜장 중에서도 가토 휘하의 16장수 가운데 한 사람인 게야무라 로쿠스케[毛谷村六助]가 논개에게 자꾸 추파를 던졌다. 그는 조총으로 무장한 사십 명의 철포대를 이끌고 가토 휘하로 들어온 부장이었다.

'니놈이라도 델꼬 가야 병사 나리께서 칭찬허시겄제.'

왜장들이 술에 취해 술자리가 흐트러질 무렵이었다. 논개는 정색을 하고 슬그머니 일어나 촉석루를 벗어났다. 왜장 게야무라도 눈을 찡긋하며 논개를 뒤따랐다. 논개는 촉석루 아래 반반한 반석으로 가 다소곳이 앉았다. 반석 바로 밑에는 강물이 무심코 출렁거렸다. 며칠 전까지만 해도 핏빛으로 붉게 흘렀던 강물이었다.

젊은 게야무라는 괴력의 소유자였다. 히데요시 앞에서 스모를해서 다섯 명의 선수까지 이기고 여섯 번째에 진 장사였다. 게다가 큰 덩치에 비해 빠른 발을 가진 준족이었다. 왜군이 한양에 입성했을 때 히데요시에게 점령소식을 전하는 사자로 뽑혀 단 2주 만에 나고야에 도착하여 보고를 했던 것이다.

게야무라는 스모를 하듯 논개를 껴안았다. 그러더니 힘자랑하듯 논개를 번쩍 들어올렸다. 짐승처럼 코를 킁킁거렸다. 논개의 살 냄새에 욕정을 참지 못했다. 투박한 손으로 논개의 젖가슴을 더듬었다. 술 냄새 풍기는 게야무라의 혀가 논개의 뺨을 핥았다. 게야무라의 품에서 빠져나온 논개가 반석 끄트머리까지 물러났다. 그러자 게야무라가 실실 웃으면서 논개에게 바싹 다가왔고 논개는 그의 허리를 힘껏 끌어당겼다. 술 취한 게야무라가 중심을 잃고 비틀거렸다. 논개가 속으로 외쳤다.

'발밑이 저승이다, 물구신이 널 지달리고 있어야!'

게야무라가 무섭게 눈을 부릅뜨고 노려보았지만 논개는 강물에 뛰어든 뒤에도 그가 죽을 때까지 손깍지를 풀지 않았다. 게야무라의 사지가 축 풀렸을 때에야 논개 자신도 정신을 잃었다. 촉석루에서 기생을 끼고 연회를 즐기던 왜장들은 그때까지도 논개와 게야무라가 어디로 갔는지 알지 못했다.

화순으로 돌아온 최홍우와 최홍기, 최홍적은 화순의 선비들에게 진주성 전투를 알렸다. 최홍우는 삼년상을 마친 아버지 최경장에게 진주성에서 들은 최경회의 유언을 그대로 전했다.

"내가 죽은 후에 성님이 거병허실 때 이 그림과 칼로 표식을 삼으시라고 전해라."

공민왕이 그린 청산백운도와 8척의 언월도(偃月刀)는 최경회가 우지치에서 적장을 사살하고 포획한 것들이었다. 곧바로 최경회의 부하군사들에게 맹주로 추대된 최경장은 계의(繼義) 활동을 펼쳤다. 계의란 의로움을 이어간다는 뜻이었다. 최경장의 계의활동을 지켜본 도원수 권율이 선조에게 보고했다.

"전 내섬시정 최경장이 죽은 아우의 남은 병사를 이끌고 중요한 곳에 머무니 인심이 안정되었사옵니다."

"아우가 국난에 순절하고 형이 이어서 의병을 일으키니 옛 사람들 중에도 그러한 일이 드무니라. 경장에 계의병대장이란 직함을 내리도록 하라."

이후 계의대장 최경장은 옥과에서 계의병을 훈련시키고 남원으로 진출하여 왜적을 거침없이 토벌했다. 함양에 이르러 곤양과 사천의 왜적을 연달아 격파하니 명나라 장수 오종도는 감격했다.

"아우가 순절하자 형이 그 뜻을 이어 충의를 빛내고 적이 두려워하니 고금에 드문 인물이다."

최경장은 견내량으로 진격하여 왜적과 십여 차례 싸워서 이긴 뒤 구례 석주관으로 진을 옮겨 방어계책을 세웠다. 그러다가 조정의 명으로 김덕령에게 무기와 군사, 군량미를 인계하고 자신은 단기로 북상하여 대가를 호위하였다. 이와 같은 공으로 죽계공 최경장은 영조 1년 도승지에, 철종 때는 이조판서 벼슬을 받았다.

형 최경운은 계의병을 후방에서 지원했다. 아들 최홍재는 초유사의 명을 받았고, 최경운의 조카 최홍우에게는 의병을 모집토록 했고, 조카 최홍기는 직산에서 명나라 장수 유정을 따르도록 했다.

정유재란 때는 일흔이 넘은 노구를 이끌고 자신이 직접 의병을 인솔하여 화순 오성산성에서 왜적과 싸웠다. 왜적에게 포위당한 상황에서 화살이 떨어지자 적진으로 돌진하다가 아들 최홍수와 함께 왜적에게 사로잡혀 항복을 강요받았지만 굴하지 않고 살해당했다.

이처럼 충의가 빛나는 최경운의 이야기는 훗날 정조에게 보고되었다. 명장고적(名將古蹟)을 그려 올리라는 정조의 명에 의해 오성산성 최경운 전망유허도(戰亡遺墟圖)도 어전에 바쳐졌다.

최경회는 순절 직후 이조판서 벼슬을 받았고 조정에서는 충신을 기리는 문(門)인 정려(旌閭)를 내렸다. 이후 벼슬을 좌찬성으로 높여 주었고, 진주 창열사에 이어 화순 포충사에 배향하도록 했다. 영조 29년(1763)에는 충의(忠毅)라는 시호를 내렸다. 최경회 삼 형제의 충의는 세월이 흐를수록 더욱더 빛이 나 철종 때에는 삼충사를 세워 삼천공 최경운, 죽계공 최경장, 충의공 최경회를 배향하기에 이르렀다.

진주성을 지킨 화순의병 지도자들

나는 임진왜란을 소재로 대하소설 《이순신의 7년》(전7권)을 쓴 이후 당시의 의병장과 장수 이야기를 쓰기 시작했다. 《이순신의 7년》에서 담아내지 못한 이야기가 있었기 때문이었다. 선거이 장수, 김억추 장수, 김천일 의병장에 이어 화순의 최경회 의병장과 구희, 문홍헌 의병 지도자 이야기는 벌써 네 번째이다. 누가 알아주건 말건 하늘이 알고 땅이 알겠지 하는 마음으로 매년 한 분씩의 생애를 집필하고 있다.

누군가는 재조명해야 할 충절의 인물들이라고 믿고 있다. 집필하면서 절감하는 것은 '한국인은 누구인가?'라는 명제에 나름대로 해답을 얻고 있다는 사실이다. 소설 집필이 한국인의 의로운 정체성 탐구가 돼버린 것이다. 집필 순서는 전라좌수영 이순신 장군에게 직간접으로 영향받았던 호남인 장수나 의병장부터 시작했다. 당장 내 산방인 이불재 기둥에 '한국인 정체성 연구소'라는 간판을 달고 싶은 심정이다.

이번 장편소설 《조선의 혼은 죽지 않으리》는 전라우의병군이 거병한 화순 지역의 의병 지도자들을 다뤘다. 화순은 의향의 정체성이 선명한 지역이다. 그 배경에는 충절(忠節)을 다한 역사인물들이 즐비했기 때문이다.

　화순의병 지도자들은 고경명 맹주와 먼저 의기투합했다. 능주의 구희, 문홍헌 등이 고경명의 금산 전투에 참전, 지원하기 위해 화순의 의병들을 데리고 금산으로 떠났던 것이다. 최경회는 모친상 중이었으므로 즉시 나서지는 못했지만 삼년상이 끝나갈 무렵 전라 우의병군을 창의해서 출병했다. 최경회부터 그의 행장과 충의를 살펴보자면 다음과 같다. 그의 행장을 들여다보는 이유는 어떤 스승과 선비를 만나서 그의 충의가 어떤 방식으로 심화, 실천되었는가를 알 수 있기에 그렇다.

　최경회(崔慶會 1532-1593)의 아버지는 영광향교 훈도를 지낸 최천부였고, 어머니는 순창 임씨였다. 그러니까 최경회는 아버지 최천부 훈도로부터 유년시절에 한문의 기초를 배웠음이 분명하다. 장남 최경운, 차남 최경장도 마찬가지였다. 최경회의 자는 선우(善遇), 호는 삼계(三溪), 일휴당(日休堂). 최경회는 16세에 교수 김원의 딸 나주 김씨와 결혼한 뒤 다음 해 첫 스승이 된 송천 양응정을 찾아갔다. 광산에 사는 양응정은 당대의 문장가이자 병학(兵學)에 조예가 깊은 우국충정(憂國衷情)의 선비였다. 임란 수십 년 전부터 명종과 선조에게 "장차 있을 왜란에 대비해야 한다."고 끊임없이 환기시켜준 선비였던 것이다. 양응정 문하에 의병 지도자들이 유독 많은 이유는 그의 수업이 문무를 강조한 방식에 기인한 것이기도 했다.

최경회는 고봉 기대승을 찾아가 두 번째 스승으로 모신다. 양응정이 명종 7년(1552) 식년시 문과(을과)에 급제해 한양으로 올라가 버렸기 때문이었다. 기대승은 양응정보다 나이는 훨씬 어렸지만 호남의 유생들에게는 이름을 떨치고 있는 도학자였다. 양응정이 문장을 중시하는 사장학(詞章學)의 대가라면 30세의 기대승은 성리학 즉 도학의 대가였다. 최경회는 기대승을 만나 성리학이 깊어졌다. 운 좋게 사장학과 성리학을 두루 갖춘 선비가 됐다. 2년 뒤 기대승이 명종 13년(1558)에 문과(을과) 장원급제하여 한양으로 올라가버리자 최경회는 독학으로 공부하여 명종 22년(1567) 36세에 문과(을과) 1등으로 급제했다.

이후 최경회는 성균관 전적, 사헌부 감찰, 형조좌랑, 옥구현감, 장수현감, 무장현감, 영암군수, 형조좌랑, 영해부사, 사도시정을 지냈다. 그리고 담양부사를 지내던 중 모친상을 당했고, 삼년상 중에 임진왜란을 맞았다. 내직과 외직을 전전하던 중에 임진왜란을 맞이한 바, 그 사이에 특이한 이력이 하나 눈길을 끈다. 선조가 용루(龍樓)에서 문신들에게 활쏘기를 시켰는데 담양부사 최경회가 발군의 실력을 보였던바, 이때 영의정 박순이 경연에서 "최경회는 문무를 겸비한 인물이니 장수로 임명할 만하다"고 천거했던 것이다.

최경회는 모친상 중에 검은 상복을 입은 채 전라우의병장으로 추대되었다. 전라우의병군은 전라좌우의병군 숙영지인 남원으로 갔다가 무주 적상산에서 남진하는 왜군 부대를 무찔렀다. 사기가 오른 최경회 휘하의 의병군은 경상도 성주 쪽으로 도망치는 왜장과 왜군을 추격했다. 최경회는 화살 한 발로 왜장을 사살했고 부하들은 왜장이 가지고 있던 물건들을 수습했다. 왜장이 등에 메고 있던 통에는 고려 공민왕이 그린 청산백운도가 들어 있었고, 노획한 왜장의 칼은 8척의 언월도로서 명검이었다.

임진년 11월 중순 이후부터는 전라좌의병군과 전라우의병군이 서로 떨어져서 작전을 폈다. 이때 최경회는 부하들이 남원을 지키지 않고 경상도로 이동하는 것을 못마땅해 하자 "호남도 우리 땅이요, 영남도 우리 땅이다!"고 부하들을 달랬다. 결국 최경회의 전라우의병군은 개령을 공격하여 왜장 모리 데루모토[毛利輝元] 휘하의 왜군 이백 명을 죽이고 포로 사백여 명을 구했다.

선조 26년(1593) 6월 전라우의병군은 진주성으로 들어가 호남정벌을 목적으로 진주성을 치려는 왜왕 도요토미 히데요시의 야욕을 꺾었다. 관군과 의병, 진주성민 등 6만여 명이 10일 동안 분투했다. 그럼에도 불구하고 십여 만 명의 왜군에게 중과부적으로 성을 내주고 말았다. 그러나 왜군도 크게 피해를 입고 며칠 만에 부산, 울산으로 후퇴하지 않을 수 없었다.

최경회는 순절 직후 이조판서 벼슬을 받았고, 조정에서는 충신을 기리는 문(門)인 정려(旌閭)를 내렸다. 이후 벼슬을 좌찬성으로 높여주었고, 진주 창열사에 이어 화순 포충사에 배향하도록 했다. 영조 29년(1763)에는 충의(忠毅)라는 시호를 내렸다.

구희(具喜 1552-1593)는 임란이 발발하자 문홍헌과 함께 고경명 의병군에 가담하기로 결심하고 백미 100석을 군량미로 내놓고 가재를 털어 의병 500명을 모집하여 조부 구두남이 물려준 부채와 칼을 양손에 들고 금산으로 올라갔던 의병 지도자였다. 그러나 고경명이 순절했다는 소식을 듣고 제문을 짓고 통곡했으며 문홍헌과 뜻을 같이한 뒤, 화순읍성의 최경회를 찾아가 전라우의병군을 창의하는데 진력했다. 최경회 좌우에 문홍헌과 구희가 있었던 셈인데, 구희는 승마와 활쏘기, 시작(詩作)에 능하여 전라우의병군 별장(別將)과 종사관을 겸했다.

그의 자는 신숙(愼叔)이고 호는 청계(淸溪), 본관은 능주, 평장사 구민첨의 후손으로 아버지는 구현경이고 어머니는 나주인 정희영의 딸이었다. 부인은 담양인 전용관의 딸로 몹시 지혜로웠다. 구희는 기대승 문하로 들어가 공부했는데 지기가 강개하고 문무를 두루 갖춘 유생이었다.

임란이 발발하자 가재를 정리하여 의병을 모집했을 만큼 누구보다도 충의가 뛰어났다. 조부 구두남은 화순의 도학자 정여해의 제자로 자는 일지(一之)이고 호는 오봉(鰲峰)이었다. 중종 23년(1528) 진사시에 합격했고 공릉참봉과 경릉참봉을 거쳐 광흥창 봉사를 역임했던 선비였다. 특히 구두남의 스승 정여해는 김종직의 제자로서 매월당 김시습이 찾아와 머물면서 시문을 주고받았을 정도로

유명했던 화순의 은둔선비였다. 정여해의 고매한 기품은 구희에게
도 영향을 미쳤다.

구희는 다른 의병장과 달리 여러 싸움터에서 틈나는 대로 진중
시(陣中詩)를 많이 지어 남겼다. 〈독출사표(讀出師表)〉〈금산진중기몽
(錦山陣中記夢)〉〈충효음(忠孝吟)〉〈진중월야음(陣中月夜吟)〉 등등이 그것
이었다. 모두가 구희의 충의와 효심, 전쟁터에서의 처절한 심사가
잘 드러나 있는데, 〈순절시혈지서기정노모(殉節時血指書寄呈老母)〉는
적진에 뛰어들어 왜군 수십 명을 사살했지만 진주성이 함락되려고
하자, 자신의 손가락을 잘라 노모를 향해 쓴 혈서(血書)의 시였다.
최경회 문홍헌과 함께 남강에 몸을 투신하기 전에 쓴 시로 능주의
어머니를 생각하는 마음과 스스로 죽음을 맞이하는 각오를 드러낸
절명시(絶命詩)나 다름없었다.

순절한 뒤 나라에서는 충의를 다한 구희에게 군기시주부를 추증
했고, 가족에게는 호역(戶役)을 면제했으며, 숙종 때는 정려가 내려
지고 통정대부에 가자되었다. 이후 철종 1년(1860)에는 이조참관
으로 추증했다. 구희 역시도 능주 포충사에 최경회, 문홍헌과 함께
배향했다. 이후 이양 오류리에 그의 순의비를 조성했다.

문홍헌(文弘獻 1539-1593) 역시 전라우의병군 중심에서 활약했다. 진사 문홍헌은 의곡(義穀) 1백 석을 내놓은 구희를 비롯해서 박기혁, 노희상 등과 의병 300여 명을 모아 고경명 의병군에 합류했는데, 문홍헌은 애석하게도 금산 전투에 직접 참여하지 못했다. 문홍헌이 금산에 도착했을 때 고경명 맹주가 그를 모속관으로 임명했기 때문이었다. 모속관이란 군량미를 모으는 직책이었다. 할 수 없이 문홍헌은 화순 동복까지 내려와 군량미를 모으던 중 고경명의 순절 소식을 들었다.

문홍헌의 자는 여징(汝徵)이고 호는 경암(敬庵), 본관은 남평. 충선공 문익점의 후손으로 아버지는 문검이고 어머니는 청주 한씨. 성년이 되어 풍산 홍씨와 혼인하였으며 효우(孝友)의 행실과 신의 있는 지조로 동료들이 추앙했다. 동생 문홍유가 최경회의 딸과 혼인하여 문홍헌은 최경회와 인연이 깊어졌다.

일찍이 율곡 이이의 문하에서 수학하면서 진사시에 합격했는데, 조광조를 흠모하여 자신의 호를 경암(敬庵)이라고 하였다. 조광조의 호인 정암(靜庵)에서 암(庵) 자를 빌려 지었던 것이다. 능주에 죽수서원을 건립할 때는 자신의 토지와 노비를 기부하여 화순 선비들에게 공심(公心)으로 사는 선비라고 칭송이 자자했다.

문홍헌은 고경명의 순절에 통곡 실성하였음에도 불구하고 자신의 충의만은 꺾지 않았다. 집안 대소사를 동생 문홍유에게 일임한 뒤 최경회를 찾아갔다. 문홍헌은 화순과 능주 유지들의 뜻을 모아 최경회에게 의병장이 돼달라고 간청했다.

"지금 종묘사직이 피비린내 나는 전쟁에 휩싸였으니 사사로운 정은 이제 접어두시고 대의를 위해 공이 나서야 하겠습니다. 공의 의병장으로 모시고자 합니다."

이윽고 모친상 중이던 최경회는 흔쾌히 승낙했다. 그 자리에서 최경회는 전라우의병장이 됐고, 문홍헌은 최경회의 종사관이 되어 자신의 역할을 다했다.

문홍헌은 화순에서 진주성까지 최경회의 그림자처럼 항상 가까이서 보좌했다. 마침내 최경회가 남강에 투신하자, 문홍헌도 장남 문정(文珽)과 함께 뒤따라 몸을 던졌다. 순절한 이후 문홍헌의 충의는 뒷사람들에게 더욱 귀감이 되었고 나라에서도 잊지 않았다. 인조 8년(1630) 포충사에 배향되었고, 숙종 1년(1675)에 정려(旌閭)가 내려졌으며 숙종 17년(1691)에는 사헌부지평으로 추증했다.

진주성 전투 1차전과 2차전을 요약하면 이렇다. 선조 25년 (1592) 10월 진주목사 김시민은 3천 8백여 명의 관군, 성민과 함께 호남을 정벌하기 위해 침략한 왜군 3만여 명을 수성전으로 맞서 진주성을 지킨다. 왜군이 패퇴함으로써 완전한 승리를 거두었다. 이후 왜왕 도요토미 히데요시는 선조 26년(1593) 6월에 다시 호남을 정벌하고 김시민의 머리를 가져오라고 왜군 십여 만 명을 진주성으로 투입한다. 조선 관군과 의병군도 사즉사(死卽死)의 각오로 김천일 창의사, 최경회 전라우의병장 등 호남 의병장 주도하에 수성전을 벌였다. 그러나 군사의 열세는 어쩔 수 없었던바 진주성을 내주지 않을 수 없었다.

그런데 왜군은 며칠 만에 스스로 물러났다. 3만여 명이 살상당하는 큰 피해를 입고 부산, 울산 등으로 퇴각하고 말았던 것이다. 결과적으로 왜왕 도요토미 히데요시의 야욕은 또다시 수포로 돌아갔다. 호남의 의병군들은 호남을 지켜냈고 진주성도 되찾았다. 특히 화순에서 창의한 전라우의병군과 김천일의 나주의병군, 보성의 전라좌의병군의 사투(死鬪)는 값지고 눈부신 것이었다. 비록 다수의 의병장과 의병들이 남강에 투신해 순절했지만 그들의 혼만은 왜군에게 꺾이지 않고 조선의 의병정신을 유감없이 보여주었기 때문이었다. 특히 순절한 의병이 가장 많은 화순의 전라우의병군 의병장 최경회, 종사관 문홍헌, 별장 겸 종사관 구희의 "호남도 우리 땅이요, 영남도 우리 땅이다"라는 대승적인 기개는 한때 지역감정에 사로잡혔던 오늘날의 우리들을 부끄럽게 하고 진정한 우국충정이 무엇인지를 일깨워주고 있다.

끝으로 이 소설을 화순군 홈페이지에 연재할 수 있도록 물심양면으로 배려해준 화순군청 구충곤 군수님과 담당 공무원, 해주 최씨, 능성 구씨, 남평 문씨 문중 지도자 여러분, 소설을 연재하는 동안 시종일관 댓글로 응원해주신 독자 분들께 감사드린다. 코로나 사태로 인해 몹시 어려워진 출판환경 속에서도 정성들여 편집해 세상의 빛을 보게 한 여백 출판사 여러분에게도 고마움을 표하고 싶다.

2022년 2월, 이불재에서
정찬주

408